녹
정
기

8

鹿鼎記

The Duke of the Mount Deer by Jin Yong

Copyright © 1969, 1981, 2006 by Louis Cha.
Korean translation copyright © 2021 by Gimm-Young Publishers, Inc.
All rights reserved.

1969, 1981, 2006 Original Chinese Edition Written by Dr. LOUIS CHA 查良鏞傳士 known as Jin Yong 金庸.
All rights of Dr. Louis Cha vested in the Chinese language novel are reserved and any infringement thereof is
strictly prohibited.

Original Chinese Edition Published by MING HO PUBLICATIONS CORPORATION LIMITED,
HONG KONG.
Korean translation copyright is held by Gimm-Young Publishers, Inc.
This Korean edition is published by arrangement of JIN YONG & Gimm-Young Publishers, Inc.

이 책의 한국어판 저작권은 저자와의 독점 계약으로 김영사에 있습니다.
저작권법에 의해 한국 내에서 보호를 받는 저작물이므로 무단전재와 무단복제를 금합니다.

녹정기 8 - 금의환향

1판 1쇄 인쇄 2021. 01. 15.
1판 1쇄 발행 2021. 01. 30.

지은이 김용
옮긴이 이덕옥
발행인 고세규
편집 봉정하, 구예원 디자인 유상현 마케팅 김용환 홍보 반재서
발행처 김영사
등록 1979년 5월 17일 (제406-2003-036호)
주소 경기도 파주시 문발로 197(문발동) 우편번호 10881
전화 마케팅부 031)955-3100, 편집부 031)955-3200 | 팩스 031)955-3111

값은 뒤표지에 있습니다.
ISBN 978-89-349-8951-6 04820
        978-89-349-8943-1 (세트)

홈페이지 www.gimmyoung.com   블로그 blog.naver.com/gybook
인스타그램 instagram.com/gimmyoung   이메일 bestbook@gimmyoung.com

좋은 독자가 좋은 책을 만듭니다.
김영사는 독자 여러분의 의견에 항상 귀 기울이고 있습니다.

일러두기 _____

본문의 미주는 옮긴이의 주이다. 작품의 이해를 돕기 위한 김용 선생님의 작가 주는 •로 표기하고 미주 뒤에 수록한다.
단, 전체 내용에 대한 주일 경우 • 없이 장만 표기한다. 외국 인·지명은 대부분 현대 우리말 표기에 맞추었다.

녹정기

鹿鼎記

김용 대하역사무협

이덕옥 옮김

금의환향

김영사

8

섭정여왕 당시 소피아 공주의 초상

빌더딘스트Ullstein Bilderdienst의 작품으로 현재 베를린
박물관에 소장돼 있다.

러시아 은화

소피아 공주와 표트르 대제의 아버지 알렉세이 미하일
로비치와 황후가 새겨져 있다. 황후 나탈리야는 표트
르의 어머니다. 소피아는 그녀의 소생이 아니다. 그래
서 위소보는 그녀를 '러시아 화냥년'이라고 불렀다.

러시아 귀족의 썰매

소피아 공주와 위소보가 이런 설취차雪橇車를 타고 모스크바로 갔다. 영국인 앳킨슨J. A. Atkinson과 워커J. Walker가 저술한《러시아인의 풍습오락 풍모》에 실린 채색동판화.

러시아 황제의 보좌

목조에 상아象牙가 장식돼 있다. '공포의 이반 뇌제' 때 제작되었다.

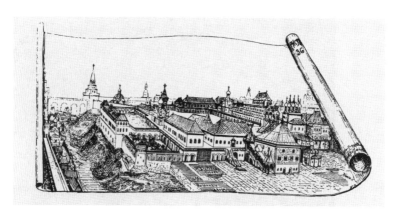

모스크바 크렘린 궁전

강희의 연대인 17세기 알렉세이 미하일로비치의 황궁으로, 포타포프Potapov가 그렸다.
《옛 러시아 건축물》에서 발췌했다.

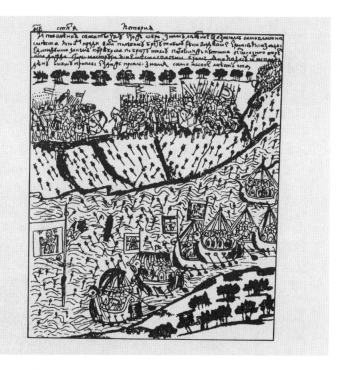

카자크인을 지키는 천사의 깃발

카자크족이 시베리아를 침공했을 때 현지 주민들의 기습을 받았다. 일설에 의하면, 천사가 예수의 기치를 들고 나타나 그들을 위험에서 벗어나게 해주었다고 한다. 프랑스에서 출간된 레메조프S. Remezov의 《레메조프 기사록紀事錄》의 삽화.

17세기 당시의 모스크바

길을 원목으로 깔았다. 바스네초프A. Vasnetsov의 그림으로, 현재 민스크 미술관에 소장돼 있다.

청궁 희극화책戲劇畵冊**의 한 페이지 〈시상구** 柴桑口**〉**

〈시상구〉는 즉 〈와룡조효臥龍弔孝〉다. 위소보는 이 희극에서 영감을 얻어, 왕옥산王屋山에서 사도 백뢰司徒伯雷를 조문하고, 왕옥파를 설복說服했다.

사가법 초상

사가법史可法(?~1645)은 명나라 말
엽의 정치가로, 하남성 출신이다.
1644년 청淸에 의해 북경성이 함락
될 때, 병부상서로 양주揚州에 주둔
했다. 청군과 맞서싸우다 결국 장렬
하게 전사했다.

사가법 미망인의 글

원서는 돌에 새겨졌으며, 양주 사공사史公祠에 있다.

양주 사공사의 제전祭殿

'한 줌 옛 강토, 아직도 승국 의관이 남아 있다─杯故土還
留勝國衣冠'는 대련對聯은 청 왕조가 망한 후에 쓴 것으로
보인다. 청 왕조는 이 같은 글을 허락하지 않았을 것이다.

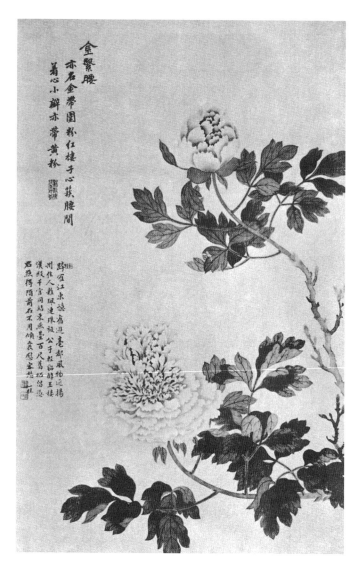

金繫腰
赤石金帶圍粉紅樓子心簇腰間
萼心小瓣赤帶黃粉

野雉江東撥扈進毫都風物近揚
州作人粧綠連珠級
漢殷千官同賜朱燕墓百尺輕貂辭玉桂
公子起舞

君然得隋葡石不月頒衣恩宅趁

〈금계요 金繫腰〉

추일계鄹一桂의 작품이다. '금계요'는 또한 '금대위金帶圍'라고도 하는데, 작약芍藥
의 귀한 품종이다. 양주 선지사의 작약은 천하에 유명하다. 위소보가 꺾어가지
못하게 이름을 달리 지었을지도 모른다. 추일계는 강소성 무석無錫 사람으로, 강
희 25년에 태어났으며, 꽃그림에 능했다.

청나라 때 양주 운하의 양안

영국인 비이트W. Beeit가 그렸다. 영국 런던의 어느 골동품상에서 구매했다.

양주의 명승 수서호瘦西湖의 오정교五亭橋

梁元仍舊鎮此地屢稱兵禍憑方士干戈盡弟兄戎
衣臨講殿詩句到巡城世亂文何用君王乃好名
批杷門外路降表是前驅建業無王氣湘東只霸圖占
星憂客位給札咲家奴秋草荒郊徧元陵問有無
南郡風流地雄藩轂久推梨花前隊擁紅粉後車來馬
酒分麞飲孤裘褰逐尅回明明軍令在蜀道幾時開

洪武銅砲歌
荆州城頭古銅砲洪武元年戊申造土花剝蝕鏽微生
首尾撑任顛倒憶時偽漢方縱橫虎視江東勢輕剽
旄鉞都陽一戰㪅割耳淋漓行告廟荆湘指顧入圖版
駕幸武昌憚苗獠逺令守土頒火器何異分藩鎮險要

邪許聲中走百夫巨材作架牛皮胄二百餘年烽燧冷
護武承平背時好何來寇賊忽披猖將士倉皇葉牙蘗
可憐寨鞬等無用下策火攻恃鵞趯底頁初曾致島岑
後來特賜紅荅號旦知將軍克負國俯視焦原縱群盜
彼非吾產且勿論爾獨胡為亦忘報萇弘碧血龔未足
鴟鳥懸目慘無㤀藏頋劉蹶誰惜之去者自悲來自咲
而今西南又轉戰形制雖存力難劾我來見汝荆棘中
譁武可憐日邊摩東吳西漢兩爝蛾天教禹甸歸一統
并與江山作㤀弔金狄摩挲總淚流有情爭忍長登眺

荆州護國寺古鼎歌
臨淮王氣日邊煌燿煌燿開基自建鄁豐沛大風時作歌
掃蕩不再煩燒燒

사신행의《경업당시집敬業堂詩集》의 한 페이지 <홍무동포가洪武銅砲歌>

러시아 공주와의 연정

위소보는 간단하게 그의 어깨에 올라타 두 손의 식지로 그의 두 눈을 누르고 호통을 쳤다.

"꼼짝 마! 눈깔, 죽어!"

그러고는 마치 말에 올라탄 것처럼 영장을 타고 공주의 방으로 다시 들어갔다.

"문 닫아! 화창, 내놔!"

소피아는 놀라면서도 기뻐하며 얼른 문을 닫고 영장이 차고 있는 단총을 빼앗아 등을 겨냥했다.

두 사람은 사슴고기로 허기를 채우고 나서 강 언덕에 누워 휴식을 취했다.

이경 무렵이 되자 일어나 조심스럽게 성보城堡로 향했다. 주위는 조용하니 아무런 인기척도 들리지 않았다. 달빛은 제법 교교했다. 달빛을 빌려 바라보니 목재와 큰 돌로 쌓아올린 성보였다. 그 규모가 꽤나 너른 것이, 짓는 데 많은 시일이 걸렸을 게 분명했다.

위소보는 나름대로 생각을 굴렸다.

'저 성보는 누가 우리 지도를 훔쳐보고 나서 러시아인들에게 알려 지은 게 아니라, 훨씬 전에 세워졌을 거야.'

그는 땅에 비친 자신과 쌍아의 그림자를 보고는 질로 몸을 움츠렸다. 만약 성루에 있는 러시아 파수병이 자기를 발견한다면 바로 총을 쏠 것이다. 그럼 위소보는 죽은 위소보가 되겠지! 그는 얼른 쌍아를 끌어당겨 함께 땅에 납작 엎드려서 동태를 살폈다. 성보 동남쪽 구석에 작은 통나무집이 있는데, 창문을 통해 불빛이 새어나왔다. 아마 파수병의 처소인 듯싶었다.

위소보는 쌍아의 귓가에 대고 나직이 말했다.

"일단 저쪽으로 가보자."

두 사람은 살금살금 그 통나무집을 향해 기어갔다.

창밖에 다다르자마자 집 안에서 여인의 간드러진 웃음소리가 새어 나왔다. 누가 들어도 아주 음탕한 웃음소리였다. 위소보는 이상하게 생각하며 쌍아와 눈길을 교환했다.

'파수병의 처소인 것 같은데 왜 여인이 있지?'

위소보는 창문 틈을 통해 안을 엿보려 했다. 그러나 추운 날씨 때문인지 창문이 밀폐돼 있어 아무것도 볼 수 없었다. 방 안에선 계속 시시덕거리는 소리가 들려왔다. 일남일녀인 것 같았다. 그들은 요사스럽게 웃으며 뭔가 씨부렁댔는데, 무슨 말인지 도통 알아들을 수 없었다.

위소보는 본능적으로 이 일남일녀가 방 안에서 짝짜꿍, 이상한 짓거리를 하고 있다는 것을 알 수 있었다. 그는 절로 쌍아를 끌어안았다. 쌍아도 방 안에서 들리는 해괴한 소리가 무엇을 의미하는지 눈치채고 몹시 민망해했다. 위소보가 갑자기 끌어안는 바람에 당황스러웠지만 행여 방 안에 있는 사람들에게 발각될까 봐 감히 소리를 내거나 몸을 움직이지 못했다. 그야말로 위소보가 바라던 바였다. 그는 왼손으로 쌍아를 더욱 바싹 끌어안고 오른손으로 얼굴과 목덜미를 부드럽게 쓰다듬었다. 쌍아는 그가 애무하는 바람에 그만 온몸에 힘이 쭉 풀리면서 그의 품에 얼굴을 파묻었다.

엄동설한이라 날씨가 춥고 땅에는 얼음이 깔려 있었다. 위소보는 흥분한 나머지 그만 발을 삐끗해서 머리를 담에 쿵 부딪히고 말았다. 너무 갑작스러운 일인 데다 무척 아파서 그는 자신도 모르게 그만 소리를 지르고 말았다.

"아야…!"

방 안에서 들리던 그 요상한 소리가 이내 끊어지고 곧바로 한 남자가 뭐라고 다그치는 듯한 소리가 연거푸 들렸다. 위소보와 쌍아는 어떻게 해야 좋을지 몰라 일단 땅바닥에 엎드렸다. 문이 열리는 소리가 들리더니 한 사람이 등롱을 들고 밖으로 나와 창문 아래를 비쳤다. 위소보는 잽싸게 몸을 솟구쳐 비수로 그자의 가슴을 힘껏 찔렀다. 그는 신음조차 내지 못하고 바로 비칠비칠 그 자리에 쓰러졌다.

쌍아가 먼저 방 안으로 뛰쳐들어갔다. 방 안은 텅 비어 아무도 보이지 않았다. 이상한 일이었다. 쌍아가 절로 중얼거렸다.

"여자는 어디 있지…?"

위소보도 뒤따라들어왔다. 방 안에는 침상 하나와 작은 탁자 하나, 그리고 나무상자 하나가 놓여 있을 뿐이었다. 탁자 위에는 촛불이 밝혀져 있는데, 여인의 모습은 보이지 않았다.

위소보가 나직이 소리쳤다.

"얼른 찾아봐! 달아나서 알리면 큰일이야!"

이 통나무집은 대문 말고는 달리 출구가 없었다. 위소보는 우선 죽은 자를 방 안으로 끌고 들어와 대문을 닫았다. 죽은 사람은 외국 병사인데 아랫도리를 벗고 있었다.

위소보는 천장을 살펴보았지만 이상한 것을 발견하지 못했다. 짐작가는 바가 있었다.

"그래, 여기야!"

그는 나무상자로 다가가 뚜껑을 여는 동시에 옆으로 몸을 피했다. 기습에 대비하기 위해서였다. 그 여인이 화창火槍을 쏠지도 모르기 때문이었다. 그런데 상자 안에서도 아무런 기척이 없었다.

쌍아가 말했다.

"상자 안에도 없어요, 참 이상한 일이네요."

위소보는 다시 상자 가까이 다가갔다. 상자 안에는 모피가 깔려 있었다. 모피를 젖혀보니, 그 아래 또 한 장의 모피가 있었다. 그리고 짙은 향기가 코를 찔렀다. 그것은 여인의 지분과 향수 냄새라는 걸 위소보는 금방 알 수 있었다.

"여기가 수상해!"

그러면서 아래 있는 모피를 다시 들췄다. 놀랍게도 그 밑에 커다란 구멍이 뚫려 있었다.

"바로 여기야!"

쌍아가 외쳤다.

"여기에 땅굴이 있었군요!"

위소보는 서둘러야 했다.

"빨리 그 여자를 붙잡아야 돼. 빠져나가서 알리면 외국 강도들이 떼로 몰려올 거야!"

그는 잽싸게 비둔한 겉옷을 벗어버리고 손에 비수를 쥔 채 그 땅굴속으로 기어들어갔다. 그는 외국 병사는 두려웠지만 외국 여자는 그렇지 않았다.

땅굴은 아래쪽으로 경사지게 이어져 있었다. 그리고 기어다닐 수밖에 없을 정도로 아주 협소했다. 하지만 위소보는 몸집도 작거니와 몸놀림이 민첩해 빨리 기어갈 수 있었다. 10장 정도 기어들어갔을 때, 앞에서 소리가 들렸다. 그는 더욱 박차를 가해 빨리 기어갔다. 앞에서 들리는 소리가 점점 가까워지자 그는 왼팔을 쭉 뻗었다. 매끄러운 발목이 손에 잡혔다. 여자가 나직이 소리를 치며 계속 앞으로 기어서 도망갔다.

위소보는 내심 쾌재를 불렀다.

'단칼에 널 죽일 수도 있지만 그럼 진정한 사내대장부가 아니지! 러시아의 홍모 귀신, 양코배기 남자는 많이 봤지만 외국 여자는 어떻게 생겼는지 한 번도 본 적이 없는데… 이제 곧 보게 되겠군!'

그는 비수를 도로 신발 속에 집어넣고 앞으로 기어나가 이번엔 두 손으로 여자의 다리를 잡았다. 여자는 땅굴 속에서 몸을 뒤집을 수 없어 계속 앞으로 기어가며 발길질을 했다. 힘이 어쩌나 센지 잡았던 다리를 놓치고 말았다. 다시 앞으로 돌진한 위소보는 이번엔 두 팔로 그녀의 종아리를 힘껏 끌어안았다. 그러자 몸이 앞으로 끌려갔다. 얼마 정도 그렇게 끌려가자 여자는 심하게 몸을 뒤틀어 그의 팔을 뿌리쳤다. 그러고는 잽싸게 몸을 일으켰다.

위소보는 반사적으로 몸을 날려 그녀의 허리를 끌어안았다. 뭔가 매끄러운 감촉이 얼굴에 와닿았다. 머리가 땅굴 천장에 부딪히지 않은 게 이상했다. 그러고 보니 비교적 넓은 공간에 와 있었다. 여자는 위소보의 머리를 끌어안고 요상하게 웃었다. 위소보는 뭔가 이상한 느낌이 들어 그녀에게서 떨어졌는데, 여자가 그에게 덤벼들어 입맞춤을 하려 했다. 주위가 어두워 그녀의 입술은 약간 빗나가 위소보의 코에 입맞춤을 하고 말았다.

위소보는 진한 지분 향기를 느끼며 촉각을 곤두세워 더듬어보았다. 곧 상대방 여자가 실오라기 하나 걸치지 않은 알몸이라는 사실을 비로소 깨달았다. 여자는 그를 끌어안았고, 그는 그녀의 가슴에 얼굴을 파묻었다. 정신이 아찔해졌다. 쌍아의 나직한 목소리가 들려왔다.

"상공, 왜 그래요?"

위소보는 뭔가 대답을 하려고 했는데, 이번엔 그 여자의 입술이 입을 누르는 바람에 말이 나오지 않았다. 지하 땅굴 속에서 정말 희한한 일이 벌어지고 있었다.

그때 갑자기 땅굴 위쪽에서 한 남자의 음성이 들려왔다.

"우린 총독 대인이 야크사雅克薩(흑룡강 연안)에 온 것을 알고 만나뵙기 위해 달려왔습니다."

그 말이 귀에 들어오자 위소보는 마치 온몸에 찬물을 끼얹은 듯 등골이 오싹해지고, 청천벽력을 맞은 듯 기절초풍했다. 그 음성의 장본인은 바로 다름 아닌 신룡교의 교주 홍안통이었다.

'홍 교주가 어떻게 바로 머리 위에 와 있는 거지? 그리고 알몸으로 나를 끌어안고 있는 이 러시아 여자는 왜 이렇듯 정열적이다못해 음탕한 것일까?'

위소보는 여태껏 해괴하고 상식에서 벗어난 일을 많이 겪어왔지만, 오늘 밤 이 땅굴에서 겪고 있는 것처럼 충격적인 일은 없었던 것 같았다. 정말 불가사의한 일이었다.

발가벗은 여자의 품에 안겨 있으니 가슴이 두근두근하고, 홍 교주에게 살가죽이 벗겨질 일을 생각하면 등골이 오싹했다. 일단 삼십육계 줄행랑, 달아나는 게 상수라 나신裸身의 여인을 뿌리쳐야 하는데, 이 여자는 죽어라 그를 끌어안고 놔주지 않았다.

위소보는 그녀의 귀에 대고 속삭였다.

"씨부렁씨부렁, 얼씨구절씨구, 좀 놔줘라 씨바르쓰끼."

그는 자기가 아무렇게나 지껄인 엉터리 양코배기 말을 이 여자가 알아듣고 놔주길 빌었다. 여자는 가볍게 웃더니 그의 귀에 대고 뭐라고 씨부렁거렸다. 그 말은 진짜 러시아말인 것 같았다. 그녀는 위소보가 귀여운지 그의 볼을 살짝 꼬집었다.

이때 위에서 다른 남자의 음성이 들려왔다. 위소보가 전혀 알아들을 수 없는 외국 말이었다. 그리고 또 다른 한 사람이 말했다.

"총독 대인께서는 신룡교의 교주께서 오신 것을 진심으로 환영한다고 합니다. 교주님이 만수무강, 다복다수多福多壽, 만사여의萬事如意하길 바라고, 홍 교주와 좋은 친구가 돼서 서로 합심협력해 대사를 함께 도모하잡니다."

위소보는 이 난리통에도 속으로 투덜거렸다.

'아따, 통역하는 사람이 조금 무식하구먼, '홍복영락, 천수만세'를 '만수무강, 다복다수, 만사여의'로 전해주다니!'

이어 홍 교주의 음성이 들려왔다.

"러시아 황제 폐하의 만수무강을 빌며 총독 대인이 복수강녕을 누려 욱일승천하길 기원합니다. 본인은 있는 힘을 다해 귀국과 손을 잡고 대사를 도모하겠습니다. 앞으로 좋은 일이 있으면 함께 누리고 어려움이 생기면 함께 헤쳐가며 영원히 의리를 저버리지 않을 것을 맹세합니다."

그러자 통역관이 또 뭐라고 한참 동안 씨부렁댔다.

위소보는 그 발가벗은 여인의 귀에 대고 나직이 물었다.

"넌 누구야? 왜 홀딱 벗고 있지?"

여자가 씩 웃으며 역시 나직이 말했다.

"넌 누구야? 왜 옷을 홀랑 벗지 않아?"

그러면서 위소보의 옷을 벗기려 했다. 아무리 천하의 위소보라 해도 이 마당에 거시기를 할 기분이 나겠는가? 더구나 쌍아가 바로 뒤에 있지 않은가! 절대 딴생각을 할 수 없었다. 그는 탕약망과 남회인이 중국말을 하는 것을 들었다. 그래서 이 외국 여자가 중국말을 하는 것을 신기하게 여기지 않았다. 그가 다급하게 말했다.

"여긴 위험해. 빨리 나가야 해!"

여자가 다시 나직이 말했다.

"가만있어, 가만있어! 움직이면 다 들려."

그녀는 중국말을 할 줄 알지만 그리 유창하지는 못해 듣기에 좀 어색했다. 위소보는 어쩔 수 없이 그녀의 가슴에 얼굴을 묻고 가만히 있어야만 했다. 귓전에는 계속 홍 교주와 러시아 총독의 대화가 들려왔다. 그리고 통역을 통해 그 내용도 알 수 있었다. 오삼계가 출병을 하면 양쪽에서 만청을 협공하자는 내용이었다. 그 몽골인 털보 한첩마가 한 말과 완전히 일치했다.

홍 교주는 나중에 따로 한 가지 계책을 제안했다. 러시아가 요동을 통해 진격해들어가면 길이 멀고 연도에 청병의 저항이 만만치 않을 테니, 해상으로 들어가 천진에서 상륙해 화기로 북경을 공격하면 오삼계보다 먼저 북경을 손에 넣을 수 있다는 것이었다.

러시아 총독은 매우 기뻐하며, 묘책이라고 거듭 홍 교주를 치켜세웠다. 홍 교주가 이렇듯 우호적으로 협조를 해주니 나중에 중국의 몇몇 성을 따로 떼어주고 왕에 봉하겠다고 약속했다. 홍 교주는 연신 고맙다는 인사를 했다.

위소보는 놀랍고도 화가 치밀었다.

'이런 죽일 놈을 봤나! 홍 교주도 오삼계나 다름없는 매국노잖아! 놈이 아주 악랄한 흉계를 꾸미고 있으니 이 사실을 빨리 소황제에게 알려야 해. 천진 해구海口에다 포대를 많이 설치해서 러시아 병력이 배를 타고 쳐들어오면 대포를 펑펑 쏴서 모조리 바닷속에 수장시켜버리라고 해야지!'

홍 교주의 음성이 다시 들려왔다.

"총독 대인께서 모처럼 중국에 오셨는데, 별로 대접해드릴 것도 없고… 여기 대동주大東珠 100알과 초피 100장, 인삼 100근을 올리니 약소하지만 받아주십시오. 러시아 황제 폐하께 올리는 예물은 따로 준비해놓았습니다."

여기까지 들은 위소보는 속으로 욕을 해댔다.

'이런 빌어먹을 놈! 그 많은 예물을 어떻게 마련했지? 정말 신통방통하네!'

위소보는 갑자기 몸이 불끈해지는 것을 느꼈다. 나신의 여인이 그에게 얼굴을 바싹 붙이고 손으로 온몸을 더듬고 있었다. 그가 나직이 말했다.

"자꾸 이렇게 더듬으면 나도 가만있지 않을 거야!"

그도 여인의 풍만한 가슴부터 애무하기 시작했다. 그러자 여자가 까르르 웃었다. 흥분해서 자신도 모르게 웃은 것이라, 그 소리가 작지 않았다.

홍 교주는 분명히 그 웃음소리를 들었다. 하지만 그는 총독 대인이 방에 여인을 숨겨놓은 것이라고 지레짐작해 모르는 척했다. 이어 몇 마디 인사치레를 하고 나서, 내일 다시 만나기로 하고 작별을 고했다.

잠시 후, 위소보의 머리 위쪽에서 팍 하는 소리가 들리며 눈앞이 환해졌다. 위소보와 나신의 여인은 서로 끌어안은 채 어느 큰 상자 안에 쪼그리고 있었던 것이다. 그리고 방금 상자의 뚜껑이 열렸다.

여자는 히히 요염하게 웃으며 상자 밖으로 뛰쳐나가 옷을 하나 몸에 걸쳤다. 그러고는 상자 안에 있는 위소보에게 웃으며 말했다.

"어서 나와, 나와!"

위소보는 천천히 상자 밖으로 나왔다. 상자 옆에는 몸집이 우람한 사람이 서 있었다. 허리에 찬 검에 손을 대고 있는 그는 외국 군관 차림이었다. 아마 바로 그 총독인 것 같았다. 여자가 다시 웃으며 말했다.

"또 한 사람이 있어."

쌍아는 원래 땅굴 속에 숨어 있다가 만약 위소보가 위험에 처하면 뛰쳐나와 구해주려고 했는데, 여자의 말을 듣고는 어쩔 수 없이 상자 밖으로 나왔다.

위소보는 비로소 그 여자를 자세히 볼 수 있었다. 황금빛 긴 머리카락이 어깨까지 늘어져 찰랑거리고, 새파란 눈동자를 이리저리 굴리고 있었다. 피부는 하얗다못해 백설 같고, 아름다운 용모인데 코가 좀 높았다. 키도 자기보다 머리 하나는 더 컸다. 위소보는 외국 여자라고는 처음 보는 것이라 나이를 가늠할 수 없었지만, 스무 살 안팎으로 보였다.

그녀가 생긋생긋 웃는 얼굴로 위소보를 쳐다보며 말했다.

"너, 조그만 어린것이 날 만졌어. 나빠, 히히….."

그 총독은 인상을 팍 쓰며 뭐라고 시부렁댔고, 여자도 알아들을 수 없는 말로 지껄였다. 그러자 총독이 여자에게 아주 공손히 몸을 몇 번 숙였다. 여자는 다시 뭐라고 말하며 위소보를 가리켰다. 총독은 문을 열고 중국인 통역관을 불러들였다. 일남일녀는 다시 쉬지 않고 뭔가 이야기를 나눴다.

위소보는 차츰 방 안을 둘러볼 여유가 생겼다. 많은 모피로 장식돼 있고, 한쪽에 놓인 침상에는 금빛으로 번쩍이는 여인의 옷이 여러 벌 놓여 있었다. 여자는 옷을 걸쳤으나 젖가슴은 반쯤 드러나 있고, 옷 밖으로 보이는 다리가 아주 매끄럽고 늘씬했다.

위소보는 속으로 혀를 찼다.

'아까 서로 껴안았을 때 왜 그냥 대충 더듬고 말았지? 좋은 패를 잡았으면 왕창 걸어야 하는 건데… 아깝다, 다 그놈의 홍 교주 때문에 판을 망친 거야!'

그때 갑자기 통역관이 위소보에게 물었다.

"공주님과 총독께서 네가 누구냐고 물으신다."

위소보는 눈이 둥그레졌다.

"공주님이라고요?"

통역관은 여자를 가리키며 말했다.

"이분은 러시아 황제 폐하의 누이동생이신 소피아 공주 전하시다."

이어 총독을 가리켰다.

"이분은 골리친 총독 각하시다. 어서 무릎 꿇고 인사를 올려라."

위소보는 속으로 투덜거렸다.

'공주 전하가 왜 그렇게 엉망진창 형편이 없지…?'

그러나 곧바로 강희 황제의 누이동생 건녕 공주가 떠올랐다. 엉망진창 형편없는 건 이 러시아 공주에 비해 전혀 손색이 없었다. 거의 막상막하라 해도 과언이 아니었다. '황제의 누이동생이라면 다들 이렇게 아름답고 엉망진창이어야 하나 보다! 그러니 이 여인은 공주임에 틀림없다'는 결론에 도달했다. 그는 바로 헤벌쭉 웃으며 몸을 숙여 인사를 올렸다.

"공주 전하, 안녕! 참말로 아름답습니다. 하늘에서 내려온 선녀 같아요. 우리 중국에는 공주님처럼 멋있는 미녀는 없어요."

소피아 공주는 간단한 중국말을 할 줄 알았다. 그래서 자신의 아름다움을 치켜세우는 위소보의 말을 듣자 기분이 좋았다.

"그래 좋아, 좋아! 상을 줄게."

그녀는 정말 탁자 옆으로 가서 서랍을 열어 금화를 열몇 개 꺼내더니 위소보의 손에 쥐여주었다.

위소보가 머리를 조아리며 말했다.

"고마워요."

그러고는 공주의 백옥같이 희디흰 손을 보자 절로 끌어잡고 입을 맞췄다. 통역관이 깜짝 놀라 소리쳤다.

"이 무슨 무례냐?"

손에다 입을 맞추는 것은 서양에서는 귀부인에 대한, 일종의 존경을 표하는 예절이다. 물론 위소보는 그런 예절을 알 리가 없고, 그냥 본능에 따라 한 짓거리였다. 만약 제대로 했다면 아무 문제가 없을 텐데, 그는 손등이 아닌 손바닥에다 입을 쪽쪽 맞췄기 때문에 통역관이 소리를 지른 것이었다.

소피아는 까르르 웃으며 손을 빼지 않았다. 그녀가 웃으며 물었다.

"뭐 하는 사람이지?"

위소보가 대답했다.

"사냥꾼."

그의 말이 떨어지기 무섭게 문밖에서 한 사람의 낭랑한 음성이 들려왔다.

"그 아이는 중국 황제가 총애하는 대신이오! 절대 속으면 안 되오!"

바로 홍 교주의 음성이었다.

위소보는 깜짝 놀라 혼비백산해서는 쌍아의 소맷자락을 잡아끌고 문밖으로 뛰쳐나갔다. 그러나 문을 열자마자 홍 교주가 팔을 벌린 채 앞을 가로막았다. 쌍아가 펄쩍 뛰어올라 그에게 주먹을 날렸다. 그러자 홍 교주는 왼팔로 막고 오른손 손가락 하나로 쌍아의 허리를 찍었다. 쌍아는 혈도를 찍혀 신음과 함께 바닥에 쓰러졌다.

위소보는 바로 태도를 바꿔 하하 웃었다.

"홍 교주님! 홍복영락, 천수만세를 누리시길 기원합니다. 한데 영부인은 왜 안 보이죠? 함께 오지 않았나요?"

홍 교주는 아무 대꾸도 하지 않고 그의 뒷덜미를 낚아채서는 방 안으로 들고 들어갔다.

"공주 전하와 총독 대인께 아룁니다. 이자는 위소보라고 하는데, 중국 황제의 심복으로서 어전 시위 부총관에 친위병 도통, 흠차대신, 일등자작에 봉해졌습니다."

통역관이 그의 말을 다 풀이해주었다. 소피아와 총독은 믿지 못하겠다는 표정이었다. 소피아가 웃으며 말했다.

"넌 대신이 아니야. 대신, 가짜야!"

홍 교주가 말했다.

"증거가 있습니다."

그는 고개를 돌리더니 문밖을 향해 분부했다.

"녀석의 옷을 가져와라!"

육고헌이 보따리를 하나 들고 들어왔다. 그 봇짐을 풀어보니 놀랍게도 위소보의 모자와 옷이 들어 있었다.

위소보는 놀라지 않을 수 없었다.

"그 옷가지들을 어떻게 손에 넣었지? 홍 교주는 정말이지 신통방통하네요."

홍 교주가 다시 분부했다.

"그 옷을 입혀라!"

육고헌이 대답을 하고 얼른 다가와 옷을 펼치더니 위소보에게 입혔다. 황마괘를 비롯한 그 옷들은 숲속에서 가시덤불에 찢기고 해지긴 했지만, 위소보에게 입히니 딱 맞았다. 그리고 모자와 모자 뒤에 늘어뜨리는 화령花翎까지 갖추니 영락없는 청궁淸宮의 대관大官이었다. 이 옷과 모자가 만약 위소보의 것이 아니라면, 세상에 이렇듯 작은 대관의 복식은 없을 것이었다.

위소보는 낄낄 웃으며 말했다.

"홍 교주, 정말 재주가 비상하군. 내가 여기저기 버린 옷가지를 주섬주섬 다 주워오다니… 대단해요, 대단해!"

홍 교주는 그를 거들떠보지도 않고 육고헌에게 분부했다.

"몸을 뒤져봐라!"

위소보가 말했다.

"뒤질 필요 없어요, 내가 다 꺼내놓을 테니!"

그러고는 품속에서 은표를 한 다발 꺼냈다. 놀랄 만한 액수였다.

골리친 총독은 요동에 있은 지 오래되어 은표를 잘 알고 있었다. 그는 대충 헤아려보더니 놀라움을 금치 못했다. 그리고 공주에게 뭐라고 시부렁거렸는데, 아마도 '어린것이 많은 은표를 갖고 있는 것으로 보아 신분이 예사롭지 않은 것 같다'고 말하는 것 같았다.

　홍 교주는 위소보의 수작에 넘어가지 않았다.

　"저 녀석은 아주 교활하니 몸을 샅샅이 다 뒤져라!"

　육고헌은 위소보의 몸을 뒤져 가지고 있는 것을 전부 다 찾아냈다. 그중에는 강희가 직접 써준 밀지도 있었다.

　　흠차 대인, 영내시위 부대신副大臣 겸 효기영 정황기 만주 도통, 흠사欽賜 파도로巴圖魯 용호勇號, 사천賜穿 황마괘黃馬褂. 일등자작 위소보를 공무차 요동으로 파견하니 연도의 문무대신은 그의 명에 따르도록 하라.

　이 밀지에는 황제의 어새御璽가 찍혀 있었다. 통역관이 일일이 다 풀이를 해주자, 소피아 공주와 골리친 총독은 모두 기가 막힌 듯 혀를 끌끌 찼다. 홍 교주가 보충설명을 해주었다.

　"공주 전하, 중국의 황제도 어린애입니다. 그래서 어린애를 좋아해 큰 벼슬을 내린 거죠. 이 어린것은 중국 황제와 함께 놀며 아첨에 능하고 허풍을 잘 떨기 때문에 소황제는 그를 무척 좋아해서 늘 곁에 두고 있습니다."

　소피아 공주는 '아첨에 능하고 허풍을 잘 떤다'는 말이 무슨 뜻인지 몰라 통역관에게 물어보고 나서 킥킥 웃었다.

　"나도 아첨과 허풍을 좋아해요."

그 말에 위소보는 환하게 웃었다. 반면 홍 교주는 얼굴이 일그러졌다. 소피아가 위소보에게 물었다.

"중국 소황제는 몇 살?"

위소보가 대답했다.

"중국 대황제는 열일곱 살."

소피아는 웃으며 말했다.

"러시아 대사황大沙皇은 내 동생, 스무 살, 어린애, 노네인 아니야."

위소보는 순간 멍해졌다.

'노네인이 뭐지? 아, 맞아! 말을 잘못했군. 노인네를 노네인이라고 한 거야.'

그는 소피아 공주를 가리키며 말했다.

"러시아 공주 예뻐, 노네인 아니야. 좋아, 좋아."

그리고 이번에는 자신을 가리켰다.

"중국 대관, 노네인 아니야. 좋아, 좋아!"

이어 홍 교주를 가리켰다.

"중국 나쁜 사람, 노네인! 나빠, 나빠!"

그의 말에 소피아 공주는 배꼽을 잡고 웃었다. 서른 살쯤 돼 보이는 골리친 총독 역시 깔깔 웃었다. 홍 교주만이 안색이 붉으락푸르락, 당장이라도 위소보를 찢어죽일 기세였다.

소피아가 다시 물었다.

"중국 어린 대관, 여기 왜 왔어?"

위소보가 다시 대답했다.

"중국 황제는 러시아 대인이 요동에 온 것을 알고 나를 보냈어요.

중국 황제는 러시아 황제가 노네인이 아니고 러시아 공주가 아주 아름답다는 것을 알고 나더러 선물을 전하라고 했어요. 공주 전하와 총독 대인에게 대동주 200알과 인삼 200근을 주라고 했는데, 도중에 강도를 만나 선물을 다 빼앗겨서….”

그의 말이 채 끝나기도 전에 홍 교주는 더 이상 분노를 참지 못하고 오른손을 번쩍 들어 위소보의 머리를 내리치려고 했다. 위소보는 좀 전에 상자 안에서 홍 교주가 총독에게 적지 않은 선물을 가져왔다는 이야기를 듣고, 일부러 그 숫자에 배를 보태 황제가 보낸 것으로 둔갑시킨 것이다. 그리고 말을 하면서 계속 홍 교주를 주시하다가 그가 손을 번쩍 들자 구난에게 배운 신행백변神行百變의 경공을 전개해 잽싸게 소피아 공주 뒤로 몸을 숨겼다.

순간, 우지끈 하는 소리와 함께 홍 교주의 장력을 맞은 탁자가 박살 났다. 골리친은 깜짝 놀라 단총을 뽑아들고 홍 교주를 겨냥하며 경거망동하지 말라고 호통을 쳤다.

좀 전에 위소보는 말을 길게 했기 때문에 소피아 공주는 잘 알아듣지 못해 통역관한테 묻고 나서 까르르 웃었다.

“너의 선물, 그가 빼앗아갔다. 자기가 절반! 나빠, 나빠!”

홍 교주는 다급해졌다.

“아니오, 저 녀석이 거짓말을 한 거요. 공주님, 절대 저 녀석의 말을 믿지 마십시오.”

골리친 총독은 여전히 단총으로 홍 교주를 겨냥하고 있었다. 그의 무공으로 서양 화기를 겁낼 이유가 없지만, 지금은 러시아와 손을 잡고 대사를 도모해야 하는 때라 경거망동할 수 없었다. 그는 천천히 문

쪽으로 물러났다.

그제야 골리친은 단총을 거뒀다. 그리고 몇 마디 말을 하자 통역관이 홍 교주에게 전했다.

"총독 대인께선 저 어린애의 말이 거짓이라는 걸 잘 아니까 홍 교주더러 노여워하지 말랍니다. 소피아 공주님은 비밀리에 중국에 왔으니 중국 황제가 알 리가 없고, 당연히 선물을 보낼 이유도 없을 거라고 하는군요."

홍 교주는 그제야 분노가 가라앉아 미소를 지었다.

"총독 대인이 저 녀석에게 속지 않으시니 역시 현명하군요."

골리친은 그에게 위소보의 내력에 대해 물었다. 그러자 홍 교주는 그가 어떻게 오배를 죽여 황제의 환심을 샀는지, 대혼大婚을 위해 건녕 공주를 운남으로 호위하면서 어떻게 했는지, 얼마나 아부를 잘하고 잔꾀가 뛰어나 황제의 신임을 얻게 됐는지 등을 살을 붙여가면서 다 이야기해주었다. 그리고 마지막으로 덧붙였다.

"저 녀석은 중국 황제의 최측근이니 우리가 놈을 죽여버리면 소황제는 길길이 날뛸 겁니다. 그럼 우리가 쳐들어가는 시기도 앞당길 수 있고, 일이 좀 더 수월해지지 않겠습니까?"

그가 하는 말을 통역관이 그때그때 러시아말로 옮겨주었다.

소피아 공주는 생글생글 웃으며 계속 위소보를 흥미진진한 눈초리로 쳐다보았다. 홍 교주가 그를 아주 고약하고 약삭빠른 놈이라고 이야기할수록 더 기분이 좋아지는 것 같았다.

골리친은 생각을 굴리며 물었다.

"중국 황제가 정말 이 어린애를 좋아합니까?"

홍 교주가 대답했다.

"네, 그래요. 그렇지 않으면 이 어린 나이에 그렇게 높은 벼슬에 올 랐을 리가 있겠습니까?"

골리친이 말했다.

"그럼 이 어린애를 죽여선 안 되죠. 중국 황제에게 알려 돈을 많이 내고 찾아가라고 해야겠습니다."

그는 역시 잇속에 빨랐다.

소피아는 죽여선 안 된다는 말에 좋아하며 골리친의 볼에다 살짝 입맞춤을 하고는 뭐라고 속삭였다. 통역관은 그 말을 풀이하지 못하고 매우 겸연쩍어했다. 모르긴 해도 위소보가 마음에 든다는 것 같았다.

눈치 빠른 위소보는 내심 쾌재를 불렀다.

'그래, 죽이지만 않으면 돼. 소황제더러 돈을 내라는 건 어려운 일이 아니야.'

홍 교주는 매우 못마땅한 표정이었지만 어쩔 도리가 없었다.

위소보는 그 은표 다발을 세 등분으로 나눠 소피아와 골리친에게 한 뭉치씩 주고, 세 번째 다발에서 100냥짜리 세 장을 뽑아 통역관에 게 주었다. 그리고 나머지는 자신이 챙겼다.

소피아와 골리친, 통역관은 모두 좋아했다. 소피아는 통역관더러 은 표가 얼마인지 확인시키고 나서 은자로 바꿔오라고 했다. 모두 10만 냥이 넘었다. 이 돈은 그야말로 거저 들어온 횡재라 기분이 좋을 수밖 에 없었다. 그녀는 위소보를 끌어안고 양쪽 볼에다 연신 입을 맞췄다.

"은자를 많이 받았으니 이 애를 놔줘!"

그 말에 위소보는 좋아하기는커녕 가슴이 철렁했다. 지금 놔주면 홍 교주에게 잡혀가 살가죽이 벗겨질지도 모르는 일이었다. 그래서 얼른 입을 열었다.

"세상에 이렇게 아름다운 공주님은 본 적이 없어요. 며칠만 더 보고 싶어요."

소피아는 까르르 웃었다.

"우린 내일 돌아가, 모스크바莫斯科로."

위소보는 모스크바가 어딘지 몰랐다. 그래도 무조건 엉겨붙었다.

"아름다운 공주님이 모스크바에 가면 이 중국 대관도 모스크바에 간다. 아름다운 공주가 달나라에 가면 이 중국 대관도 따라서 달나라에 간다."

소피아는 영리하고 자신의 비위를 잘 맞춰주는 위소보가 마음에 들어 고개를 끄덕였다.

"좋아, 널 데리고 모스크바에 간다."

골리친은 눈살을 살짝 찌푸리며 말리려다 곧 미소를 지었다.

"좋습니다, 모스크바로 데려갑시다."

이어 홍 교주에게 손을 흔들어 보였다. 홍 교주는 그대로 작별을 고할 수밖에 없었다. 밖으로 나가기 직전에 위소보를 무섭게 째려보았다. 그러자 위소보는 혀를 날름거리며 익살스러운 표정을 지어 그를 약올렸다.

"홍 교주님! 홍복영락, 천수만세!"

홍 교주는 화가 나서 씩씩거리며 육고헌을 데리고 떠났다.

러시아는 황제를 '사황沙皇(차르)'이라 칭한다. 지금 사황은 올해 스무 살의 표도르 3세로, 소피아는 그의 누나다. 표도르 3세는 어려서부터 병을 앓아 거동이 불편해서 늘 침대에 누워 국사를 처리했다.

러시아의 풍습은 예의를 중시하는 중화권과는 달리 남녀간의 교제가 자유로웠다. 그리고 소피아 공주는 원래 성격이 방종하고 또한 외모가 아름다워, 러시아의 왕공장상들 중에 애인이 많았다. 골리친 총독도 건장하고 영준하게 생겨 공주의 환심을 샀다. 그는 황명을 받고 동방으로 건너와 네르친스크와 야크사 두 곳에 성을 세워 중국의 몽골과 요동 등지를 차지할 기반으로 삼았다.

그 야크사성이 세워진 곳이 바로 만주 팔기가 보물을 숨겨놓은 녹정산이었다. 그곳은 아목이하와 흑룡강이 합류하는 요충지로, 만주인과 러시아 사람들이 모두 그곳을 요지로 선택한 것은 결코 우연의 일치가 아니었다.

소피아 공주는 워낙 활달하고 놀기를 좋아했다. 그리고 동방의 나라가 신비하고 괴이하다는 이야기를 들었기 때문에, 먼 길을 마다 않고 골리친을 따라 모스크바에서 중국까지 오게 된 것이다. 물론 골리친이 좋아서 따라온 것이기도 했다.

그녀는 비록 골리친을 좋아하지만 오로지 그에게만 정조를 지키겠다는 생각은 꿈에서도 해본 적이 없었다. 이날도 골리친의 방 안에서 우연히 비밀 땅굴을 발견해서 호기심에 몰래 들어가본 것이었다. 그 땅굴은 야크사성 밖 파수병의 처소까지 연결돼 있었다. 원래는 골리친이 만약의 상황에 대비해 피신용으로 파놓은 땅굴이었다. 소피아는 파수병이 잘생긴 데다 은근히 수작을 걸어오자 내친김에 음란한 관계를 맺게 되었다.

지금 위소보가 자기를 따라 모스크바로 가겠다고 하자, 데리고 놀면 재미있을 것 같아 쌍아와 함께 데려가기로 했다.

소피아 공주를 호위하는 카자크 호위병은 200명가량 되었다. 그들은 말을 타거나 썰매를 이용해 끝없이 펼쳐진 대설원을 가로질러 계속해서 서쪽으로 향했다.

어느덧 20여 일이 지났다. 야크사성에서 한참 멀리 떨어졌으니 이제 홍 교주의 신룡교가 뒤를 쫓아올 리는 만무했다. 위소보는 안심이 됐지만, 모스크바까지는 아직도 넉 달을 더 가야 한다는 말에 소스라치게 놀랐다.

"그럼 하늘 끝까지 가는 거잖아요? 넉 달을 더 가야 한다면 중국 어린애는 중국 노네인이 되겠네!"

소피아가 말했다.

"왜? 북경으로 돌아가고 싶어?"

위소보가 따리를 붙였다.

"아름다운 공주는 천년을 보든 만년을 보든 싫증나지 않아. 하지만 그렇게 멀리 간다면 좀 무서워."

소피아는 지난 20여 일 동안 위소보와 함께 있으면서 중국말을 더 많이 배웠다. 그리고 위소보는 워낙 영특하고 기억력이 좋아서 역시 러시아 언어를 적지 않게 터득했다.

긴 여정은 지루할 수밖에 없었다. 한 사람은 정조를 중시하는 정숙한 여자가 아니고, 한 사람은 더구나 성인군자가 아니었다. 한 사람은 정조를 지킬 필요가 없고, 한 사람은 덩굴째 굴러온 호박을 마다할 위인이 절대 아니었다. 능숙한 소피아의 주도하에 두 사람은 즐길 수 있는 시간을 헛되이 보내지 않았다. 소피아로선 맘껏 위소보를 데리고 놀아서 좋고, 위소보는 새로운 경험이 그저 꿈만 같았다.

소피아는 위소보가 북경으로 가고 싶어 한다는 것을 눈치채고 섭섭해했다.

"놔주지 않을 거야. 나랑 모스크바에 가서 1년만 있다가 보내줄게."

위소보는 내심 야단났다고 생각했다. 그동안 함께 있으면서 공주는 뭐든 자기 멋대로 해야 직성이 풀리고 고집이 세다는 것을 알았다. 만약 그녀의 뜻에 따르지 않고 돌아가겠다고 떼를 쓰면 카자크 병사를 시켜 바로 죽일지도 모를 일이었다. 그는 속내를 전혀 드러내지 않고 천연덕스레 웃으며 좋아하는 척했다.

이날 저녁 무렵, 위소보는 쌍아를 찾아가 달아날 방법을 상의했다.

쌍아가 말했다.

"상공은 어떡할 생각인데요? 저는 무조건 따를게요."

위소보는 끝없이 펼쳐진 설원을 바라보고는 길게 한숨을 내쉬며 고개를 절레절레 흔들었다. 달아나려면 충분한 식량이 필요하다는 것을, 두 사람 모두 잘 알고 있었다. 그렇지 않으면 설령 소피아가 사람을 시켜 추격을 하지 않아도 이 빙천설지冰天雪地 대설원에서 굶어죽거나 얼어죽기 십상이었다. 전에 요동 설원을 헤맬 때는 비록 추워도 사냥을 해서 요기를 채우곤 했다. 그런데 지금은 참새 따위도 별로 눈에 띄지 않았다. 온종일을 가도 설지에서 꽃사슴은커녕 짐승의 발자국 하나도 발견하지 못했다. 어쩔 도리가 없었다. 그저 소피아를 따라 무작정 서쪽으로 가는 수밖에.

위소보는 처음엔 소황제가 어떻게 됐을까, 오삼계가 과연 출병을 했을까, 그 예쁜 계집 아가는 아직도 곤명에 있을까, 그리고 홍 교주와 방이는 어디에 있을까… 많은 것이 궁금하고 염려도 됐다. 그러나 대설원에서 다시 한 달 남짓 보내다 보니, 그런 생각은 다 잊어버렸다. 이런 빙천설지에선 머리까지 얼어붙는 모양이었다.

다행히 위소보는 천성이 낙천적이라 근심 걱정에 매이지 않고, 소피아와 거시기를 하고 잘 통하지도 않는 러시아 말로 시시덕거리며 시간을 보내고, 때로는 쌍아에게 쓰잘머리 없는 이야기를 늘어놓으면서 무료함을 달랬다.

세월이란 놈은 참으로 신통하다. 가만히 놔둬도 스스로 흘러가기 마련이다. 이날, 드디어 모스크바성 앞에 다다랐다. 때는 춘사월이라 눈과 얼음이 녹고 날씨도 차츰 따뜻해졌다.

위소보가 보니, 모스크바성은 성벽이 두껍고 큰 돌로 축조돼 견고해 보이지만 건축이 아무래도 좀 조잡한 것 같았다. 멀리서 바라다본 성안 집채들도 더럽고 누추해 보였다. 북경이 아니라 양주의 큰 성곽과 비교해도 턱없이 초라했다. 중원에 있는 작은 성시만도 못한 것 같았다. 몇 군데 지붕이 둥글고 탑이 뾰족한 예배당만이 제법 웅장해 보였다. 위소보는 그것을 보고 나서 러시아를 얕잡아보게 되었다.

'뭔 놈의 개똥 같은 러시아야? 별것 아니잖아! 이런 성을 우리 중국에 가져가면 외양간이나 돼지우리로 쓸 수밖에 없어. 그래도 공주랍시고 오는 도중에 모스크바 자랑만 잔뜩 늘어놓더니, 순허풍이잖아!'

모스크바는 아직 수십 리 떨어져 있는데, 공주의 친위대는 보고를 하기 위해 쾌마를 몰아 성안으로 향했다. 얼마 후, 나팔소리가 들리며 성안에서 한 무리의 화창대가 말을 타고 달려왔다.

러시아는 주위 약소민족들을 병합해 국토를 넓혀왔다. 그래서 동쪽에서 서쪽까지 국토가 수만 리에 달하고 인종도 아주 복잡하고 다양했다. 러시아의 정예부대는 카자크 기병대다. 그들은 동정서벌東征西伐을 통해 다른 민족을 탄압해왔다. 또 하나의 강력한 군대는 화창영火槍營으로, 막강한 화기가 위력적이고, 황궁 사황의 친위대이기도 하다.

화창대가 가까이 달려오자 소피아 공주는 깜짝 놀라 안색이 변했다. 관병들의 모자에는 검정 깃털이 꽂혀 있고, 들고 있는 화창에도 검정 베조각이 묶여 있었다. 그것은 국상國喪이 났다는 표식이었다.

공주는 말을 급히 몰아 앞으로 달려나가면서 소리 높여 물었다.

"무슨 일이 있느냐?"

화창영 영장營長이 말에서 뛰어내려 몸을 숙이고 아뢰었다.

"공주 전하께서 나흘만 일찍 오셨더라도 황제 폐하의 임종을 지킬 수 있었을 겁니다."

소피아는 남동생이 비록 병약하다는 것을 알고 있었지만 이렇게 갑작스레 요절하리라고는 결코 생각지 못했다. 슬픔이 북받쳐 안장에 앉은 채로 통곡을 했다.

위소보는 공주가 통곡하자 통역관에게 물어 러시아의 황제가 별세했다는 이야기를 듣고는 내심 좋아했다.

'러시아의 황제가 홍복영락을 하지 못하고 갔으니, 나라가 어수선해 중국으로 쳐들어가기가 그리 쉽지 않을 거야.'

소피아 일행이 영장을 따라 성안으로 들어가서 황궁으로 직행하려는데, 영장이 막아섰다.

"황태후의 명이니, 공주 전하께서는 성 밖에서 휴식을 취하도록 하십시오."

소피아는 놀라고도 화가 치밀어 호통을 쳤다.

"무슨 황태후의 명이란 말이냐? 그 황태후가 감히 나더러 이래라저래라 할 수 있단 말이냐?"

영장은 아무 말 없이 손을 번쩍 들었다. 그러자 화창수들이 화창을 들어 공주를 수행해온 병사들을 겨냥했다. 그들의 화창과 칼 등 무장을 해제해 말에서 내려오게 했다.

공주가 성난 음성으로 다그쳤다.

"지금 뭐 하는 짓이냐?"

영장이 말했다.

"황태후께서는 공주 전하가 돌아오면 새 황제의 칙령에 따르지 않을까 봐 소장小將더러 공주님을 보호하라고 명했습니다."

소피아 공주는 화가 나서 얼굴이 빨갛게 상기됐다.

"새 황제라고? 그게 누구란 말이냐?"

영장이 대답했다.

"새 황제는 표트르 1세 폐하입니다."

소피아 공주는 앙천대소를 터뜨렸다.

"표트르라고? 표트르는 열 살에 불과한 어린애잖아. 그가 어떻게 사황이 될 수 있어? 그리고 그 무슨 황태후가 혹시 나탈리야란 말이냐?"

영장이 다시 대답했다.

"네, 그렇습니다!"

소피아의 부친 알렉세이 미하일로비치는 두 명의 황태후를 맞아들였다. 첫 번째 부인은 자녀가 많았다. 선황 표도르 3세와 소피아 공주,

그리고 작은아들 이반은 그녀의 소생이었다. 두 번째 황후인 나탈리야는 훨씬 젊었다. 그녀에게는 아들 하나밖에 없었는데, 바로 표트르다. 이 나탈리야 황후는 기지가 뛰어나고 음모술수에 능했다. 그녀는 선황이 별세하자 바로 조정대신들과 화창영의 총통령을 포섭해 자신의 아들인 표트르를 황위에 앉히고 조정의 대권을 장악했다.

소피아 공주가 말했다.

"난 궁으로 들어가 나탈리야를 만나 따져야겠다. 내 동생 이반이 표트르보다 나이가 많은데 왜 사황으로 세우지 않았지? 조정대신들은 다들 뭐 하고 있었던 것이냐? 궁중의 법도를 무시하겠다는 거냐?"

영장이 말했다.

"저는 그저 황태후와 사황의 명령에 따를 뿐입니다. 공주 전하께서 헤아려주십시오."

그러면서 공주의 말고삐를 잡아 동쪽으로 말 머리를 돌렸다.

소피아는 끓어오르는 분노를 참을 수 없었다. 여태껏 그 누구도 감히 자신에게 이런 무례를 범하지 못했다. 그녀는 다짜고짜 영장을 향해 채찍을 날렸다. 영장은 빙긋이 웃으며 잽싸게 피했다. 그러고는 말안장에 올라 화창대를 이끌고 공주와 위소보, 쌍아 등을 성 밖에 있는 엽궁獵宮으로 데려갔다. 화창대가 궁 밖에서 삼엄하게 경계를 서 아무도 접근하지 못하도록 막았다.

소피아 공주는 분노를 주체할 수 없어 침실 안에 있는 가구와 장식품들을 다 때려부쉈다. 엽궁 주방에서 만들어온 음식도 바로 다 요리사의 얼굴에다 던져버렸다.

그렇게 며칠이 지났는데, 엽궁 밖 경계는 여전히 철통같았다. 소피아는 영장을 불러오게 해서는 자신을 이곳에 언제까지 가둘 거냐고 따져물었다.

영장은 태연하게 대답했다.

"저는 그저 명에 따를 뿐입니다. 황태후께서 공주님더러 이곳에서 편히 지내시랍니다. 표트르 1세 폐하께서 등극 50주년을 맞이하면 공주님도 경축예전에 초대하겠답니다."

소피아는 어이가 없었다.

"지금 뭐라고 했지? 표트르 등극 50주년이라고? 그럼 나더러 여기서 50년이나 기다리란 말이냐?"

영장은 미소를 지었다.

"저는 올해 마흔 줄입니다. 그러니 공주님을 50년 동안 더 모실 수는 없을 겁니다. 아마 10년이나 15년이 지나면 더 젊은 영장과 교체되겠지요."

소피아는 이곳에서 50년 동안 갇혀 지낼 생각을 하니 등골이 오싹했다. 그녀는 억지로 웃으면서 영장을 가까이 불렀다.

"이리 가까이 와봐, 제법 잘생겼는데…."

자신의 미색으로 영장을 유혹해볼 심산이었다. 영장만 자기 발밑에 굴복시키면 여기서 벗어날 희망이 보일지도 몰랐다.

그러나 영장은 공손히 몸을 숙이더니 뒤로 물러났다.

"공주님, 용서해주십시오. 황태후의 칙령으로 화창영의 병사들은 아무도 공주님을 가까이할 수 없습니다. 누구든 공주님의 손가락 하나라도 건드리면 바로 참수를 당할 겁니다. 영장을 죽이면 부영장이 영장이 되고, 부영장을 제거하면 제1소대장이 승진을 하게 돼 있습니다.

모두들 승진을 바라기 때문에 서로 감시가 아주 심합니다."

황태후 나탈리야는 소피아 공주가 뛰어난 미모와 몸매로 걸핏하면 남정네들을 유혹하는 것을 잘 아는지라 사전에 단단히 조치를 취해놓은 것이다. 그렇게 엄하게 규칙을 정해놓지 않으면 그녀를 가둬놓기 어렵다는 것을 잘 알고 있었다.

영장이 물러가자 소피아는 더 이상 어떻게 해볼 재간이 없었다. 그저 울고불고하면서 황태후에게 쌍욕을 퍼부을 뿐이었다.

위소보는 엽궁에 갇혀 여러 날을 보내면서 공주가 매일 성질을 부리고 자기한테 화풀이를 하는 것을 감당해야만 했다. 그리고 경비병들도 아주 무례했다. 양코배기들이 사는 곳은 정말 귀기鬼氣가 가득한 것 같았다. 쌍아와 상의를 해보았지만, 이곳 엽궁에서 달아나는 것은 그런대로 가능할지 몰라도 다시 중원으로 돌아가기란 불가능해 보였다. 길을 잘 아는 사람이 앞장서 안내를 해주기 전에는 대초원에서 길을 잃기 십상일 것이었다. 말을 타고 달려도 북경까지는 네다섯 달이 걸릴 테고, 자기네끼리 달아나면 아마 네댓새도 못 가서 동서남북을 분간하지 못해 머리가 돌아버릴 것이었다. 아무리 궁리해도 뾰족한 수가 떠오르지 않았다.

위소보는 어쩔 수 없이 소피아 공주의 비위를 맞추며, 쌍아와 너스레를 떨고 그녀를 웃기고 골려주는 것으로 시간을 보낼 수밖에 없었다. 이날도 당나라 승려 삼장법사가 손오공, 저팔계, 사오정을 데리고 경전을 구하러 서역에 가는 이야기를 나누고 있었다. 위소보가 말했다.

"삼장법사는 서역으로 갔는데 아마 모스크바보다 더 멀리 가진 못했을 거야. 그러니까 난 삼장법사보다 더 센 거지. 내 말을 믿지 못하겠다면, 우리 내기를 할까?"

쌍아는 내기에 별 관심이 없었다.

"알았어요. 상공은 삼장법사에 비해 누가 더 센지 묻고 싶은 모양인데, 상공이 더 세다고 할게요. 내기는 하기 싫어요. 사실 난 저팔계만도 못해요."

그러고는 입을 삐쭉거리며 웃었다.

이때 공주의 방에서 와장창 물건 내동댕이치는 소리가 들려왔다. 다시 침대가 들썩거리는 소리가 들리더니, 그녀가 발을 구르며 울기 시작했다. 위소보는 한숨이 나왔다.

"내가 가서 달래볼게. 자꾸 울기만 하면 무슨 소용이 있어?"

그러면서 공주의 방으로 들어갔다.

"공주, 울지 마. 내가 웃기는 얘기 해줄게."

소피아는 침대에 엎어져 발을 내지르며 울먹였다.

"싫어! 듣기 싫어, 싫다니까! 나탈리야를 지옥에 떨어뜨릴 거야! 그녀를 지옥에 보내고야 말 거야!"

위소보는 '나탈리야'가 누군지 몰라서 물어보고, '사황의 어머니'라는 대답을 듣고는 기뻐하며 말했다.

"난 또 어떤 나쁜 놈이 나탈리야인가 했는데, 이제 보니 황태후잖아. 내 말을 잘 들어. 중국의 나탈리야는 '늙은 화냥년'이라고 하는데 역시 나쁜 사람이었어. 그래서 내가 수를 써서 그를 궁에서 몰아냈지. 그것 때문에 황제의 환심을 사서 내가 중국의 대관이 된 거야."

소피아는 좋아하며 몸을 일으켜 앉았다.

"무슨 좋은 방법이 있어?"

위소보는 생각을 굴렸다.

'내가 그 늙은 화냥년을 내쫓을 수 있었던 것은 그가 가짜 황태후였기 때문이야. 한데 러시아의 화냥년은 진짜 황태후잖아. 내가 전에 썼던 수는 통하지 않을 거야.'

그는 솔직히 말했다.

"난 중국 소황제와 서로 짜고 중국 나탈리야를 몰아냈어."

소피아는 눈살을 찌푸리며 말했다.

"하지만 표트르는 자기 엄마를 사랑하기 때문에 내 말만 듣고 나탈리야를 몰아내진 않을 거야. 그렇다면… 그렇다면….

그녀는 고개를 절레절레 흔들며 침대에서 내려와 맨발로 융단 위를 이리저리 거닐었다. 입술을 깨물면서 뭔가 골똘히 생각하는 것 같았다. 위소보가 말했다.

"우리 중국에 측천무후則天武后라는 여황제가 있었는데, 그녀는 많은 남자 황후들을 거느리고 아주 즐겁게 살았어. 공주, 내가 보니까 공주도 그 측천무후와 비슷해. 자기가 여황제가 되는 게 낫잖아!"

그 말에 소피아는 귀가 번쩍 뜨였다. 여황제가 된다는 것은 단 한 번도 생각해본 적이 없는 일이었다. 러시아에는 여태껏 여황제가 없었다. 여자는 사황이 될 수 없다는 고정관념이 있었던 것이다. 하지만 중국에 정말 여황제가 있었다면 러시아에도 여사황이 없으라는 법은 없지 않은가!

그녀는 엽궁에 갇힌 후 두려움과 분노로 인해 온종일 어떡하면 엽궁에서 달아날 수 있을까, 그 방법만 궁리했다. 동방의 야크사로 가서 골리친과 함께 있는 게 여기 감금돼 있는 것보다 훨씬 낫다고 생각했다. 그런데 지금 위소보한테서 '여황제'라는 말을 듣자 눈앞에 이내 신천지가 펼쳐지는 것 같았다. 그녀가 몸을 돌리자 눈이 반짝반짝 빛났다. 소피아는 위소보의 어깨를 두 손으로 누르고 볼에다 입맞춤을 하며 미소를 지었다.

"내가 여황제가 되면 널 황후에 봉할게."

위소보는 깜짝 놀라 속으로 중얼거렸다.

'그건 절대 안 되지!'

얼른 말했다.

"나는 중국인. 러시아 황후 안 돼. 그냥 대관을 시켜줘."

소피아가 말했다.

"황후도 하고 대관도 해."

위소보는 또 속으로 투덜거렸다.

'빌어먹을! 언제 죽을지도 모르는데 뭐가 그렇게 좋다고 날 황후에 봉하고 대관도 시켜준다는 거야? 제기랄!'

소피아가 다시 말했다.

"어떡해야 내가 사황이 될 수 있을지 어서 좋은 방법을 생각해봐."

위소보는 눈살을 찌푸렸다. 국가 대사를 논하자고 하면 별로 아는 게 없었다. 강희와 비교해 거의 천양지차라 할 수 있었다. 진근남, 색액도, 오삼계 등과도 비교가 안 된다. 그는 사뭇 진지하게 말했다.

"공주, 그건 쉬운 일이 아니야. 나 혼자서는 생각해낼 수 없어. 북경으로 돌아가 우리 소황제한테 물어보고, 재간이 있는 사람들을 많이 데려와 그 나탈리안지 뭔지 하는 화냥년을 몰아내고 사황을 붙잡으면 대성공을 거둘 수 있을 거야."

그는 '성공을 거둔다'는 대목에 이르자 절로 소피아를 끌어안고 쪽, 입맞춤을 했다. 소피아는 가볍게 신음을 하며 말했다.

"안 돼, 안 돼. 너 북경 갔다가 모스크바 다시 오면 1년도 더 걸려. 나 이미 죽어 천당에 갔어."

위소보가 생각해보니 그 말도 맞았다. 그는 한숨을 내쉬며 말했다.

"예쁜 공주 천당에 가면 중국 대관도 따라서 천당 간다."

소피아는 그를 살짝 밀어내며 눈을 흘겼다.

"중국 대관, 거짓말 잘해. 쓸모없어. 그냥⋯ 아부아부, 허풍허풍!"

그녀가 '아부를 잘하고 허풍을 잘 떤다'라는 말을 제대로 하지 못하자 위소보는 깔깔 웃었다. 그런데 소피아가 입을 삐쭉거리며 눈을 내리깔고 자신을 쳐다보는 게, 영 무시하는 듯한 표정이었다. 위소보는 자존심이 상하고 내심 화도 났다.

'아따, 무슨 수를 써서 이 계집을 여자 사황으로 만들지? 측천무후는 어떻게 여황제가 됐는지 모르겠어. 그걸 알아내면 러시아에서도 똑같이 따라하면 될 텐데, 어느 세월에 북경으로 가서 소황제나 색 대형한테 그걸 물어봐?'

위소보가 아는 것은 전부 다 설화 선생에게 들은 고사와 경극에서 본 줄거리들이었다. 그런데 높은 벼슬에 오른 후로는 설화를 들으러 가지도 못했다. 경극을 볼 기회는 그래도 꽤 있었지만, 측천무후가 여황제가 되는 줄거리는 본 적이 없었다.

위소보는 멍하니 창밖을 바라보며 속으로는 전에 설화 선생한테 들은 고사와 경극의 줄거리들을 죽 되새겨보았다.

'여자 황제는 그 과정을 잘 모르겠고, 남자 황제는 어떻게 만들어졌더라? 명나라 주원장은 싸워서 천하를 얻었어. 그의 부하 대장군 중에는 서달徐達, 상우춘常遇春, 호대해胡大海, 목영沐英….'

그건 《대명영렬전大明英烈傳》의 줄거리였다. 생각이 이어졌다.

'이자성은 군사들을 이끌고 북경으로 쳐들어갔고, 구난 사부님의 아버지 숭정 황제는 목을 매달아 죽었기 때문에 그는 스스로 황제가 됐어. 그리고 청병이 이자성을 쫓아내자 순치 노황야가 황제가 된 거야. 오삼계가 황제가 되고 싶으면 출병을 해서 모반을 해야 해. 보아하니 누가 황제가 되더라도 군사들을 이끌고 한바탕 싸워야 하나 봐. 서로 죽고 죽이고 해서 천하가 아수라장이 돼 피가 강을 이루고 시신이 산더미처럼 쌓여야 하는 거지.'

그렇게 싸워야 한다는 생각을 하자 두려움이 밀려왔다. 그래도 생각은 계속되었다.

'그런데 여기 갇혀 있는 우리에겐 무슨 군사가 있지? 피 터지게 싸우지 않아도 황제가 될 수 있는 길은 없나?'

그가 중국 역사에 대해 아는 것이라곤 그야말로 쥐뿔만큼밖에 없었다. 싸우지 않고 황위에 오른 건 그저 소황제 강희밖에 없다고 생각했다. 강희야 자기 아버지가 양위를 해서 황제가 된 것이었다. 지금 그 방법은 통할 리가 없었다. 생각은 또 이어졌다.

〈참황포斬黃袍〉라는 경극을 보면, 송나라 황제 조광윤趙匡胤이 대장 정은鄭恩을 죽이자, 그의 아내가 남편을 위해 복수하려고 군사들을 이끌고 병란을 일으켰어. 궁지에 몰린 조광윤은 살려달라고 애원하면서

55

황제의 상징인 황포를 벗어 그녀로 하여금 단칼에 두 동강을 내게 내주었지. 그것으로서 정 부인의 한을 풀어주기는 했지만, 그야말로 개망신을 당한 거야.'

위소보는 전에 보았던 경극의 줄거리가 자꾸만 떠올랐다. 그가 본 경극 중 또 〈녹대한鹿臺恨〉이라는 것이 있었다. 주왕紂王이 잔악한 폭정을 일삼자, 강태공姜太公이 주나라 무왕武王을 도와 출병해서, 주왕은 결국 녹대鹿臺에서 불에 타 죽고, 무왕이 황제가 되었다. (위소보는 당시에는 왕이 있었을 뿐, 황제가 없었다는 사실을 알지 못했다.)

그의 생각은 《삼국지연의》의 조조曹操까지 이어졌다.

'조조, 그 대백검大白臉(흰 얼굴, 경극에서 하얀 얼굴은 간신이고 검은 얼굴은 충신)은 어떻게 황제가 됐지?'

〈소요진逍遙津〉이라는 경극에서, 조조는 한나라의 무슨 황제를 죽음으로 내몰고 황제가 됐다. (위소보의 기억은 틀렸다. 조조는 황제가 되지 못했다.) 그의 부하 중 장張 아무개하고 허許 아무개는 아주 대단했다.

'유비는 어떻게 황제가 됐지? 잘 모르겠다. 틀림없이 관운장과 장비, 조자룡이 도와줘서 천하를 얻었을 거야!'

아무튼 황제가 되려면 피 터지게 싸우는 수밖에 없다는 결론에 이르렀다. 설령 황제가 된다고 해도 싸워서 남을 당해내지 못하면 결국 황제 자리를 빼앗기기 마련이다. 그리고 설사 빼앗기지 않는다고 해도 개망신을 당하기 십상이다.

설화 선생에게 들은 《수호지》 이야기에 '임 교두教頭 화병火倂 왕륜王倫'이란 대목이 있다. 10만 대군의 교두였던 임충林冲이 왕륜과 대판 싸우는 내용인데, 조개晁蓋가 강도 패거리의 두목이 되기 위해 임충과 서로 짜고 원래 양산박의 우두머리였던 왕륜을 죽인다는 줄거리였다. 그걸 보면, 강도떼의 우두머리가 되려고 해도 싸우는 수밖에 없다.

소피아는 그가 이를 부드득 갈며 주먹을 쥐고 이리저리 휘두르는 것을 보고 웃으며 물었다.

"지금 뭐 하는 거야?"

위소보는 잠시 멍해 있다가 비로소 제정신이 돌아왔다.

"황제가 되려면 싸우는 수밖에 없어!"

소피아는 무슨 말인지 몰라 다시 물었다.

"싸워? 누구랑 싸워?"

위소보가 대답했다.

"당연히 러시아의 화냥년이랑 싸워야지."

소피아는 그가 '러시아의 화냥년'이라고 말하는 것을 여러 번 들었는데 그 '화냥년'이 무슨 뜻인지 몰랐다. 그걸 물어보려는데, 갑자기 문이 열리며 화창영 영장이 들어왔다. 그는 다짜고짜 위소보의 멱살을 잡고 뭐라고 씨부렁대더니 밖으로 끄집어내 엉덩이를 걷어찼다.

영장이 다시 깔깔 웃으며 또 걷어차려 했다. 위소보는 화가 치밀었다. 그는 펄쩍 뛰어 공중제비를 하는 동시에 영장의 어깨 위에 올라탔다. 바로 지난날 홍 교주가 가르쳐준 구명삼초救命三招 중 한 초식인 적청항룡狄靑降龍이었다. 그는 이 초식을 아직 제대로 익히지 못해, 만약 일반 무공 고수를 상대로 전개했다면 어림도 없었을 것이다. 그런데 이 영장은 중원의 무공을 알 리가 만무했다. 위소보는 간단하게 그의 어깨에 올라타 두 손의 식지로 그의 두 눈을 누르고 호통을 쳤다.

"꼼짝 마! 눈깔, 죽어!"

그는 러시아말을 잘하지 못했다. '꼼짝 마! 허튼짓을 하면 눈깔을 파버릴 거다!'라고 말하고 싶었으나, 아는 단어가 별로 없어 그냥 '눈깔, 죽어!'라고 한 것이다.

영장은 제법 영특해서 그의 말뜻을 알아차리고 크게 놀라 전혀 움직이지 않았다. 위소보는 오른손을 그의 눈에서 떼 한쪽 귀를 잡아당기면서 말했다.

"가자!"

그러고는 마치 말에 올라탄 것처럼 영장을 타고 공주의 방으로 다시 들어갔다.

"문 닫아! 화창, 내놔!"

소피아는 놀라면서도 기뻐하며 얼른 문을 닫고 영장이 차고 있는 단총을 빼앗아 등을 겨냥했다. 위소보는 그제야 그의 어깨 위에서 뛰어내렸다. 그리고 그의 윗옷 허리띠를 풀어 두 발목을 묶고, 다시 그의 바지 허리띠를 풀어 두 손을 묶었다. 허리띠가 풀어지자 바지가 흘러내려 그의 아랫도리가 드러났다. 소피아와 위소보는 깔깔 웃었다. 영장은 얼굴이 빨갛게 상기돼 이를 부드득 갈았다. 머리끝까지 화가 났지만 어쩔 수가 없었다.

이때 방문이 살짝 열리더니 쌍아가 고개를 들이밀고 물었다.

"상공, 별일 없어요?"

위소보가 손짓으로 그녀를 불러들이고는 다시 문을 닫았다. 쌍아는 아랫도리가 벗겨진 영장을 보자 우습고도 어리둥절했다.

소피아가 위소보에게 물었다.

"영장을 잡으면 무슨 소용이 있어?"

위소보는 순간적으로 화가 나서 영장을 제압한 것이지, 뭘 어떻게 하겠다는 생각은 없었다. 그런데 지금 소피아의 물음에 번쩍 떠오르는 생각이 있었다.

"반란을 일으키게 해!"

그는 러시아말로 '반란'이라는 단어를 몰라 그냥 중국말로 했다. 그러고는 다시 소리쳤다.

"나탈리야 죽여! 사황도 죽여! 공주, 사황 해!"

소피아는 '반란'이란 중국말을 모르지만 '나탈리야 죽여! 사황도 죽여! 공주, 사황 해!'라는 말은 알아들을 수 있었다. 그녀는 처음엔 그저 멍해 있더니 곧 크게 기뻐하며 영장에게 뭐라고 한참 동안 시부렁거렸다.

위소보는 그들이 러시아말로 하는 이야기를 알아듣지 못했다. 영장이 연신 고개를 내두르는 것으로 미루어 소피아의 제안을 거절하는 것 같았다. 그래서 소리쳤다.

"말 안 들으면 죽여!"

그러고는 신발 속에서 비수를 꺼내 영장의 왼쪽 턱을 슬쩍 문질렀다. 그러자 수염이 싹둑 잘려나갔다. 그것을 본 소피아가 웃었다.

"칼이 예리해."

영장은 놀라 안색이 창백해져서는 속으로 투덜댔다.

'녀석이 칼을 신발 속에 숨기고 있었군. 진작 몰수했어야 했는데….'

소피아가 물었다.

"항복할 거야, 안 할 거야? 날 사황으로 만들어줄 거야?"

영장이 말했다.

"제가 공주님을 받들지 않으려는 게 아니라, 부하들이 제 명에 따르지 않을 겁니다. 모스크바에 화창대가 모두 20영營이 있고, 우린 그중 한 영일 뿐입니다. 반기를 들어도 나머지 19영을 당해내지 못해요."

소피아는 그의 말에도 일리가 있다고 생각했다. 그러나 위소보가 알아듣게 설명하기가 녹록지 않았다. 어쩔 수 없이 손짓발짓을 할 수밖에! 20개의 화창대를 설명할 때는 열 손가락이 모자라 발가락까지 세어가면서 간신히 이해를 시켰다.

어렵사리 알아들은 위소보는 고민에 빠졌다. 결코 쉬운 일이 아니었다. 그는 의자에 앉아 곰곰이 생각했다.

'이 영장이 모반을 하지 않겠다면 죽여도 소용이 없어.'

그는 소피아에게 말했다.

"영장이 싫다면 부영장을 불러와!"

소피아가 반문했다.

"부영장?"

위소보가 고개를 끄덕였다.

"그래, 부영장을 불러!"

소피아는 영장을 문 앞으로 데려가 단총으로 등을 겨냥했다.

"부영장을 불러! 허튼짓을 하면 바로 총을 쏠 거다."

영장은 어쩔 수 없이 큰 소리로 부영장을 불러오라고 시켰다.

잠시 후, 부영장이 문을 열고 들어왔다. 쌍아가 문 뒤에 숨어 있다가 그가 들어오자마자 손가락으로 등을 찔렀다. 부영장은 혈도를 찍혀 움직이지 못했다. 쌍아는 좋아하며 환하게 웃었다.

"상공, 외국 사람도 혈도가 똑같네요. 난 양코배기는 혈도가 다른 줄 알았어요."

위소보도 웃으며 말했다.

"외국 사람도 똑같이 눈이 있고, 코가 있고, 머리가 있으니 혈도도
당연히 있겠지."

그러고는 부영장이 허리에 차고 있는 칼을 빼서 소피아에게 건네주
었다.

"부영장더러 영장을 죽이고 반기를 들라고 해. 싫다면 소대장을 불
러와서 그를 죽일 거라고 해."

소피아는 좋은 수라고 생각하면서 부영장에게 말했다.

"영장을 죽이고 네가 영장이 돼서 화창대를 이끌고 내 명에 따라라.
영장을 죽이지 않으면 소대장을 불러다 너와 영장을 죽이고 영장이
되라고 하겠다. 자, 죽일 거냐, 안 죽일 거냐?"

위소보가 쌍아에게 말했다.

"쌍아, 그의 혈도를 풀어줘. 대신 다리의 혈도는 풀지 마."

쌍아는 그가 시키는 대로 상반신의 혈도를 풀고 칼을 손에 쥐여주
었다.

소피아는 부영장에게 다시 한번 물었다. 그러자 영장이 욕을 들입
다 하며 협박을 해댔다. 부영장은 그렇지 않아도 영장과 평상시 불화
가 심했다. 그냥 모반을 꾀하라고 하면 감히 엄두가 나지 않겠지만 지
금 영장이 욕을 너무 심하게 하자 화가 치밀었다.

'내가 지금 이놈을 죽이지 않으면 소대장이 영장이 되고 싶어서 널
죽일 거다. 물론 나까지 다 죽이겠지!'

그는 곧 칼을 내리쳐 영장의 목을 뎅강 베어버렸다.

그가 칼을 내리치자 소피아와 위소보, 쌍아는 일제히 잘했다고 소리쳤다. 위소보와 쌍아는 물론 중국말로 외쳤지만 소피아는 러시아말로 소리쳤다.

소피아는 부영장의 손을 잡고 그의 충의와 용기를 극구 칭찬했다. 그리고 즉시 영장으로 승진시켰다.

"자, 앉아서 자세히 상의해보자."

부영장은 눈살을 찌푸리며 위소보와 쌍아를 가리켰다.

"저 두 외국 아이가 마술을 써서 난 하반신을 움직일 수 없어요."

소피아가 위소보에게 말했다.

"어서, 마술, 가라!"

쌍아는 빙긋이 웃으며 부영장의 혈도를 풀어주었다.

소피아가 새로운 영장에게 말했다.

"가서 6개 소대의 소대장과 부소대장을 불러와라. 내가 중국 어린 애들을 시켜 마술로 그들을 움직이지 못하도록 만들겠다."

부영장은 명을 받들고 나가더니 얼마 뒤 열두 명의 정正·부副 소대장을 데리고 와서 문밖에 정렬시켰다. 부영장이 그들을 한 사람씩 불러들일 때마다 쌍아는 허리께의 지실혈志室穴과 허벅지의 환도혈環跳穴을 찍었다.

소피아가 말했다.

"부영장은 나를 여사황에 옹립하기로 결심해 영장으로 승진됐다. 우린 나탈리야를 죽이기로 했다. 모두 내 명에 따르겠느냐?"

열두 명의 정·부 소대장들은 영장의 시신이 바닥에 널브러져 있는 것을 보고 사태의 심각성을 직감했는데, 소피아의 말을 듣자 더더욱 놀라움을 금치 못하며 서로 마주 볼 뿐 아무도 입을 열지 못했다.

위소보는 속으로 생각을 굴렸다.

'만청이 중원으로 쳐들어왔을 때 오랑캐 군사는 양주십일이니 뭐니 해서 살인과 방화, 약탈과 강간을 저질러서 노황야가 황제에 올랐어. 빌어먹을! 나도 저들더러 모스크바십일을 저지르게 해서 세상을 발칵 뒤집어놔야지! 그럼 중이 우산을 쓴 것처럼 무법무천無法無天('무법'은 불법이 없다는 뜻이고, '무천'은 우산을 써 하늘이 보이지 않는다는 뜻) 세상이 되겠지. 그렇게 만들지 않으면 어떻게 황위를 빼앗아올 수 있겠어?'

그는 바로 소피아에게 말했다.

"다들 모스크바로 진격하라고 해. 살인과 방화, 약탈… 맘대로 하라고 해. 다들 장군을 시켜줄 테니 금은보화를 챙기고, 미녀들을 잡아서 마누라로 삼으라고 해!"

소피아는 그의 말이 일리가 있다고 생각했는지 영장에게 말했다.

"가서 화창병을 모두 소집해. 내가 직접 명령을 내리겠다."

600명의 화창병이 엽궁 광장에 모였다. 영장은 24명의 화창병을 불러들여 혈도가 찍힌 정·부 소대장들을 광장으로 들고 가게 했다.

소피아는 광장 돌계단 위에 올라서서 목청을 높여 외쳤다.

"화창병들은 들어라! 너희는 모두 러시아의 용사들이다. 나라를 위해 많은 공을 세웠다. 그러나 녹봉이 적어서, 미녀를 차지할 수도 없고, 쓸 돈도 부족하며, 마시고 싶은 술도 제대로 마실 수 없었다. 좁은 집에서 살며 불편한 게 너무 많았다. 모스크바성 안에는 돈 있는 부자들이 많다. 그들은 큰 저택에 살면서 하인을 많이 두고 미녀들을 맘껏 차지했다. 너희는 왜 그렇게 살지 못하느냐? 이건 너무 불공평하다!"

그녀의 말에 화창병들은 일제히 고함을 질렀다.

"옳소! 옳소!"

소피아가 다시 말했다.

"돈이 많은 그들은 너무 많이 처먹어 살이 뒤룩뒤룩 쪄서 돼지나 다름이 없다. 서로 힘을 겨루면 너희를 당해낼 수 있겠나? 그 갑부들의 총 실력이 여러분을 능가하겠는가? 칼싸움을 해도 너희를 당할 수 있을 것 같은가? 그들은 나라와 사황을 위해 공을 세운 적이 있는가?"

그녀가 한 마디씩 물을 때마다 화창병들은 '네뜨HeT'라고 외쳤다. 위소보는 모두들 '네뜨', '네뜨'를 연거푸 외쳐대는 것을 듣고, 그것이 러시아말로 '아니요'라는 뜻임을 알아차렸다. 그는 소피아의 말을 잘 알아듣지 못했다. 그러니 화창병들이 '아니요', '아니요' 하면서 소피아의 말에 반대한다고 오해해, 내심 은근히 걱정스러웠다.

소피아의 말이 이어졌다.

"여러분은 모두 장군이 돼야 하며, 갑부가 돼야 한다. 모두들 승진해서 부를 누려야 한다!"

화창병들은 일제히 환호했다. 개중에는 소피아에게 질문을 던지는 사람도 있었다.

"소피아 공주님, 무슨 수로 우리를 승진시키고 갑부로 만들어줄 겁니까?"

소피아가 대답 대신 그들에게 물었다.

"여러분은 장군이 되고 싶나?"

다들 입을 모아 대답했다.

"그렇습니다!"

소피아가 다시 물었다.

"여러분은 갑부가 되고 싶나?"

화창병들의 대답은 마찬가지였다.

"네, 그렇습니다!"

소피아의 물음이 이어졌다.

"아름다운 미녀를 원하나?"

화창병들은 모두 웃음을 터뜨리며 소리를 질렀다.

"네, 네! 원합니다!"

소피아가 말했다.

"좋아! 그럼 모두 모스크바성으로 들어가서 나머지 열아홉 개의 화창영 용사들에게 이 소피아 공주의 명을 전해라! 나는 곧 사황이 될 것이다. 러시아의 모든 사람은 내 명에 따라야 한다. 화창병이라면 그 누구도 돈 많은 갑부의 집을 습격해 그를 죽이고 그가 갖고 있는 재산과 저택, 그리고 금은보화와 미녀들, 마차, 준마, 의복, 하인, 비녀, 술… 전부 다 차지해도 된다! 너희들은 그럴 용기가 있는가? 사내대장부로서 그렇게 할 배짱이 있나?"

화창병들은 일제히 환호하며 대답했다.

"네! 뭐든지 시키는 대로 하겠습니다! 사황의 명에 따르겠습니다!"

소피아는 매우 기뻐하며 소리쳤다.

"그럼 됐다! 여러분의 그 용기에 찬사를 보낸다. 지하 저장고에 가서 보드카를 전부 다 가져와라! 오늘 다들 마시고 새로운 미래를 자축하자!"

이 사황의 엽궁 지하 저장고에는 수십 년 묵은 귀한 보드카가 잔뜩 쌓여 있었다. 사황과 황후, 공주, 태자, 그리고 왕공대신들을 위해 비치해놓은 명주였다. 화창병들은 아마 평생 동안 그 귀한 술을 단 한 모금도 맛볼 기회가 없을 터였다. 소피아의 명령이 떨어지자 다들 환호와 함께 아우성을 치며 지하 저장고로 몰려갔다.

삽시간에 엽궁 광장에 술판이 벌어졌다. 진귀한 보드카를 따서 꿀꺽꿀꺽 들이켜며 입을 모아 환호했다.

"소피아 사황, 우라! 우라! 소피아 사황, 우라! 우라!"

러시아말로 '우라'는 '만세'라는 뜻이다. 위소보는 비록 잘 모르지만 다들 그렇게 환호하는 것을 듣고 덩달아 소리쳤다.

"소피아 사황, 우라! 우라!"

그냥 틀림없이 소피아를 받들겠다는 좋은 말일 거라고 생각했다. 그는 소피아의 소맷자락을 잡아끌며 말했다.

"저들더러 열두 명의 정·부 소대장을 다 죽이라고 해. 그럼 도중에라도 되돌아오지 못할 거야."

소피아는 연신 고개를 끄덕이더니 낭랑하게 소리쳤다.

"러시아의 충성스럽고 용맹한 용사들이여! 다들 잘 들어라! 내가 갑부들을 습격해 부를 균등하게 나누자고 하니 황태후가 반대를 하면서 저 나쁜 놈들을 보내 여러분을 문책하라고 했다!"

그러면서 정·부 소대장 열두 명을 가리켰다.

그러자 곧 열댓 명의 화창병이 앞으로 나와 소리를 질렀다.

"저 나쁜 놈들을 죽이자!"

술에 거나하게 취한 그들은 거침이 없었다. 칼을 뽑아 삽시간에 소대장들의 목을 다 베어버렸다. 러시아 사람들은 그렇지 않아도 성격이 거친데 술까지 들이켰으니 눈에 보이는 게 없었다. 열두 명의 소대장은 혈도가 찍혀 꼼짝도 못한 채 당할 수밖에 없었다.

화창병들은 감정이 격앙돼 소리를 질러댔다.

"모스크바로 쳐들어가자! 우리 것을 차지하자! 그동안 당한 것을 분풀이하자!"

소피아가 말했다.

"모스크바로 가서 열아홉 개 화창영의 동지들에게 말해라! 다 같이 혁명을 일으키자. 만약 영장, 부영장, 소대장이 우리와 뜻을 같이하지 않으면 즉시 죽여라! 그 어느 귀족이든, 장군이든, 대신이든 불응하면 즉시 처단해라! 그들의 저택과 모든 재산이 너희들 것이다! 돌진해라! 다들 죽여라!"

화창병들은 일제히 환호하며 칼을 높이 뽑아들고 화창을 등에 멘 채 말에 올라탔다. 그리고 모스크바를 향해 돌진했다.

소피아는 새 영장에게 말했다.

"너도 가서 맘껏 네 몫을 챙겨라! 대신 다른 화창대와 정면충돌을 피하고 곧장 크렘린궁으로 쳐들어가 나탈리야와 표트르를 체포해라! 그리고 궁에 있는 금은보화와 궁녀들을 형제들에게 다 나눠줘라. 내가 너희들에게 하사하는 것이다!"

방금 부영장에서 영장으로 승진한 그는 좋아하며 말을 몰고 달려나갔다.

모두 떠나가자 소피아는 한숨을 길게 내쉬며 온몸에 힘이 빠졌는지 돌계단 위에 주저앉았다.

"어이구, 힘들어."

위소보가 말했다.

"내가 부축해줄 테니 안으로 들어가서 좀 쉬지."

소피아는 고개를 내둘렀다.

"아니야, 우리는 망루 위에 올라가서 보자."

이 엽궁은 화강암으로 쌓아올렸는데, 적의 동태를 살필 수 있는 망루는 높이가 족히 8~9장이나 되었다. 러시아는 나라를 세우기 전에는 원래 모스크바의 대공국大公國이었다. 모스크바 대공작이 군웅들을 평정하고 스스로 사황으로 군림한 것이다. 이전 사황은 사냥을 즐겼는데, 행여 사냥을 나간 동안 적이 기습해올까 봐 모스크바성 밖에다 이 엽궁을 축성했다. 유사시에 적의 기습을 막고 또한 후방 지원을 도모할 목적이었다.

소피아는 위소보와 쌍아를 데리고 망루로 올라갔다. 서쪽을 바라보니 모스크바성 안에 많은 등불이 반짝이는 것이 시야에 들어왔다. 어둠이 깔려 있고 주위는 아주 조용했다. 소피아는 은근히 걱정이 되는 모양이었다.

"왜 싸우지 않지? 그들이… 겁을 먹었나?"

위소보는 러시아 병사들의 속성을 알지 못했다. 정말 겁을 집어먹고 진격을 중단했는지 알 수 없었지만, 일단 소피아를 위로했다.

"겁내지 마, 괜찮아."

소피아는 눈살을 가볍게 찌푸리며 물었다.

"왜 병사들더러 살인과 방화, 약탈과 강간을 하라고 시켰지? 그럼 나탈리야와 표트르를 몰아낼 수 있어?"

위소보는 빙긋이 웃었다.

"중국은 그랬어."

그는 지난날 양주성에 살 때, 청나라 군사들이 양주를 공격했을 당시의 상황을 노인네들을 통해 자주 들었다. 청병은 산해관 안으로 들어온 후 강소와 절강 등지에서 한인들의 거센 저항에 부딪혔다. 특히 양주의 저항이 심했다. 그러자 청군 장수는 장병들에게 성을 공략한 후 열흘 동안 살인과 방화, 약탈과 강간을 마음대로 하도록 허락했다. 그 '양주십일'은 실로 처참했다.

위소보는 양주에서 태어나 양주에서 자라면서 '양주십일'의 참상에 대해 계속 들을 수밖에 없었다. 처음에 청군은 양주를 공략하지 못해 애를 먹었다. 그런데 장수가 살인과 방화, 약탈과 강간을 허락하자 병사들은 사욕을 채우기 위해 기를 쓰고 진격해 양주를 쑥대밭으로 만들었다.

나중에 북경에서도 이자성의 병사들이 성안으로 침입해 무조건 재물을 강탈하고 여인들을 유린했다. 그리고 장헌충張憲忠도 성을 공략하면서 부하들에게 사흘 동안 맘껏 노략질을 하라고 허락했다. 모반을 꾀해 성공하려면 우선 세상을 발칵 뒤집어 혼란에 빠뜨려서 병사들의 사욕을 채우게 해줘야 하는 모양이었다. 위소보는 러시아의 화총대가 모반을 겁내 주춤거리는 것 같아 이 '살인과 방화, 약탈과 강간'의 비법을 소피아에게 전수해준 것이다.

그의 비법은 역시 주효했다. 러시아의 병사나 중국의 군사나 별반 차이가 없었다. 한참을 기다렸더니 어둠에 잠겨 있던 모스크바성에서 불길이 일기 시작했다.

소피아는 크게 기뻐했다.

"공격을 개시했다!"

그녀는 위소보를 끌어안고 입맞춤을 하며 좋아서 펄쩍펄쩍 뛰었다. 위소보도 기쁘긴 마찬가지였다.

"드디어 방화를 했다. 그럼 됐어! 살인과 방화는 틀림없이 붙어다니니까!"

다시 얼마쯤 지나자 모스크바성 도처에서 불길이 치솟았다. 동쪽은 시커먼 연기로 뒤덮였고, 서쪽은 불길이 하늘을 찔렀다. 소피아는 손뼉을 치며 좋아했다.

"다들 살인과 방화를 하고 있어. 소보, 정말 똑똑해. 방법이 아주아주 좋아!"

위소보는 빙긋이 웃으며 속으로 시부렁댔다.

'그래, 살인과 방화로 따지면 우리 중국인의 특기지! 너희 러시아 귀신들보다야 아마 백배는 더 뛰어날 거야. 내가 똑똑해서 생각해낸 방법이 아니라, 우린 늘 그렇게 해왔어.'

소피아가 말했다.

"넌 모두에게 영장을 죽이고 소대장을 죽이라고 했어. 계속 죽이고 죽이면 다시 되돌릴 수가 없지. 너 정말 똑똑해. 중국 대관, 대단해!"

위소보가 웃으며 말했다.

"그게 바로 빼도 박도 못하는 '투명장投名狀'이라는 거야."

소피아가 물었다.

"투명장? 무슨 뜻인데?"

위소보는 하하 웃으며 말했다.

"그래, 목숨을 던지는 거야. 목숨을 걸고 싸워야 해."

그는 속으로 러시아인은 정말 무식하다고 욕을 했다.

중국 녹림綠林에선 새로운 도적이 들어오면 우두머리가 그에게 사람을 죽이라고 시킨다. 그렇게 한 번 살인을 하면 조직을 배신하거나 관아에 밀고하지 못하기 때문이다. 《수호지》에 나오는 임충도 처음 양산박에 들어갔을 때 두목인 왕륜이 그에게 살인을 해서 '투명장'을 올리라고 시켰다. 위소보는 그런 이야기를 숱하게 들어왔기에 그 방면의 규칙을 잘 알고 있었다.

위소보는 속으로 으쓱했다.

'우리 중국 사람들의 비법을 러시아의 귀신들이 알 리가 없지. 러시아 사람들은 좀 흉악하지만 구슬리기가 별로 어렵지 않구면.'

소피아는 모스크바성이 불길에 휩싸여 성을 온통 집어삼킬듯이 타들어가자 은근히 걱정이 되는 모양이었다. 화창대의 병사들이 혼란을 틈타 살인을 하고 나면 그다음에 어떤 상황이 벌어질지 예측을 할 수 없어 위소보에게 물었다.

"살인과 방화를 하고 재물과 여인을 강탈한 다음엔 어떻게 되지?"

그 말에 위소보는 잠시 멍해졌다. 그는 단지 모반을 꾀해 성공하려면 살인과 방화, 약탈과 강간을 해서 혼란을 야기해야 된다는 것만 알뿐, 그다음 상황이 어떻게 전개되는지는 잘 알지 못했다. 그래서 대충 얼버무렸다.

"그건… 뭐… 실컷 빼앗으면 그만 빼앗고, 많이 죽이면 그만 죽일 거야."

소피아는 눈살을 찌푸렸다. 무슨 대책을 세워야 하는데, 어떻게 해야 좋을지 알 수 없었다. 두 사람은 서로 마주 보며 침묵을 지키다가 결국 침실로 돌아가 휴식을 취하며 소식이 오길 기다리기로 했다.

다음 날 아침, 그 신임 화총영 영장이 소대의 인마를 이끌고 엽궁으로 와서 소피아에게 보고했다. 20개 화총영이 여사황의 명에 따라 모스크바성에 밤새 불을 질렀고, 각 병사들은 금은보화와 미녀를 원하는 대로 다 나눠가졌으며, 나탈리야를 이미 죽였다고 했다.

소피아는 좋아서 펄쩍 뛰어일어나 소리쳤다.

"나탈리야가 죽었다고? 그럼 표트르는?"

영장이 대답했다.

"표트르는 체포해서 크렘린궁 술 저장고에 가둬뒀습니다."

소피아가 소리쳤다.

"하라쇼! 하라쇼!"

이어 요란한 말발굽 소리와 함께 다시 한 무리의 인마가 달려왔다. 소피아가 놀라 물었다.

"누구냐?"

영장이 대답했다.

"모스크바성의 왕공대신, 장군들이 여사황 폐하를 알현하러 온 겁니다. 공주 전하께서 등극하셔서 러시아의 사황이 되어주길 바라고 있습니다."

소피아는 모든 게 꿈만 같아 위소보를 끌어안고 좌우 볼에다 연신 입맞춤을 하면서 소리를 질렀다.

"중국 대신, 방법 최고!"

말발굽 소리가 엽궁 밖에서 멎고 이어 저벅저벅 구두 발자국 소리가 요란하더니 한 무리가 궁 안으로 들어왔다. 앞장선 자는 대신 푸드니츠 친왕이었다. 그는 소피아 앞으로 와서 허리를 숙였다.

"모든 귀족들과 왕공대신, 장군들은 의결했습니다. 아무쪼록 소피아 공주께서 궁으로 돌아가서 국정을 이끌어 혼란을 수습하고 나라의 평정을 되찾아주십시오."

소피아는 얼굴 가득 웃음을 띠며 고개를 끄덕였다.

"역도의 수장인 나탈리야는 이미 죽었나요?"

푸드니츠 친왕이 아뢰었다.

"나탈리야는 국정을 어지럽히고, 충량忠良들을 살해하고, 문고리와 비선들과 공모해 사리사욕을 채웠으니 상제上帝의 뜻에 따라 처결했습니다. 이에 만백성이 환호하고 있습니다."

소피아가 말했다.

"좋아요, 그럼 크렘린궁으로 갑시다."

대신들과 화창영 병사들이 벌떼처럼 소피아를 에워싸 모스크바성으로 향했다. 삽시간에 엽궁 안에는 위소보와 쌍아만 남게 되었다.

위소보는 김이 팍 샜다. 절로 욕이 나왔다.

"이런 빌어먹을! 러시아 공주는 물속에서 다 죽어가는 것을 건져줬더니 보따리만 챙겨서 떠난 꼴이잖아! 제기랄, 새 서방이 생겼다고 '조강지남'을 외면하다니! 이제 와서 날 헌신짝처럼 버리겠다는 거야, 뭐야?"

쌍아가 웃으며 말했다.

"여사황이 상공을 남황후에 봉하길 바라나요?"

위소보가 소리쳤다.

"뭐라고? 지금 날 놀리는 거야? 좋아! 널 붙잡아서 여황후로 삼아야겠다!"

그러면서 쌍아에게 덮쳐갔다. 쌍아는 피식 웃으며 잽싸게 몸을 피했다.

마침 초여름이라 날씨가 포근했다. 엽궁 안에는 꽃이 만발하고 온갖 새들의 노래로 요란했다. 그런데 러시아의 꽃과 새들은 중국과는 좀 달라 보였다. 꽃은 비록 아름답지만 향기가 덜하고, 새들의 노랫소리도 왠지 좀 괴이한 느낌이 들었다. 그래도 운치나 분위기에 대해선 별 관심이 없는 위소보라 쌍아와 함께 엽궁 이곳저곳을 돌아다니며 즐겁게 시간을 보냈다. 아무도 방해를 하지 않으니 아주 홀가분하고 편안했다.

그렇게 예닐곱 날을 보냈을까, 소피아가 사람을 시켜 두 사람을 궁으로 모셔갔다.

소피아의 침궁으로 들어가보니, 소피아는 머리카락이 엉망으로 헝클어진 채 가구를 마구 걷어차며 성질을 부리고 있었다. 그녀는 위소보를 보자 이내 반색을 하며 소리쳤다.

"중국 대관, 어서 와! 좋은 방법 생각해줘."

위소보는 속으로 시부렁거렸다.

'젠장, 또 무슨 어려운 일이 생긴 모양이군. 그렇지 않고서야 날 부를 리가 없지. 좋아! 이번엔 나도 호락호락 그냥 봐주지 않을 거야. 실속을 챙길 건 챙겨야지!'

그가 물었다.

"여사황 폐하, 무슨 어려운 일이 있나요?"

소피아는 연신 고개를 흔들었다.

"난 여사황 아니야. 아니라고! 그들은 안 돼! 나, 여사황, 안 돼!"

위소보는 한참 만에야 그 말의 의미를 알아들었다. 러시아의 국법에 따르면 여자는 사황이 될 수가 없었다. 그래서 나탈리야가 죽었지만 많은 왕공과 대장군들은 현재의 사황인 표트르를 폐위시키지 않고 계속 사황으로 떠받들었다.

그동안 성안의 혼란은 잘 수습돼 평온을 되찾았다. 소피아는 비록 화창영의 전폭적인 지지를 받고 있지만, 왕공대신들은 거기에 대비해 이미 많은 카자크 기병대를 모스크바성 밖에다 배치시켰다. 소피아가 만약 화창영을 동원해 일을 꾸민다면 기병대들이 바로 입성해 진압할 것이었다.

크렘린궁에선 연일 각료회의가 열렸다. 왕공대신들은 반으로 나뉘었다. 반은 소피아를 옹호하고, 나머지 반은 표트르를 지지했다. 그 세력다툼은 한 치의 양보도 없었다.

표트르를 지지하는 쪽은 주로 실권을 장악하고 있는 장군과 대신들이었다. 그들은 소피아가 등극하면 새로운 사람들을 등용해, 자신들은 기득권을 잃게 될까 봐 경계하고 있었다. 반면 소피아를 옹호하는 쪽은 주로 뒷전으로 밀려난 귀족과 상인들이었다. 그들은 소피아가 등극하면 실권을 다시 탈환할 수 있을 거라고 기대했다.

소피아는 그나마 화창영의 지지를 받아 병권을 장악하고 있기 때문에, 표트르를 지지하는 황당파皇黨派가 섣부른 행동을 하지 못하고 있었다. 그러나 황당파가 지휘할 수 있는 카자크 기병대도 세력이 만만치 않았다. 만약 양쪽이 정말 정면충돌을 한다면 어느 쪽도 진정한 승리를 장담할 수 없었다.

위소보는 속으로 생각했다.

'이런 국가 대사에 대해선 난 쥐뿔도 모르는데, 무슨 뾰족한 수가 있겠어? 빌어먹을, 알게 뭐야! 삼십육계 토끼는 게 상수지! 자기네끼리 치고받고 싸우든 말든 나하곤 상관없어. 괜히 휘말렸다가 소 뒷다리에 밟힌 생쥐 꼴이 되는 수가 있어!'

그는 눈알을 뜨르륵 굴리며 말했다.

"그거야 아주 쉽지. 당연히 방법이 있어. 하지만 나도… 좀 등쳐먹어야지."

그는 원래 '나도 조건이 있어'라고 말하려 했는데, 그냥 어릴 적 양주에서 늘 하고 듣던 대로 '등쳐먹는다'는 말이 튀어나왔다.

소피아가 물었다.

"등쳐먹는 게 뭔데?"

위소보가 대답했다.

"등쳐먹는다는 건… 이거, 방법, 그냥, 못 줘. 내가 주면 너도 나한테 많이… 많이… 줘야 방법 말해."

소피아는 좋아했다.

"알았어, 등쳐먹어. 우리 다 등쳐먹어. 뭘 줘? 다 줄게. 남자 황후 되고 싶어?"

위소보는 속으로 기겁을 했다.

'그건 곤란해. 마누라를 얻으려면 아가가 너보다 훨씬 낫지. 지금 곁에 있는 쌍아만 하더라도 몸에 털이 송송 난 러시아 여자보다야 낫고

말고!'

겉으로는 웃으며 말했다.

"너의 남자 황후가 되면 나야 좋지. 하지만 내가 황후가 되면 넌 사황이 될 수 없어."

소피아가 얼른 그 이유를 묻자 위소보가 둘러댔다.

"그건 왜냐하면… 그건 좀 걸쩍지근, 거시기하기 때문이야."

그는 소피아를 설득할 만한 충분한 이유가 금방 떠오르지 않아, 그냥 아무렇게나 양주 사투리를 시부렁거렸다. 그 무슨 '우짜우짜 우짜짜'니 '수리수리 짝짜꿍'이니… 소피아가 알아듣지 못하는 소리를 지껄여댔다.

소피아는 당연히 알아듣지 못하고 지레짐작으로 물었다.

"중국 남자가 황후가 되면 러시아 남자들이 싫어한다고?"

위소보는 옳거니 싶어 얼른 대답했다.

"그래, 그래! 러시아 남자, 황후 못 되면 나 미워해, 나 때려!"

소피아가 생각해도 일리가 있는 말이었다. 러시아 남자들은 틀림없이 질투를 할 것이었다.

"나의 남자 황후 안 하면 다른 걸 다 줄게, 말해봐."

위소보가 말했다.

"첫째, 난 대관이 될 거야."

소피아가 말했다.

"그건 쉬워. 내가 사황이 되면 너 백작에 봉해. 동방의 타타르韃靼 사람 다스려. 너는 노란 얼굴, 납작한 코, 타타르 사람들도 노란 얼굴, 납작코. 네 말 잘 들어."

위소보가 다시 말했다.

"둘째, 중국 황제랑 싸우지 마. 편지 쓰면 북경으로 가져갈게. 러시아 여사황과 중국 황제 좋은 친구 돼. 끌어안고, 뽀뽀해. 중국 군사 무서워. 다들 마술할 줄 알아. 손가락 하나면 러시아 병사 못 움직여. 싸우면 러시아 사람 다 죽어. 난 널 사랑해. 너 죽으면 나 울어."

소피아는 그의 말을 듣고 크게 감동했다. 쌍아가 손가락으로 소대장 열두 명의 혈도를 찍어 움직이지 못하게 만든 것을 소피아도 직접 보았다. 물론 그것이 배우기 어려운 상승 무공이고, 그래서 위소보도 배우지 못했다는 것을 알 턱이 없었다. 그녀는 중국 사람이라면 다 그런 마술을 할 줄 안다고 생각했다. 그러니 만약 중국 황제와 싸우면 질게 뻔했다. 이 중국 어린애가 자기를 이렇게 끔찍이 생각해주니 너무고마워서 그를 끌어안고 진하게 입맞춤을 해주었다.

"중국 대관, 나도 널 사랑해. 좋아! 러시아는 중국하고 싸움 안 해. 좋은 친구 된다."

또 한 번 입맞춤을 쪽 하고는 물었다.

"또 무슨 등쳐먹을 것 있어? 또 등쳐먹어, 등쳐먹어!"

위소보는 잠시 생각을 굴리더니 고개를 내저었다.

"이젠 없어."

소피아가 말했다.

"좋아, 그럼 어서 말해. 내가 어떻게 사황이 돼?"

위소보로선 결코 쉬운 일이 아니었다. 그는 어쩔 수 없이 이것저것 시부렁대며 조정의 잡다한 일들을 물어보았다. 그래도 좋은 수가 떠오르지 않아 일부러 소피아의 말을 못 알아듣는 척하면서 얼버무렸다.

소피아는 갈수록 그의 반응이 신통치 않자 뭔가 미심쩍어 얼굴이 일그러졌다.

"만약 나 속이면 죽인다!"

위소보는 다급해졌다.

"아니야, 아니야!"

소피아가 단도직입적으로 물었다.

"나 여자 사황이 된다. 방법이 뭐야?"

위소보는 떠듬거렸다.

"그건… 그건….'"

소피아가 화를 냈다.

"뭐가 이것 그거야? 조정에 우리편 절반, 반대편 절반. 둘이 싸워 우리편이 지면 어떡해?"

그때 번뜩 뇌리를 스치는 생각이 있었다. 강희에게 들은 이야기인데, 만주의 태조 황제는 지난날 패륵을 네 명이나 봉했다. 큰 패륵은 대선代善, 둘째 패륵은 아민阿敏, 세 번째는 망고이태莽古爾泰, 네 번째는 황태극皇太極이었다. (위소보는 물론 네 패륵의 이름을 기억하지 못했다.) 네 명의 패륵은 당시 모두 나름대로 대권을 장악하고 있어 분쟁이 심했다. 나중에 넷째 황태극이 큰 패륵 대선의 적극적인 도움을 받아 경쟁자들을 다 물리치고 보좌에 올랐다. 그래서 대선의 가계家系는 아직도 권력을 유지하고 있는데, 강친왕이 바로 그 대선의 후손이다.

그 일을 떠올린 위소보는 느긋하게 말했다.

"싸우지 말고 천천히 해. 공주랑 표트르는 다 사황이야. 나중에 공주를 반대하는 대신과 장군들을 하나하나 천천히 다 죽여. 그리고 표트르를 죽이면 공주가 혼자 사황이 될 수 있어."

소피아는 이 계책은 쓸 만하다고 생각했다. 그러나 왕공대신들은 한사코 여자는 사황이 될 수 없다고 원칙론을 들고 나왔다. 소피아로 서는 속이 터질 지경이었다. 그래서 위소보에게 자세히 말해주었다.

위소보는 다시 잽싸게 생각을 굴렸다. 청 왕조 개국 당시 순치 황제 는 아직 어린 나이에 등극해 섭정왕攝政王 다이곤多爾袞이 대권을 장악 하고 있었다. 그가 바로 말했다.

"사황이 될 수 없으면 우선 섭정왕이 돼."

소피아가 물었다.

"섭정왕이 뭐야?"

위소보가 대답했다.

"섭정왕은 사황이 아니지만 사람을 죽이라고 명령할 수 있고, 볼기 짝을 때리라고 할 수도 있고, 돈을 줄 수도 있고, 승진을 시켜줄 수도 있어. 사황은 허수아비 가짜고 힘도 없어. 섭정왕이 진짜야. 힘 있어! 살인을 하고 승진과 돈을 주니 모두 두려워해. 다 섭정왕의 말을 듣고, 사황의 말은 안 들어."

그 말을 듣고 소피아는 뛸 듯이 좋아했다.

"하라쇼! 하라쇼!"

소피아를 떠받드는 왕공대신은 수적으로 많지 않았다. 소피아는 그 들 중 비중이 있는 몇몇을 궁으로 불러 위소보의 계책을 이야기해주 고 서로 상의했다. 소피아가 모스크바의 병권을 장악하고 있으면서도 여사황에 등극하지 못하는 가장 큰 이유는 다름 아닌 '선례'가 없다는 것이었다. 왕공대신들은 '섭정왕'을 신설하자는 제의가 아주 절묘한 계책이라고 여겼다. 실질적인 대권을 장악하고 있으면 사황이 되든 안 되든 별 상관이 없었다.

왕공대신들은 상의 결과 또 하나의 수를 생각해냈다. 다름 아닌 소 피아의 친동생 이반을 대사황大沙皇으로 내세우고, 표트르를 소사황으로 하자는 발상이었다. 대·소 사황이 병립하니, 표트르 쪽에서도 무조건 반대만 할 수는 없을 것이었다. 그러고 나서 소피아는 '섭정왕'으로서 모든 국정을 쥐락펴락하면 된다.

대책이 수립되자 소피아는 즉시 화창영을 소집하고 모든 왕공대신과 장군들을 불러 새로운 헌법을 선포했다. 그리고 모든 대신들에게 지금까지 누려온 직권을 보장하겠다고 약속했다. 아울러 이 새 헌법을 지지하는 자는 일률적으로 포상을 내릴 거라고 공언했다. 왕공대신들은 자기네의 권리와 이권이 전혀 손상되지 않고 또한 법례에 위배되지 않으니 이의를 제기하지 않았다.

소피아를 옹호해온 옹소파擁蘇派의 주도 아래 일제히 소피아에게 인사를 올려 '섭정왕'이 되었음을 경하하자 다른 사람들도 따랐다.

소피아는 몹시 기뻐하며 자신의 동생 이반을 불러오고, 연금돼 있던 표트르도 석방했다. 두 사람이 함께 사황 자리에 오른 것이다. 소피아는 비록 두 동생 아래쪽에 자리하고 있지만 승진과 포상 등 제반 국정을 좌지우지하며 실질적인 패권을 행사했다. 당시 이반은 열여섯 살이고 표트르는 열 살에 불과했으니, 모든 것을 누나의 주장에 따를 수밖에 없었다.*

대권을 장악한 소피아는 이게 다 중국 대관의 공로라고 생각했다.

만약 그가 묘책을 제시해주지 않았다면 자기는 아직도 엽궁에 갇혀 허송세월하고 있을 것이고, 얼마 못 가서 나탈리야 일당에게 축출돼 수녀원에 들어가서 일생을 보내게 되었을 것이다. 그 비참한 운명을 생각하면 따사로운 날씨가 갑자기 엄동설한으로 변한 것처럼 등골이 오싹해졌다. 그녀는 바로 위소보를 불러 극구 칭찬을 아끼지 않았다.

위소보는 별로 대수롭지 않게 생각했다.

'중국에서는 대수롭지 않은 아주 평범한 일이야. 난 그저 일개 어린 아이에 불과했는데 러시아에 오니 제갈량이 됐네. 정말 웃기는 일이군.'

그는 한바탕 자화자찬을 늘어놓으려다가 이내 생각을 바꿨다. 이 러시아 공주가 정말 자기를 전적으로 믿고 의지해서, '러시아의 제갈량'이 돼 영원히 자기 곁에 남아 있으라고 하면, 그야말로 큰일이었다. 그래서 얼른 말했다.

"섭정왕 마마, 섭정왕이 됐으니 나중에 사황이 되는 건 누워서 떡 먹기로 아주 쉬운 일이에요. 단지 한 가지만 잘 지키면 돼요."

소피아가 물었다.

"뭘 지키라는 거지? 어서 말해봐."

위소보가 말했다.

"일언중천금, 한 번 뱉은 말은 삼두마차난추三頭馬車難追요!"

러시아의 마차는 네 필의 말이 끄는 중국의 마차와는 달리 말 세 필이 끈다. 그러니 중국에서는 '사마난추駟馬難追'지만 여기 러시아에서는 '삼두마차난추'가 맞다고 생각한 것이다.

소피아는 그 뜻을 몰라 물었다.

"삼두마차난추가 뭐지?"

위소보가 설명해주었다.

"한 번 입 밖에 내뱉은 말은 꼭 지켜야 한다는 뜻이에요. 우리 중국에선 황제가 한 말을 금구金□라고 해서 절대 번복할 수가 없어요."

소피아는 비로소 그 뜻을 깨닫고 웃었다.

"내가 너한테 약속한 것을 안 지킬까 봐 그러는 거지? 친애하는 중국 대관, 러시아 섭정왕이 한 말은 금구가 아니고 보석구야. 중국 황제의 금구보다 더 귀중해. 한 번 한 말은 이두마차, 삼두마차 다 따라잡지 못해."

소피아는 곧 대·소 사황의 이름으로 칙령을 내려 위소보를 타타르 지방을 다스리는 백작에 봉하고, 대신을 시켜 국서國書를 작성해서 위소보로 하여금 중국 황제에게 전하도록 했다. 그리고 사신 한 명과 카자크 기병대를 시켜 위소보를 호위케 했다. 물론 금은보화를 비롯해 많은 재물을 하사했다. 위소보한테 받았던 은표 10만여 냥도 돌려주었다. 그 외에도 중국 황제에게 보낼 초피를 비롯해 보석 등 러시아의 귀중한 특산을 바리바리 챙겨주었다.

이 무렵 소피아는 이미 건장하고 잘생긴 러시아 남자들을 뽑아 마음대로 부리며 위소보를 더 이상 귀찮게 하지 않았다. 그러나 작별을 하는 날은 그동안 쌓아온 온정을 되새기며 무척 아쉬워했다. 그리고 그의 공로도 결코 잊지 않았다.

러시아 정사正史에 의하면, 화창대가 반란을 일으킨 것은 5월 15~17일, 사흘간이다. 그리고 5월 29일, 화창영은 소피아의 사주 아래 이반과 표트르를 함께 사황에 옹립하고, 소피아를 섭정왕에 앉혀 제반 국정을 다스리게 했다. 혼란이 다 수습됐을 때는 6월 중순이었다.

날씨가 온화했다. 위소보는 말을 타고 카자크 기병대의 호위를 받으며 시베리아 대초원을 가로질러 동쪽으로 내달렸다. 얼굴을 부드럽게 간질이는 미풍에 들려오는 말발굽 소리, 왼쪽을 돌아보면 쌍아의 앵두 같은 입술과 뽀얀 살결, 오른쪽을 보면 러시아의 푸른 눈 사신과 바리바리 챙겨온 초피, 금은보화… 정말이지 기분이 좋았다.

위소보는 우쭐대며 생각했다.

'이번에 구사일생으로 살아 돌아가고, 또한 러시아 공주를 위해 큰 공을 세운 것은 다 이 어르신께서 평상시 경극을 많이 보고, 설화 선생한테서 고사를 많이 들어둔 덕분이야.'

중국은 수천 년 동안 효웅이 황위를 찬탈하고 모반을 일으켜 천하에 대혼란을 야기한 예가 비일비재했다. 위소보는 역사에 대해 아는 것이 별로 없고, 그저 민간 설화만 간간이 주워들었는데도 이국만리에서 다른 사람을 도와 정권을 교체하고 국정의 안정을 되찾게 도와줬으니, 그 임기응변과 잔머리는 가히 알아줄 만했다.

사실 따지고 보면 그건 딱히 이상한 일도 아니었다. 만청의 개국만 해도 그렇다. 앞장선 주모자들은 거의 다 전문적인 지식이 없는 무학無學이었다. 행군과 전투에 관한 여러 가지 책략은 주로 《삼국지연의》라는 소설을 읽고 배워온 것이었다. 그중 주유가 계책을 써서 조조로 하여금 자신의 수군도독을 참수시킨 고사가 있다. 그런데 주유가 조조를 속여 수군도독을 죽이게 만든 일화는 정사에는 기록이 없다. 소설가가 지어낸 허구다. 소설가의 상상력과 그들의 글이 역사적 사실로 둔갑해버린 것이다. 이처럼 중국의 수백 년간 국운과 세상사에 지대한 영향을 끼친 것이 바로 소설이다.

만주 사람이 중원으로 들어와 국토를 확장해서 이전 왕조인 명나라 때보다 세 배나 넓혔다. 한나라와 당나라의 전성기를 능가했다. 그것이 지금까지 이어져오고 있는 것 또한 부인할 수 없는 엄연한 사실이다. 그러고 보면 소설이나 희극 그리고 설화도 나름대로 제 몫을 해왔으니, 그 공을 무시해서는 안 될 것이다.

건녕 공주와의 재회

그러면서 품속에 있는 비단주머니를 꺼내 높이 들어올렸다.

왕공대신들은 그 주머니에 붉은 색으로 '평서왕부平西王府'란 네 글자가 수놓여 있는 것을 똑똑히 볼 수 있었다.

위소보는 그 주머니를 풀어 거꾸로 쏟았다.

그러자 요란한 소리가 들리며 진주, 보석, 비취, 미옥美玉 등 수십 가지의 귀한 보석들이 우두둑 바닥에 떨어졌다.

위소보는 러시아 사신을 대동해 이날 북경에 당도했다.

강친왕과 색액도 등 왕공대신들은 그가 무사히 돌아온 것을 알고 놀라면서도 기뻐했다. 그날 위소보는 수군을 통솔해 출항한 이후로 행방이 묘연해져 조정에서 여러 차례 사람들을 보내 수소문했지만 망망대해에 떨어진 바늘인 양 아무런 종적도 찾아낼 수 없었다. 전선이 다 사라진 것은 물론이고 살아 돌아온 병사도 없었다.

강희는 그들이 모두 바다에서 조난을 당해 전멸한 것으로 판단해, 위소보가 생각날 때마다 울적해지며 무척 그리워했다. 그런데 그가 지금 입궐했다는 전갈을 받고 바로 소견召見했다.

위소보는 강희가 만면에 웃음을 띠고 자기를 반기자 무릎을 꿇고 절을 올린 후 그간 있었던 일을 대충 이야기해주었다. 강희가 이번에 그를 출정시키며 맡긴 주임무는 신룡도를 섬멸하고 그 가짜 황태후를 잡아오라는 것이었다. 들어보니, 신룡교는 이미 공파攻破되었고, 비록 가짜 황태후를 잡아오지는 못했지만 러시아와 우호관계를 맺었다고 했다.

강희는 몽골이 곤명에 보낸 사신 한첩마를 통해 오삼계가 러시아와 몽골, 서장과 결탁한 사실을 알고 몹시 우려하고 있었다. 이번二藩인 상尙가와 경耿가, 그리고 대만의 정鄭가는 차후의 문제였다. 지금 위소보가 무사히 돌아온 것만도 크게 기뻐할 일인데, 러시아와 우호를 맺어 사신까지 대동하고 왔다는 이야기를 듣고는 더욱 기뻐하며 상세한 경위를 물었다.

위소보는 처음부터 끝까지 그간의 경위를 아뢰었다. 어떻게 해서 러시아의 공주 소피아를 사주해 화창대로 하여금 반란을 일으키게 만들고, 어떻게 해서 대·소 사황을 내세워 소피아가 실권을 장악한 섭정왕이 되도록 만들었는지, 다 들려주었다.

그의 이야기를 다 듣고 나서 강희는 하하 웃었다.

"이런 빌어먹을! 대청에서 배운 재주로 러시아의 여귀女鬼를 교육시켰군!"

다음 날 조회에서 강희는 러시아의 사신을 접견했다. 조정에서 러시아말을 할 줄 아는 사람은 위소보뿐이었다. 사실 러시아말은 배우기가 어려웠다. 그가 짧은 기간에 배운 것은 극히 일부였다. 러시아의 사신이 하는 말 중 십중팔구는 알아듣지 못했다. 그래도 그만큼이라도 알아듣는 사람이 없으니 마구잡이로 대충 끼워맞췄다. 지난날 육고헌이 강제로 외우라고 한 그 비문의 글귀를 많이 써먹었다.

천 년 동안 대청은 영원하다.
千載之下 應有大淸
위엄으로 백성을 다스리니, 그 위엄이 하늘을 진동시킨다.
威靈下濟 震天威能

위소보는 술술 말을 이어나가면서 몰래 강희의 눈치를 살폈다. 강희는 싱글벙글 웃으며 꽤나 좋아하고 흐뭇해하는 것 같았다. 위소보는 그 비문이 주효했다고 생각해 계속 낭랑하게 늘어놓았다.

사악한 무리들을 무찌르고 그 기개가 날이 갈수록 하늘에 닿는다.
降妖伏魔 旭日之昇
좌우에서 보필하니, 폐습을 버리고 새로운 정체를 받아들인다.
羽翼輔佑 吐古納新
온갖 상서로움으로 인해, 풍요롭지 않은 것이 없다.
萬瑞百祥 罔不豊登
영원히 선복을 누리니, 온 세상이 숭앙하며 존경하리.
仙福永享 普世崇敬
하늘과 같이 천수를 누리는 문무를 겸비한 성군이니라.
壽如天齊 文武仁聖

여기까지 읊어대고는 다시 주위를 살폈다.
"하늘에서…."
위소보는 그만 입을 다물었다. 더 계속하다가는 꼬리가 밟혀 들통이 날 것 같았다. 그래서 진지하게 말했다.
"러시아의 두 분 사황과 섭정여왕이 중국 대황제의 성체안강聖體安康을 기원하며 삼가 인사를 올리는 바입니다."
이 말은 원래 육고헌이 홍 교주를 찬양할 때 썼던 말이다. 지금 위소보가 그대로 따라하자 비록 약간 어색하기는 해도 예에 어긋남이 없었다. 그리고 '만서백상萬瑞百祥'이니, '보세숭경普世崇敬', '문무인성文武仁聖'

같은 문구는 다 좋은 뜻을 담고 있어, 듣는 대신들도 연신 고개를 끄덕였다.

강희는 위소보가 밑천이 짧다는 것을 잘 알고 있었다. 그런데 이렇듯 미사여구를 구사하는 것으로 미루어, 틀림없이 사전에 다른 사람을 시켜 베껴온 거라고 생각했다. 그 사악한 사교의 교주를 칭송하는 문구였다고는 꿈에도 생각하지 못했다. 아무튼 영악한 위소보는 이화접목移花接木하듯 알고 있는 것을 잘도 써먹었다.

러시아 사신은 바로 예물을 바쳤다. 러시아는 요동보다 날씨가 더 추웠다. 그곳에서 나는 초피와 모피는 요동에 비해 더 화려하고 두꺼웠다. 조정대신들은 거반 요동 출신이라 모피를 보는 안목이 남달랐는데, 그들도 다 부러워하는 눈치였다. 강희는 곧 위소보에게 사신을 잘 대접하고 답례를 챙겨주라고 분부했다.

조회를 마치자 강희는 탕약망과 남회인을 불러 러시아의 사신을 만나보라고 했다. 남회인은 벨기에 사람인데 프랑스와 같은 언어를 사용했다. 당시 러시아 사람들 중에는 프랑스 말을 할 줄 아는 사람이 많아 사신과 서로 언어가 통했다. 남회인이 강희 황제가 영명하고 인덕仁德해서 고금을 통해 보기 드문 현군賢君이라고 칭송하자, 러시아 사신은 탄복을 금치 못했다.

이튿날 강희는 탕약망과 남회인 두 사람더러 남원南苑에 가서 대포의 성능을 시험하라고 분부했는데, 위소보와 러시아 사신도 함께 갔다. 그 사신은 대포의 명중률과 위력에 찬사를 보내며 남회인에게 강희한테 말을 전해주라고 부탁했다. 그는 러시아의 섭정여왕은 중국과 우호관계를 맺고, 영원한 형제관계로 지낼 것이라고 새삼 다짐했다.

러시아의 사신이 귀국한 후 강희는 위소보의 공을 치하했다. 위소보는 이번에 오삼계의 막강한 후원자인 러시아와 신룡교의 위협을 제거했으니, 그 공을 인정해 삼등三等 충용백忠勇伯에 봉했다. 왕공대신들은 모두 앞다퉈 위소보를 축하해주었다.

위소보는 시랑과 황 총병 등이 생각났다. 왜 한 사람도 돌아와서 조정에 보고를 하지 않았는지, 위소보는 그 이유를 충분히 알 수 있었다. 총지휘자인 자신이 바다에서 실종됐기 때문이었을 것이다. 자신은 황제가 가장 아끼고 신임하는 최측근인데, 제대로 보위하지 못해 실종됐으니 그 죄는 어마어마하다. 황제가 진노하면 틀림없이 '군사작전에 실패해 적을 무찌르지 못하고, 대원수를 죽음에 이르게 한 죄'로 다스려 능지처참 내지 멸문지화를 당할 것이었다. 그러니 통식도나 주변 외딴섬에 숨어 다시는 돌아오지 않을 것이다.

만청 초기에는 군법이 지엄해서 만약 출병해 장수가 전사하고 그 아래 장병들이 퇴각하면 군법에 따라 모두 처형하곤 했다. 이젠 강희 연간에 이르렀지만 그 법이 아직 존재해 팔기의 기병旗兵들은 아주 용맹하고 무적으로 정평이 나 있었다.

위소보는 믿을 만한 두 사람을 추려 통식도와 신룡도의 위치를 가르쳐주고, 시랑 등을 찾아서 데려오라고 했다.

이날, 강희는 위소보를 상서방으로 불러 탁자에 놓여 있는 상소문 세 개를 가리키며 말했다.

"소계자, 이 상소문은 세 곳에서 각각 올라온 건데, 누가 올렸는지 한번 알아맞혀봐라."

위소보는 목을 길게 빼고 상소문 세 개를 힐끗 훑어보았는데, 짐작되는 것이 없어 고개를 갸웃거렸다.

"잘 모르겠는데요. 뭔가 실마리가 될 만한 게 있어야 알아맞히죠."

강희는 빙긋이 웃으며 오른손을 칼처럼 세워 목을 싹둑 베는 시늉을 세 번 했다.

위소보는 하하 웃으며 말했다.

"아, 알았어요. 바로 그 매… 간신 오삼계와 상가희, 경정충 세 녀석이 올린 상소문이군요?"

강희가 웃으며 말했다.

"역시 똑똑하구나. 그럼 다시 알아맞혀봐라. 세 개의 상소문에 어떤 내용이 적혀 있는지."

위소보는 머리를 긁적였다.

"그건 정말 알아맞히기 어려운데요. 세 개의 상소문이 한꺼번에 올라온 겁니까?"

강희가 대답했다.

"선후는 있지만 그 간격이 길지는 않다."

위소보가 말했다.

"세 사람은 다 간신이고 모두 고약한 생각을 갖고 있으니, 상소문의 내용도 아마 비슷하겠죠."

강희는 탁자를 팍 내리치며 말했다.

"그래, 맞아! 첫 번째 상소문은 상가희 그 늙은이가 올린 건데, 자신은 이제 연로해 요동 옛 고향으로 돌아가서 조용히 만년을 보내고 싶으니, 아들 상지신尙之信으로 하여금 광동을 다스리도록 윤허해달라는 청원이야. 그래서 난 요동으로 돌아가 만년을 보내는 것은 좋지만 굳이 아들을 광동에 남겨둘 필요는 없다고 했지. 그러자 오삼계와 경정충이 그 소식을 듣고 바로 상소문을 올린 거야."

강희는 다른 상소문 하나를 집어들고 말했다.

"이게 바로 오삼계 그 늙은이가 올린 거야. 읽어보면… '신은 그동안 입은 황은을 무엇으로 다 보답할 수 있겠습니까? 이젠 어깨의 무거운 짐을 내려놓고 편히 쉬고 싶은 생각도 없지 않지만, 이 목숨 다할 때까지 번왕으로서 충정을 다하기로 각오하였습니다. 하온데 평남왕이 상소를 올려 번왕에서 물러나도 좋다는 윤허를 받았다고 들었습니다. 하여 신도 외람되게 감히 청하오니 번왕에서 물러나 남은 여생을 편안하게 지내도록 허락해주시길 앙망하나이다.' 흥! 이 늙은이는 지금 날 떠보고 있는 거야. 내가 과연 그를 번왕에서 물러나게 할 수 있을지! 그는 혼자가 아니라 상가희, 경정충과 결탁해 셋이서 함께 나를 위협하겠다는 뜻이야!"

강희는 또 하나의 상소문을 집어들었다.

"이건 경정충의 상소문인데… '신은 세습으로 작위를 물려받아 한결같이 조정에 충성해왔습니다. 그리고 천기天氣를 예측할 수 없어 감히 병권을 내려놓지 못하고 오늘날에 이르렀습니다. 근자에 평남왕 상가희가 귀로歸老를 간청하여 윤허를 받았다고 들었습니다. 하오니 신 또한 그동안 20여 성상星霜을 조정에 바친 충정을 헤아려 번왕 자리에서 물러나도록 윤허해주시길 앙망하나이다.' 참으로 어이가 없군! 한 사람은 운남에 있고, 한 사람은 복건에 있으니 그 거리만 해도 만 리가 넘을 텐데, 왜 상소문의 내용이 이렇게 비슷하지? 병권을 내려놓을 수 없다면서, 한편으론 번왕에서 물러나기를 바란다고 하니, 놈들이 과연 날 안중에 두고 있는지 모르겠어!"

그러면서 상소문을 탁자에 내팽개쳤다.

위소보가 말했다.

"그래요. 이 세 개의 상소문만 봐도 대역무도하기 짝이 없고… 사실은 모반을 하겠다는 도전장입니다. 황상, 우리 바로 출병해서 그 역도 셋을 경성으로 잡아와 멸문을… 흥! 남자들을 다 죽이고, 여자는 공신들에게 노비로 나눠줍시다!"

그는 원래 멸문을 시켜 '모두 다 죽이자'고 말하려다가 아가와 진원원이 생각나 얼른 말을 바꾼 것이다.

강희가 그의 말을 받았다.

"우리가 먼저 출병하면 천하의 백성들은 내가 공신을 살육한다고 손가락질할 거야. 토사구팽兔死狗烹이니 조진궁장鳥盡弓藏이니 하며 수군대겠지. 차라리 그들을 번왕에서 끌어내려 반응을 지켜보는 게 좋을 것 같아. 만약 그들이 순순히 번왕 자리에서 물러난다면 그건 천명에 순응하는 것이니 아무 일 없을 테고, 그러지 않고 만약 거역한다면 그때 항명을 이유로 내치면 확실한 명분이 서겠지!"

위소보는 감탄했다.

"황상의 신기묘산에 그저 탄복할 따름입니다. 마치 창극의 한 대목 같습니다."

그는 창극에서 일인다역을 하듯 실감나게 이야기를 늘어놓았다.

"황상께서 묻겠죠. '무릎 꿇고 있는 자는 누구냐?' 그럼 오삼계가 대답합니다. '신 오삼계 알현이오.' 그럼 황상이 호통을 칩니다. '무엄하다! 오삼계, 왜 고개를 들지 않느냐?' 오삼계가 겁을 먹습니다. '신은 감히 고개를 들지 못하겠습니다.' 황상이 다시 호통을 칩니다. '무슨 죄를 지었느냐?' 오삼계가 대답합니다. '소인은 번왕에서 물러나지 않고 모반을 꾀하려 했습니다.' 그럼 황상은 바로 소리를 칩니다. '이런, 무엄하기 짝이 없구나! 위소보!' 그럼 제가 얼른 앞으로 나서 무릎을 꿇습니다. '네, 황상!' 황상이 명을 내립니다. '영패令牌를 받아라! 10만 대군을 이끌고 역도 오삼계를 징벌해라!' 그럼 저는 영패를 받아들고 대답합니다. '예! 명을 받들겠사옵니다!' 그러고는 대뜸 오삼계의 엉덩이를 걷어찹니다. 오삼계는 비명을 지르고 오줌을 질질 싸면서 살려달라고 애원을 하겠죠."

그의 이야기를 들으며 강희는 깔깔 웃었다.

"대군을 이끌고 오삼계를 치러 갈 생각이냐?"

위소보는 약간 조롱이 섞인 듯한 강희의 표정을 보고 자기한테 농담을 하고 있다는 것을 알아차렸다.

"소인은 나이도 어린데 무슨 재간이 있어 대군을 통솔하겠습니까? 황상께서 친히 징벌에 나서는 게 가장 바람직합니다. 저는 황상을 위해 선봉에 서서 '봉산개로逢山開路, 우수가교遇水架橋(산을 만나면 길을 내고, 물을 만나면 다리를 놓는다)', 호호탕탕하게 운남으로 진격해들어가겠습니다."

강희는 그의 충동질에 마음이 흔들렸다. 직접 대군을 이끌고 운남으로 오삼계를 치러 가면 참 재미있을 것 같았다. 그러나 섣불리 결정할 일이 아니었다.

"그래, 천천히 생각해보자."

다음 날 아침, 강희는 왕공대신들을 소집해 태화전太和殿에서 국정을 논의했다.

위소보는 비록 연거푸 승진을 거듭했지만 왕공대신들에 비하면 아직도 미관소직이었다. 원래는 태화전 국정회의에 참석할 자격이 없는데, 강희의 특명으로 동참하게 되었다. 위소보가 직접 운남에 다녀왔기 때문에 평서왕부의 내부 상황을 잘 안다는 이유에서였다.

소황제가 한가운데 용좌에 자리하고 친왕親王, 군왕郡王, 패륵貝勒, 패자貝子, 대학사大學士, 상서尚書 등 대신들이 양쪽으로 나란히 섰다. 위소보는 가장 말석이었다.

강희는 상가희, 오삼계, 경정충 세 사람의 상소문을 중화전中和殿 대학사 겸 예부상서인 파태巴泰에게 건네주고 말했다.

"삼번三藩이 상소문을 올려 번왕에서 물러나겠다는데, 경들은 어떻게 생각하는지 허심탄회하게 의견을 말해보시오."

왕공대신들이 상소문을 한 번씩 읽고 나서, 강친왕 걸서傑書가 먼저 입을 열었다.

"황상께 아뢰옵니다. 신의 우견愚見으로는 삼번이 자리에서 물러나겠다는 것은 본심이 아니라 조정의 의중을 떠보려는 것 같습니다."

강희가 물었다.

"왜 그리 생각하는지 말해보시오."

걸서가 대답했다.

"상소문을 읽어보면 병권을 내려놓겠다는 언급은 없습니다. 병권을 반납하지 않고 그냥 번왕에서 물러나겠다는 것은 서로 모순되는 얘깁니다."

강희가 고개를 끄덕였다.

보화전保和殿 대학사 위주조衛周祚는 나이가 많아 호호백발에 수염도 허옇다. 그가 나섰다.

"신의 우견으로는 조정에서 차제에 삼번에게 다시 격려를 해줘야 한다고 생각합니다. 삼번의 공로를 치하하고 황상께서 그들에 대한 신임이 두터우니 앞으로도 조정을 위해 충성을 다해줄 것을 당부하고, 번왕에서 물러나겠다는 상소는 없었던 일로 해야 마땅할 것입니다."

강희가 물었다.

"번왕의 자리를 그대로 유지하자는 이유가 무엇이오?"

위주조가 대답했다.

"황상께서는 굽어살피시옵소서. 노자老子는 '가병불상佳兵不祥'이라, 아무리 좋은 군사들이라 해도 길吉하지 않다고 했습니다. 그리고 일부에선 그 '가佳' 자가 '유惟' 자의 오기誤記라는 설도 있습니다. 그럼 '유병불상惟兵不祥'이 되니, 군사는 결코 길하지 않다는 뜻입니다. 언제 어떤 변고가 생길지 모릅니다. 노자는 또한 '병자불상지기兵者不祥之器, 비군자지기非君子之器, 부득이용지不得已用之'라, '군사는 길하지 않은 존재이며, 군자의 것이 아니다. 어쩔 수 없이 그것을 이용할 뿐'이라고 했습니다."

위소보는 속으로 투덜거렸다.

'아따, 저 늙은이는 정말 무엄하구먼! 황상의 면전에서 감히 노자로 자처하며 이러쿵저러쿵하다니! 그런데도 황상은 왜 화를 내지 않지?'

그는 노자가 옛 성현 이이李耳라는 사실을 모르고, 그냥 시정잡배들이 거들먹거리면서 자신을 어르신으로 자처할 때 쓰는 '노자'로 생각한 것이다.

강희가 고개를 끄덕이며 말했다.

"예부터 '병兵'은 칼의 양날이라는 교훈이 전해내려오고 있소. 일단 출병해서 징벌을 하게 되면 백성들이 도탄에 빠지게 될 거요. 다들 유화책을 써서 격려하고 번왕을 그대로 유지하자는데, 그럼 문제가 바로 해결되겠소?"

이번에는 문화전文華殿 대학사 대객납對喀納이 나섰다.

"통촉하옵소서. 오삼계가 운남을 다스린 이래 그 지방이 평안하고 오랑캐의 침범이 없어서 조정은 남부 변방에 대해 아무런 우환이 없었습니다. 그런데 만약 그를 요동으로 옮겨가게 한다면 운남과 귀주 일대는 환란에 휩싸일 수도 있습니다. 조정에서 번왕 폐지를 허락하지 않으면 오삼계는 반드시 그 은혜에 보답할 겁니다. 아울러 경정충과 상가희 두 번왕과 광서의 공孔가 군사들도 황은에 보답코자 충성을 다할 것이라 사료됩니다. 그럼 절로 천하태평이 이루어질 겁니다."

강희가 물었다.

"그렇다면 번왕을 폐지할 경우 서남 변방에 변란이 일어날 수도 있다는 거요?"

대객납이 대답했다.

"그렇사옵니다. 오삼계는 막강한 군사를 거느리고 있으며 위망이 높아 변방 오랑캐들도 굴복해왔는데, 만약 변동이 생기면 그 결과를 예측할 수 없습니다. 신의 우견으론 변화를 도모하는 것보다 현 상태를 유지하는 게 안전하고 옳은 줄 아뢰옵니다."

호부상서 미사한米思翰이 진언했다.

"자고로 성군이 치국治國함에 있어 주로 노신老臣을 중용하는 정책을 채택해왔습니다. 법규에 따라 순리대로 위정爲政하여 청정무위淸淨無爲를 추구했습니다. 황상께옵서는 성덕聖德이 삼황三皇을 뛰어넘어 한나라와 당나라 왕조의 전성기에서도 그 예를 찾아볼 수 없습니다. 황상께옵서는 즉위한 이래 만백성을 위해 선정善政을 베푸시어 변방 오랑캐를 평정해 천하가 다 감은하고 있사옵니다. 신의 좁은 소견으로는 삼번의 일은 상규에 따라 처리하여, 더 이상 논의하지 않으면 아무런 풍파 없이 국태민안을 지속할 수 있을 겁니다. 너무 심려 마시옵소서."

강희는 대학사 두입덕杜立德에게 물었다.

"경의 의견은 어떻소?"

두입덕이 대답했다.

"삼번을 봉한 것은 그들의 공을 치하하기 위함이었습니다. 그동안 삼번은 큰 과오가 없었는데, 만약 이제 와서 갑자기 번왕을 폐지하면 일부 불순한 자들이 조정에 불만을 품을 수도 있습니다. 조정이 선조의 공신들을 포용하지 못한다며 혹세무민하면, 황상의 선정에도 누가 될 수 있사옵니다."

왕공대신들은 설왕설래하며 모두 삼번의 폐지를 반대했다. 위소보는 그들의 말에 귀를 기울였지만 어려운 문구가 많아 잘 이해하지 못했다. 그래도 삼번을 계속 유지해야 한다고 주장하는 것은 알 수 있었다. 그는 절로 다급해져서 색액도에게 얼른 눈짓을 보내며 몰래 고개를 흔들었다. 그더러 나서서 반대 의견을 제시하라는 암시였다.

그러나 색액도는 그의 뜻을 오해했다. 고개를 흔드는 것이 자기도 삼번의 폐지를 반대하라는 뜻으로 읽은 것이다. 위소보는 누구보다도 황제의 의중을 잘 알고 있으니 그것이 바로 황제의 뜻이라고 판단했다. 강희 역시 대신들의 의견에 대해 가부간의 의견을 밝히지 않았으므로, 소황제가 오삼계와 격돌하는 것을 두려워하고 있는 것으로 생각했다. 그래서 넌지시 말했다.

"황상, 오삼계와 상가희와 경정충 삼인은 용병술에 능합니다. 만약 조정에서 그들의 번왕 지위를 철회한다면 항명을 할 가능성이 없지 않습니다. 그럼 운남과 귀주, 광동, 광서, 복건 5개 성省이 동시에 출병할 우려가 있습니다. 어쩌면 다른 세력들도 가세할 수 있습니다. 그럼 대응하기가 어려우니… 신의 소견으론 오삼계와 상가희는 이미 연로하여 머지않아 세상을 떠날 테니 좀 더 기다려 천수를 다하게 함이 무난하다고 생각합니다. 그럼 산전수전을 다 겪은 그들의 수하 노병들도 대부분 세상을 떠날 것이고, 그때 가서 삼번을 폐지하면 한결 수월할 것입니다."

강희는 빙긋이 웃었다.

"신중을 기하자는 거군요."

색액도는 황상의 칭찬이라 생각해 얼른 무릎을 꿇고 황은에 감사를 올렸다.

"국가의 백년대계를 위해서 충심을 다해 진언했을 뿐이옵니다."

강희는 대학사 도해圖海에게 물었다.

"경은 문무를 겸비하고 육도삼략六韜三略(중국의 오래된 병서兵書인 《육도》와 《삼략》을 총칭)을 통달해 용병술에 능하니, 이 문제를 어떻게 하는 게 좋을지 의견을 말해보시오."

도해가 진언했다.

"소신은 지재_{智才}가 평범할 뿐, 모든 것이 황상께옵서 이끌어준 은덕이옵니다. 조정에는 정예 병마가 많아 삼번이 만약 불순한 마음을 먹는다면 능히 평정할 수 있습니다. 하오나 삼번의 수십만 대군이 한꺼번에 요동으로 이동한다면 우려가 될 수도 있습니다."

강희가 물었다.

"뭐가 우려된다는 거요?"

도해가 대답했다.

"요동은 우리 대청의 뿌리고, 선조들의 능침_{陵寢}이 있는 곳입니다. 삼번이 만약 불충한 의도를 갖고 난을 일으킨다면 수습하기가 어려울 것입니다."

강희가 고개를 끄덕이자 도해가 다시 말했다.

"그리고 삼번의 병마가 원래 주둔지를 떠나면 조정에선 따로 운남과 광동, 복건으로 군사를 보내야 합니다. 삼번의 수십만 대군이 북상하고, 조정의 수십만 대군이 남하하는 과정에서 혼란이 야기될 수 있고, 또한 민폐를 끼치게 될 겁니다. 삼번의 군사는 그 고장 백성들과 여태껏 별 충돌 없이 잘 지내왔습니다. 아시다시피 광동과 복건의 언어는 북경과는 판이하게 다릅니다.[1] 새로운 병력을 파견하면 다들 언어의 소통이 어렵고 풍습이 달라 창졸간에 마찰이 생겨서 민원을 불러일으킬 수 있습니다. 그럼 애민_{愛民}을 해온 황상의 성의_{聖意}에 누가 될 것입니다."

위소보는 갈수록 다급해졌다. 그는 차제에 삼번의 폐지를 원하는 황세의 의중을 잘 알았다. 그런데 왕공대신들은 모두 요지부동을 원하는 겁쟁이들이라 엉뚱한 얘기만 늘어놓고 있었다. 자기는 나이가 어리고 관직도 낮아 조정에서 함부로 지껄일 수가 없으니 실로 난감했다.

강희는 다시 병부상서 명주明珠에게 물었다.

"이 일은 병부 소관인데, 경은 어떻게 생각하오?"

명주가 대답했다.

"황상께옵선 천종총명天縱聰明하오며 명견만리이시니 저희 신하들보다 사리판단이 백배는 더 고명합니다. 신은 이번 일을 놓고 심사숙고를 했습니다. 삼번을 폐지하면 그 나름대로 장점이 있고, 그대로 유지하면 또한 장점이 있습니다. 선뜻 결정을 내릴 수 없어 연일 잠을 이루지 못했습니다. 하오나 나중에 깨달은 바가 있어 지난밤에는 안심하고 편히 잘 수 있었습니다. 다름이 아니오라, 황상께서는 매사 주도면밀하시며 만무일실萬無一失이라 소신들이 생각한 것을 이미 다 예측하고 계실 것입니다. 소신들이 그 어떤 계책을 진언해도 황상의 가르침에 미칠 수가 없습니다. 그러니 소신들은 그저 황상의 지시에 따라 일을 행하면 됩니다. 황상께서 뭐라고 분부하시든 소신들은 무조건 그 명을 받들어 충성을 다 바쳐서 용맹하게 돌진하면 결국에는 만사대길, 만사형통의 결과를 얻게 될 겁니다."

그의 말을 듣고 위소보는 탄복해 마지않으며 속으로 생각했다.

'우아, 조정에 저 많은 문무대관이 있는데 그 어느 누구도 너의 처세술을 따라갈 수가 없구나. 알랑방귀 뀌는 솜씨가 거의 천재적이야. 나도 너를 사부님으로 모셔야 할 판이네. 이 녀석은 앞으로 날이 갈수록 욱일승천해서 공명과 부귀영화를 무진장 누릴 게 틀림없어.'

강희는 빙긋이 웃었다.

"짐은 경의 의견을 물은 것이지, 송덕頌德을 들으려는 게 아니오."

명주는 무릎을 꿇고 머리를 조아렸다.

"통촉하시옵소서. 신은 송덕을 한 게 아니오라 사실이 그러하다는 겁니다. 병부는 삼번이 불온한 의도를 갖고 있다는 소식을 전해듣고, 밤낮으로 심사숙고를 거듭했습니다. 만약 출병을 하게 된다면, 어떤 작전을 펼쳐야 황상께 추호의 심려도 끼치지 않고 승리를 쟁취할 수 있을지, 고민이 많았습니다. 그러나 아무리 생각을 하고 또 해보아도 소용이 없었습니다. 황상께옵서는 너무나 성명聖明하시고 소신은 너무나 아둔해 아무리 노심초사해서 생각해낸 방책도 황상께서 간단히 지적해주시는 계략에 따를 수가 없습니다. 성상께서는 하늘에서 내려오신 지혜의 자미성紫微星인데, 소신 같은 범부속자凡夫俗子와 어떻게 비교가 되겠습니까? 그래서 소신은 결심했습니다. 황상께서 그 어떤 분부를 내리시든 그건 최상, 최적이 틀림없을 겁니다. 소신들이 처음엔 그 깊은 뜻을 헤아리지 못한다고 해도 무조건 충성을 다해 따르기만 하면, 나중에는 반드시 그 참뜻이 옳았다는 것을 깨닫게 될 겁니다."

주위에 있는 왕공대신들은 그의 말을 듣고 모두들 속으로 욕을 퍼부었다. '이런 아첨만 일삼는 후안무치한 놈!', '정말 한심하기 짝이 없구나!' 그러나 감히 내색은 하지 못하고 부화뇌동할 뿐이었다.

강희가 드디어 위소보에게 물었다.

"위소보, 경은 직접 운남에 다녀와서 그곳 실정을 잘 알 터이니, 이 일을 어떻게 처리해야 될지 의견을 말해보게."

위소보가 대답했다.

"황공하옵니다. 소신은 국가 대사에 대해 별로 아는 바가 없사옵니다. 하오나 오삼계는 신에게 이런 말을 했습니다. '위 도통, 앞으로 무슨 변고가 발생하면 자네는 염려하지 않아도 되네. 지금 누리고 있는 도통의 직위가 더 높아지면 높아지지 내려가지는 않을 걸세.' 소신은 그게 무슨 뜻인지 몰라 물었습니다. '앞으로 무슨 변고가 생기는데요?' 그러자 오삼계는 웃으며 말했습니다. '때가 되면 자연히 알게 될 걸세.' 황상, 외람된 말씀이오나 오삼계가 모반을 꾀하고 있는 건 틀림없는 사실입니다. 아마 지금쯤 용포도 이미 만들어놨을 겁니다. 그는 자신을 맹호로 비유하고 황상은 꾀꼬리라고 했습니다."

강희가 눈살을 찌푸리며 물었다.

"왜 맹호고, 왜 꾀꼬리라는 거지?"

위소보는 얼른 무릎을 꿇고 큰절을 여러 번 올렸다.

"오삼계, 그 작자가 대역무도한 말을 많이 했는데, 차마 소신의 입으로 다 전할 수가 없습니다."

강희가 말했다.

"그냥 들은 대로 말하게. 경이 한 말도 아니지 않은가."

위소보가 말했다.

"예, 오삼계에게 세 가지 보물이 있사옵니다. 그의 말을 빌리면, 그 세 가지 보물은 다 정말 귀중하지만 한 가지씩 부족한 게 있다고 했습니다. 첫 번째 보물은 커다란 홍보석紅寶石입니다. 정말 닭 볏처럼 아주 빨간데, 그의 모자에 박혀 있습니다. 그는 '보석은 아주 크지만 모자가 너무 작다'고 말했습니다."

강희는 '흥!' 하고 코웃음을 쳤다.

왕공대신들은 서로 마주 보며 표정이 굳었다. '보석은 아주 크지만,

모자가 너무 작다'는 그 말의 의미는 불문가지不問可知, 뻔했다. 머리에 황관을 쓰고 싶다는 뜻이 아닌가!

위소보가 말을 이었다.

"두 번째 보물은 하얀 바탕에 검은 무늬가 있는 백호 가죽입니다. 소신은 궁에서 황상을 모시고 있지만 그런 백호 가죽은 본 적이 없습니다. 오삼계의 말을 빌리면, 그 백호 가죽은 100년에 한 번 볼까 말까 한 아주 귀한 거라고 합니다. 왕년에 송 태조 조광윤이 그런 백호를 잡은 적이 있고, 명 태조 주원장도 잡았다고 하더군요. 그리고 조조와 유비도 잡았다고 했습니다. 그는 그 백호 가죽을 의자에 깔아놓고 말했습니다. '백호 가죽은 아무나 얻는 게 아닌데, 애석하게도 이 의자가 너무 평범하구나.' 그게 무슨 뜻이겠습니까?"

강희는 고개를 끄덕였다. 그리고 속으로 웃었다. 위소보는 지금 멋대로 지껄이며 오삼계를 모함하고 있다. 하지만 학문이 미천해서 조조는 황제에 오른 적이 없다는 사실을 모르고 갖다붙인 것이다.

위소보가 다시 말을 이어갔다.

"세 번째 보물은 아주 커다란 대리석 병풍입니다. 오삼계는 그 병풍을 보면서 '아, 병풍은 아주 진귀한 것인데, 애석하게도 맹호는 아래 있고 꾀꼬리는 높은 나뭇가지에 있구나' 하면서 탄식을 하더군요."

강희가 말했다.

"그 말은 비유일 뿐, 모반을 하겠다는 뜻이 아니지 않은가?"

위소보가 그의 말을 받았다.

"역시 황상께서는 하해와 같은 아량으로 신하들을 대하시는군요. 오삼계가 만약 조금이라도 양심이 있다면 성은에 보답코자 딴마음을 품지 못할 겁니다. 한데 그는 조정의 왕공대신들에게 누누이 예물을 바쳤습니다. 이 사람에게 황금 천 냥, 저 사람에게 백은 2만 냥… 씀씀이가 정말 엄청났습니다. 그런데 그 세 가지 보물을 황상께 진상하지 않았습니다.”

강희가 웃으며 말했다.

“난 그에게 아무것도 바라지 않는다.”

위소보가 말했다.

“네, 오삼계는 조정으로부터 녹봉을 수령하거나 포상을 받아 은자가 손에 들어오면 그 절반을 경성에 남겨놓았다가 문무대신들에게 나눠준다고 했습니다. 그래서 제가 말했습니다. ‘왕야, 조정의 문무대신들에게 너무 많은 것을 내주시는데, 제가 보기에도 좀 아깝습니다.’ 그랬더니 오삼계가 웃으며 말하더군요. ‘그 은자는 당분간 그들 손에 맡겨놓는 것에 불과해. 일단 다들 나를 따라줄 테니까, 몇 년만 지나면 그들은 후한 이자를 붙여서 나한테 도로 돌려줄 걸세.’ 저는 그 말이 무슨 뜻인지 몰라서 물었지요. ‘왕야, 재물이 이미 남의 손에 넘어갔는데 어떻게 돌려받을 수 있어요? 그리고 그들이 왕야에게 빌린 것도 아니고 왕야가 스스로 그들에게 내준 건데, 어떻게 이자까지 붙여서 돌려받죠?’ 그러자 오삼계는 하하 웃더니 저의 어깨를 두드리며 비단주머니를 하나 주더군요. 그리고 당부를 했어요. ‘이건 내가 주는 작은 성의니 황상에게 좋은 말을 많이 해주게. 황상이 만약 번왕 제도를 폐지하겠다고 하면 절대 안 된다고 말려주게. 그리고 자네는 걱정 말게. 나중에라도 결코 그것을 되돌려받지 않을 테니까 말이야.’ 그래서 그냥 받아뒀습니다.”

그러면서 품속에 있는 비단주머니를 꺼내 높이 들어올렸다. 왕공대신들은 그 주머니에 붉은 색으로 '평서왕부平西王府'란 네 글자가 수놓여 있는 것을 똑똑히 볼 수 있었다.

위소보는 그 주머니를 풀어 거꾸로 쏟았다. 그러자 요란한 소리가 들리며 진주, 보석, 비취, 미옥美玉 등 수십 가지의 귀한 보석들이 우두둑 바닥에 떨어졌다. 그 보석들에서 반짝반짝 빛이 나 눈이 부셨다. 이 보석들 중에는 물론 오삼계가 준 것도 있지만, 위소보가 다른 데서 뇌물로 받은 것도 많이 섞여 있었다. 주위 사람들은 그런 사실을 알 턱이 없었다.

강희가 미소를 지으며 말했다.

"운남에 가서 제법 수확이 많았군!"

위소보가 사뭇 진지하게 말했다.

"저는 감히 이 보석들을 가질 수 없으니 황상께서 다른 사람들에게 나눠주십시오."

강희는 다시 빙긋이 웃었다.

"오삼계가 경에게 준 건데 내 어찌 남에게 나눠줄 수 있겠나?"

위소보가 말했다.

"오삼계는 소신에게 이 보석들을 주면서 황상께 진언을 잘해 번왕 폐지를 막아달라고 했습니다. 저는 오로지 황상께 충성을 해왔기 때문에 이 금은보화에 눈이 어두워 역도를 충신으로 진언할 수는 없습니다. 만약 그에게 뭐라도 받는다면 어떻게 충언을 올릴 수가 있겠습니까? 그리고 천하의 모든 금은보화는 다 황상의 소유입니다. 황상께서 누구한테 하사하면 그건 황상의 은덕이지, 오삼계가 그것으로 인심을 매수하도록 해서는 아니 되옵니다."

강희는 하하 웃었다.

"짐에 대한 그 충심이 가상하군. 그럼 그 보석들은 짐이 경에게 하사하는 것으로 하지."

그러고는 주머니에서 서양에서 들어온 금장시계를 꺼냈다.

"이건 따로 포상하는 서양의 보물이네."

위소보는 얼른 무릎을 꿇고 큰절을 올렸다. 그러고는 앞으로 나와 두 손으로 금장시계를 받았다.

군신 두 사람은 그럴싸하게 서로 시치미를 떼고 주거니 받거니 했다. 왕공대신들은 원래 다 눈치가 빠른 사람들이라, 강희의 속내를 알아차리지 못할 리가 없었다. 그들은 대부분 오삼계한테 뇌물을 받았다. 게다가 최근에 받은 뇌물은 위소보를 통해 전해받은 것이었다. 여기서 우물쭈물하다가 위소보가 조금이라도 먼지를 털면 그 결과는 예측하기 어려웠다. 황상이 만약 진노해 '외번과 결탁해 역모를 꾀한다'는 죄명을 뒤집어씌우면, 목은 달아나지 않더라도 멀리 유배를 가게 될 게 뻔했다.

물론 위소보가 좀 전에 오삼계를 모함하기 위해 한 말들은 너무나 유치하고 가소로웠다. 오삼계가 설령 진짜 모반을 꾀할 생각이 있다고 해도 황제가 보낸 흠차대신에게 그렇듯 속내를 드러냈을 리 만무했다. 게다가 조정대신들에게 금은보화를 줬는데, 나중에 이자까지 쳐서 받아내겠다고 하면서, 장차 황제가 되겠다고 암시했다는 것은 세상 물정을 모르는 어린애의 말장난에 불과했다. 오삼계는 아주 심계가 깊은 능구렁이로, 그깟 얼마 안 되는 금은보화를 다시 빼앗아갈 만큼 속이 보이는 사람은 아니었다. 그럴 필요도 없었다. 위소보의 말이 그렇게 허점투성이라는 것을 뻔히 알면서도, 황상이 그를 감싸며 칭찬하니, 누가 감히 나서서 반박을 해 황상의 심기를 건드리겠는가!

역시 명주의 머리가 가장 빨리 돌아갔다. 그가 바로 나섰다.

"위 도통은 소년영재로서 사리가 분명하고 황상께 대한 충심이 지대하여 오삼계의 호랑이굴로 뛰어들어 진상을 알아냈으니 실로 감탄을 금할 길이 없습니다. 황상께옵서 천기를 통찰하시어 위 도통을 운남으로 보내지 않았다면 소신들은 경성에 앉아 오삼계 그 노회한 놈이 성은을 배신하고 역모를 꾀하리라고 어찌 생각이나 했겠습니까."

그의 이 말은 황상과 위소보에 대한 칭송일 뿐 아니라 좌중 동료들의 짐도 덜어주었다. 그리고 오삼계의 모반을 기정사실화했다. 태화전에 있는 왕공대신들은 원래 불안불안했는데 그의 말을 듣자 가슴을 쓸어내리며 안도의 숨을 내쉬었다. 그동안 경성에 있었으니 오삼계의 역모를 알아차리지 못한 것은 어쩔 수 없는 일이었던 것이다.

강친왕과 색액도는 원래 위소보와 절친했다. 이제야 모든 것을 확연히 깨닫고 낙정하석落穽下石, 함정에 빠진 놈에게 돌을 던지는 격으로 오삼계를 비방하고 욕하는 데 열을 올렸다. 다른 중신들도 가만히 있을 수 없었다. 서로 앞다퉈 번왕 제도를 없애는 게 지당하다고 입을 모았다. 앞서는 자신의 생각이 짧았다고 통탄하며, 다행히 황상의 영명한 가르침이 있어 비로소 먹구름이 걷히고 맑은 하늘을 보게 됐다면서 연신 너스레를 떨었다.

어떤 사람은 방책을 제시하기도 했다. 번왕을 어떻게 폐지하고, 어떻게 오삼계를 경성으로 잡아와서, 어떻게 멸문을 시켜야 하는지, 의견이 분분했다. 오삼계는 엄청난 재산을 축적해놓았다. 일단 그의 재산을 몰수하면 모두에게 떡고물이 돌아갈 수 있으니 불역락호不亦樂乎, 즐겁지 않을 수 있으랴. 그러나 다시 곰곰이 생각해보면 결코 쉬운 일이 아니었다. 오삼계가 오히려 역공을 하면 그의 재산을 몰수하기 전에 자신의 목이 달아날 수도 있을 것이었다.

대신들의 설왕설래가 잦아들자, 강희가 점잖게 말했다.

"오삼계는 비록 역모를 꾀할 마음이 있지만 아직은 구체적인 행동을 보이지 않았소. 오늘 이곳에서 논의한 사안들은 그 누구도 누설해서는 아니 되오. 일단 그에게 개과천선할 기회를 주고, 동태를 예의 주시합시다."

대신들은 일제히 입을 모아, 황은이 망극하다면서 관용인후寬容仁厚를 칭송했다. 강희는 품속에서 황지를 한 장 꺼냈다.

"이것이 칙령인데 적절한지 한번 살펴보시오."

예부상서 파태가 몸을 숙여 두 손으로 받아들고 낭랑하게 읽어 내려갔다.

하늘의 뜻을 받들어 황제의 칙령을 전하노라. 奉天承運皇帝詔曰

자고로 제왕이 천하를 평정하려면 自古帝王平定天下

무장과 신하들의 도움이 있어야 한다. 式賴師武臣力

천하의 혼란이 수습되고 안정을 되찾으면 及海宇寧謐

장수들의 노고를 치하하고 振旅班師

병사들을 편안하게 해야 한다. 休息士卒

공신들에게는 봉지를 내려 俾封疆重臣

여유 있는 삶을 누리게 하고 優遊頤養

그것이 지속되도록 배려해야 한다. 賞延奕世

그것이 강산을 공고히 하는 것이며 寵固河山

본보기이니라! 甚盛典也

　그는 여기까지 읽고 나서 약감 멈칫했다. 그러자 대신들이 일제히 웅성거리기 시작했다. 다들 황상의 빼어난 문장에 찬사를 보내느라 여념이 없었다.

　파태는 가볍게 헛기침을 한 번 하고 나서 머리를 두어 번 천천히 돌리며 마치 한유, 유종원, 구양수, 소동파 등 서정시인들의 절묘한 시구나 문장을 낭송하듯 목청을 길게 뽑으며 다시 읽어 내려갔다.

번왕은 충정을 다 바쳐 王夙篤忠貞

국정을 위해 노심초사하고 克攄猷略

노고를 마다하지 않으며 宣勞戮力

변방을 수호함으로써 鎭守巖疆

짐을 위해 남방에 대한 심려를 덜어주었으니 釋朕南顧之憂

그 공을 높이 평하노라! 厥功懋焉

파태는 여기서 다시 잠시 멈추고 가볍게 한숨을 내쉬었다.

"정말 훌륭한 문장이옵니다."

색액도가 나섰다.

"황상의 성은을 입은 오삼계가 추호만큼이라도 인성人性을 지녔다면, 이 성지를 읽고 아마 부끄러워 얼굴을 들지 못할 것입니다."

파태가 이어 읽어 내려간 내용은 대략 이러했다.

"그러나 변왕은 이제 나이가 연로한데 멀리 변방에서 한파와 폭염을 견뎌내야 하니 심히 우려되는 바이오. 근자에 이르러 지방이 안정되고, 민심이 평온하니 소청한 대로 변왕에서 물러나는 것을 윤허하겠소. 하여 아무개와 아무개를 보내 짐의 뜻을 알리는 바이오. 변왕은 휘하 장병과 식솔들을 이끌고 경성으로 올라와 아침저녁으로 지척에서 군신동락君臣同樂을 누리며 편안한 여생을 보내도록 하시오. 그 외에 자세한 것은 짐이 보낸 자가 전해드릴 것이오. 변왕이 상경하면 바로 거처할 곳이 마련돼 있으니 아무 걱정 마시오. 짐은 기뻐하며 변왕을 맞이할 거요."

파태가 음조의 높낮이를 조절해가며 멋들어지게 다 읽자, 군신들은 극구 칭찬을 하지 않는 자가 없었다.

명주는 또 가만히 있지 못하고 바로 나섰다.

"아침저녁으로 지척에서 군신동락을 누리자는 금구金句는 실로 감동을 금할 길이 없사옵니다. 소신들은 듣기만 해도 마음이 포근해지며 가슴이 벅차오릅니다."

도해도 한마디 했다.

"황상의 배려는 실로 천의무봉합니다. 경성에다 새로운 집을 지으려면 3년에서 5년은 끌 수도 있을 텐데, 북경에 오면 거처까지 마련돼 있다고 했으니 그는 더 이상 미룰 핑계가 없을 것입니다."

강희가 말했다.

"오삼계가 명에 따라 순순히 상경을 했으면 좋겠소. 그럼 백성들도 병란의 화를 면할 수 있을 거요. 이제 짐의 뜻을 전할 두 사람을 선발해 운남으로 보낼 일만 남았소."

그 말에 왕공대신들의 시선이 일제히 위소보에게 쏠렸다. 위소보는 가슴이 철렁했다.

'이런 빌어먹을! 이번 일은 애들 장난이 아니야. 지난번 새색시를 데려갔을 때도 하마터면 목숨을 잃을 뻔했는데, 이번에 번왕을 폐지시키러 간다면, 흠차대신이고 나발이고 죽이지 말라는 법이 없잖아?'

물론 아가를 만날 생각을 하면 열정이 끓어올랐지만, 그보다는 목숨이 더 소중했다.

명주는 위소보의 안색이 잿빛으로 변하자 겁을 먹었다는 것을 알아차렸다.

"황상, 통촉해주시옵소서. 오삼계를 설득하자면 아마 위 도통을 따를 자가 없을 것입니다. 하오나 위 도통은 악을 원수처럼 여기는 강직한 성품의 소유자로, 오삼계가 황상께 불경한 것을 알고 뼛속 깊이 증오하고 있는데, 그를 만나 호되게 질책을 하면 일을 그르칠 수도 있습니다. 소신의 우견으로는 예부시랑 절이긍折爾肯과 한림원 학사 달이례達爾禮, 두 사람을 운남으로 보내 황상의 뜻을 전하도록 하는 것이 좋을 듯싶습니다. 그 두 사람은 예의가 바르고 성품이 차분하여 아무리 완고한 자도 감화시킬 수 있을 것이라 믿습니다."

강희는 그 제의가 흡족해 바로 예부시랑 절이긍과 한림원 학사 달이례를 운남으로 보내기로 결정했다.

왕공대신들은 황제가 이미 번왕 폐지를 결정했으며, 오삼계에게 보낼 칙령까지 미리 준비해 몸에 지니고 있었다는 사실을 알고는 앞서 오삼계를 감싸고 두둔했던 것을 뼈저리게 후회했다. 그리고 바로 태도를 180도 바꿨다. 그들은 오삼계의 죄상을 없는 것도 만들어서 줄줄이 늘어놓았다. 오삼계는 이내 사악무도하고 도저히 용서할 수 없는 대죄인으로 둔갑했다.

강희는 고개를 끄덕이며 그들의 말을 다 듣고 나서 차분하게 말했다.

"오삼계는 비록 나쁘지만 그 정도로 사악하지는 않을 거요. 모두들 실사구시實事求是하여 신중하게 일을 처리하도록 하시오."

이어 몸을 일으키더니 위소보에게 손짓을 해 그를 후전後殿으로 데리고 갔다.

위소보가 황제의 뒤를 따라 어화원御花園에 다다르자 강희가 웃으며 말했다.

"소계자, 정말 대단하구나. 만약 네가 그 비단주머니를 꺼내 보석들을 바닥에 쏟아버리지 않았다면, 빌어먹을 그 늙은이들은 오삼계에 대해 좋은 말만 늘어놨을 거야."

위소보 역시 웃으며 말했다.

"사실 황상께서 '번왕을 폐지하는 게 좋겠다'고 한 말씀만 하시면 다들 앞을 다퉈 '역시 번왕을 폐지하는 것이 지당하옵니다' 하고 찬동했을 겁니다. 하지만 그들의 입을 통해 직접 말하도록 하는 것이 훨씬 더 재미있죠."

강희가 고개를 끄덕였다.

"그 늙은이들은 매사에 복지부동, 신중에 신중을 기하기 때문에 꼭 잘못했다고는 할 수 없어. 어쨌든 오삼계가 언제 행동을 취할지, 그 자신이 칼자루를 쥐고 있어서 우리한테 불리했는데, 일단 번왕에서 끌어 내리면 그들도 자중지란이 일어나겠지."

위소보가 말했다.

"네, 맞습니다. 노름도 마찬가지죠. 오삼계가 계속 선을 잡게 해서야 되겠어요? 황상도 직접 주사위를 던져봐야죠."

강희가 말했다.

"그래, 그가 계속 선을 잡게 내버려둘 수는 없지. 소계자, 우린 이미 주사위를 던졌어. 하지만 오삼계는 만만한 놈이 아니야. 그의 휘하에 는 산전수전을 다 겪은 백전노장들이 많아. 일단 병란을 일으키고 천 하의 한인들이 다 호응을 한다면 사태를 수습하기 어려울 거야."

위소보는 그동안 이곳저곳을 돌아다니면서 만주 오랑캐를 욕하고 증오하는 한인들을 많이 봐왔다. 중원에서 한인은 그 수가 엄청나다. 한인이 100명이면 만주 사람은 한 명 있을까 말까다. 만약 한인들이 모조리 들고일어나면 만주 사람들은 도저히 당해낼 재간이 없을 것이 다. 그러나 비록 오랑캐를 욕하는 사람이 많으나 오삼계를 욕하는 사 람은 더욱 많다. 생각이 거기에 미치자 위소보는 강희에게 말했다.

"황상, 심려 마세요. 천하의 한인들 가운데 오삼계를 좋아하는 사람 은 단 한 명도 없습니다. 그가 모반을 꾀한다면 측근 외에는 동조할 사 람이 없을 거예요."

강희가 고개를 끄덕였다.

"나도 그 점을 생각했어. 전에 명 왕조의 계왕桂王이 미얀마로 도망 쳤는데 오삼계가 쫓아가 잡아서 죽였지. 오삼계가 반란을 일으킨다고 해서 그게 흥한반청興漢反淸이고 반청복명反淸復明일 수는 없어."

그러고는 약간 멈칫하더니 물었다.

"명 왕조의 숭정 황제가 어느 날 죽었는지 아느냐?"

위소보는 머리를 긁적이며 떠듬거렸다.

"그건… 저… 저는 당시 아직 태어나지도 않아서 잘… 잘 모르겠는데요."

강희는 하하 웃었다.

"내가 잘못 물었구나. 그래, 그땐 나 역시 태어나지 않았지. 좋아, 이번 그의 기일에 몇몇 왕공대신들을 숭정릉으로 보내 제를 올리게 해야겠어. 그럼 천하 백성들이 내게 감격할 거고, 오삼계를 더욱 증오하게 되겠지."

위소보의 눈이 빛났다.

"황상은 역시 신기묘산입니다. 하지만 숭정 황제의 기일이 아직 멀었고, 오삼계가 그 전에 모반을 꾀하면 어떡하죠?"

강희는 앞으로 몇 걸음 옮기며 미소를 지었다.

"그동안 너는 내 명을 받들어 분주하게 움직이느라 고생이 많았다. 오대산을 비롯해서 운남, 신룡도, 요동, 마지막에 러시아까지 다녀왔으니 말이다. 그래서 이번에는 네가 편히 쉴 수 있는 곳으로 보내줄까 한다."

위소보가 얼른 말했다.

"저는 세상에서 가장 편하고 좋은 곳이 바로 황상 곁입니다. 황상의 말씀을 한 마디라도 들을 수 있고, 황상을 한 번이라도 볼 수 있다면, 마음이 얼마나 편하고 좋은지 몰라요. 황상, 이 말은 저의 진심이지 절대 아첨을 떠는 게 아닙니다."

강희는 고개를 끄덕였다.

"그래, 사실이라는 걸 나도 안다. 너와 나는 군신지간이지만 서로 의기가 투합하니 이보다 더한 인연은 없을 것이다. 어려서부터 너랑 서로 싸우면서 키워온 교정交情이니 다른 사람들과는 판이하게 다르지. 나 역시 너만 보면 언제나 기분이 좋다. 소계자, 한동안 너의 소식을 알 수 없어서 행여 바다에 빠져죽지 않았나 걱정을 얼마나 많이 했는지 모른다. 너를 위험한 곳으로 보내지 말았어야 했는데… 정말 후회되고 많이 괴로워했어."

위소보는 가슴 밑바닥으로부터 뜨거운 격정이 끓어올랐다.

"저는… 저는 평생 황상을 모시길 원합니다."

말을 하면서 목이 메어왔다.

강희가 그의 말을 받았다.

"그래, 내가 60년 동안 황제를 하면, 너는 60년 동안 내 곁에서 대관을 해라. 우리 군신 두 사람은 '유은유의有恩有義, 유시유종有始有終(서로 은정과 의리를 지키며, 처음부터 끝까지 동고동락하다)'하자."

황제의 입에서 이런 말이 나오는 것은 상상도 할 수 없는 일이었다. 그러나 강희는 아직 나이가 어린 데다가 성품이 솔직담백하고, 위소보와는 죽마고우나 다름없는 총각지교總角之交라 서로 전혀 흉허물이 없었다.

위소보가 말했다.

"황상이 100년 동안 황제를 하면 저는 100년 동안 곁에 있을게요. 대관을 하든 안 하든 상관없어요."

강희는 미소를 지으며 흡족해했다.

"60년 동안 황제를 하면 족하지 않을까? 사람은 너무 욕심을 부려 서도 안 돼."

약간 멈칫하다가 말을 이었다.

"소계자, 이번엔 널 양주로 보내 금의환향하도록 해줄게."

위소보는 '양주'라는 말을 듣자 가슴이 철렁했다.

"금의환향이 뭔데요?"

강희가 말했다.

"경성에 와서 큰 벼슬에 올랐으니 고향으로 돌아가 가족과 친지들에게 자랑을 하라는 거야. 다들 널 부러워할 테니 기분이 좋잖아? 아랫사람더러 상소문을 써서 올리라고 하면 너의 아버지와 어머니한테도 포상을 내려줄 테니 자랑스럽지 않겠어?"

위소보는 연신 머리를 조아렸다.

"아, 네! 네… 성은이 망극하옵니다."

강희는 그의 표정이 왠지 모르게 좀 어색해 보여서 물었다.

"잉? 좋지 않은가 보네?"

위소보는 고개를 내둘렀다.

"아, 아닙니다. 너무 기쁩니다. 다만… 저는 생부가 누군지 잘 모릅니다."

강희는 잠시 멍해 있다가 자신도 생부가 오대산에서 출가한 것이 떠올라 동병상련의 마음으로 어깨를 토닥이며 위로해주었다.

"양주에 가서 천천히 알아봐. 하늘이 무심하지 않다면, 지성이면 감천이라 했으니 아버지를 만나게 해줄 거야. 소계자, 이번에 양주에 가서 할 일은 아주 쉬워. 가서 충렬사忠烈祠를 한 채 건립하면 돼."

위소보는 머리를 긁적거리며 물었다.

"돈역사豚役舍요? 돼지우리를 지으려면 아무 데나 지으면 되지, 왜 하필 양주에 가서 지으라는 건가요?"

강희는 깔깔 웃었다.

"이런 빌어먹을, 소계자는 아무튼 책보 끈이 너무 짧단 말이야. 내가 말한 것은 충렬사지, 돈역사가 아니야. 충렬사는 사당이라고, 충신들을 모시는 곳 말이야."

위소보도 웃었다.

"소인이 너무 무식해서 그래요. 그러니까 그 무슨 관제묘關帝廟[2] 같은 것을 지으라는 거죠?"

강희가 말했다.

"그래 맞아. 청병이 중원으로 들어온 후에 양주와 가정에서 많은 살육을 했기 때문에 지금 생각해도 마음이 편치 않아."

위소보가 말했다.

"당시 정말 다들 비참하게 죽었어요. 양주성은 도처에 시체가 널려 있었고, 10여 년이 지난 후에도 가끔 하천이나 우물에서 죽은 사람들의 해골이 나왔대요. 하지만 그때 난 태어나지 않았고 황상도 세상에 나오기 전이니 우릴 원망할 수는 없죠."

강희가 그의 말을 받았다.

"말이야 그렇지만 내 조상들이 한 일이니 나도 책임을 져야지. 당시 사가법史可法이란 사람이 있었다는데, 혹시 들어봤니?"

위소보가 자랑스럽게 말했다.

"사각부史閣部 사 대인은 목숨을 바쳐 양주를 사수한 아주 훌륭한 충신이에요. 우리 양주의 어르신네들은 사 대인 얘기만 나오면 다들 눈물을 흘려요. 우리 마당에도 위패 하나가 있었는데, '구문룡사진지영위九紋龍史進之靈位'라고 적혀 있었죠. 매달 초하룻날과 보름날에 다들 그 영패 앞에 무릎을 꿇고 큰절을 올리는 것을 봤어요. 다른 사람들에게 들은 얘긴데, 관아의 눈을 속이기 위해 그렇게 적은 것이지, 그게 바로 사각부의 영패래요."

강희는 고개를 끄덕였다.

"사람들은 누구나 충신열사를 존경하기 마련이지. 이제 보니 백성들이 구문룡 사진(《수호지》의 등장인물. 용맹스러운 미남자로, 상반신에 아홉 마리의 용을 문신으로 새겨서 '구문룡'이라고 불린다)의 영위 앞에서 향을 올리고 무릎 꿇고 절을 올리는 것이, 바로 사가법을 기리기 위한 거였군. 소계자, 네 집의 그 마당은 무슨 마당이냐?"

위소보의 얼굴이 약간 붉어졌다.

"황상, 말씀드리기가 좀 쑥스러운데… 저희 집은 여춘원이란 기루예요. 양주에서는 그래도 손에 꼽히는 아주 큰 기루죠."

강희는 빙긋이 웃으며 속으로 생각했다.

'어쩐지 말투가 시정잡배들이나 다름없었어. 선비 집안 출신일 리가 없지. 그래도 나한테 그런 수치스러운 일까지 다 털어놓는 걸 보면 녀석이 나에 대한 충심은 확실해.'

사실 위소보가 자기 집이 기루라고 말한 것도 허풍을 세게 친 거였다. 그의 어머니는 그저 기루의 기녀일 뿐이지 주인이 아니니 말이다.

강희가 말했다.

"넌 나의 칙령을 양주로 가져가서 선독宣讀해 모두에게 전해라. 난 사가법의 진충보국盡忠報國과 충군애민忠君愛民 정신을 높이 평가하고, 대충신이자 대영웅으로 인정하며, 우리 대청은 그런 충신의사를 존중하고 간악한 역도들을 멸시해 배척한다고 알려라. 그리고 사가법을 기리는 큰 사당을 지어 당시 순국한 충신과 용장들도 모두 그 사당에 모시도록 할 것이다. 아울러 30만 냥을 내려 양주와 가정 두 곳의 가난한 백성들을 돕고, 3년 동안 세금을 징수하지 않겠다고 칙령을 내릴 것이다."

위소보는 숨을 길게 내쉬며 말했다.

"황상, 그 은전은 너무나도 크옵니다. 제가 먼저 진심과 성의로 큰절을 올리겠습니다."

그러더니 정말 땅에 엎드려 이마로 쿵쿵쿵 땅을 찧으며 큰절을 세 번 올렸다.

강희가 웃으며 물었다.

"그럼 전에 나한테 큰절을 올렸을 때는 진심과 성의가 아니었단 말이냐?"

위소보가 멋쩍게 웃으며 말했다.

"어떤 때는 진심과 성의로 절을 올렸고, 또 어떤 때는 그냥 대충 했어요."

강희는 껄껄 웃으며 별로 개의치 않았다. 그리고 속으로 생각했다.

'그래, 나한테 절을 올리는 사람들 중 백이면 아흔아홉 명은, 말을 안 할 뿐이지 다 형식적이야. 소계자만이 솔직하게 말하는군.'

위소보가 말했다.

"황상, 황상의 그 계책은 정말이지 화살 하나로 새를 두 마리 잡는 것과 마찬가지입니다."

강희가 다시 웃으며 물었다.

"화살 하나로 새를 두 마리 잡아? 그걸 일전쌍조一箭雙鵰라고 하는 거야. 그래 말해봐라, 그 두 마리가 어떤 새지?"

위소보가 설명했다.

"그 충렬사를 지어놓으면 천하의 한인들은 모두 황상이 백성들을 아낀다는 것을 알게 될 겁니다. 전에 오랑… 청병이 양주에서 한인들을 마구 살해해서… 황상은 그게 마음에 걸려서 보상을 해주는 거잖아요. 그러니 만약 오삼계가 모반을 꾀하고, 그 상가희와 경정충이 난리를 일으켜 그 무슨 반청복명을 한다고 해도, 백성들은 다 이렇게 말할 겁니다. '만청이 나쁠 게 뭐가 있어? 황제가 얼마나 좋은 사람인데 그래!'"

강희는 고개를 끄덕이며 말했다.

"그래, 네 말이 맞다. 하지만 군자의 마음을 너무 속단하는 느낌이 없지 않구나. 난 단순히 민심을 사기 위해 그러는 게 아니라, 솔직히 지난날 양주와 가정에서 벌어졌던 참사에 대해 측은지심이 들어서 백성들에게 은자를 나눠주고 세금을 감면해주는 거야. 그건 그렇고… 그럼 두 번째 새는 무엇이냐?"

위소보가 다시 설명했다.

"황상이 사당을 지으면 다들 충신의사가 좋고, 반역자는 나쁘다는 걸 알게 될 겁니다. 그러니 오삼계가 만약 반역을 하면, 그는 나쁜 역도니까 백성들은 모두 그를 멸시하고 욕하겠죠."

강희는 그의 어깨를 툭 치며 웃었다.

37. 건녕 공주와의 재회

"맞아! 우린 주인에게 충성을 바치는 사람이 좋은 사람이라는 것을 대대적으로 알려야 해. 그럼 천하의 백성들은 누가 나쁜 사람이 되고 싶겠니? 오삼계가 반역을 하지 않으면 몰라도 일단 역모를 하면 따를 사람이 없을 거야."

위소보가 말했다.

"저는 설화 선생을 통해 자고로 가장 훌륭한 충신열사는 악비岳飛 장군과 관제關帝 관 왕야라고 들었어요. 이번에 양주에다 충렬사를 지으면서 아예 악비 장군과 관제의 묘도 새로 보수하는 게 좋겠어요."

강희가 웃으며 말했다.

"넌 정말 머리가 잘 돌아가고 영특해. 글공부를 하지 않아 학식이 없는 게 애석할 뿐이다. 그건 아주 좋은 생각이야. 관운장은 아주 의리가 있는 사람이지. 이번에 봉호를 하나 더 내리겠다. 그리고 악비는 송나라 장수로 금병金兵을 쳤어. 우리 대청은 원래 후금後金이니 금나라는 바로 대청이고 금병은 바로 청병이 되는 거야. 그러니까 악비의 악왕묘는 그냥 내버려둬."

위소보는 얼른 대답했다.

"아, 그렇군요. 알겠습니다."

그러고는 속으로 생각했다.

'이제 보니 너희 오랑캐는 아골타阿骨打, 금올출金兀朮, 합미치哈迷蚩의 후예들이군. 뭐 별로 대단하지도 않은데!'

설화 선생이 송나라와 대적한 금나라에 대해 좋게 얘기했을 리 만무했다.

강희가 갑작스레 물었다.

"오삼계가 하남성 왕옥산王屋山에다 일부 병마를 숨겨놓았다는 게 사실이냐?"

위소보는 처음엔 멍해하다가 이내 고개를 끄덕였다.

"네, 그래요."

그러고는 속으로 중얼거렸다.

'얘기 안 했다면 깜박 잊어버릴 뻔했군.'

강희가 다시 물었다.

"당시 넌 오삼계의 음모를 파헤쳐 사람을 보내 내게 알렸지만, 난 오히려 널 나무랐는데, 그 이유가 무엇이었는지 아느냐?

위소보가 대답했다.

"아마 당시에는 오삼계의 병마를 격파할 준비가 돼 있지 않아, 혹시 타초경사打草驚蛇('풀을 건드려 뱀을 놀라게 한다'는 뜻으로, 섣불리 행동해서 상대방의 경각심을 불러일으킨다는 의미)할까 봐 황상께서 일부러 안 믿는 척하신 게 아닌가요?"

강희는 웃었다.

"그래, 바로 그거야. 타초경사, 아주 적절한 고사성어다. 오삼계는 틀림없이 조정에다 적지 않은 심복을 심어놓았을 거야. 우리의 일거일동을 그 늙은이는 훤히 꿰뚫고 있어. 당시 내가 왕옥산 사도백뢰司徒伯雷에 관해 조사를 했다면 즉시 오삼계의 귀에 들어가, 어쩌면 바로 반란을 일으켰을지도 모르지. 그때 오삼계는 조정의 허실에 대해 손바닥 보듯이 잘 알고 있는데, 난 그의 병력이며 군사 배치에 대해 전혀 알지 못했으니 막상 전쟁이 벌어지면 패할 게 분명했어. 지피지기해야만 백전백승할 수 있는 거야."

위소보가 말했다.

"당시 황상께서는 사람을 보내 저를 호되게 꾸짖었잖아요. 그건 모든 군사들이 다 아는 사실이에요. 우리 군영에도 분명 오삼계의 첩자가 있었을 테니 바로 그놈에게 알려줬겠죠. 그 늙은 놈은 아마 황상이 어리석다고 비웃었을지도 몰라요."

강희가 말했다.

"이번에 넌 양주로 가면서 정예군 5천 명을 데려가라. 간 김에 하남 제원濟源으로 가서 기습적으로 왕옥산의 비적들을 일망타진해. 오삼계의 그 별동부대는 경성에서 너무 가까운 곳에 있기 때문에 언젠가는 큰 후환이 될 수 있으니 일찌감치 제거해버려야 해."

위소보가 그의 말을 받았다.

"정말 묘계입니다. 황상께서 직접 출정하셔서, 오삼계가 잔뜩 겁을 집어먹고 오줌을 질질 싸게 만드시죠."

강희는 미소를 지었다.

"왕옥산에는 고작 1~2천 명의 비적밖에 없어. 그중 태반은 노약자와 아녀자고… 그 원元가란 놈이 허장성세를 한 거야. 무슨 3만 명 넘게 있다고 한 건 다 거짓말이었어. 내가 벌써 사람을 시켜 낱낱이 조사해봤다. 천 명에 불과한 비적들인데 내가 직접 출정을 하면 웃음거리가 될 수 있어. 하하… 하하…."

위소보도 덩달아 하하 억지로 웃으며 강희의 영명함에 혀를 내둘렀다. 앞으론 황상 앞에서 허풍을 치지 말아야겠다고 생각했다.

강희가 다시 말했다.

"왕옥산의 비적들을 어떻게 섬멸할 것인지, 돌아가서 잘 생각을 해

보고 내일이나 모레쯤 보고하도록 해라.”

위소보는 대답을 하고 물러나며 머리를 굴렸다.

‘난 이런 행군작전에 대해선 쥐뿔도 아는 게 없어. 저번에 수전水戰을 벌일 때는 시랑의 도움을 받았는데, 이번엔 육전陸戰이야. 누구의 도움을 받아야 하지? 아, 맞다! 광동 제독 오육기를 불러와서 부장副將으로 삼고 무조건 그가 시키는 대로 하면 되겠지. 그는 싸움에 능한 사람이니까.’

그러나 바로 생각을 달리했다.

‘황상은 나더러 하루이틀 사이에 전략을 짜서 보고하라고 했는데, 광동까지 가서 오육기를 불러오려면 빨라도 한 달은 걸릴 테니 도저히 안 돼. 경성에 싸움에 능한 사람이 없나?’

가만히 생각해보니 경성에도 이름난 무장이 적지 않았다. 그러나 대부분 백작에 봉해졌거나 장군, 제독에 올라 있었다. 일개 도통에 불과한 자기가 그들을 부릴 수는 없는 노릇이었다. 그도 물론 백작이었다. 만청의 관직 품계는 자작이면 일품이고, 백작 이상은 품계를 초월한 초품계라서 대학사나 상서보다 직위가 높다. 하지만 그것은 비록 존귀하지만 허울일 뿐 실권이 없다. 따라서 어린 나이에 명장들을 부린다는 것은 그리 녹록한 일이 아니었다.

그는 방 안에서 서성거리며 골똘히 생각했다. 탁자 위에는 전에 시랑이 준 옥그릇이 놓여 있었다.

‘시랑은 북경에 와서 오랫동안 뜻을 이루지 못하자 날 찾아왔어. 북경에는 뜻을 펴지 못하고 있는 무관이 더 있을 거야. 그러나 실력은 갖췄지만 뜻을 펴지 못한 사람을 짧은 시간 내에 무슨 수로 찾아낸단 말인가? 개뿔도 실력이 없으면서 크게 출세한 사람은 더러 있지. 이 위소보를 보라고! 내가 바로 그런 사람들의… 하하…'

그는 옥그릇을 손에 들고 생각했다.

'이 그릇에 쓰여 있는 네 글자가 '가관진작加官晉爵'이라고 했는데, 이 말은 아주 영험해. 나한테 이 옥사발을 주자마자 바로 자작이 됐고, 지금은 백작으로 승진했어. 내가 무슨 재주가 있어서 백작이 됐겠어? 주특기가 알랑방귀 뀌는 거잖아. 그래서 황상이 헬렐레 기분이 좋아서 날 보듬어준 덕분이지. 그것 말고는 제기랄, 다른 재주는 솔직히 말해서 별로 없어. 아무리 생각해도 진짜 실력이 있는 사람은 아첨을 떨지 않고, 아부를 하는 사람은 바로 나랑 비슷해.'

그는 고개를 들고 이리저리 궁리해보았다. 아는 무관들 중 도대체 누가 알랑방귀를 뀌지 않지? 천지회의 영걸들은 물론 남한테 함부로 아첨을 하지 않는다. 그러나 사부님과 오육기를 제외하고 모두 내공과 외공, 무공이 뛰어날 뿐이지 군사들을 이끌고 '다구리'로 싸우는 건 문외한이다. 사부님의 부장部將 임흥주林興珠는 물론 전투를 잘하지만 애석하게도 지금 대만에 가 있었다.

그때 문득 떠오르는 사람이 있었다. 그날 시랑 등을 대동해 천진에 가서 당고항塘沽港을 통해 바다로 나갈 때, 수사水師 총병 황보黃甫는 자기한테 아주 깍듯이 대했는데 유독 텁석부리 무관 한 사람만이 자기한테 눈살을 찌푸리고 입을 삐죽거리며 얕잡아보는 듯한 태도를 보였다. 당시 그 무관의 이름을 잘 기억해두지 않았으니 지금은 당연히 생각이 나지 않았다. 그는 속으로 생각했다.

'나처럼 아첨을 떠는 사람은 진짜 실력이 없어. 그 텁석부리는 아첨

을 하지 않으니 틀림없이 실력이 있을 거야.'

그는 곧 생각을 굳히고 바로 병부상서 관아로 가서 명주를 만났다. 그리고 그에게 천진에 가서 텁석부리 무관 한 사람을 빨리 북경으로 데려와달라고 부탁했다. 그 텁석부리의 이름은 알지 못하고, 직위가 그다지 높은 것 같지 않았으니 아마 부장副長 아니면 참장參將일 거라고 했다.

명주는 난감했다. 그 텁석부리의 이름을 모르는데 무슨 수로 데려온단 말인가? 그러나 위소보는 황제가 가장 아끼는 측근이다. 천진에 가서 무관 한 명을 데려오라는 게 아니라, 그보다 열 배 더 어려운 일이라 해도 반드시 부탁을 들어줘야만 했다.

명주는 웃으며 승낙을 하고, 곧 붓을 들어 천진 총병에게 보낼 급신急信을 휘갈겨썼다. 휘하에 있는 텁석부리 무관들을 모두 급히 북경으로 보내라는 내용이었다.

다음 날 정오 무렵, 위소보가 막 점심을 마쳤는데 친위병이 달려와 아뢰었다. 병부상서가 뵙자고 한다는 것이었다. 위소보가 문 밖으로 나가보니 명주가 앞장서 있고, 그의 뒤로 텁석부리 무관 약 스무 명이 줄지어 서 있었다. 어떤 사람은 수염이 검고, 어떤 사람은 수염이 하얬다. 수염이 희끗희끗한 털보도 보였다. 모두들 급히 말을 타고 달려왔는지, 얼굴은 땀과 흙먼지로 뒤범벅돼 있었다.

명주가 웃으며 말했다.

"위 작야, 원하는 사람을 다 데려왔으니 누가 맘에 드는지 골라보십시오."

위소보는 이렇게 많은 텁석부리 무관을 보자 어이가 없어 하하 웃음이 나왔다.

"상서 대인, 난 텁석부리 한 사람이 필요한데 이렇듯 한꺼번에 20여 명이나 데려오다니, 정말 대단하십니다. 하하… 하하…."

명주도 따라서 웃었다.

"위 작야의 맘에 드는 사람이 누군지 몰라서 다 데려온 겁니다."

위소보는 다시 깔깔 웃었다.

"천진 총병 휘하에 이렇게 많은 텁석부리 무관이 있을 줄이야, 정말 뜻밖…."

그의 말이 채 끝나기도 전에 그 텁석부리들 중 한 사람이 벼락같이 소리쳤다.

"텁석부리가 어떻다는 거요? 지금 우릴 갖고 장난하는 거요?"

목청이 어찌나 큰지 위소보와 명주는 다 깜짝 놀라 그에게 고개를 돌렸다. 소리를 지른 사람은 체구가 아주 우람해 다른 사람들보다 머리 하나는 더 컸다. 그는 만면에 노기가 가득해 수염이 고슴도치처럼 빳빳하게 곤두서 있는 것 같았다.

위소보는 처음엔 멍해 있다가 바로 반색을 했다.

"맞아요, 맞아! 저 노형이에요. 내가 찾는 사람은 바로 당신이오!"

그 텁석부리는 버럭 화를 냈다.

"지난번 천진에서 내가 눈을 좀 부라렸다고, 이제 와서 복수를 하겠다고 불러온 거요? 흥! 난 잘못한 게 없소이다! 무조건 죄명을 뒤집어 씌우진 못할 거요!"

명주가 호통을 쳤다.

"이름이 뭐지? 상관한테 그게 무슨 무례냐?"

그 텁석부리는 좀 전에 병부상서 관아에 가서 명주에게 인사를 올렸기 때문에 그가 직속 상사 중에서도 제일 높은 수장이라는 것을 잘 알고 있었다. 그래서 감히 함부로 굴지 못하고 얼른 몸을 숙였다.

"예, 상서 대인, 비직은 천진 수사영 부장 조양동趙良棟입니다."

명주가 위소보를 가리키며 말했다.

"저분 위 도통은 백작이고 사람이 아주 인후해 나하고도 절친한 친구다. 한데 네가 그렇게 무례를 범해서야 되겠느냐? 어서 가서 사과를 드려라."

조양동은 내키지 않아 위소보를 힐끗 보며 속으로 구시렁거렸다.

'저 젖비린내 나는 꼬마 녀석한테 내가 왜 사과를 해야 돼?'

위소보가 웃으며 말했다.

"조 대형, 기분 나쁘게 생각하지 마시오. 결례를 한 쪽은 나니, 사과는 내가 해야겠죠."

이어 몸을 돌려서 텁석부리 무관들에게 정중히 말했다.

"난 조 부장과 한 가지 중요한 일을 상의하고 싶었는데, 이름이 잘 떠오르지 않아 병부상서 대인에게 부탁해서 여러분을 북경으로 모셔 온 거요. 밤을 새워 달려오느라 얼마나 노고가 많았겠습니까. 내가 사과를 드리겠소."

그러고는 모두에게 공수의 예를 취하며 사과를 했다.

텁석부리 무관들도 얼른 답례했다. 조양동은 위소보가 뜻밖에도 아주 점잖고 겸손하게 말하자, 이내 화가 가라앉았다.

"소장이 무례를 범한 것을 사과드립니다."

그러면서 위소보에게 몸을 숙였다.

위소보는 공수의 예를 취하며 웃었다.

"별말씀을…."

그는 몸을 돌려 명주에게 말했다.

"대인께서 모처럼 오셨는데 어서 안으로 드시죠. 감사의 뜻으로 제가 술을 한잔 내겠습니다. 천진에서 오신 친구들도 함께 들어갑시다."

명주는 위소보와 친해지고 싶었던 터라 좋아하며 안으로 들어갔다.

위소보는 연회를 크게 베풀었다. 명주를 상석上席에 앉히고 조양동을 차석次席에 앉혔다. 그리고 자신은 주석主席에 앉아 손님을 대접했다. 나머지 천진에서 온 무관들은 따로 술상을 차려주었다. 백작부에서 베푸는 주연酒宴이니 산해진미를 비롯해 모든 것이 당연히 아주 풍성했다. 술이 삼순배 돌자 창극단의 공연이 펼쳐졌다.

이번에 천진에서 북경으로 온 무관들 중에는 직책이 낮은 졸병도 섞여 있었다. 그냥 타고난 텁석부리라서 함께 불려온 것이다. 백작부에서 병부상서 대인, 백작 대인과 함께 흥겹게 술을 마시며 창극을 감상하게 될 줄이야, 꿈에도 생각지 못한 기우奇遇에 가까운 일이 아닐 수 없었다.

조양동은 비록 강직하고 성격이 불같지만 신중한 면도 있었다. 위소보가 술자리에서 의논할 일에 대해 언급을 하지 않자, 그도 역시 묻지 않았다.

위소보는 술을 한잔 마시자 러시아의 기이하고 재미있는 풍습에 대해 입담을 섞어가며 늘어놓았다. 조양동은 속으로 구시렁거렸다.

'조그만 것이 뭔 헛소리를 지껄이는 거야? 벌건 내낮에 남녀가 서로 끌어안고 입맞춤을 하며 나풀나풀 춤을 추다니, 세상 천지에 그런 파렴치한 일이 어디 있단 말이야? 순뻥이겠지!'

명주는 술을 몇 잔 마시고 창극을 좀 보고 나서 작별을 고했다. 위소보는 그를 대문 밖까지 배웅해주고 돌아와 무관들과 함께 어울려 마시고 즐겼다. 주연이 끝나자 그는 조양동을 서재로 데려갔다.

조양동은 서재에 책이 잔뜩 진열돼 있는 것을 보고 내심 감탄했다.

'우아, 나이는 어린데 학문은 뛰어난가 보지. 우리 같은 무지렁이들과는 역시 다른 모양이야.'

위소보는 그가 책을 훑어보자 웃으며 말했다.

"조 대형, 솔직히 말해서 저 책들은 그냥 멋으로 장식해놓은 거요. 내가 아는 글이라곤 다 합쳐봤자 아마 열 글자도 못 될 거요. 이름이 '위소보'인데, 세 글자를 합쳐놓으면 그래도 알아보겠는데, 따로따로 떨어뜨려놓으면 종종 헷갈리는 경우도 있소. 그러니 책은 나하고 친할지 몰라도 난 책하고는 별로 친하지 않아요."

그 말에 조양동은 하하 크게 웃었다. 그리고 이 어린것이 생각했던 것보다는 솔직담백한 것 같아 긴장했던 마음이 풀렸다.

"위 대인, 비직이 앞서 무례한 언동을 한 것을 다시 사과드리겠습니다. 너무 나무라지 마십시오."

위소보가 웃으며 말했다.

"나무랄 게 뭐 있습니까? 우린 그냥 형제로 호칭합시다. 나보다 나이가 많으니 조 대형이라 부르겠소. 날 그냥 위 형제라 불러주십시오."

조양동은 얼른 자리에서 일어나 몸을 숙이며 정중하게 말했다.

"도통 대인, 그렇게 말씀하시면 제가 몸 둘 바를 모르겠습니다."

위소보가 다시 웃으며 말했다.

"어서 앉으세요, 앉아. 난 그냥 운이 좋아서 황상의 마음에 드는 일을 좀 했을 뿐입니다. 재주라곤 뭐 쥐뿔도 없습니다. 이 정도 벼슬에 오른 것도 사실 부끄러운 일이죠. 조 대형이야말로 한 칼 한 칼 공로를 쌓아올린 것이니 진짜 실력자라고 할 수 있죠."

조앙동은 기분이 나쁘지 않았다.

"위 대인, 저는 그냥 무지렁이에 불과합니다. 분부할 일이 있으면 말씀하십시오. 제 힘이 닿는 일이라면 목숨을 걸고라도 이행하겠습니다. 아니, 힘이 닿지 않더라도 목숨을 걸고 최선을 다하겠습니다."

위소보는 크게 기뻐했다.

"뭐 별로… 그다지 심각한 일도 아닙니다. 지난번 천진에서 조 대형을 처음 봤는데 아주 당당하고 거침이 없는 게 뛰어난 인재라고 생각했어요. 난 흠차대신이라 다들 환심을 사기 위해 아첨을 했는데 유독 조 대형만은 날 외면하더군요."

조앙동은 겸연쩍어했다.

"저는 무식한 무인武人이라 상사의 환심을 사는 데 서툰 것뿐이지, 의도적으로 흠차 대인께 무례한 행동을 한 건 아닙니다."

위소보가 말했다.

"난 전혀 나무랄 생각이 없었어요. 그렇지 않았다면 이번에 다시 조 대형을 찾지도 않았을 거요. 난 나름대로의 원칙을 갖고 있어요. 실력이 없는 사람은 아첨을 떨어서 승승장구를 하더군요. 그러니 아첨을 할 줄 모르는 사람이야말로 진정한 실력자죠."

조앙동의 표정이 환해졌다.

"위 대인의 그 말을 들으니 속이 다 후련해집니다. 저는 별 재주가 없는데 남이 아부를 하는 걸 보면 울화가 치밉니다. 상사의 비위를 건드리고 동료들과도 걸핏하면 다퉈서 승진을 하지 못한 것도, 다 이 못된 성질머리 때문입니다."

위소보가 정중히 말했다.

"그렇게 아첨을 할 줄 모르니 틀림없는 실력자죠."

조양동은 그저 입이 딱 벌어져 무슨 말을 해야 좋을지 몰랐다. 정말이지 '생아자부모生我者父母, 지아자위대인知我者韋大人', 날 낳아주신 사람은 부모요, 날 알아주는 사람은 위 대인이라고 부르짖고 싶었다.

위소보는 아랫사람을 시켜 서재에다 술상을 차리게 했다. 두 사람은 술을 마셔가면서 한담을 나눴다. 조양동은 자신의 신상에 대해 이야기했다. 그는 고향이 섬서성으로, 졸병에서부터 시작해 전쟁에 나가 용맹하게 싸워서 그 공을 인정받아 부장까지 올라왔다고 했다. 위소보는 그가 싸움에 능하다는 이야기를 듣고 매우 좋아했다.

'역시 내가 사람을 잘 봤군.'

그는 곧 군사를 이끌고 어느 산채를 공략하는 방법에 대해 물었다.

조양동은 비록 병서를 많이 읽지는 않았지만 실전 경험이 풍부했다. 위소보가 묻자 자신의 실력을 확인하려는 줄 알고 있는 지식을 다 동원했다. 그리고 한창 이야기가 무르익자 서가에 있는 책들을 끄집어내 산봉우리와 골짜기, 도로 모양을 만들어 일단 공격을 시작하면 어디어디에 매복을 하고, 어느 방향에서 공격을 해야 하며, 적을 어떻게 차단해야 되는지, 자세히 설명해주었다. 그는 쌍방의 병력이 비등한 경우를 예로 들었다.

그래서 위소보가 물었다.

"적은 천 명 정도고 아군은 5천 명인데, 그럴 경우에는 어떤 작전을 써야 완승을 거둘 수 있죠?"

조양동이 대답했다.

"어떤 전투든 미리 완승을 장담할 수는 없습니다. 허나 아군의 병력이 적군보다 몇 배 더 많다면 문제는 간단합니다. 만약 제가 대군을 지휘해 그 싸움에서 패한다면, 그게 어디 사람이겠습니까? 적을 완전히 무찌르고 생포해 단 한 명도 놓치지 않을 자신이 있습니다."

위소보는 아랫사람을 시켜 동전銅錢을 천 푼 넘게 가져오게 했다. 그것을 병마로 삼아 조양동은 구체적으로 진법을 펼치기 시작했다.

위소보는 그가 한 말을 꼼꼼히 기억해두었다. 이날 밤 조양동은 백작부에서 묵었다.

다음 날 아침 위소보는 강희를 만나 상서방에서 조양동의 진법을 그대로 펼쳐 보였다. 물론 강희의 책은 건드리지 못하고 대충 다른 것으로 대체했다.

강희는 그의 말을 듣고 나서 잠시 생각에 잠기더니 물었다.

"이 방법을 누가 가르쳐줬지?"

위소보는 숨기지 않고 조양동에 관해 말해주었다. 강희는 그가 명주에게 부탁해 천진에서 밤을 새워가며 텁석부리 20여 명을 모조리 불러왔다는 이야기를 듣고는 배꼽을 잡고 웃었다. 그리고 물었다.

"그 조양동이 실력자라는 걸 어떻게 알았지?"

위소보는 자기는 아첨꾼인 데 비해 그 텁석부리는 아첨을 떨 줄 모른다고 사실대로 말할 수는 없었다. 그건 자신의 비결이니, 절대 강희가 알게 해서는 안 되었다. 그래서 둘러댔다.

"전에 황상이 저를 천진으로 보냈을 때 그 텁석부리가 군사를 이끌고 조련을 잘하는 것을 봤어요. 그래서 오삼계를 상대하려면 언젠가는 그가 필요하겠다고 생각돼 미리 점찍어뒀습니다."

강희는 고개를 끄덕였다.

"늘 오삼계를 상대할 생각을 하고 있었군. 그래, 좋아! 조정의 그 늙은이들은… 흥! 어떡하면 오삼계의 환심을 사서 뇌물을 받을지만 생각하고 있으니, 정말 한심해. 그 조양동은 지금 부장으로 있지? 나중에 그를 보거든 승진시켜줄 거라고 전해라. 내가 칙령을 내려 그를 총병으로 승진시키겠다. 그럼 너한테 감사하며 최선을 다해 보좌하겠지."

위소보는 좋아했다.

"황상께서 저를 그렇게 알뜰히 보살펴주시니 황공무지로소이다."

그는 백작부로 돌아와 조양동에게 승진을 약속했다. 아니나 다를까, 며칠 후에 병부에서 발령장을 보내 조양동을 총병에 임명하고, 위소보의 지휘를 받게 했다. 조양동은 이루 말할 수 없이 감격했다. 이 소년 상사를 모시면 아첨을 하지 않아도 승진을 할 수 있으니, 이보다 더 신나는 일은 없을 것 같았다.

요 며칠 동안 조정대신들은 삼번의 소식을 기다리느라 마음이 조마조마했다. 그들이 칙령에 따라 번왕에서 물러날지, 아니면 들고일어날지, 예측할 수가 없었다.

이날, 위소보는 조양동과 백작부에서 한담을 나누고 있었는데 한 사람이 찾아왔다. 그는 부마 오응웅의 심복으로, 위소보를 모시러 왔다고 했다.

"부마께서는 오랫동안 위 대인을 뵙지 못해 여러모로 궁금하니, 모셔서 술을 대접하고 싶다고 했습니다. 그리고 위 대인은 중매인인데 제대로 대접도 못했으니 꼭 왕림해주시길 바란다고 하셨습니다."

위소보는 속으로 생각했다.

'부마랍시고 유명무실한데 뭘 중매인을 대접하겠다는 거야? 그래도 명색이 '대접'을 한다고 하니 그냥 술 한잔 먹여서 보내진 않겠지. 한 번 가보자고! 조금이라도 챙길 수 있는 기회가 생겼는데 마다할 이유가 없잖아!'

그는 조양동과 효기영의 친위병들을 데리고 부마부로 갔다.

오응웅은 건녕 공주와 대혼을 올린 후 북경에 새로운 저택을 하사받아 살고 있었는데, 전에 기거하던 집과는 판이하게 달랐다. 오응웅은 군관 몇 명을 대동해 직접 대문 밖까지 마중 나왔다.

"위 대인, 우린 형제나 다름없으니 허물없이 이야기를 나누고 싶어 다른 손님을 청하지 않았소이다."

그러고는 몇몇 군관을 가리키며 말을 이었다.

"이 몇 사람은 방금 운남에서 왔는데, 결례가 안 된다면 자리를 함께할까 하오."

그러고는 군관들을 소개했다. 수염을 길게 기르고 위엄 있게 생긴 사람은 운남의 제독 장용張勇이라 했다. 나머지 두 사람은 부장인데, 다부지게 생긴 사람은 왕진보王進寶고, 얌전하게 생긴 사람은 손사극孫思克이라 했다.

위소보는 왕진보의 손을 잡고 웃으며 말했다.

"왕 대형, 내 이름에 '보實' 자가 있는데, 왕 대형의 이름에도 '보' 자가 있군요. 하지만 왕 대형은 큰 대보고, 난 작은 소보입니다. 둘이 합치면 '보實 한 쌍'이니 노름판에서 무조건 싹쓸이를 할 겁니다."

그 말에 운남에서 온 군관 세 사람은 껄껄 웃었다. 위소보가 격의 없이 대해주자 아주 좋아했다. 위소보는 다시 장용에게 말했다.

"장 대형, 제가 전에 운남에 갔을 때는 왜 세 분을 보지 못했죠?"

장용이 말했다.

"그때 마침 왕야께서 저희 세 사람을 변방 순찰 보내는 바람에, 소장은 위 대인을 모실 수 있는 절호의 기회를 놓쳤습니다."

위소보가 말했다.

"에구, 무슨 대인이고 소장입니까? 그냥 편하게 난 '장 대형'이라 부를 테니, 날 '위 형제'라고 불러주십시오. 새로운 형제를 만났으니 그야말로 축하할 일이죠. 안 그래요? 하하…."

장용도 웃었다.

"위 대인께서 그렇게 말씀해주시니 송구스러울 뿐입니다."

모두 반갑게 웃으며 대청으로 들어갔다. 각자 자리를 잡고 앉자 차가 나왔다. 그리고 한 시종이 오응웅에게 말했다.

"공주님께서 위 대인을 만나고 싶어 하십니다."

그 말에 위소보는 가슴이 철렁했다.

'공주를 만나면 골치가 아플 텐데….'

지난날 그녀와 운남으로 가면서 마치 신혼부부처럼 열정적인 나날을 보냈다. 그때를 생각하니 위소보는 절로 뜨거운 피가 끓어올라 얼굴이 화끈거렸다.

오응웅이 웃으며 말했다.

"공주님께선 위 대인이 우리의 가연佳緣을 맺어줬으니 한턱내야 한다고 늘 말씀하셨습니다."

그러면서 몸을 일으키더니 장용 등에게 웃으며 말했다.

"잠깐 실례할 테니 편히 앉아 계시오."

그는 위소보를 안채로 안내했다.

대청 두 곳을 지나 어느 작은 방에 이르자 오응웅은 문을 닫고 아주 심각하게 말했다.

"위 대인, 이건 아주 중요한 일인데… 위 대인이 반드시 도와주셔야 합니다."

위소보는 다시 얼굴이 붉어졌다.

'거세를 당해 공주한테 남편 구실을 못하니까 나더러 도와달라는 건가?'

그는 입장이 난처해 떠듬거렸다.

"그건… 그건… 아무래도 좀 곤란할 것 같은데요…."

그의 말에 오응웅은 잠시 멍해하더니 정색을 하고 말했다.

"만약 위 대인이 의롭게 이 어려운 문제를 해결해주지 않으면 그 누구도 도움을 줄 수가 없습니다."

위소보의 표정은 더욱 난감해졌다.

'젠장, 틀림없이 공주가 나한테 도움을 청하라고 윽박지른 모양이군. 그렇지 않고서야 왜 다른 사람이 아닌 나만이 이 문제를 해결해줄 수 있다고 하겠어?'

오응웅은 위소보가 난색을 표하자 도와줄 마음이 없는 것 같아 다급해졌다.

"그러지 말고 꼭 좀 도와주십시오. 나도 어려운 부탁이라는 걸 잘 압니다. 일이 잘 되면 부왕과 저는 위 대인의 은혜를 잊지 않을 겁니다."

위소보는 속으로 '별 지랄을 다 한다'고 생각했다.

'아니, 왜 오삼계까지 내 은혜를 잊지 않겠다는 거야? 아, 그래! 오삼계는 손자가 없으니 나더러 하나 낳아달라는 거군. 하지만 꼭 손자를 낳는다는 보장은 없지.'

그는 사뭇 신중하게 말했다.

"저도 꼭 확신을 할 수는 없습니다. 그런데 이렇게 미리 은혜 운운하시니… 만약 일이 틀어지면 제가 송구스럽잖아요."

오응웅이 말했다.

"그건 걱정 말아요. 걱정 안 해도 돼요. 위 대인께서 최선을 다해준다면 우리 부자는 역시 은혜를 입는 겁니다. 그리고 공주님도 무척 고마워할 거예요."

위소보는 멋쩍게 웃었다.

"나야 당연히 최선을 다해야죠."

이어 주위를 한번 두리번거리더니 정색을 하고 음성을 낮췄다.

"일이 잘 되든 안 되든, 저는 비밀을 지킬 테니 그 점에 대해서는 염려 안 하셔도 됩니다."

오응웅이 그의 말을 받았다.

"그야 당연하죠. 감히 이 비밀을 누설할 사람은 없을 겁니다. 아무튼 위 대인께서 있는 힘을 다 써주십시오. 빠를수록 좋습니다."

위소보는 다시 멋쩍게 웃었다.

"굳이 그렇게 서두를 필요가 있겠습니까?"

갑자기 그의 뇌리를 스치는 생각이 있었다.

'어이구, 이거 큰일 났네! 내가 대신 아들을 낳아주는 건 좋지만, 만약 이들 부자가 모반을 꾀해 멸문을 당하게 되면 내 아들까지 죽일 거잖아!'

그러나 바로 또 달리 생각했다.

'소황제가 공주까지 다 죽이진 않을 거야. 그러니 공주의 아들도 봐주겠지….'

오응웅은 그의 표정이 금세 개었다 흐렸다 변덕스럽자, 얼른 나직이 말했다.

"삼번을 폐지한다는 소식이 아직 운남까진 전해지지 않았습니다. 장 제독과 일행도 모르고 있어요. 위 대인께서 서둘러 황상께 삼번 폐지를 거둬주시길 진언해 승낙을 받아낸다면, 바로 쾌마를 이용해 운남으로 급신을 보내서 그 칙령을 회수할 수 있을 겁니다. 꼭 좀 힘을 써주십시오."

위소보는 맥이 풀렸다.

"그럼… 삼번 폐지를 말한 겁니까?"

오응웅이 고개를 끄덕였다.

"지금 서둘러야 할 일이 그것밖에 더 있겠습니까? 황상은 위 대인의 말이라면 거의 다 들어주시니, 위 대인께서 나서 힘을 써준다면 일이 잘 수습될 겁니다."

위소보는 속으로 웃음이 나왔다.

'젠장, 나 혼자 엉뚱한 생각을 했잖아. 정말 웃기는군!'

어이가 없어 자신도 모르게 웃고 말았다. 오응웅의 표정이 굳었다.

"위 대인, 왜 웃는 겁니까? 내가 말을 잘못 했습니까?"

위소보가 얼른 변명했다.

"아, 아닙니다, 아녜요. 갑자기 다른 웃기는 일이 생각나서… 미안합니다."

오응웅은 내색은 하지 않았지만 속으로 이를 갈았다.

'이런 쥐새끼 같은 놈! 그래, 지금은 네놈 마음대로 시건방을 떨어봐라. 나중에 부왕께서 들고일어나 북경을 손아귀에 넣으면 우선 네놈부터 잡아서 갈기갈기 찢어죽이고 말 테다!'

그의 흑심을 모르는 위소보가 천연덕스럽게 말했다.

"걱정 마십시오. 내일 일찍 입궐해 황상을 알현하겠습니다. 부마께서는 황상의 매부이고, 평서왕야는 황상의 사돈인데, 가관진작을 못해 줄망정 사돈의 번왕 지위를 빼앗아서야 되겠어요? 공주님을 봐서라도 그러면 안 되죠."

오응웅은 좋아했다.

"네, 네! 위 대인은 정말 생각이 빨리 돌아가는군요. 어떻게 한순간에 그런 명확한 이치를 생각해낼 수가 있죠? 아무튼 잘 부탁합니다. 꼭 좀 힘을 써주십시오. 자, 그럼 이제 공주님을 뵈러 갈까요?"

그는 위소보를 데리고 공주의 방 앞으로 가서 뵙기를 청했다. 그러자 방 안에서 궁녀 한 사람이 나와 위소보더러 옆에 붙어 있는 화청에서 기다리라고 했다.

얼마 뒤에 공주가 화청에 나타나 다짜고짜 호통을 쳤다.

"소계자, 왜 그동안 날 보러 오지 않았지? 죽으려고 환장을 했느냐? 냉큼 이리 가까이 오지 못하겠어?"

위소보는 몸을 숙여 인사를 올리고 웃으며 말했다.

"공주마마께 문안 올립니다. 소인은 늘 공주마마의 강녕을 기원했습니다. 그리고 황상의 명을 받들어 러시아에 갔다가 며칠 전에야 돌아왔습니다."

공주는 다시 목청을 높였다.

"강녕은 무슨 얼어죽을 강녕이냐? 난… 난…."

감정이 격해지는지 말을 제대로 잇지 못했다.

위소보는 그녀가 많이 수척해진 것을 알 수 있었다. 오응웅과 결혼을 했지만 별로 행복하지 않은 모양이었다.

'그래, 오응웅 녀석은 불알이 없는 내시가 됐으니 내시의 마누라가 행복할 리 만무하지.'

그는 공주와의 지난 정분이 생각나서 절로 측은지심이 들었다.

"공주마마, 황상께서도 늘 공주님을 생각하십니다. 며칠 있다가 공주님을 궁으로 불러 오누이간의 회포를 풀겠다고 말씀하셨습니다."

이것은 가짜 성지였다. 강희는 그렇게 말한 적이 없다.

건녕 공주는 몇 달 동안 부마부에 틀어박혀 답답한 나날을 보내다가 위소보의 이 말을 듣자 이내 표정이 환해져서 물었다.

"그게 언제쯤이지? 가서 황상께 내일 당장 날 부르라고 전해!"

위소보가 대답했다.

"네, 알았습니다. 그렇지 않아도 부마께서 저에게 분부한 일이 있으니 내일 바로 황상을 알현할 겁니다. 공주님을 빨리 부르시라고 꼭 전하겠습니다."

오응웅도 좋아했다.

"공주님이 도와준다면 일이 한결 수월할 거요."

공주는 입을 삐죽거렸다.

"흥! 난 황상 오라버니와 할 얘기가 따로 있어요. 국가 대사는 내 알 바 아녜요!"

오응웅은 멋쩍게 웃었다.

"알았소, 공주마마 뜻대로 하시구려."

공주는 천천히 몸을 일으키더니 웃으며 말했다.

"소계자, 보지 못하는 동안 키가 많이 컸군. 듣자니 러시아에 가서 귀신같은 여자랑 놀아났다던데, 그게 사실이냐?"

위소보는 웃으며 대답했다.

"어찌 그런 일이 있을 수 있겠습니까?"

그의 말이 떨어지기 무섭게 찰싹 하는 소리가 들렸다. 공주가 냅다 그의 뺨을 후려갈긴 것이다. 위소보는 볼이 화끈거려 비명을 질렀다.

"아야!"

그러고는 펄쩍 뛰었다. 옆에 있는 오응웅도 민망해했다.

공주가 다시 웃으며 말했다.

"솔직히 대답해야지, 감히 나한테 거짓말을 하겠다는 것이냐?"

그녀는 또다시 위소보의 뺨을 향해 손을 날렸으나, 이번엔 위소보가 잽싸게 피하는 바람에 빗나갔다.

공주가 오응웅에게 말했다.

"소계자한테 심문할 일이 좀 있는데, 부마가 곁에 없어도 돼요."

오응웅은 미소를 지으며 말했다.

"좋아요. 난 가서 무관들이랑 술이나 마시겠소."

그는 위소보가 얻어터지는 것을 지켜보면서도 어떻게 해볼 도리가 없었다. 이 난감한 상황을 피하기 위해서라도 얼른 자리를 떠야만 했다.

오응웅이 나가자 건녕 공주는 바로 위소보의 귀를 잡아 비틀었다.

"이런 죽일 놈을 봤나! 날 벌써 잊은 거지?"

그러면서 귀를 더 세게 비틀었다.

위소보는 너무 아파서 소리를 꽥꽥 질렀다.

"아야… 아니야! 정말… 이렇게 보러 왔잖아!"

공주는 이번에는 그의 아랫배를 걷어차면서 욕을 해댔다.

"이런 양심도 없는 녀석! 껍데기를 벗겨버릴 거야! 내가 오라고 하지 않았다면 아마 3년 6개월이 지나도 날 보러 오지 않았겠지?"

위소보는 화청 안에 단둘밖에 없는 것을 다시 확인하고는 그녀를 끌어안으며 나직이 말했다.

"자꾸만 손찌검을 하지 말고, 내일 황궁에서 만나 회포를 풀자고."

공주의 얼굴이 붉어졌다.

"무슨 회포를 풀자는 거야? 요런 엉큼한 녀석!"

그녀는 바로 위소보에게 꿀밤을 한 방 먹였다.

위소보는 그녀를 더욱 힘주어 끌어안으며 속삭이듯 말했다.

"모처럼 쌍룡창주雙龍搶珠의 절초를 펼쳐볼까?"

공주는 '뭬!' 하며 그의 손을 뿌리쳤다.

위소보는 그녀의 귀에 대고 소곤거렸다.

"여기서 이렇게 다정하게 있으면 부마가 의심할 수도 있어. 내일 궁에서 만나 맘껏 회포를 풀자고.”

공주는 얼굴이 빨개져서 물었다.

“뭘 의심한다는 거야?”

그러고는 눈을 곱게 흘기며 입가에 야릇한 미소를 띠었다.

“이런 엉큼한 녀석! 어서 꺼지지 못해!”

또 얼마 정도 가자 길가에 말 두 필이 죽어 있었다.

바로 전마였다.

장용이 반색을 하며 말했다.

"도통 대인, 왕 부장의 말대로 이 길로 간 게 틀림없습니다."

그런데 왕진보는 눈살을 찌푸린 채 생각에 잠겨 있었다.

위소보는 싱글벙글 웃으며 대청으로 돌아왔다. 오응웅은 무관 네 명과 함께 한담을 나누고 있었다.

조양동과 왕진보는 무엇을 가지고 논쟁을 벌이는지 언성을 높이며 얼굴이 빨개질 정도로 열을 내고 있었다. 두 사람은 위소보가 나타나자 바로 입을 다물었다.

위소보가 웃으며 물었다.

"두 분은 무슨 논쟁을 하고 있었습니까? 저도 좀 들어볼까요?"

장용이 나섰다.

"우린 말에 대해서 이야길 나눴습니다. 왕 부장은 말에 대해 일가견이 있어서 그가 고르는 말은 틀림없는 명마입니다. 말에 대한 이야기가 나오자 왕 부장은 운남의 말이 좋다고 칭찬했습니다. 한데 조 총병의 견해는 달랐어요. 사천의 천마川馬나 운남의 전마滇馬는 다리가 짧아서 빨리 달릴 수 없다는 겁니다. 그러자 왕 부장은 천마와 전마는 지구력이 뛰어나, 10리를 달릴 때는 다른 말보다 뒤지지만 계속 20~30리를 달리면 다른 말들을 다 따돌릴 수 있다고 했지요."

위소보가 말했다.

"그래요? 나도 말이 몇 필 있는데, 왕 부장이 말에 일가견이 있다니 한번 보여드리고 싶군요."

그러고는 곧 사람을 시켜 백작부에 가서 말을 끌고 오라고 했다.

오응웅이 말했다.

"위 도통이 타고 다니는 말은 강친왕이 선물한 것으로, 아주 유명한 대완大宛의 명마요. 옥화총玉花驄이라고 하는데… 우리 운남의 전마와 어찌 비교가 되겠습니까?"

왕진보가 말했다.

"위 대인의 말이라면 당연히 명마겠죠. 대완에 좋은 말이 많다는 이야기를 저도 들어서 알고 있습니다. 제가 감숙, 섬서에 있을 때 대완의 명마를 좀 타봤습니다. 단거리엔 정말 빠르더군요. 다른 말은 도저히 따라갈 수가 없었습니다."

조양동이 그의 말을 받았다.

"그럼 장거리는 어떻습니까? 대완마가 전마만 못하다는 겁니까?"

왕진보가 다시 말했다.

"운남의 말이 특별히 우수하다는 게 아니라, 지구력이 강해 멀리 달릴 수 있다는 장점이 있습니다. 저는 그동안 전북滇北에서 말을 키워오면서 천마와 전마를 교배시켰는데, 그 새로운 품종은 꽤 쓸 만합니다."

조양동이 말했다.

"노형, 이제 보니 말에 대해서 전문가가 아니군요. 말은 순종을 알아줍니다. 순수한 혈통을 지닐수록 명마로 알려져 있죠. 잡종 말이 더 좋다는 얘긴 들어본 적이 없습니다."

왕진보의 얼굴이 빨갛게 상기됐다.

"조 총병, 난 교배한 잡종이 무조건 좋다고 하지 않았어요. 말은 나름대로 다 용도가 다릅니다. 전쟁터에 나가 선봉에서 적진으로 돌진하기에 적합한 말이 있는가 하면, 무거운 짐을 싣기에 적합한 말도 있습니다. 군마軍馬도 마찬가지죠. 나름대로 다 구분이 됩니다. 백리마가 있는가 하면 천리마도 있어요. 장거리용과 단거리용은 당연히 다르죠."

조양동은 코웃음을 쳤다.

"흥! 그래도 잡종이 더 낫다고 하는 사람이 있네요."

왕진보는 화가 치밀어 벌떡 일어났다.

"지금 누굴 잡종이라고 욕하는 겁니까? 말을 그렇게 함부로 하면 안 돼요!"

조양동은 다시 냉소를 날렸다.

"난 말을 얘기한 거지 사람을 말한 게 아닙니다! 잡종이 아니면 그뿐이지, 켕기는 게 없는데 왜 그리 성을 내고 야단입니까?"

왕진보는 더욱 울화가 치밀었다.

"여기가 부마부만 아니었다면 정말이지… 흥!"

조양동도 한 치의 양보 없이 대들었다.

"정말 어떡하겠다는 거요? 나랑 한판 붙자는 거요?"

장용이 나서서 말렸다.

"두 분은 초면인데 말을 가지고 그렇게 싸울 필요가 뭐 있습니까? 자, 자… 내가 한 잔씩 권할 테니 이젠 그만하세요."

그는 제독이라 조양동과 왕진보보다 직계가 높다. 그가 나서서 화해를 권하니 두 사람은 따를 수밖에 없었지만, 여전히 말없이 서로를 째려보았다. 만약 상사가 나서지 않았다면 둘 다 성질이 불같아 정말 한바탕 붙었을지도 모른다.

얼마쯤 있다가 위소보의 친위병과 마부가 말을 다고 끌고 달려오자 모두들 뒤쪽에 있는 마구간으로 갔다.

왕진보는 정말 말에 대해서 일가견이 있었다. 그는 말들을 보자마자 장단점을 이야기했다. 심지어 말의 성질까지도 거의 다 알아맞혔다. 위소보의 친위병과 마부들은 모두 탄복하며 왕 부장의 안목에 대해 칭찬을 아끼지 않았다.

마지막으로 선보인 것은 위소보가 늘 타고 다니는 그 옥화총이었다. 다리가 길고 엉덩이에 살점이 적당하며, 온몸을 뒤덮은 하얀 털에는 연지를 찍어놓은 듯 반점이 얼룩져 있었다. 그리고 털에서 윤기가 자르르 흐르는 게 누가 봐도 아주 멋들어진 준마였다. 주위에서 절로 갈채가 터졌다.

그런데 왕진보는 시큰둥한 표정으로 말을 이리저리 살피더니 고개를 갸웃했다.

"이 말은 원래 아주 훌륭한 품종인데… 애석하게도 잘못 키운 것 같습니다."

위소보가 물었다.

"어떻게 잘못 키웠다는 건지, 자세히 들어보고 싶은데요."

왕진보가 설명했다.

"위 대인의 이 말은 정말 찾아보기 드문 명마입니다. 이렇게 좋은 말은 매일 빠른 속도로 한 10리 정도 달려주고, 느리게도 그 정도는 달려줘야만 단련이 됩니다. 한데 위 대인은 이 말을 너무 애지중지한 탓인지 자주 타지 않으신 모양입니다. 말이 너무 편하게 살아왔습니다. 사료는 최상급으로 먹으면서 1년에 고작 몇 번만 달리니, 휴… 안타깝습니다. 정말 애석해요. 마치 부잣집 자제처럼 매일 잘 먹고 하는 일 없이 빈둥대다 보니, 아주 게으르고 버르장머리가 없어졌어요.”

그 말을 듣자 오응웅은 안색이 약간 변하더니 알게 모르게 코웃음을 쳤다. 위소보가 가만히 보니 왕진보가 무심코 한 말이 그의 비위를 건드린 것 같았다. 그는 잽싸게 생각을 굴렸다.

‘그래, 슬쩍 이간질을 해서 불화를 조장해야지.’

시치미를 떼고 넌지시 말했다.

“왕 부장의 말은 절반만 맞는 것 같습니다. 귀한 집 자제분들 중에도 훌륭한 사람이 많아요. 부마만 해도 그렇잖아요. 그는 왕야의 세자로서 금수저를 물고 태어나 어려서부터 다들 떠받들었지만 아주 반듯하잖아요?”

왕진보는 얼굴이 파래지더니 얼른 말했다.

“네, 네! 왕세자야 당연히 다르시죠. 저는 왕세자를 말한 게 결코 아닙니다.”

조양동이 냉랭하게 말했다.

“마음속으로도 정말 그렇게 생각했을까요?”

왕진보는 버럭 화를 냈다.

“조 총병, 도대체 무슨 억하심정으로 계속 날 물아붙이는 거요? 내가 조 총병한테 뭐 잘못한 거라도 있습니까?”

위소보가 웃으며 말했다.

“됐어요, 사소한 일로 서로 기분 상할 필요 없어요. 무관들 중에는 조정의 젊은 대관을 무시하는 경우도 더러 있죠.”

왕진보가 다시 얼른 말했다.

“도통 대인, 저는 절대 대인을 무시하지 않습니다.”

조양동이 나섰다.

"그럼 부마는 무시하는군요?"

왕진보는 악을 쓰듯 소리쳤다.

"아니요!"

위소보가 화제를 돌렸다.

"왕 부장이 공들여 키운 훌륭한 말들이 다 운남에 있으니 정말 애석하군요. 그렇지 않으면 우리도 한번 구경할 수 있을 텐데 말이오."

왕진보가 말했다.

"제가 키운 말은… 네, 네… 아닙니다."

위소보는 속으로 구시렁거렸다.

'네, 네… 아닙니다가 뭐야?'

조양동이 다시 나섰다.

"왕 부장이 잘 키운 명마는 모두 운남에 있다니까 우리로선 알 도리가 없죠. 위 도통, 사실 저도 관외關外에서 수백 필의 훌륭한 말을 키워 냈습니다. 모든 말이 다 낮에는 3천 리를 달리고, 밤에도 2천 리를 달립니다. 한데 너무 멀리 있어서 위 도통한테 보여드릴 수 없으니 정말 애석합니다."

그 말에 주위에 있는 사람들이 다 하하 웃었다. 그가 일부러 왕진보를 비꼬기 위해 한 말이라는 걸 다들 알고 있었다.

왕진보는 화가 치밀어 얼굴이 붉으락푸르락해져서는 왼쪽 마구간을 가리키며 소리쳤다.

"저쪽에 있는 수십 필의 말은 내가 이번에 운남에서 끌고 온 거요. 조 총병, 말을 열 필 골라서 저기 있는 말과 어느 쪽이 더 빠른지 시합을 해봅시다."

조양동이 살펴보니 왼쪽 마구간에 50~60필의 말이 있는데, 거의 다 삐쩍 마르고 왜소한 데다가 털도 부스스했다.

'저런 말라비틀어진 말들을 어느 짝에 쓰려고…'

그는 비꼬는 투로 말했다.

"말은 제법 많은데, 다 그만그만하군요. 위 도통의 집에서 아무 말이나 잡아 끌고 와도 아마 왕 부장이 애지중지 키운 저 말들보다는 나을 거요."

위소보가 웃으며 말했다.

"입씨름을 벌여봤자 아무 소용이 없소. 부마야駙馬爺, 우리 정말 각자 말을 열 필씩 골라서 내기를 해봅시다."

오응웅이 말했다.

"우리 운남의 조랑말이 어떻게 위 도통의 대완마를 이기겠습니까? 시합할 것도 없어요. 당연히 우리가 지겠죠."

위소보가 곁눈질로 보니 왕진보는 씩씩거리며 승복할 수 없다는 표정이었다. 그래서 넌지시 말했다.

"부마야는 시합을 하지 말자고 하는데, 왕 부장은 승복을 하기 싫은 모양입니다. 이렇게 합시다. 제가 은자 만 냥을 내놓을 테니 부마야도 만 냥을 내놓으십시오. 좀 이따 성 밖으로 나가 경주를 해봅시다. 어느 쪽이든 여섯 필이 먼저 들어오면 이기는 겁니다. 어때요?"

오응웅은 다시 사양을 하려다가 문득 떠오르는 생각이 있었다.

'저 새끼는 승부욕이 강하니까 그냥 기분 좋으라고 일부러 져줘서 만 냥을 내줘야겠군!'

그는 웃으며 말했다.

"좋아요, 그렇게 합시다. 위 대인, 졌다고 화내면 안 됩니다."

위소보 역시 웃으며 말했다.

"지면 물론 깨끗하게 승복해야죠. 창피하게 화를 내고 떼를 쓰면 되겠어요?"

그러면서 힐끗 왕진보를 보니 눈이 반짝반짝 빛나는 게 자신에 찬 모습이었다.

'아니, 왕 부장의 표정을 보니 아주 자신만만한 것 같은데, 저 볼품없는 말을 가지고 이길 수 있는 무슨 특별한 비결이라도 있는 건가? 그럼 안 되지, 안 돼! 나도 뭔가 속임수를 좀 써야겠는걸!'

그는 줄곧 도박을 해오면서 속임수를 쓰는 게 몸에 배었다. 자칫 잘못하면 이번 내기에서 질 수도 있으니 작전을 달리해야만 했다. 그러나 오늘 당장 겨루게 된다면 속임수를 쓰기엔 너무 늦었다.

그래서 오응웅에게 말했다.

"이건 엄연히 내기니 나도 신중을 기해야죠. 일단 집으로 돌아가서 좋은 말로 열 필을 골라야 하니, 오늘 말고 내일 겨루도록 합시다."

오응웅은 이미 그에게 져주기로 마음먹었기 때문에 오늘 시합을 하든 내일 겨루든 아무 상관이 없었다. 위소보의 말에 바로 고개를 끄덕이며 동의했다.

위소보는 부마부에서 술을 마시고 창극을 구경하면서 시합에 대해선 더 이상 일언반구도 꺼내지 않았다. 저녁 무렵이 되자 오응웅에게 장용과 왕진보, 손사극 세 사람을 데리고 자기네 집으로 가자고 했다. 그가 한턱내겠다는 말에 오응웅은 기꺼이 응해 세 사람과 함께 위소보의 백작부로 갔다.

다들 자리를 잡고 앉으니 시종들이 차를 올렸다. 그러자 위소보가 슬쩍 자리에서 일어났다.

"준비를 어떻게 하고 있는지 잠깐 가보고 올 테니 앉아 계십시오."

오응웅이 말했다.

"한 식구나 다름없는데 준비는 무슨…."

위소보가 얼른 그의 말을 받았다.

"무슨 말씀입니까? 이렇게 귀하신 손님이 오셨는데 대접이 소홀해선 안 되죠."

그러고는 후청으로 가서 총관더러 창극단을 불러오도록 분부했다. 그리고 마구간의 말 키우는 책임자를 불러 선뜻 300냥을 내주었다.

"내 옥화총이 아직 부마부에 있는데, 가서 끌고 오도록 하시오. 그리고 그 돈으로 부마부에 있는 마부들에게 술을 곤죽이 되도록 실컷 사줘요."

마구간 책임자는 무슨 영문인지 몰라 어리둥절해했다. 그러자 위소보가 다시 말했다.

"말한테 뭘 먹여야 다리의 힘이 쭉 빠져서 제대로 달리지 못하죠? 독살시켜서는 안 되고."

마구간 책임자는 위소보의 눈치를 살피며 조심스레 말했다.

"작야께서 뭘 원하시든 소인은 최선을 다할 겁니다."

위소보가 웃으며 말했다.

"그래, 솔직하게 말하지. 부마부에 운남에서 끌고 온 말들이 있는데, 지구력이 뛰어나고 잘 달린다고 자랑을 늘어놓기에, 내일 우리랑 시합을 하기로 했어요. 창피하게 그들에게 질 수는 없잖아요?"

마구간 책임자는 비로소 무슨 뜻인지 깨달았다.

"그럼 소인더러 부마부에 있는 말들에게 뭘 좀 먹여 내일 시합에서 우리가 이기게 만들라는 거죠?"

위소보는 웃으며 고개를 끄덕였다.

"맞아요, 바로 그거예요. 아주 똑똑하구먼. 내일 시합에 내기를 걸었으니까 이기면 다시 포상을 내려줄게요. 그러니 부마부 마부들이 눈치 채지 못하게 암암리에 일을 진행해요. 그 300냥을 갖고 술을 마시든 기루에 가든… 아무튼 그들을 곤드레만드레 취하게 만들고 나서 말들에게 뭘 좀 먹이세요."

마구간 책임자가 말했다.

"염려 마십시오. 소인이 파두巴료³를 몇십 근 사가지고 사료에다 섞어버리면 말들은 밤새 설사를 할 거고, 내일 시합을 하게 되면 아마 거북이도 그 말들보다 더 빠를 겁니다."

위소보는 바로 돌아와서 오응웅 등과 어울려 술잔을 나눴다. 그는 오응웅 등이 빨리 돌아가지 못하도록 시간을 끌었다. 일찍 돌아가면 왕진보가 말을 보러 가서 들통이 날 수도 있기 때문이었다.

그래서 부지런히 술을 권하며 깍듯하게 접대를 했다. 조양동은 워낙 술이 셌다. 그는 왕진보에게 거푸 건배를 하며 밤늦도록 술자리를 즐겼다. 위소보와 오응웅을 제외하고 네 명의 무관은 모두 떡이 되도록 취했다.

다음 날 아침을 먹은 후 위소보는 궁으로 들어가 황제를 알현했다.

강희는 기분 좋은 일이 있는지 만면에 웃음을 띠고 있었다.

"소계자, 좋은 소식이 있어. 상가희랑 경정충은 번왕 폐지를 받아들여 조만간 경성에 오기로 했어."

위소보도 표정이 환해졌다.

"경하드리옵니다, 황상. 상가희와 경정충이 칙령을 받아들였으니 남은 오삼계 혼자서는 한쪽 손으로 거시기…."

강희가 웃으며 그의 말을 받았다.

"어이구, 고장난명孤掌難鳴이야!"

위소보는 손뼉을 쳤다.

"맞습니다, 한손으론 소리를 낼 수 없으니 고장난명입니다! 우리 이번에 그를 추풍낙엽秋風落葉, 낙화유수落花流水로 만들어버립시다!"

강희가 물었다.

"만약 그 역시 칙령을 받아들여 번왕에서 물러난다면?"

위소보는 미처 생각지 못한 일이라 잠시 멍해졌다.

"그럼 더 좋죠. 일단 경성으로 오면 황상께서 그를 주물러 둥그렇게 만들면 그는 납작해지지 못할 거고, 황상이 그를 납작하게 만들면 둥글어지지 못할 겁니다."

강희는 미소를 지었다.

"그래도 제법 잘 아는데!"

위소보가 말했다.

"그렇게 되면 그는 모래사장에 갇힌 교룡蛟龍처럼 활개를 치지 못하겠죠. 그게 바로 호락평… 뭐더라…?"

그리고는 혀를 내밀며 자신의 이마를 탁 쳤다.

강희가 하하 웃으며 말했다.

"호락평양피견기虎落平陽被犬欺(호랑이가 평지에 떨어지면 개한테도 업신여김을 당한다)라고, 그때가 되면 내가 나서지 않아도 아마 네 등쌀에 제명대로 살지 못할 거야."

위소보가 머리를 긁적였다.

"네, 네! 그럼 재미있을 것 같습니다."

강희가 말했다.

"양주에다 충렬사를 짓는 일은 이미 한림원 학사를 시켜 칙령을 작성해놓았다. 양주로 가져가서 석패에 새겨넣도록 해라. 그리고 좋은 날을 택해 바로 출발해라."

위소보가 물었다.

"네, 한데 삼번이 다 번왕에서 물러나도 충렬사를 지어야 하나요?"

강희가 다시 말했다.

"오삼계가 어떻게 나올지는 아직 모른다. 그리고 충렬사를 짓는 것은 뜻이 있는 일이니 오삼계가 모반을 꾀하지 않더라도 예정대로 진행해야지."

위소보는 대답을 하고 강희와 한담을 나누면서 자연스레 건녕 공주가 알현을 원한다는 이야기를 꺼냈다. 강희는 승낙을 하고 곧 내관에게 분부를 내려 건녕이 입궐하도록 전하라고 했다.

강희는 기분이 좋아서 위소보에게 러시아의 풍습과 인물 등 이모저모를 물어보았다. 위소보는 화창대가 어떻게 해서 들고일어나 소피아 공주를 도왔으며, 어쩌다가 대·소 사황을 함께 세워 소피아가 섭정을 하게 되었는지, 그 경위를 대충 이야기해주었다.

한창 이야기를 하고 있는 사이에 건녕 공주가 상서방으로 왔다. 그녀는 다짜고짜 강희 앞에 엎드려 다리를 끌어안고 대성통곡을 했다.

"황상 오라버니! 이제부터는 황상을 모시고 궁에서 살 거예요. 다신 돌아가지 않겠어요!"

강희는 그녀의 머리를 쓰다듬으며 물었다.

"왜 그래? 부마가 널 괴롭혔니?"

공주는 울면서 대답했다.

"그가 뭔데 감히 나를… 하지만… 하지만…."

말을 맺지 못하고 다시 엉엉 울었다.

강희는 속으로 안타까웠다.

'그래, 네가 거세를 해버렸으니 남편 구실을 제대로 못하겠지… 허나 그건 자업자득이니 어쩌겠어…?'

그는 위로의 말을 좀 해주고 나서 달랬다.

"됐다, 됐어. 그만 울어. 모처럼 함께 밥이라도 먹자."

황제의 식사시간은 정해진 바가 없었다. 언제든 황제가 원하면 숙수들은 바로 성찬을 마련해서 대령해야 한다. 어선방御膳房에선 즉시 수라상을 차렸다.

위소보는 곁에서 시중을 들었다. 그는 비록 황상의 총애를 받고 있지만 식사를 함께할 수는 없었다. 강희는 내관을 시켜 풍성한 요리를 그의 집으로 보내라고 명했다. 위소보는 나중에 집으로 돌아가서 그것을 먹어야 했다.

공주는 술을 몇 잔 마시더니 얼굴이 빨개졌다. 그녀는 초롱초롱한 눈망울로 위소보를 가끔 힐끗힐끗 쳐다보았다. 황제의 면전이라 위소보는 감히 눈곱만큼도 무례를 범할 수 없었다. 그저 가급적 공주의 눈길을 피했다. 그런데도 가슴이 두근두근 불안했다.

'공주가 만약 술에 취해 엉뚱한 말을 꺼낸다면 황상이 당장 내 모가지를 칠지도 몰라…'

그는 황명을 받들고 공주를 운남으로 호위하는 게 임무였는데, 도중에 본분을 망각하고 공주와 놀아났으니 그 죄는 엄청날 터였다. 괜히 황제에게 공주가 알현을 원한다는 이야기를 전한 것 같아 후회막급이었다.

그때 갑자기 공주가 그에게 말했다.

"소계자, 밥을 좀 퍼줘!"

그러면서 빈 밥그릇을 그에게 쓱 내밀었다.

강희가 웃으며 말했다.

"입맛이 좋은가 보구나?"

공주가 그의 말을 받았다.

"모처럼 황상 오라버니를 보니까 밥맛이 좋네요."

위소보는 그릇에 밥을 퍼서 두 손으로 받쳐들고 공주의 탁자 위에 내려놓았다. 공주는 식탁 밑으로 팔을 내리고 있다가 그의 허벅지를 꼬집었다. 위소보는 아팠지만 감히 소리 내 비명을 지르지 못했다. 얼굴에 띤 미소도 그대로 유지해야만 했다. 물론 그 미소가 약간 어색하게 변한 건 어쩔 수 없었다. 그는 속으로 시부렁거렸다.

'이런 썩을 년! 두고 봐라, 언젠가는 나도 확 비틀어줄 테니까!'

그런데 그의 목이 갑자기 뒤로 확 젖혀졌다. 공주가 그의 등 뒤로 변발을 냅다 잡아당긴 것이다. 이번에는 영락없이 강희에게 들키고 말았다. 강희는 웃으며 말했다.

"공주는 시집을 갔는데도 그 장난기가 여전하구먼!"

공주는 위소보를 가리키며 웃었다.

"저 소계자가… 그가…."

위소보는 기겁을 했다. 공주가 무슨 말을 지껄일지 알 수 없었다. 다행히 공주는 까르르 웃더니 말을 돌렸다.

"황상 오라버니, 갈수록 명성이 더 높아지는 것 같아요. 궁에 있을 땐 잘 몰랐는데, 저번에 운남에 갔다 오면서 백성들이 하는 말을 들었어요. 황상이 선정을 베풀어 백성들이 아주 살기 좋아졌대요. 그리고 이 녀석 말이에요."

그러면서 위소보를 힐끗 흘겨보았다.

"갈수록 승승장구 출세를 하는데, 황상의 이 누이동생은 갈수록 신세가 사나워지는 것 같아요."

강희는 원래 기분이 좋았는데, 건녕 공주까지 자신을 치켜세우자 매우 흐뭇했다. 그는 웃으며 말했다.

"넌 출가외인이니 부군을 따라 부귀영화를 누리면 되는 거야. 오응웅 부자가 순순히 번왕에서 물러나 태평천하가 이루어진다면 오응웅에게 다시 큰 벼슬을 내려줄 것을 약속하마."

건녕 공주는 입을 삐죽거렸다.

"오응웅 그 녀석에게 큰 벼슬을 내리든 말든 나하고는 상관없어요. 벼슬을 내릴 거면 나한테 내려줘야죠!"

강희는 허허 웃었다.

"무슨 벼슬을 원하는데?"

공주가 말했다.

"소계자가 그러는데, 러시아 공주도 그 무슨 섭정왕이 됐대요. 그러니 날 대원수大元帥에 봉해 군사들을 이끌고 번방藩邦 오랑캐들을 치도록 해주세요."

강희는 이번에는 더 크게 깔깔 웃었다.

"여자의 몸으로 어떻게 대원수가 될 수 있겠느냐?"

공주가 다시 말했다.

"예전에 그 번이화樊梨花, 여태군余太君, 목계영穆桂英을 보세요. 다들 여자면서도 대원수가 됐잖아요? 그들은 할 수 있는데 난 왜 안 돼요? 내 무공이 약해서 그런가요? 좋아요! 그럼 지금 당장 겨뤄봐요!"

그러더니 생글생글 웃으며 정말 자리에서 일어났다.

강희는 어이가 없다는 듯 웃으며 말했다.

"글공부를 많이 하라고 일렀는데, 소계자와 똑같이 학식이 좀 부족하구나. 네가 말한 여자들의 이야기는 다 창극에 나오는 고사일 뿐이야. 예전 왕조에서 여자가 원수가 된 예가 없진 않았지. 당 태종 이세민의 누이 평양平陽 공주는 태종을 도와 천하를 평정했어. 그녀는 원수가 되어 군사들을 이끌었는데, 그 군대를 낭자군娘子軍이라고 했다. 그리고 그녀가 주둔했던 관문을 낭자관娘子關이라 했으니, 비록 여자지만 아주 대단했던 거지."

공주는 손뼉을 쳤다.

"그럼 됐어요! 황상 오라버니, 오라버니는 당 태종을 능가하니 난 평양 공주가 될게요. 소계자, 넌 뭘 할래? 고력사高力士? 아니면 환관 위충현魏忠賢?"[4]

강희는 건녕 공주의 말에 다시 깔깔 웃으며 연신 손사래를 쳤다.

"또 엉뚱한 소리를 하네. 소계자는 가짜 내관이야. 그리고 고력사와 위충현은 모두 다 무능한 황제를 모셨는데, 그럼 날 욕하는 거잖아?"

공주는 멋쩍게 웃었다.

"미안해요, 황상 오라버니. 몰라서 그랬으니 너무 나무라지 말아요."

그녀는 '소계자는 가짜 내관이야'라는 말을 생각하며 위소보를 한 번 흘겨봤다. 괜스레 가슴이 설렜다. 그래서 얼른 말했다.

"가서 모후께 문안을 드려야겠어요."

강희는 순간 멍해져서 속으로 생각했다.

'가짜 황후는 이미 진짜 황후로 바뀌었고, 진짜 너의 어머니는 궁에서 달아났는데….'

그는 어쨌든 이 누이동생을 아끼고 귀여워했다. 그녀에게 상처를 주기 싫어서 넌지시 말했다.

"태후마마는 근자에 몸이 좋지 않으니 괜히 가서 귀찮게 하지 말고 그냥 자령궁 밖에서 문안만 올리도록 해."

공주는 대답을 하고 일어났다.

"그럼 자령궁에 가보고 다시 올게요. 소계자, 네가 앞장서라."

위소보는 선뜻 대답할 수 없었다. 그런데 강희가 그에게 몰래 눈짓을 보냈다. 무슨 수를 써서라도 공주가 직접 태후를 만나는 것을 막으라는 뜻이었다.

위소보는 강희의 뜻을 알아차리고 곧 건녕 공주를 모시고 자령궁으로 향했다.

위소보는 미리 아래 내관을 시켜 자령궁에 가서 알리도록 했다. 아니나 다를까, 자령궁에 이르자 태후는 궁녀를 시켜 몸이 편찮으니 문안을 드리지 않아도 된다고 전했다.

건녕 공주는 어머니를 못 본 지 오래되어 무척 그리워했다.

"몸이 편찮으시다고 하니 더욱 문안을 드려야지."

그러면서 다짜고짜 태후의 침궁으로 들어갔다. 내관과 궁녀들은 감히 그녀를 막지 못했다. 위소보는 다급해졌다.

"공주 전하, 전하! 태후마마께옵서는 지금 찬바람을 쐬시면 아니 되옵니다."

공주는 막무가내였다.

"바람이 일지 않게 천천히 들어가면 되잖아!"

그러고는 침궁 안으로 들어가 문발을 젖혔다. 태후의 침상에 휘장이 드리워져 있고 네 명의 궁녀가 지키고 있었다.

공주가 나직이 말했다.

"태후마마, 딸이 문안드리러 왔어요."

그러면서 무릎을 꿇고 절을 올렸다. 그러나 휘장 안쪽에선 '음…' 하는 태후의 나직한 소리만 들릴 뿐 별다른 반응이 없었다. 공주가 침상으로 바싹 다가가 휘장을 젖히려 하자 궁녀 하나가 말렸다.

"전하, 태후마마께옵서 아무도 만나지 않겠다고 하셨습니다."

공주는 고개를 끄덕이며 휘장을 살짝 젖혀 안을 들여다보았다. 태후는 얼굴을 안쪽으로 돌린 채 잠이 들었는지 미동도 하지 않았다. 공주가 나직이 불러보았다.

"마마, 마마…."

38. 도주하는 부마

역시 반응이 없었다. 공주는 어쩔 수 없이 휘장을 내려놓고 조심스레 물러났다. 그리고 서러움에 북받쳐 눈물을 흘렸다.

위소보는 그녀가 진상을 알아차리지 못하자, 마음속에 있는 무거운 돌을 내려놓은 듯 안도의 숨을 내쉬었다. 그리고 달랬다.

"공주님은 경성에 기거하고 있으니 언제든지 입궐해서 문안을 드릴 수 있어요. 태후마마께서 차도가 있으면 다시 알현하도록 해요."

공주는 그의 말도 일리가 있다고 생각했다. 그래서 눈물을 닦으며 말했다.

"내가 살던 곳은 어떻게 변했는지 모르겠네. 한번 가보고 싶어."

그러면서 자신의 침궁으로 걸어갔다. 위소보는 뒤를 따를 수밖에 없었다.

공주가 전에 기거하던 영수궁寧壽宮은 바로 자령궁 옆이라 금방 다다랐다. 공주가 시집간 후에도 내관과 궁녀들이 말끔하게 청소를 해서 예전과 다름없었다.

공주는 침궁 문 앞에 이르러, 위소보가 빙글빙글 웃으며 문밖에 서서 들어가지 않으려 하자 얼굴을 붉히며 말했다.

"이런 고약한 놈을 봤나! 왜 안 들어가려고 하지?"

위소보가 말했다.

"난 가짜 내관이라 공주의 침궁에 들어가면 큰일 나요."

공주는 냅다 그의 귀를 잡고 호통을 쳤다.

"안 들어가면 귀를 찢어버릴 거야!"

있는 힘껏 그의 귀를 잡아끌어 침궁 안으로 들어가서 바로 문에 빗장을 걸었다. 위소보는 깜짝 놀라 가슴이 두근두근했다. 그가 음성을 낮춰 말했다.

"공주, 여긴 궁 안인데 이러면 난… 난… 목이 달아날 거야!"

공주는 아직도 물기가 촉촉한 눈으로 그를 쳐다보면서 코맹맹이 소리로 말했다.

"위 작야, 소녀가 정성껏 모시겠사옵니다."

그러면서 두 팔로 위소보를 끌어안았다.

위소보는 웃으며 말했다.

"아… 안 되는데…."

공주가 눈을 부라렸다.

"좋아! 그럼 황상 오라버니께 다 말할 거야! 운남으로 가는 도중에 날 유혹해서 오응웅을 거세하게 만들더니, 이제 와서 날 외면한다고 말이야!"

그러고는 손으로 위소보의 다리를 세게 꼬집었다.

두 사람은 한참 있다가 침궁에서 나왔다. 공주의 얼굴에 화색이 가득했다. 그녀는 눈웃음을 치며 말했다.

"왜 리시아 공주의 얘기를 다 끝내지도 않고 가겠다는 거야?"

위소보가 말했다.

"힘이 쭉 빠져서 더 이상 얘기할 기운이 없어."

공주가 웃으며 말했다.

"다음엔 요동에서 불여우를 잡은 얘기를 해줘야 돼, 알았지?"

위소보는 그녀를 곁눈질로 쳐다보며 말했다.

"너무 힘이 빠져서 얘기를 하지 못할걸!"

공주는 까르르 웃으며 냅다 그의 뺨을 한 대 후려갈겼다.

영수궁의 내관과 궁녀들은 모두 예전 그대로라, 공주의 거침없는 성격을 잘 알고 있었다. 전에도 걸핏하면 아무에게나 손찌검을 하곤 했다. 그래서 다들 속으로 생각했다.

'공주는 시집간 후에도 성질이 전혀 변하지 않았군. 위 작야는 황상이 가장 총애하는 측근인데도 거침없이 때리는 걸 보니….'

두 사람은 상서방으로 돌아왔다. 해가 저물 무렵인데, 강희는 탁자 위에다 커다란 지도를 펼쳐놓고 뭔가 골똘히 생각하고 있었다.

공주가 말했다.

"황상 오라버니, 태후마마께서 몸이 편찮으셔서 직접 뵙지 못했어요. 며칠 있다가 다시 와서 문안을 올릴게요."

강희가 고개를 끄덕였다.

"다음엔 태후마마께서 부르시면 그때 입궐하도록 해라."

이어 왼손으로 지도를 가리키며 위소보에게 물었다.

"너희는 지난번에 귀주를 거쳐 운남으로 갔는데, 돌아올 때는 광서로 왔어. 어느 길이 가기 편하지?"

그는 운남의 지형을 검토하고 있었다. 위소보가 대답했다.

"운남에는 워낙 높고 험준한 산이 많습니다. 귀주 쪽 길을 택하든 광서로 가든 길은 다 험합니다. 공주님은 가마를 타고 저는 말을 타고 갔습니다."

강희는 천천히 고개를 끄덕이더니, 갑자기 생각나는 일이 있는 듯 내관에게 분부했다.

"가서 병부의 차가사車駕司 낭중郎中을 불러와라."

이어 고개를 돌려 공주에게 말했다.

"너도 이젠 집으로 돌아가야지. 온종일 나와 있었으니 부마가 기다릴 거야."

공주는 입을 삐죽거렸다.

"그는 날 기다리지 않아요!"

그녀는 위소보와 함께 궁 밖으로 나와 집으로 가면서 이야기를 더 나누고 싶었다. 그러나 황제가 병부 사람을 부르는 것으로 미루어 국사를 논하려는 것을 알고 부드럽게 말했다.

"황상 오라버니, 매일 이렇게 늦도록 국사로 노심초사하나 보죠? 제 기억에, 전에 부황께서는 오라버니처럼 이러지 않았어요."

강희는 울컥했다. 부황이 출가해 오대산에서 외롭게 지내고 있다는 사실이 다시 상기됐다. 그는 넌지시 말했다.

"부황께서는 워낙 영명하셨기 때문에 한 시진에 처리할 수 있는 일을 난 두세 시진을 고심해도 잘 해결이 되지 않아."

공주가 빙긋이 웃었다.

"다들 황상 오라버니는 고금을 통해 전례를 찾기 힘든, 하늘이 내려주신 영명한 군주라던데요. 감히 부황을 능가한다고 말하는 사람은 없어도, 역사상 천년 이래 가장 훌륭한 황제라고 칭찬이 자자해요."

강희는 멋쩍게 웃었다.

"역사상 좋은 황제는 아주 많았어. 요순우탕문무堯舜禹湯文武는 물론이고, 하夏·은殷·주周 삼대 이후로도 한나라 문제와 광무제, 당나라 태종 등 모두가 훌륭한 현군으로서 세인들의 칭송을 받았지."

건녕 공주는 강희가 말을 하면서도 지도에서 시선을 떼지 않자 감히 더 이상 말을 걸지 못했다. 그녀는 위소보를 힐끗 쳐다보며 아래로 내려진 손으로 몰래 위소보와 자신을 번갈아 가리켰다. 가끔 자기를 찾아오라는 암시였다.

위소보는 그녀의 뜻을 알아차리고 고개를 살짝 끄덕였다. 공주는 곧 강희에게 작별 인사를 올리고 떠나갔다.

잠시 후에 강희는 고개를 들고 위소보에게 말했다.

"그럼 우리가 주조한 대포는 너무 무거워서 산길로는 끌고 가기 어렵겠군."

위소보는 순간 멍해졌으나 이내 강희의 의중을 알아차렸다. 그는 대포를 가져가 오삼계를 공격할 구상을 하고 있었던 것이다. 그래서 얼른 대답했다.

"네, 네! 제가 아둔해서 미처 그 점을 생각하지 못했네요. 가능한 한 말 두 필이 끌 수 있는 작은 대포를 만들어 운남으로 옮겨가는 게 좋을 듯싶습니다."

강희가 말했다.

"산지에서 전투를 벌이면 천군만마를 한꺼번에 동원할 수 없으니 보병이 기마병보다 효율적일 거야."

얼마 뒤에 병부의 차가사에서 네 명이 달려왔다. 셋은 만주 사람이고 한 명은 한인이었다. 그들이 강희에게 대례를 올리고 나자 강희가 물었다.

"말은 다 준비됐소?"

병부 차가사는 역마로 문서를 전달하는 일과 군마에 관한 제반 일을 관장하는 곳이다. 그들은 곧 세세하게 보고를 올렸다. 이미 서역과 몽골에서 말을 구입했으며, 관외에서 옮겨온 말이 현재까지 8만 5천 필이 넘는다고 했다. 강희가 그들의 노고를 치하하자, 네 사람은 연신 큰절을 올려 황은에 감사했다.

그때 위소보가 갑자기 입을 열었다.

"황상, 듣자니 사천과 운남의 말은 서역의 말과는 다르다고 합니다. 비록 몸집이 작지만 지구력이 뛰어나 산길을 가는 데 아주 유리하다는데, 사실인지 모르겠습니다."

강희가 낭중들에게 물었다.

"그 말이 사실이오?"

그 한인 낭중이 대답했다.

"네, 황상. 천마와 전마는 무거운 짐을 질 수 있고 지구력이 뛰어나서 산길을 가는 데는 적격입니다. 그러나 평지에서 전투를 벌일 경우에는 서역의 마필만 못합니다. 그래서 군중에는 천마와 전마가 많지 않습니다."

강희는 위소보를 힐끗 쳐다보고 나서 그 낭중에게 다시 물었다.

"우린 현재 천마와 전마가 얼마나 있소?"

그 낭중이 다시 대답했다.

"사천과 운남에 주둔하고 있는 변방 방위군들은 천마와 전마를 다수 확보하고 있지만 다른 지방에는 별로 없습니다. 호남 주둔군에 아마 500여 필이 있을 겁니다."

강희는 고개를 끄덕이고 나서 말했다.

"알았소. 이젠 물러가도 좋소."

그는 신하들에게 운남을 공략할 계획에 대해선 일절 언급하지 않았다. 네 명의 낭중이 물러가자 위소보에게 말했다.

"네가 귀띔을 해줘서 다행이다. 내일 바로 칙령을 내려 사천 총독으로 하여금 빠른 시일 내에 천마를 구입하라고 명해야겠다. 이 일은 가급적 은밀하게 진행해야 해."

위소보가 갑자기 빙그레 웃었다. 꽤나 의기양양해 보였다. 강희는 영문을 몰라 그에게 물었다.

"뭐가 좋아서 그렇게 웃지?"

위소보가 여전히 웃으며 대답했다.

"오 부마에게 마침 운남에서 끌고 온 전마들이 있습니다. 그가 전마의 지구력이 뛰어나다고 자랑하기에 저는 믿지 못하겠다면서 내일 시합을 하기로 했죠. 전마가 정말 지구력이 있는지 곧 밝혀질 겁니다."

강희는 미소를 지으며 물었다.

"일단 시합을 하기로 했다면 반드시 이겨야. 그래, 어떻게 겨루기로 했는데?"

위소보가 대답했다.

"서로 열 필의 말을 골라 겨뤄서, 여섯 필이 이기면 승자가 되는 겁니다."

강희가 다시 물었다.

"단지 열 필만 갖고 겨뤄서 어떻게 지구력을 확인할 수 있겠어? 그가 운남에서 전마를 몇 필이나 옮겨왔는지 아니?"

위소보가 다시 대답했다.

"마구간에 보니까 50~60마리는 돼 보였어요. 다 최근에 운남에서 끌고 온 거라고 하더군요."

강희가 말했다.

"그럼 그 50~60필을 다 경주하자고 해야지. 장거리를 달리자면 서산西山 쪽 산길이 좋을 것 같은데!"

그는 위소보의 표정이 좀 꺼림칙해 보이자 호탕하게 말했다.

"빌어먹을, 시시하게 왜 그래? 걱정하지 마! 내기에서 지면 내가 물어줄게!"

위소보는 내기 때문에 이미 오응웅의 마구간에다 암수를 쓴 것을 황제에게 털어놓을 순 없었다. 내기는 십중팔구 자기가 이길 것이다. 그러나 만약 그로 인해 황제가 전마가 쓸모없다고 생각한다면, 국가 대사를 그르치는 결과가 되고 만다. 예삿일이 아니었다.

그는 멋쩍게 웃으며 말했다.

"내기에서 물어줄 돈 때문에 그러는 게 아니라…."

그의 말이 끝나기도 전에 강희는 무슨 생각이 떠올랐는지 고개를 갸웃거리며 나직이 소리를 질렀다.

"아니! 한데…."

그는 눈살을 찌푸리며 말을 이었다.

"한데 오응웅 그 녀석이 왜 갑자기 운남에서 그 지구력이 뛰어나다는 전마들을 북경으로 끌고 온 거지?"

위소보는 대수롭지 않게 웃으며 말했다.

"운남의 말이 좋다는 걸 자랑하기 위해 데려온 모양이죠."

강희의 안색이 심각하게 변했다.

"아니야! 그게 아니라… 녀석은 달아나려는 거야!"

위소보는 아직도 무슨 뜻인지 몰랐다.

"달아나려고 하다뇨?"

강희가 잘라 말했다.

"그래, 맞아!"

그러고는 이내 소리를 높였다.

"여봐라! 게 아무도 없느냐?"

내관이 들어오자 바로 분부했다.

"즉시 칙령을 내려 아무도 성에서 빠져나가지 못하게 구문九門을 봉쇄해라! 그리고 바로 가서 오응웅을 입궐시켜라!"

내관은 바로 대답을 하고 어명을 전하러 나갔다.

위소보도 안색이 약간 변했다.

"황상, 오응웅이 무엄하게도 감히 달아난단 말입니까?"

강희는 고개를 절레절레 흔들었다.

"글쎄, 내 추측이 빗나가길 바랄 뿐이야. 그렇지 않으면 바로 오삼계를 쳐야 하는데, 우린 아직 준비가 충분히 돼 있지 않아."

위소보가 말했다.

"우리가 준비가 돼 있지 않다면 오삼계도 마찬가지로 준비가 돼 있지 않겠죠."

강희는 매우 걱정스러운 표정으로 말했다.

"아니야. 오삼계는 운남으로 내려가기 전부터 이미 암암리에 모반을 꾀할 준비를 해왔을 거야. 그렇게 따져보면 벌써 10여 년이 지났는데, 난 거기에 대비해온 게 불과 1~2년 사이야."

위소보는 말로 그를 위로해줄 수밖에 없었다.

"하지만 황상의 영명지혜로 1년간 준비한 것이 오삼계가 20년 동안 준비한 것과 맞먹을 겁니다."

강희는 발을 들어 그를 한 번 가볍게 걷어차고는 웃으며 말했다.

"내가 널 한 번 걷어챘는데, 오삼계라면 아마 널 스무 번은 걷어챘을 거야. 빌어먹을! 소계자, 오삼계를 만만하게 보면 안 돼. 그 늙은이는 용병술에 능해. 이자성처럼 날고뛰던 놈도 결국 그에게 무너졌잖아. 우리 조정에 그의 적수가 될 만한 장수는 아마 없을 거야."

위소보가 그의 말을 받았다.

"우린 수적으로 그를 누르면 되잖아요. 황상께서 장수 열 명을 내보내면 빌어먹을, 그깟 오삼계 한 놈을 당해내지 못하겠어요?"

강희가 말했다.

"그것도 실력이 있는 장수라야만 가능해. 만약 내 휘하에 서달이나 상우춘, 목영 같은 장수가 있다면 물론 걱정할 필요가 없겠지."

위소보가 말했다.

"황상, 황상께서 직접 나서 어가친정御駕親征하시면 서달이고 상우춘이고 목영을 능가할 겁니다. 지난날 명 태조가 진우량陳友諒을 칠 때도 직접 어가친정해 전투를 진두지휘했습니다."

강희가 다시 말했다.

"그렇게 말로 치켜세우는 건 쉽지. 그 무슨 '요순어탕'이니 '영명지혜'라고 하는데, 진짜 영명한 군주는 자지지명自知之明, 자기 자신을 먼저 알아야 해. 행군과 작전은 그렇게 쉬운 일이 아니야. 난 전투를 한 번도 치러본 적이 없는데, 어떻게 오삼계의 적수가 될 수 있겠느냐? 수십만 대군을 거느렸다고 해도 지휘를 잘못하면 전멸당할 수 있어. 명나라에서 토목보土木堡 변란[5]이 발생했을 때, 황제는 환관 왕진王振의 말만 믿고 직접 출정했다가 수십만 대군이 전멸당하고 말았어. 그 흐리멍덩한 환관 때문에 황제까지 적에게 사로잡혔지."

위소보는 흠칫 놀라 얼른 말했다.

"황상, 저는 진짜 환관이 아니옵니다."

강희는 하하 웃으며 말했다.

"그렇게 겁낼 필요 없어. 네가 설령 진짜 환관이라 해도 난 결코 명나라의 영종英宗처럼 그렇게 무능한 황제가 아닌데, 너한테 호락호락 당하겠느냐?"

위소보가 머리를 조아리며 말했다.

"네, 네! 황상께선 신기묘산, 영명하시니까요. 창극에 그 대목이 있는데… 저… 뭐라더라…?"

강희가 다시 웃으며 말했다.

"그 문구는 너무 어려워서 내가 말해줘도 이해가 가지 않을 것이다."

강희와 위소보가 한창 이야기를 나누고 있는데, 내관이 와서 구문제독九門提督이 성지를 받들어 이미 북경의 모든 성문을 폐쇄했다고 보고했다. 강희는 비로소 안심이 되었다.

그때 또 한 명의 내관이 와서 보고했다.

"부마께서는 사냥을 하러 출성出城하여 아직 돌아오지 않았답니다. 성문이 봉쇄됐으니 성 밖으로 나가 성지를 전할 수가 없습니다."

강희는 탁자를 탁 치더니 벌떡 일어나 소리쳤다.

"역시 달아났군!"

그러고는 물었다.

"건녕 공주는 어찌 됐느냐?"

내관이 대답했다.

"공주 전하는 아직 부마부로 돌아가지 않고 궁에 남아 있습니다."

강희는 이를 갈았다.

"오응웅 그놈은 부부의 정의情義라곤 전혀 없는 모양이군!"

위소보가 말했다.

"황상, 제가 가서 그놈을 바로 잡아오겠습니다. 그는 오늘 저와 말 경주를 하기로 약속했는데, 갑자기 출성해 사냥을 나갔다는 것은 아무래도 심상치 않습니다."

강희가 내관에게 다시 물었다.

"부마는 언제 출성했다더냐?"

내관이 다시 대답했다.

"소인이 성지를 받들고 바로 부마부로 달려가보니, 부마부의 총관이 부마께서 오늘 새벽에 사냥하러 성 밖으로 나갔다고 했습니다."

강희는 코웃음을 날렸다.

"흥! 상가희와 경정충이 번왕 폐지를 받아들였다는 이야기를 전해 듣고, 아비가 곧 모반을 꾀할 것이라 짐작해 바로 달아나버린 거군!"

그러고는 고개를 돌려 위소보에게 말했다.

"떠난 지 벌써 대여섯 시진이 넘었으니 쫓아가봤자 잡아오지 못할 거야. 놈이 운남에서 전마를 수십 필 옮겨온 것도 도중에 말을 갈아타 가면서 곤명으로 빨리 달아나기 위해서였겠지."

위소보는 속으로 생각했다.

'황상은 정말 머리가 빨리 돌아가고, 상황을 예측하는 것이 귀신같

아. 오응웅이 운남에서 전마를 많이 데려왔다는 이야기를 듣자마자 바로 놈이 달아나려 한다는 것을 알아냈어.'

그는 강희의 안색이 매우 심각한 것을 보고 섣불리 아첨을 떨지 못했다. 그때 문득 떠오르는 일이 있어 얼른 말했다.

"황상, 심려 마시옵소서. 소인이 어쩌면 그놈을 손쉽게 잡아올 수도 있습니다."

강희가 물었다.

"무슨 수로 잡아온다는 것이냐? 헛소리하지 마라! 만약 전마가 정말 지구력이 뛰어나다면 그는 이미 북경에서 멀리 벗어났을 것이고, 또 변장을 했을 테니 뒤를 쫓아가도 소용이 없어."

위소보는 자신의 마구간 책임자가 오응웅의 전마들에게 과연 파두를 먹였는지, 아직 확인을 하지 못했기 때문에 황제에게 큰소리를 칠 순 없었다.

"나라의 녹봉을 받고 있으니 군주께 충성하는 것은 당연지사입니다. 제가 최선을 다해 뒤를 추격해보겠습니다. 끝내 따라잡지 못한다면 어쩔 수 없는 일이지만요."

그의 말에 강희는 흐뭇해하며 고개를 끄덕였다.

"너의 충정이 가상하구나, 좋아!"

그는 곧 붓을 들어 신속하게 칙령을 쓰고 옥새를 찍었다. 구문제독으로 하여금 위소보가 출성하게끔 협조하도록 하는 내용이었다. 그가 다시 말했다.

"효기영에 가서 군사들을 이끌고 추격해서 만약 오응웅을 붙잡으면 혼을 내줘도 좋다."

그는 군사를 움직일 수 있는 금부金符를 위소보에게 내주었다.

위소보는 바로 몸을 숙였다.

"명 받들겠사옵니다!"

그러고는 즉시 궁 밖으로 내달렸다.

공주는 그가 올 때까지 기다렸는지 궁문 옆에 있다가 위소보가 급히 달려오는 것을 보고는 소리쳤다.

"소계자! 허겁지겁 뭐 하는 거야?"

위소보가 소리쳤다.

"큰일 났어요. 부마가 달아났어요!"

그는 걸음을 멈추지 않고 더욱 빨리 달렸다.

공주의 입에서 욕이 튀어나왔다.

"이런 고약한 녀석! 법도도 모르느냐? 게 서지 못할까?"

위소보는 한시가 급했다.

"난 공주님을 위해 신랑을 잡으러 가는 중이오! 화산빙해火山冰海, 생지옥에 떨어지는 한이 있어도 반드시 잡아올 거요. 그러니…."

그는 닥치는 대로 마구 시부렁대며 벌써 저 멀리 달아나버렸다.

위소보는 대기시켜놓았던 말을 타고 집으로 돌아왔다. 조양동은 장용 등 세 사람과 함께 화청에서 술을 마시고 있었다. 위소보는 즉시 몸을 돌려 친위병들을 불러서 장용 등 세 사람을 체포해 결박하라고 명했다.

장용은 놀랄 수밖에 없었다.

"도통 대인, 저희가 무슨 죄를 지었습니까?"

위소보가 말했다.

"이건 황명이니 여러 말 할 겨를이 없소!"

그러면서 손에 들고 있는 칙령을 살짝 떨쳐 보이고는 명을 내렸다.

"효기영의 군사 1천 명과 어전 시위 50명을 즉시 집 앞에 집합시키고 말을 대령해라!"

친위병이 명을 받고 물러가자, 위소보가 조양동에게 말했다.

"조 총병, 오응웅 녀석이 달아났소. 오삼계가 바로 모반을 실행할 모양이오. 속히 출성해 오응웅을 잡아와야 하오!"

조양동은 핏대를 세웠다.

"참으로 무엄한 놈이군! 명에 따르겠습니다!"

장용, 왕진보, 손사극 세 사람은 화들짝 놀라 서로 마주 보며 어찌할 바를 몰라 했다. 위소보가 친위병들에게 분부했다.

"이들 세 사람을 잘 지켜라. 조 총병, 우린 갑시다."

장용이 소리쳤다.

"위 도통, 우린 서량西涼[6] 사람이고 대청 조정의 관리이지 평서왕의 직계가 아닙니다! 우린 줄곧 감숙에서 무관 생활을 하다가 나중에 운남으로 전근을 가서 오삼계 측근들에게 배척을 당해왔습니다. 이번에 우리를 운남에서 북경으로 보낸 것도 틀림없이 그들에게 협조하지 않고 일을 그르칠 거라고 생각했기 때문일 겁니다."

위소보가 말했다.

"그 말이 사실인지 내가 어떻게 믿을 수 있겠소?"

줄곧 말이 없던 손사극이 입을 열었다.

"오삼세는 작년에도 우리의 목을 치려 했는데, 장 제독이 나서서 도와준 덕분에 목숨을 부지한 겁니다. 저는 그 늙은이를 뼛속 깊이 증오하고 있습니다!"

장용이 차분하게 말했다.

"우리가 만약 오응웅과 공모를 했다면 왜 함께 달아나지 않았겠습니까?"

위소보는 그 말도 일리가 있다고 생각했지만, 그래도 신중을 기해야 했다.

"알았어요. 오삼계와 한패인지 아닌지는 나중에 다시 얘기합시다. 조 총병, 시간이 없으니 어서 갑시다!"

장용이 다시 말했다.

"도통 대인, 왕 부장은 말을 잘 알기 때문에 말발굽 자국만 봐도 전마라는 걸 금방 알아냅니다. 데려가면 도움이 될 겁니다."

위소보는 고개를 끄덕였다.

"그렇다면 꽤 쓸모가 있겠군… 한데 세 사람을 데려갔다가 도중에 난리를 치면 큰일이잖소. 속지 않는 게 좋을 것 같은데…."

손사극이 낭랑하게 말했다.

"도통 대인, 그럼 저를 이곳에 잡아두고 장 제독과 왕 부장만 데려가십시오. 두 사람이 만약 이상한 행동을 하면 돌아와서 저를 단칼에 죽이십시오!"

위소보가 고개를 끄덕였다.

"좋소이다! 제법 의리가 있구먼. 그래도 좀 꺼림칙하니까… 자, 이렇게 합시다. 장 제독, 주사위를 세 번 던져서 당신이 이기면 난 그 뜻에 따르겠소. 그러나 만약 내가 이긴다면, 미안하지만 세 분의 목을 좀 빌려야겠소!"

그러고는 장용이 가부간 대답을 하기도 전에 소리쳤다.

"여봐라, 주사위를 가져와라!"

그러자 왕진보가 말했다.

"소장이 주사위를 갖고 있습니다. 결박을 풀어주면 대인과 한판 하겠습니다."

위소보는 좀 이상했지만, 그래도 친위병을 시켜 그의 결박을 풀어주었다. 왕진보는 정말 주머니에서 주사위 세 개를 꺼내 착 하고 탁자 위에 던졌다. 대단히 숙련된 솜씨였다.

위소보가 물었다.

"왜 주사위를 가지고 다니죠?"

왕진보가 대답했다.

"소장은 원래 노름을 좋아합니다. 그래서 늘 주사위를 가지고 다니죠. 만약 상대가 없어 심심하면 왼손과 오른손이 겨룹니다."

그 말에 위소보는 절로 흥이 났다.

"자신의 왼손과 오른손이 내기를 하다가 승부가 결정되면 어떻게 하나요?"

왕진보가 다시 대답했다.

"왼손이 지면 오른손으로 한 대 때리고, 오른손이 지면 왼손으로 한 대 때립니다."

위소보는 깔깔 웃었다.

"그거 재밌군요, 재밌어!"

그리고는 다시 말했다.

"노형은 나하고 취미가 똑같은 걸 보니 좋은 사람임에 틀림없어요!"

이어 친위병에게 말했다.

"자, 어서 이들의 결박을 풀어줘!"

그는 신이 났다.

"왕 부장, 나랑 세 판만 합시다. 누가 지든 이기든 다들 날 따라서 오응웅을 추적하러 가는데… 만약 내가 이기면 앞서 범한 결례를 없었던 일로 하고, 지면 세 분께 정중히 사과를 하리다!"

장용 등은 껄껄 웃으며 말했다.

"별말씀을… 송구스럽습니다."

위소보가 주사위를 손에 넣고 흔들면서 막 던지려는데 친위병이 들어와 효기영과 어전 시위들이 밖에서 대기하고 있다고 전했다. 위소보는 주사위를 거뒀다.

"한시도 지체할 수 없는 일이니 바로 출발합시다. 네 분 장군은 날 따르시오!"

그는 장용과 조양동 등 네 사람을 대동하고 효기영 군사들과 어전 시위들을 점검한 후 바로 말을 달려 북경성 남문을 빠져나갔다.

왕진보는 앞장서 몇 리쯤 달리다가 말에서 내려 말발굽 자국을 확인해보더니 고개를 갸웃했다.

"도통 대인, 참으로 이상합니다. 이 일행은 방향을 돌려 동쪽으로 향했습니다."

위소보가 말했다.

"정말 이상하네요. 운남으로 달아나려면 남쪽으로 가야 하는데… 어쨌든, 다들 동쪽으로 갑시다!"

조양동은 의심이 갔다.

'동쪽으로 달아난다는 것은 말도 안 돼. 혹시 왕진보가 오응웅의 도주를 돕기 위해 우릴 엉뚱한 길로 안내하는 게 아닐까?'

그래서 말했다.

"도통 대인, 소장이 따로 일부 인마를 이끌고 남쪽으로 가볼까요?"

위소보가 힐끗 왕진보를 쳐다보니, 화가 난 표정이었다. 그래서 고개를 내둘렀다.

"그럴 필요 없소. 모두 왕 부장을 따르도록 하시오. 그는 말 전문가니 틀림없을 거요!"

그러고는 곧 친위병들을 시켜 장용 등에게 무기를 나눠주도록 했다.

장용은 대도를 선택한 후 정중히 말했다.

"도통 대인은 비록 나이는 젊지만 아량과 배포가 정말 대단합니다. 우린 운남에서 온 군관이고 오삼계가 모반을 꾀하려 하는데도 도통 대인께서는 우리를 이렇게 믿어주시니 정말 감사합니다."

위소보가 웃으며 말했다.

"과찬이오. 어차피 난 갖고 있는 밑천을 몽땅 한곳에다 걸었소. 따면 왕창 따고 잃으면 홀딱 다 잃는 거요. 그러니 이기면 오응웅을 잡고 좋은 친구 셋을 얻을 것이며, 잃으면 기껏해봤자 내 목이 달아나기밖에 더하겠소?"

장용은 크게 기뻐했다.

"우린 서량의 사나이들입니다. 영웅호한과 친구가 될 수 있다면 그이상 바랄 게 없습니다. 도통 대인께서 저희를 그렇게 믿어주시니 평생 도통 대인을 위해 목숨 바쳐 충성할 것을 맹세합니다!"

그러면서 칼을 버리고 위소보에게 큰절을 올렸다. 왕진보와 손사극도 역시 무릎을 꿇고 절을 올렸다. 위소보는 말에서 내려 대로변에서 답례했다. 네 사람은 서로 절을 하고 나서 몸을 일으켜 마주 보며 껄껄 웃었다.

위소보가 조양동에게 말했다.

"조 총병도 이리 오시죠. 다 같이 절을 올리고 결의형제를 맺어 유복공향有福共享 유난동당有難同當, 동고동락합시다!"

그러나 조양동은 고집을 부렸다.

"저는 왕 부장을 아직 믿을 수 없습니다. 오응웅을 잡은 후에 결의를 하겠습니다!"

왕진보도 꿀릴 사람이 아니었다.

"난 비록 직급이 낮지만 당당한 사나이로 자처해왔소. 결의를 하기 싫다면 관두시오!"

그러고는 바로 안장에 뛰어올라 앞을 향해 내달렸다.

동쪽으로 10리쯤 달렸을까, 왕진보가 말에서 뛰어내려 길가에 있는 말발굽 자국과 말똥을 유심히 살펴보더니 눈살을 찌푸렸다.

"어찌 된 일인지 말똥이 아주 무른 게, 우리 전마가 싼 똥이 아닌 것 같은데⋯."

그 말을 듣자 위소보는 좋아하며 하하 웃었다.

"그럼 됐어요, 틀림없어요! 오응웅 일행이 바로 이리로 지나간 게 확실해요!"

왕진보는 고개를 갸웃거렸다.

"말발굽 자국은 틀림없는데, 이 말똥이 참으로 요상하네⋯."

위소보가 그의 말을 받았다.

"요상할 거 하나도 없어요. 전마가 북경에 왔으니 아무래도 먹이가 좀 다르고 풍토도 바뀌어 며칠 동안은 설사를 할 수밖에 없겠죠. 말똥이 무른 것으로 미루어 전마가 틀림없습니다."

왕진보가 그를 쳐다보니, 웃는 듯 마는 듯 이상야릇한 표정이었다. 왕진보는 반신반의하며 계속 앞으로 달려나갔다.

다시 얼마 정도 달리자 말발굽 자국이 동남쪽으로 꺾어졌다. 그러자 장용이 말했다.

"도통 대인, 오응웅은 일단 천진위天津衛로 가 당고塘沽에서 배를 타고 갈 모양입니다. 모름지기 부두에다 미리 배를 준비해놓았을 겁니다. 해상을 통해 광서로 간 다음 다시 운남으로 돌아서 가면 군사들의 추격을 피할 수 있겠죠."

위소보가 고개를 끄덕였다.

"맞아요! 북경에서 곤명까지는 10만 8천 리나 되는데, 언제든 관병들을 만날 수 있으니 해로를 택하는 게 안전하겠죠."

장용이 다시 말했다.

"우리가 좀 더 빨리 추격해야 될 것 같습니다."

위소보가 물었다.

"그럴 이유가 있나요?"

장용이 대답했다.

"북경에서 해변까지 가려면 수백 리에 불과하니, 굳이 말의 체력을 아낄 필요 없이 전력을 다해 달릴 겁니다."

위소보는 수긍이 갔다.

"네, 맞아요. 장 대형은 역시 명장답게 예측이 정확하군요."

그는 장용을 제독이 아닌 '대형'으로 칭했다. 장용은 기분이 좋았다.

위소보는 효기영의 좌령佐領더러 쾌마를 몰고 먼저 당고로 달려가 수사水師에게 황명을 전하라고 했다. 해구海口를 봉쇄해 모든 배가 출항하지 못하게 하려는 것이다.

그리고 연도의 관병들에게도 만약 오응웅 일행을 발견하면 곧바로 체포하도록 명을 전하게끔 조치했다. 좌령은 그의 명을 받고 바로 쾌마를 몰고 천진을 향해 내달렸다.

또 얼마 정도 가자 길가에 말 두 필이 죽어 있었다. 바로 전마였다. 장용이 반색을 하며 말했다.

"도통 대인, 왕 부장의 말대로 이 길로 간 게 틀림없습니다."

그런데 왕진보는 눈살을 찌푸린 채 생각에 잠겨 있었다. 뭔가 고민이 있는 것 같았다. 위소보가 물었다.

"왕 삼형, 무슨 걱정이라도 있나요?"

왕진보는 약간 멍해져서 속으로 생각했다.

'난 항렬이 세 번째도 아닌데 왜 삼형이라고 부르는 거지?'

어쨌든 얼른 물음에 대답했다.

"다름이 아니라 제가 키운 전마는 전부 엄선한 명마인데 왜 설사를 하고 이렇게 길에서 죽었는지 이해가 가지 않습니다. 설령 오응웅이 길을 재촉하기 위해 지나치게 말을 부렸다고 해도 이 정도로 형편없진 않을 텐데… 정말 애석하네요, 애석해….."

위소보는 그가 애마의 죽음에 대해 가슴 아파하는 것을 보고, 몰래 파두를 먹인 일을 솔직히 말해줄 수가 없어 대충 둘러댔다.

"오응웅 그 녀석은 정말 양심도 없는 것 같아요. 자신만 살기 위해서 달아나느라 말이 죽든 말든 상관을 안 했으니, 왕 삼형이 그동안 심혈을 기울여 키운 말들을… 빌어먹을, 다 죽게 만들었잖아요. 그놈은 정말 인간도 아네요!"

왕진보가 조심스레 말했다.

"저를 삼형이라 부르시니 몸 둘 바를 모르겠습니다."

위소보가 웃으며 말했다.

"장 대형, 조 이형, 왕 삼형, 손 사형… 나이를 잘 모르니 수염이 좀 더 많이 센 사람 순으로 항렬을 정했습니다."

왕진보가 고개를 끄덕였다.

"네, 그렇군요…."

이어 한숨을 내쉬었다.

"오삼계 집안에는 제대로 된 인간이 없습니다. 말을 이렇게 아낄 줄 모르니 결국 그 대가를 치르게 될 겁니다."

위소보는 켕기는 게 있어 찍소리도 내지 못했다.

몇 리쯤 더 갔을 때 길가에 또 서너 필의 말이 죽어 있었다. 그리고 앞으로 갈수록 그 수는 더 늘어났다. 그러자 장용이 갑자기 위소보에게 말했다.

"도통 대인, 오응웅이 말에게 뭘 잘못 먹였는지 제대로 달리지 못하게 되었으니, 어쩌면 인근 농가로 숨어들었을 수도 있습니다."

위소보는 고개를 끄덕였다.

"장 대형은 역시 모든 것을 정확히 짚는군요. 경의를 표합니다."

그는 곧 효기영에 명을 내려, 흩어져서 주위 농가를 샅샅이 뒤지노록 했다.

과연 얼마 지나지 않아 북쪽 방향에서 한 무리의 효기영 군사들이 달려오며 소리쳤다.

"오응웅을 잡았습니다!"

위소보가 크게 기뻐하며 바라보니, 멀리 길가 보리밭에서 효기영 군사들이 뭔가를 에워싼 채 이쪽을 향해 오고 있었다. 전날 비가 왔기 때문에 보리밭은 질퍽한 진흙땅으로 변해 있었다. 위소보 등이 말을 몰고 달려가보니 군사들이 진흙으로 뒤범벅된 몇 사람을 끌고 오는 중이었다. 그중 맨 앞에 있는 자가 바로 오응웅이었다. 그는 이미 누추한 촌부의 옷으로 갈아입어서, 얼마 전의 호화롭고 번드르르하던 모습은 찾아볼 수 없었다.

위소보는 말에서 내려 일단 그에게 몸을 숙여 형식적인 인사를 하고 나서 웃으며 말했다.

"부마, 지금 창극의 광대로 분장했나 보죠? 그렇지 않아도 황상께서 창극이 보고 싶다고 하셨는데, 마침 잘됐네요. 바로 입궐해서 창극으로 황상을 즐겁게 해드리면 되겠어요. 하하… 지금 분장한 이 비렁뱅이는 그 무슨 〈금옥노봉타박정랑金玉奴棒打薄情郎〉[7]에 나오는 막계莫稽가 아닌가요?"

오응웅은 너무 놀라고 당황해 벌벌 떨고 있었다. 그러니 위소보가 뭐라고 비꼬아도 고개를 푹 숙인 채 아무 대꾸도 하지 않았다. 위소보는 그야말로 입이 귀에 걸릴 만큼 기분이 좋았다.

위소보가 오응웅을 경성으로 압송해 황궁에 당도했을 때는 다음 날 정오 무렵이었다. 강희는 이미 어전 시위에게 보고를 받은 터라 바로 위소보를 소견했다. 그는 일부러 흙투성이가 된 몸을 씻지 않고 그대로 황제를 알현했다.

강희는 그의 모습을 보자 당연히 노고를 치하하고 어깨를 토닥거리며 웃었다.

"빌어먹을! 소계자, 대체 무슨 재주를 부려 오응웅을 잡아온 거지?"

위소보는 더는 숨길 수 없어 말에다 수작을 부린 사실을 털어놓았다. 그리고 웃으며 말했다.

"소인은 처음에 그저 놈을 이겨서 큰소리를 못 치게 만들고 은자 만 냥쯤 우려먹으려고 했습니다. 그놈에게 수입을 챙겨서 나중에 황상을 위해 일할 때 뇌물을 받지 않을 생각이었죠. 한데 황상의 홍복으로 인해 소 뒷걸음질에 쥐 잡는다고, 오삼계의 모반을 막게 됐습니다. 이건 바로 하늘의 뜻이니, 오삼계가 만약 모반을 실행한다면 틀림없이 실패로 돌아갈 겁니다."

그 말에 강희는 하하 웃어젖혔다. 일이 이렇게 된 것은 정말 하늘의 뜻일지도 몰랐다. 하늘이 정말 자신을 도와줬다는 생각도 들었다. 그는 웃으며 말했다.

"난 복이 있는 천자고, 너는 복장福將이다. 수고 많았으니 어서 가서 쉬어라."

위소보가 말했다.

"오응웅은 일단 어전 시위들에게 맡겼으니 황상께서 알아서 처단하십시오."

강희는 생각을 굴리며 말했다.

"당분간 아무 내색도 하지 말고 그를 부마부로 돌려보내자. 오삼계가 어떻게 나오는지 지켜보자고. 우리가 도망치는 자기 아들을 잡아서 죽이지 않고 살려줬다는 사실을 알면 은혜에 감사하기 위해서라도 다시 모반을 꾀할 생각을 하지 않겠지."

위소보가 머리를 조아렸다.

"네, 네! 황상의 하해와 같은 아량은 실로 '요순어탕'이옵니다."

강희가 웃으며 말했다.

"효기영 군사들을 보내 누가 부마부를 출입하는지 잘 감시하도록 해라. 그리고 부마부에 있는 마필을 모조리 끌고 와라."

그가 한 마디를 할 때마다 위소보는 바로바로 대답했다.

강희가 다시 말했다.

"이번에 공을 세운 사람들의 명단을 작성해서 올려라. 모두에게 승진과 포상이 있을 것이다. 그리고 파두를 쓴 마부한테도 작은 벼슬이나마 내려주겠다. 하하…."

위소보는 무릎을 꿇고 황은에 감사한 다음 장용, 조양동, 왕진보, 손사극 네 사람의 이름을 밝혔다. 그리고 덧붙였다.

"장용 등 세 사람은 비록 운남의 장수지만 황상께 충성하기 위해 오응웅을 체포하는 데 적극 협력했습니다. 그것으로 미루어 오삼계가 만약 모반을 실행하려 한다면 휘하 장수들 중 많은 사람들이 앞을 다퉈 귀순할 거라 사료됩니다."

강희가 그의 말을 받았다.

"장용과 두 장수가 역모에 가담하지 않으려고 한 것은 가상한 일이다. 장용은 본디 감숙의 제독이었고 나머지 두 사람도 아마 오삼계의 옛 부하가 아닐 것이다."

위소보가 말했다.

"황상께선 참으로 영명하시옵니다."

위소보는 직접 오응웅을 부마부까지 압송한 후 넌지시 말했다.

"부마, 내가 황상께 좋은 말을 많이 해주어서 모가지를 보존하게 된 겁니다. 그러니 다음에 또 토끼려고 한다면 그땐 아마 내 모가지까지 달아나게 될지도 몰라요."

오응웅은 겉으로는 연신 고맙다고 하면서 속으론 욕을 해댔다. 수십 필의 말이 왜 갑자기 설사를 하고 도중에 쓰러져서, 다 된 일이 '도로아미타불'이 돼버렸는지 도무지 이해가 가지 않았다.

며칠 후에 성지가 내려왔다. 위소보를 위시해 장용 등에게 포상을 하고 1계급 승진을 약속하는 내용이었다. 강희는 이 일이 외부에 알려져 오삼계를 자극하는 것을 원치 않아 그냥 각자 조정에 충성을 했다고 대충 치하했다. 위소보의 마부도 덩달아 승진했다.

오응웅이 달아나는 바람에 강희는 오삼계의 모반이 바로 코앞에 닥쳤다는 것을 알게 됐다. 달아나려던 오응웅을 붙잡아와 모반을 늦출 수 있게 된 것을 다행이라 생각했다.

강희는 근자에 군사작전 지시를 비롯해 군마와 대포 조달 등 여러 가지로 눈코 뜰 새 없이 분주했다. 국고도 슬슬 바닥이 나기 시작했다. 만약 삼번이 일제히 출병을 하고 대만과 몽골, 서장까지 합세를 한다면 동시에 여섯 군데의 병마를 상대해야 하는데, 그때는 군비를 감당하기 어려울 것이었다. 가능한 한 날짜를 늦춰서 그동안 군량을 많이 비축해야만 했다.

그나마 다행스러운 것은 위소보가 신룡도를 격파하고 또한 러시아를 포용한 점이었다. 신룡도야 뭐 별것 아니라 치더라도, 러시아는 무시할 수 없는 강적임에 분명했다. 위소보는 비록 학식이 짧긴 해도 복장임에 틀림없다고 생각했다.

강희는 위소보에게 양주로 가서 충렬사를 지으라는 칙령을 내렸다. 그리고 남하하는 길에 하남을 거쳐 사도백뢰가 이끄는 왕옥산의 비적 일당을 소탕해, 경성에 가까이 있는 눈엣가시를 제거하도록 밀명을 내렸다.

위소보는 장용을 비롯한 네 명의 장수를 자신의 휘하로 편입해달라고 주청했고, 강희는 당연히 윤허했다.

이날 위소보가 장용 등을 앞세워 막 출발하려는데, 홀연 시랑과 황보 그리고 천지회의 서천천과 풍제중 등이 일제히 나타났다. 모처럼 재회하는 것이라 서로 무척 반가워했다.

위소보가 홍 교주의 미인계에 걸려 조난당한 후, 시랑 등은 문책받을 것이 두려워 북경으로 돌아오지 못한 게 아니었다. 그들은 매일 배를 타고 이 섬 저 섬 누비며 위소보를 찾아다녔다. 그리고 서천천 등은 요동과 직례直隸, 산동 지방 등 육지를 돌며 위소보를 찾아헤맸다. 최근에 위소보가 무사히 귀환했다는 소식을 전해듣고, 비로소 북경으로 돌아온 것이었다.

위소보는 신룡교에 붙잡힌 일이 창피해서 사실대로 말하지 않고, 특기를 살려 얼렁뚱땅 얼버무렸다. 시랑 등은 그의 거짓말과 허풍을 그대로 다 믿지 않았지만 군이 꼬치꼬치 캐물을 이유도 없었다.

위소보는 다시 황제를 알현해 시랑 등의 공적을 약간 과장해서 포상을 받도록 했다.

서천천 등 천지회 형제들은 물론 조정의 봉록을 받지 않으니 굳이 언급할 필요가 없었다. 일행은 이날 밤 북경에서 신나게 먹고 마시고, 다음 날 일찍 출발했다.

　하루도 채 지나지 않아 왕옥산 자락에 도착했다. 위소보는 천지회 형제들에게 사도백뢰를 소탕할 계획을 몰래 말해주었다. 군호들은 그 말을 듣자 모두 놀라움을 금치 못했다. 이역세가 말했다.

　"위 향주, 그건 절대 할 수 없습니다. 사도백뢰는 줄곧 반청복명을 주장해온 대영웅입니다. 한데 우리가 왕옥산을 친다면 그건 오랑캐를 돕는 거나 다름이 없어요."

　위소보가 말했다.

　"그렇겠군요. 사도백뢰의 제자들을 보니 역시 영웅 기질이 있더군요. 하지만 나는 황명을 받들고 왕옥산을 소탕해야 하는데… 이거 입장이 난처하게 됐네요."

　현정 도인이 말했다.

　"위 향주가 조정에서 직위가 높아질수록 처신이 곤란해질 것 같으니, 차제에 아예 사도백뢰와 손을 잡고 들고일어나는 게 어때요?"

　기표청이 고개를 내둘렀다.

　"우리의 첫 번째 계획은 오랑캐의 힘을 빌려 오삼계 그 매국노를 제거하는 겁니다. 한데 만약 위 향주가 조정에 반기를 들면 오랑캐 황제는 오히려 오삼계와 손을 잡을 수 있으니 그동안 쌓아온 노력이 다 수포로 돌아갈 겁니다."

　위소보는 그렇지 않아도 강희와 맞서는 것을 원치 않았던 터라, 그 말을 듣자 얼른 찬동했다.

"네, 맞아요. 우린 우선 오삼계를 없애야 합니다. 그게 우선과제예요. 사도백뢰는 불과 몇백 명이 왕옥산에 모여 있는 것뿐이니, 사소한 일 때문에 큰일을 망칠 필요는 없습니다."

서천천이 나섰다.

"위 향주가 당면한 일은 오랑캐 황제의 칙령을 이행하는 겁니다. 그리고 오랑캐 황제가 양주에다 충렬사를 건립하려고 하는데, 그 일을 망쳐서는 안 되죠."

사가법은 명나라에 충성을 다해 목숨까지 바쳤으니 천하의 영웅호걸들은 다 그를 존경했다. 천지회의 군호들은 서천천의 말에 모두 고개를 끄덕이며 찬동했다. 그리고 황제에게 어떻게 적당히 얼버무릴지는 위소보의 실력을 따를 자가 없으니 다들 그를 쳐다보며 좋은 수를 제시해주길 바랐다.

위소보가 웃으며 말했다.

"왕옥산을 공격해선 안 된다면… 잠시 피하도록 우리가 먼저 사도 노형에게 알려주는 게 좋을 것 같습니다."

군호들은 잠시 궁리를 해보았지만 그 수 외에는 별 뾰족한 방법이 없었다.

위소보는 그날 목숨을 걸고 주사위노름을 할 때 보았던 왕옥파의 어린 소녀 증유曾柔가 생각났다. 둥그스름한 얼굴에 커다란 눈망울, 아주 귀엽고 예쁘게 생겼었다. 그래서 속으로 생각했다.

'난 사도백뢰와는 아무런 교분도 없어. 그러니 이왕이면 그 증유에게 선심을 쓰는 게 낫겠지.'

이때 장용과 조양동이 제각기 사람을 시켜 보고를 해왔다. 왕옥산을 이미 겹겹이 포위하고 퇴로를 완전히 차단했다는 내용이었다. 사실 위소보는 하남으로 들어서자마자 왕옥산을 토벌할 계획을 몰래 장용과 조양동 등 네 장수에게 다 말해주었다. 그래서 그들은 조용히 인마를 이끌고 왕옥산으로 통하는 길목을 완전히 봉쇄하고 공격 명령이 떨어지기만 기다리고 있었다.

네 장수는 위소보를 따른 후 오응웅을 잡는 가벼운 일로 승진을 했기 때문에 무척 고마워했다. 이번에야말로 큰 공을 세워 보답하고 싶었다.

그래서 왕옥산으로 통하는 길목 곳곳에 구덩이를 파, 지나가는 말이나 사람이 걸려서 쓰러지도록 반마삭絆馬索을 매설했다. 그리고 그 주위에 많은 궁수弓手와 끝이 갈고리처럼 생긴 구겸창鉤鎌槍을 사용하는 병사들을 매복시켰다. 산에 있는 사람들을 한 명도 빠짐없이 모조리 생포할 계획이었다. 그들 네 사람의 생각은 한결같았다.

'5천 명의 군사를 동원해 비적 1천 명을 토벌하는 것이 뭐가 어렵겠어? 한 명도 빠짐없이 다 붙잡아야 그나마 작은 공로라 할 수 있겠지.'

위소보는 나름대로 생각을 굴렸다.

'왕옥산 사도백뢰 패거리를 다 잡아봤자 무슨 큰 공을 세우는 것도 아니야. 게다가 천지회 형제들도 찬성하지 않을 거야. 강호의 영웅호한이라면 의리를 중시해야 하는데, 친구를 핍박할 수는 없지.'

왕옥산 사람들을 죽이지 않고 다 놓아줘야 하는데, 어떡해야 증유에게 자신의 뜻을 전할 수 있을까, 궁리를 했다. 이때 동쪽으로부터 갑자기 북소리가 요란하게 들리며 군사들의 함성이 잇따랐다. 곧이어 정

탐병이 달려와 보고했다. 산 위에서 한 무리가 공격해온다는 것이었다. 위소보는 속으로 생각했다.

'군사들에게 공공연히 그들을 놔주라고 명할 수는 없어. 일단 생포하고 나서 나중에 놓아줄 방법을 찾아볼 수밖에!'

그는 곧 명을 내렸다.

"한 사람도 죽이지 말고 모두 사로잡아야 한다!"

친위병이 그의 명을 전하기 위해 막 떠나려 할 때 위소보가 한마디 덧붙였다.

"특히 여자는 절대 손상을 입히면 안 된다!"

그러면서 곁눈질로 힐끗 서천천과 전노본 등을 훔쳐보았다. 얼굴이 약간 붉어져서는 속으로 말했다.

'걱정 마, 이번엔 신룡도에서처럼 미인계에 당하지 않을 거야.'

그는 천지회 형제들을 데리고 동쪽 산길로 가서 관전했다. 마침 산 중턱에서 100여 명이 뛰어내려오고 있었다. 군사들은 대원수가 명을 내렸기 때문에 감히 활을 쏘지 못하고 앞으로 달려가 막기만 했다. 고함 소리와 기합 소리가 들리는 가운데 산에서 뛰어내려온 사람들은 하나둘씩 다 반마삭에 걸려 구덩이에 빠지고 넘어졌다. 군사들은 구겸창을 이용해 그들을 모두 생포했다.

위소보는 혹여 그중에 증유가 있나 해서 눈을 가늘게 접고 유심히 살폈지만 워낙 거리가 멀어 자세히 확인할 수 없었다.

이때, 한 사람이 나는 듯이 커다란 나무 위에서 다른 나무로 몸을 솟구치며 곧장 산 아래로 달려오고 있었다. 병사들이 그를 가로막았지만 워낙 몸놀림이 민첩해 소용이 없었다. 현정 도인이 소리쳤다.

"솜씨가 좋은데!"

그 사람은 차츰 가까이 달려왔다. 이제 몇십 장만 더 달리면 산 아래까지 다다를 수 있을 것이었다. 전노본이 말했다.

"저자는 무공이 대단한데요. 혹시 사도백뢰가 아닐까요?"

서천천이 그의 말을 받았다.

"사도 노영웅 말고는 저런 실력을 지닌 자가 아마 없을⋯."

그의 말이 끝나기도 전에 손사극이 별안간 소리쳤다.

"저자는 오삼계의 부하 같은데요!"

말하는 사이에 그자는 더 가까이 달려왔다. 위소보가 소리쳤다.

"우선 잡고 봐요!"

천지회 군호들이 일제히 그에게 덮쳐갔다.

그자는 손에 들고 있는 강도鋼刀를 휘두르며 가까이 있는 병사 한 명을 쓰러뜨렸다. 손사극은 창을 들고 달려가 상대의 얼굴을 확인하더니 소리쳤다.

"파랑성巴朗星! 여기서 뭐 하는 거냐?"

그자는 오삼계의 위사인 파랑성이었다. 그도 소리를 질렀다.

"난 평서왕야의 명을 받고 조정을 위해 역도 사도백뢰를 처단하러 왔다. 왜 나를 막는 것이냐?"

그 말을 듣고 서천천 등은 모두 깜짝 놀랐다. 그러고 보니 그의 허리께에 선혈이 낭자한 수급이 걸려 있었다. 그게 사도백뢰의 머리인지는 확인할 수 없었다. 군호들이 달려들어 그를 포위했다.

손사극이 말했다.

"위 도통이 여기 계시다. 어서 무기를 버리고 도통의 명에 따라라!"

파랑성이 말했다.

"좋아!"

그러고는 칼을 칼집에 넣고 성큼성큼 위소보에게 다가와 큰 소리로 외쳤다.

"도통 대인께 인사 올립니다!"

위소보가 말했다.

"한데 여기서…."

그의 말이 끝나기도 전에 파랑성은 갑자기 몸을 솟구쳐 두 손으로 위소보의 멱살을 낚아채려 했다. 위소보는 기겁을 하며 소리쳤다.

"제기랄! 이놈이…."

그는 황급히 몸을 돌려 달아났다. 무공이 뛰어난 파랑성은 잽싸게 왼손을 뻗어 위소보의 등을 낚아챘다. 찍 하는 소리와 함께 옷이 찢겨나갔다. 파랑성은 바로 오른손으로 위소보의 머리를 내리쳤다. 그 순간, 그를 향해 날아가는 발이 있었다. 그 속도는 가히 전광석화 같았다.

파랑성은 옆으로 살짝 피하며 상대방과 일장을 교환했다. 그에게 출수한 사람은 풍제중이었다. 파랑성은 일장을 맞자 몸이 휘청거렸고, 그와 동시에 옆구리가 조여왔다. 서천천이 그를 끌어안은 것이다. 전노본은 그에게 숨 돌릴 틈을 주지 않고 가슴을 향해 지풍을 날렸다. 파랑성이 신음을 토했다. 그와 동시에 풍제중이 왼발로 그를 걷어찼다. 파랑성은 바로 그 자리에 쓰러졌다.

전노본이 그를 단단히 누르자 친위병들이 달려들어 그를 결박해서 위소보 앞에 무릎 꿇렸다. 파랑성은 악을 썼다.

"평서왕의 대군이 바로 달려올 거다. 그럼 너희들은 한 명도 살아남지 못할 것이다! 허튼짓 하지 말고 항복하는 게 좋을 거다!"

위소보는 웃었다.

"평서왕이 출병을 한다는 거냐? 난 왜 몰랐지? 그래, 그 어르신네는 잘 있느냐?"

파랑성은 그가 웃으며 선의로 말하는 것 같아 진짜 속내를 짐작할 수 없었다.

"흠차대신이 곤명에 왔을 때 평서왕이 깍듯이 대해줬잖습니까. 지금도 늦지 않았으니 오랑캐 앞잡이 노릇을 하지 말고 평서왕께 귀순하십시오."

서천천이 냅다 그의 엉덩이를 걷어차며 호통을 쳤다.

"닥쳐라 이놈아! 오삼계는 파렴치한 매국노야. 그 밑에 있는 넌 더 형편없는 놈이고!"

파랑성은 화가 치밀어 고개를 돌려서 서천천을 향해 '퉤!' 하고 침을 뱉었다. 서천천이 순간적으로 피하자 가까이 있는 친위병의 얼굴로 침이 날아갔다.

위소보가 느긋하게 말했다.

"파 형, 그렇게 역정을 내지 말고 좋게 말로 합시다. 나더러 평서왕에게 귀순하라고 했는데, 정말 그럴 수도 있지 않겠어요? 한데 왕옥산엔 왜 온 거요?"

파랑성이 말했다.

"어차피 이렇게 된 거, 말해도 상관없겠지. 나는 이미 사도백뢰를 죽였소!"

그러면서 허리에 걸려 있는 수급을 힐끗 쳐다보았다.

위소보가 물었다.

"평서왕이 왜 그를 죽이라고 한 거요?"

파랑성은 즉답을 하지 않았다.

"나랑 함께 가서 평서왕을 만나보면 그 어르신이 직접 말해줄 거요."

서천천 등은 울화가 치밀어 막 주먹질을 하려는데 위소보가 눈짓으로 말렸다. 그러고는 친위병들을 시켜 파랑성을 군막으로 데려가게 했다.

파랑성은 여간 고집이 센 게 아니었다. 게다가 오삼계에 대한 충성심이 확고부동해서 그저 위소보더러 평서왕에게 귀순하라는 말만 간곡히 되풀이할 뿐, 묻는 말에는 일언반구도 털어놓지 않았다.

위소보는 그의 몸을 뒤지라고 명해, 주홍색 커다란 인장이 찍혀 있는 문서를 찾아냈다. 위소보는 사람을 시켜 그 문서를 읽게 했다. 그것은 오삼계가 발부한 가짜 칙서였다. 사도백뢰를 '개국대장군開國大將軍'에 봉한다는 내용이었다.

위소보는 이 문서에 대해 자세히 물었으나 파랑성은 눈을 부릅뜨고 대답을 하지 않았다. 위소보는 어쩔 수 없이 그를 끌어내 가두게 하고, 그의 일당을 잡아와 고문과 협박을 병행했다. 매에 장사 없다고, 결국 모든 것을 실토하는 사람이 있었다.

오삼계는 조만간 출병해 모반을 실행하려고 파랑성으로 하여금 친위부대를 이끌고 왕옥산으로 가서, 옛 부하였던 사도백뢰더러 자신의 거사에 협력하라고 종용하도록 했다. 사도백뢰가 순순히 명에 따르면 더 바랄 게 없겠지만, 그러지 않으면 비밀이 누설될 우려가 있으니 아예 죽이라고 밀령을 내렸다.

사도백뢰는 오삼계가 반청복명을 하려는 줄 알고 처음엔 몹시 좋아하며 의거에 동참하겠다고 약속했다.

그런데 자세히 알아보니 오삼계는 만청을 무너뜨리고 명 황실을 다시 세우려는 게 아니라 자신이 황제가 될 욕심을 갖고 있었다. 파랑성이 가져온 '개국대장군'이란 봉호封號만 봐도 그의 야욕이 여실히 증명되었다.

사도백뢰는 그 가짜 칙서를 거부했다. 그는 파랑성더러 돌아가 오삼계한테 만약 명 황실의 후손을 옹립할 거라면 모든 것을 다 바쳐 협력하겠지만, 왕년에 계왕를 죽인 것처럼 이제 와서 스스로 황제가 되려 한다면 절대 따를 수 없으니, 그대로 전하라고 했다.

파랑성이 좋은 말로 설득하자, 사도백뢰는 탁자를 내리치며 노발대발했다. 오삼계는 지난날 금수강산을 적에게 바쳐 씻을 수 없는 대역죄를 지었는데, 만약 개과천선을 하지 않으면 언젠가는 그를 발기발기 찢어죽일 거라고 공언했다.

파랑성은 결국 그를 설득하는 것을 포기하고, 그날 밤 사도백뢰가 잠든 틈을 타서 그를 죽인 후 수급을 베어 일당을 이끌고 도주하던 참이었다. 왕옥산의 제자들은 뒤늦게 사실을 알고 뒤를 쫓았지만 이미 늦었다.

그런데 마침 그때 관군이 산을 포위했고, 오삼계의 부하들을 일망타진한 것이다. 파랑성은 위소보에게 기습을 전개해 그를 방패막이 삼아 위기에서 벗어나려 했으나 실패했다.

위소보는 자세한 상황을 파악하고 나서 천지회의 군호들을 소집해 비밀회의를 가졌다. 이역세가 말했다.

"위 향주, 사도 노영웅은 의리와 충성으로 삶을 일관해왔는데 불행하게도 간인奸人의 손에 죽음을 당했으니 가서 조의를 표하는 게 예의가 아닐까요?"

위소보가 말했다.

"저에게 좋은 생각이 있습니다."

그러고는 생각하고 있는 바를 털어놓았다. 군호들은 일제히 손뼉을 치며 찬성하고 준비를 서둘렀다.

이날 관병들은 산채를 공격하지 않았고, 왕옥산 쪽에서도 수령이 피살되면서 우왕좌왕 혼란에 빠져 산을 지키는 데만 급급했다.

다음 날 아침 일찍 위소보는 천지회의 군호들과 효기영의 일부 관병을 대동하고 산중턱에 올랐다. 군호들이 제물祭物을 준비해 가지고 갔다. 일단 관병들을 산중턱에 대기시키고 서천천 등과 친위병만 데리고 산 위로 향했다.

얼마쯤 올라가자 왕옥파의 제자 10여 명이 칼을 들고 앞을 가로막았다. 그러자 서천천이 혼자서 앞으로 나가 두 손으로 배첩拜帖을 건넸다.

후생 위소보가 이역세, 기표청, 현정 도인, 변강, 풍제중, 전노본, 고언초 등과 함께 사도 노영웅의 명복을 빌기 위해 영전에 조제弔祭하러 왔습니다.

왕옥파 제자들은 그들에게 악의가 없다는 것을 일단 확인했다. 자세히 보니 관과 향초, 지전 등 제물도 눈에 띄었다.

"잠깐만 기다려주십시오. 바로 가서 통보하고 오겠습니다."

그러더니 한 사람이 곧 나는 듯이 산 위로 달려갔고, 나머지는 여전히 길을 막고 서 있었다. 위소보 등은 뒤로 물러나 바위에 걸터앉아 휴식을 취했다.

　얼마 후 산 위에서 수십 명이 내려왔는데, 앞장선 자는 전에 본 적이 있는 사도학司徒鶴이었다. 그는 바로 사도백뢰의 아들이었다. 산채의 수령이 변고를 당했으니 그가 왕옥파를 이끌고 있었다.

　위소보는 눈알을 사르르 굴리며 그의 뒤쪽을 유심히 살폈다. 바라던 대로 몸매가 늘씬한 소녀가 머리에 흰 꽃을 꽂고 서 있었다. 바로 증유였다. 위소보는 내심 좋아했다.

　사도학이 낭랑한 음성으로 말했다.

　"여러분은 무슨 용무로 찾아온 겁니까?"

　그러면서도 손을 허리춤에 찬 검에서 떼지 않았다.

　전노본이 앞으로 나서 포권의 예를 취했다.

　"저희 윗분이신 위 공께서 사도 노영웅이 간인에게 변을 당했다는 소식을 듣고, 비통함을 금치 못해 저희들을 이끌고 노영웅 영전에 조제하러 온 겁니다."

　사도학은 멀리 있는 위소보를 힐끗 쳐다보고 나서 말했다.

　"그는 오랑캐 조정의 관원으로, 관군들을 이끌고 와서 산채를 포위했으니 그 저의가 뻔하잖소! 간계奸計를 쓰려는 모양인데, 우린 결코 속지 않을 거요!"

　전노본이 그에게 물었다.

　"실례지만 사도 노영웅을 살해한 흉수가 누굽니까?"

　사도학은 이를 부드득 갈았다.

"오삼계의 부하 파랑성과 그 일당이오!"

전노본이 고개를 끄덕였다.

"사도 소협이 우리의 호의를 믿지 않는 것이 당연하오. 우선 제물을 올리겠습니다."

그러고는 고개를 돌려 소리쳤다.

"제물을 가져와라!"

두 명의 친위병이 한 사람을 끌고 천천히 올라왔다. 끌려오는 자는 손발에 사슬이 묶여 있고 얼굴은 검은 천으로 가려져 있었다. 왕옥파의 제자들은 상대방이 지금 무슨 수작을 부리고 있는지 알 수 없어 이상하게 생각했다.

끌려온 자가 전노본 바로 뒤까지 다다르자 친위병들이 사슬을 끌어당겨 더 이상 앞으로 나오지 못하게 했다.

전노본이 말했다.

"사도 소협, 잘 보시오."

그러고는 손을 내밀어 그자의 얼굴을 가린 검은 천을 벗겼다. 눈을 부라리고 인상을 팍 쓰고 있는 게, 바로 파랑성이었다.

왕옥파 제자들은 그를 보자 일제히 눈에 쌍심지를 켜며 성난 외침을 토했다.

"저놈이다! 당장 죽여라!"

챙, 챙… 금속성이 들리는 가운데 각자 무기를 뽑아쥐었다. 당장이라도 파랑성을 난도질할 분위기였다.

사도학이 두 팔을 벌려 그들을 막았다.

"잠깐!"

그는 비로소 전노본에게 포권의 예를 취하며 물었다.

"귀하는 흉수를 잡아왔는데, 그를 어떻게 처리할 생각이오?"

전노본이 대답했다.

"우린 사도 노영웅을 존경해왔습니다. 그날 사도 소협과도 한 번 만난 인연이 있으니, 오늘 이 간인과 그 일당을 잡아다 모두 사도 노영웅 영전에 바쳐 그의 재천지령在天之靈을 위로하고자 합니다."

사도학은 멍해졌다. 세상에 이렇듯 운 좋은 일이 어디 있겠나 싶었다. 그는 고개를 돌려 파랑성을 쳐다보며 반신반의했다.

'오랑캐는 워낙 교활하니 틀림없이 또 무슨 간계를 부리는 거야!'

이때 파랑성이 난데없이 쌍욕을 터뜨렸다.

"이런 개 불알 같은 것들! 그래, 그 늙은이를 내가 죽였다! 어쩔래? 이런…."

전노본이 냅다 그의 등을 후려치면서 엉덩이를 걷어찼다. 파랑성은 손발이 묶여 있어 피하지 못하고 앞으로 곤두박질치더니 사도학의 발밑에 고꾸라져 일어나지 못했다.

전노본이 말했다.

"저놈이 바로 저희 윗분께서 드리는 작은 선물이오. 소협이 알아서 처리하십시오."

이어 다시 고개를 돌려 소리쳤다.

"다 끌고 와라!"

잠시 후 사슬에 묶인 수십 명의 죄수들이 친위병에 의해 끌려왔다. 그들도 파랑성처럼 얼굴에 검은 천이 씌워져 있었다. 그 천을 벗겨보니 모두 파랑성의 부하들이었다.

전노본이 말했다.

"이들도 사도 소협이 직접 처리하십시오."

이렇게 되자 사도학은 더 이상 의심할 여지가 없었다. 그는 멀리 있는 위소보를 향해 무릎을 꿇고 큰절을 올렸다.

"감사합니다. 왕옥파는 결코 이 은혜를 잊지 않을 겁니다."

그러면서 속으로 생각했다.

'우리한테 이런 큰 은혜를 베풀고… 대체 뭘 원하는 거지? 혹시 우리더러 오랑캐 조정에 귀순하라는 게 아닐까? 그건 절대 있을 수 없는 일이지!'

위소보는 성큼 앞으로 다가와 답례를 하며 말했다.

"그날 사도 형, 증 낭자랑 주사위놀이를 한 번 했는데, 아직도 기억이 생생하오. 나중에 기회가 닿으면 한 번 더 놀아보고 싶소."

이어 뒤쪽에 있는 관을 가리키며 말했다.

"사도 노영웅의 유해가 저 관 속에 있으니 산으로 옮겨가서 시신과 함께 안장해주십시오."

사도백뢰는 목이 잘리고, 그 수급을 파랑성이 가져갔다. 그로 인해 왕옥파 제자들은 비분을 금치 못했다. 사도학은 그래도 잘 믿기지 않아 관 가까이 걸어갔다. 관 뚜껑에 아직 못질을 하지 않은 것 같아 조심스레 열어보니 정말 아버지의 수급이 들어 있었다. 그는 슬픔이 북받쳐 그 자리에 무릎을 꿇고 대성통곡했다. 나머지 제자들도 덩달아 땅에 엎드려 구슬피 울었다.

한참 후에야 사도학은 몸을 일으키더니 제자 네 명을 시켜 관을 산 위로 옮기도록 했다. 그리고 위소보에게 말했다.

"괜찮으시다면 선친의 영전으로 가서 향을 올려주시면 감사하겠습니다."

위소보가 말했다.

"당연히 노영웅의 영전에 절을 올려 애도를 표해야죠."

그는 친위병들에게 그곳에서 기다리라고 분부하고, 천지회 군호들만 대동해 사도학을 따라 산 위로 향했다.

위소보는 증유 곁을 지나며 나직이 말했다.

"증 낭자, 잘 있었죠?"

증유는 얼굴에 눈물 자국이 아직 마르지 않았다. 눈시울이 붉은 게 더욱 청순가련해 보였다. 그녀는 고개를 들어 훌쩍이듯 말했다.

"저… 아차… 아차아차 장군?"

위소보는 매우 좋아했다.

"아직 내 이름을 기억하고 있군요."

증유는 얼굴이 빨개져서는 고개를 숙였다. 붉어진 그녀의 얼굴을 보자 위소보는 일순 주책없이 마음이 설렜다.

'왜 날 보자 얼굴을 붉히지? 남자가 싱글벙글하면 수작을 부리려는 거고, 여자가 얼굴을 붉히면 속으로 남자를 생각하는 거라던데, 마음속으로 날 생각해온 걸까? 그때 내가 준 주사위를 아직도 갖고 있는지 모르겠네….'

그가 나직이 물었다.

"증 낭자, 전에 내가 준 것을 아직도 간직하고 있소?"

증유는 다시 얼굴을 붉히며 고개를 돌렸다.

"뭔데요? 난 다 잊었어요."

위소보는 몹시 실망하며 한숨을 내쉬었다. 그러자 증유는 다시 고개를 돌려 생긋이 웃으며 나직이 말했다.

"망통!"

위소보는 너무 좋아서 마음이 근질근질했다. 그도 나직이 말했다.

"난 망통이고 낭자는 지존至尊이오."

증유는 더 이상 그를 상대하지 않고 잰걸음으로 사도학 곁에 바싹 붙어 산 위로 올라갔다.

왕옥산은 사면이 깎아지른 절벽이었다. 그 모양새가 마치 왕이 타고 다니는 수레의 덮개처럼 생겨서 왕옥산이라는 이름이 붙은 것이다. 산 정상을 천단天壇이라 하고, 동쪽은 일정봉日精峯, 서쪽은 월화봉月華峯이라 했다.

일행은 사도학을 따라 천단 북쪽에 있는 왕모동王母洞으로 갔다. 가는 도중에 창송취백蒼松翠柏, 푸른 소나무와 잣나무들이 함께 군락을 이뤄 고즈넉하면서도 경치가 아름다웠다.

도경道經에서는 왕옥산을 속세를 벗어난 별천지, 청허소유동천淸虛小有洞天이라 일컬으며 천하 서른여섯 동천 중 으뜸으로 꼽는다. 전설에 의하면, 삼황오제三皇五帝가 왕모王母를 만난 곳으로도 알려져 있다. 왕옥파의 제자들은 왕모동과 그 주변 동굴에 기거하면서 겨울에는 따뜻하고 여름엔 시원한 자연의 혜택을 누리며 살고 있었다.

사도백뢰의 영위는 왕모동 안에 차려졌다. 제자들은 그의 수급과 시신을 봉합해 입관했다.

위소보는 천지회 형제들과 함께 영전에 무릎을 꿇고 향을 피워 제를 올렸다. 그러면서도 속으로는 증유를 생각했다.

'중 낭자의 환심을 사려면 슬피 울수록 좋을 거야.'

일부러 울음을 짜내는 것은 원래 그의 주특기다. 그는 궁에서 '늙은 화냥년'한테 당하던 자신의 비참한 모습을 상기하고, 홍 교주에게 붙잡혀서 겪은 위험한 고비들, 재수 없게 방이한테 속아넘어간 일, 그리고 아가가 정극상 그놈만 좋아하고 자기를 외면한 것을 억지로 생각해냈다. 그러자 슬퍼져서 이내 방성통곡을 했다. 처음에는 좀 억지스러웠지만 울다 보니 정말 슬픔이 북받쳐 울음을 주체할 수 없었다. 그는 악을 쓰듯 울부짖었다.

"사도 노영웅님, 후배는 일찍이 노영웅이 충정의사이며 대영웅이라는 걸 들어서 알고 있었습니다. 지난날 영랑슈郎의 검법을 보고 어르신의 무공이 대단하다는 것을 알아 문하가 되어서 무공을 몇 가지라도 배워 강호에서 이름을 떨치고 싶었는데, 이렇듯 간인의 손에 돌아가시다니… 오호통재, 오호애재… 정말이지 가슴이 미어져 말이 나오지 않습니다."

사도학과 증유 등은 그렇지 않아도 슬픔으로 인해 가슴이 찢어질 것 같았는데, 그가 울부짖는 바람에 왕모동 안은 이내 울음바다로 변했다. 심지어 울고 싶지 않았던 서천천과 전노본 등까지 슬픈 분위기에 젖어 찔끔찔끔 눈물을 흘렸다.

위소보는 가슴을 치고 발을 구르며 계속 통곡을 했고, 오히려 왕옥파 제자들이 나서서 말리고 말려 겨우 울음을 그쳤다.

위소보는 파랑성을 끌고 와 사도학에게 칼 한 자루를 쥐여주며 말했다.

"사도 소협, 이놈을 죽여 아버님의 복수를 하십시오."

사도학은 파랑성의 수급을 제사상 공탁供卓에 올려놓았다. 왕옥파 제자들은 일제히 위소보에게 무릎을 꿇고 은혜에 감사했다.

위소보는 아직 나이가 어려 이렇듯 떡 본 김에 제사 지내고, 내친김에 선심을 쓰는 계책을 생각해내지 못했을 텐데, 사실은 〈와룡조효臥龍弔孝〉라는 창극을 보고 배운 것이었다.

삼국시대에 주유는 제갈량 때문에 분통이 터져 죽었는데, 제갈량은 시상구柴桑口로 가서 정중히 제를 올리고 눈물을 흘리면서 애도를 표했다. 그 바람에 동오東吳의 장수들과 모든 사람이 그에게 감동했다는 줄거리다.

그 창극에서 제갈량이 읽은 제문祭文은 문구가 수려하고 감동적이며 아주 길었다. 그래서 위소보는 그것을 잘 기억하지 못했는데, 그게 얼마나 다행스러운 일인지… 그렇지 않고 만약 왕옥산에서 그 제문을 흉내 냈다면, 금방 탄로가 났을 것이다.

어쨌든 왕옥파 사람들은 위소보에게 그저 감지덕지했다. 더구나 지난번에도 사도학 등을 그냥 놔줬고 은자까지 챙겨주지 않았던가. 그때 이미 위소보에게 신세를 진 일이 있었다. 하지만 위소보는 틀림없이 오랑캐 조정의 관리인데, 왜 자기네에게 이런 은혜를 베푸는지 도무지 이해가 가지 않았다.

전노본은 사도학을 한쪽으로 데려가 자기네는 천지회 청목당의 형제들이라고 밝혔다. 다만 위소보는 조정에서 큰 벼슬을 하고 있기 때문에 신분을 노출할 수 없어 적당히 얼버무렸다. 신재조영심재한身在曹營心在漢(몸은 조조 진영에 있지만 마음은 유비에게 있다) 운운하면서, 워낙 의리가 있어서 천지회와는 어찌어찌 친하게 지낸다고 했다.

사도학은 전노본의 말을 듣고 나서 비로소 궁금했던 의문점이 풀렸다. 그는 더욱 진심을 담아 감사를 표했다. 조금 전까지만 해도 의문이 있어서 꺼림칙했던 태도와는 판이하게 달랐다.

이어 왕옥산의 앞일에 대해 이야기를 나눴다. 사도학은 갑작스레 상을 당한 데다 관병들에게 포위당한 상태라 다른 것은 생각할 겨를이 없었다. 그러자 전노본이 천지회에 들어올 의사가 있는지 은근히 떠보았다. 천지회는 강호에서 명성이 자자하고, 반청복명을 이끌고 있는 주체로 알려져 있었다. 왕옥파도 그 뜻을 함께하며 천지회를 존중해왔다.

사도학은 전노본의 제안을 듣고 좋아하며 왕옥파의 어른들과 형제들을 모아 상의한 결과 흔쾌히 찬성으로 뜻을 모았다. 그는 전노본에게 천지회에 가맹할 것을 통보했다. 전노본은 그제야 위소보가 실은 청목당 향주라는 사실을 밝혔다.

그날 오후 천지회 청목당은 왕모동에서 향당香堂을 열어 왕옥파 사람들을 정식으로 입회시켰다. 그들은 향주를 배견拜見하고 다들 위소보의 부하가 되었다. 위소보는 기분이 매우 좋았다. 그는 결맹주를 마시고 나서 노름판을 벌이려 했으나 이역세와 전노본 등이 황급히 말렸다.

사도백뢰가 돌아가신 지 얼마 되지 않았는데, 노름판이 벌어져 분위기가 떠들썩해지는 것은 망자에 대한 예의가 아니라는 것이었다. 노름판을 벌일 수 없게 되자 위소보는 기분이 좀 가라앉았다.

그들은 함께 모여 왕옥파의 차후 문제를 논의했는데, 이역세가 사도학에게 말했다.

"왕옥산은 산서와 하남, 두 성의 경계 지점에 있기 때문에 우리 청목당 소속이 아니네. 본회의 규정에 따르면, 성 경계를 넘어 형제들의 입회를 주선할 순 있어도 다른 지방의 형제들을 끌어들일 수는 없어. 그러니 사도 형제는 일행을 이끌고 직속 성으로 이주하는 게 좋겠네."

전노본도 한마디 했다.

"오랑캐 황제는 위 향주더러 왕옥파를 토벌하라고 했으니, 왕옥파 제자들이 다른 곳으로 옮겨가야 보고하기가 쉬울 걸세."

사도학이 말했다.

"네, 알았습니다. 분부대로 하겠습니다."

위소보가 말했다.

"사도 대형, 우린 일단 양주로 가서 사각부의 충렬사를 지을 겁니다. 그 사당이 완성되면 다 같이 오삼계를 치러 갑시다!"

사도학은 몸을 일으켜 큰 소리로 말했다.

"위 향주께서 오삼계를 치러 간다면 제가 형제자매들을 이끌고 선봉에 서겠습니다. 반드시 오삼계와 사생결단을 내서 아버님의 원한을 갚게 해주십시오!"

위소보는 매우 좋아했다.

"그렇다면 더 이상 바랄 게 없죠. 우선 우리랑 함께 양주로 갑시다. 대신 남의 이목을 속여야 하니, 내키지 않더라도 오랑캐 관병의 옷으로 갈아입어야 할 겁니다."

사도학이 고개를 끄덕였다.

"오삼계를 제거할 수만 있다면 그 어떤 굴욕도 참아낼 수 있습니다. 위 향주께서도 반청복명을 위해 기꺼이 오랑캐 관리가 되었는데, 저희라고 오랑캐 병사로 행세하지 못하라는 법이 없죠. 더구나 이 대형이나 전 대형 등도 지금 다 관병 차림을 하고 있지 않습니까.”

이날 밤 다들 사도백뢰를 안장하고 짐을 챙겨 하산했다. 무공을 아는 남자들은 위소보를 따라 양주로 가기로 했다. 노약자와 아녀자들은 보정부保定府에 가서 거주하기로 결정하고, 그곳 천지회 청목당 분회의 형제들이 제반 일을 돕도록 했다.

위소보는 장용 등에게는 대충 둘러댔다. 왕옥산 비적들이 관군에게 포위돼 달아날 수 없다는 것을 알고 권유를 받아들여 조정에 귀순하기로 결정했는데, 일부는 관병에 편입시키기로 결정했다고 말했다.

장용 등은 그가 피 한 방울도 흘리지 않고 왕옥산의 비적들을 평정하는 큰 공을 세웠다면서 경하해 마지않았다.

위소보는 겸손을 떨었다.

“이게 다 네 분 장군의 공입니다. 비적들이 달아나지 못하도록 겹겹이 포위를 하지 않았다면 과연 항복을 했겠습니까? 나중에 여러분의 공을 조정에 알려 승진과 포상이 있도록 하겠습니다.”

네 사람은 당연히 기분이 좋았다. 병부상서 명주는 위소보의 말이라면 무조건 꾸뻑하니까, 이번에도 공을 상정하면 병부에서 틀림없이 혜택이 내려올 거라고 생각했다.

위소보는 증유가 노약자와 아녀자들을 따라 보정부로 갈 것 같아 은근히 걱정이 됐다. 그렇다고 대놓고 함께 양주로 가자고 말할 수 있는 입장도 아니었다. 그런데 그녀가 남장을 하고 사도학 등과 동행한다는 이야기를 듣고 속으로 무척 좋아했다.

양주로 가는 도중에 기회만 있으면 그녀와 정다운 이야기를 나누려고 접근을 시도해보았지만, 증유는 늘 사형들과 행동을 함께하며 그에게 수작을 걸 틈을 내주지 않았다. 가끔 눈이 마주치면 빙긋이 웃을 뿐 아무 말도 하지 않았다.

위소보는 뭔가 다정한 말이라도 해주고 싶은데, 맛있는 과일을 눈앞에 두고도 먹을 수 없는 꼴이니 정말 애가 탔다. 그가 만약 단지 청군의 원수라면, 사심을 품고 공무를 빙자해 그녀를 친위병으로 삼아 군막 안으로 끌어들일 수도 있을 것이다. 그러나 그는 또한 엄연한 천지회의 향주였다. 천지회는 부녀자를 희롱하는 것을 엄하게 금하고 있다. 자칫 허튼짓을 했다가는 형제들에게 지탄을 받을 게 뻔했다. 그러니 혼자서 애를 태우느라 속이 타들어갈밖에! 하지만 그는 결코 포기하지 않고 호시탐탐 기회를 노렸다.

그 순간, 갑자기 뒷골이 당겨지며 목이 따끔했다.

누군가 변발을 잡아당겨 목을 조른 것이다.

바로 홍 부인이었다.

홍 부인은 입가에 야릇한 미소를 띠고 나직이 호통을 쳤다.

"요 고약한 녀석! 나까지 희롱하려 하다니, 정말 겁이 없구나!"

양주까지 가는 도중에 지방 관원들이 마중을 나오고 전송을 하면서 풍성한 뇌물이 오고갔다. 그것을 사양할 위소보가 아니었다. 남하하면서 날이 갈수록 짐이 늘어났다. 그는 천지회 형제들에게는 대충 둘러 댔다. 우리가 오랑캐 관리들에게 뇌물을 많이 받을수록 그들은 백성들을 더 착취하게 될 거고, 그럼 백성들의 원성이 더 높아져 반청복명을 하는 게 더 수월해진다는 게 그의 지론이었다. 그러니 만청의 관리들에게 뇌물을 많이 받아 그들을 부패한 탐관오리로 만드는 게 자신의 목적이라는 것이다. 서천천 등은 그의 말을 굳게 믿었다.

이날 그들은 양주에 도착했다.

양강총독 兩江總督 마륵길 麻勒吉, 강녕순무 江寧巡撫 마우 馬佑를 비롯해서 포정사 布政使, 안찰사 按察使, 학정 學政, 회양도 淮揚道, 양도 糧道, 하공도 河工道, 양주부 지부 知府, 강도현 江道縣 지현 知縣, 그리고 각계각층의 무관들도 소식을 전해듣고 불원천리 달려와 흠차대신을 영접했다.

흠차대신 일행이 머물 행원 行轅은 회양도 관아로 정해졌다. 그곳에서 하룻밤을 묵은 위소보는 행동에 구속을 받는 것 같아 불편했다. 그래서 거처를 다른 곳으로 옮기고 싶다고 말했다. 그의 생각으로는 행원을 지난날 살던 여춘원으로 옮기면 딱 좋을 것 같았다. 금의환향, 옛집으로 돌아왔으니 얼마나 자랑스럽겠나!

그러나 흠차대신의 거처를 기루로 정한다는 것은 결코 있을 수 없는 일이었다.

위소보가 양주에서 어린 시절을 보낼 때 품은 웅지雄志는 양주에다 큰 기루를 몇 군데 여는 것이었다. 그 외에 또 하나, 선지사禪智寺 앞뜰에 핀 작약꽃을 뿌리째 모조리 다 뽑아버리겠다는 꿈이 있었다.

양주의 작약은 천하에 알려질 정도로 아주 유명하다. 특히 선지사 앞뜰의 작약은 종류도 수백 종인 데다 크기가 사발만 해 가히 가관이었다. 위소보가 열 살 되던 해에 장난꾸러기들과 선지사에 놀러 갔다가 작약이 만발한 것을 보고 두 송이를 꺾어 가지고 놀았는데, 중에게 발각돼 꽃을 빼앗기고 뺨을 두 대 맞았다. 어린 소보가 울고불고하면서 중을 물어뜯고 발길질을 해대다가 뚱보 화상에게 패대기쳐지고 발로 걷어차이는 수모를 당했다. 그 틈을 타서 장난꾸러기들은 우르르 몰려가 작약을 마구 뽑았다. 중들은 호통을 쳤고, 사찰 안에서 화상과 화공들이 달려나와 몽둥이로 아이들을 다 쫓아버렸다.

그날 주동자는 위소보였기 때문에 가장 많이 맞아서 머리 여러 군데에 혹이 났다. 그리고 여춘원으로 돌아와 다시 어머니한테 꾸중을 듣고 한 끼를 굶는 벌을 받았다. 물론 몰래 부엌에 가서 밥을 훔쳐먹었지만, 이 '선지사 작약 사건'은 그에게 '인간적인 수모'로 생각되었다.

그래서 다음 날 선지사에서 제법 떨어진 곳에 와 사찰 쪽을 향해 자신이 그동안 학습을 통해 터득한 욕을 몽땅 다 해붙였다. 여래불의 어머니부터 화상의 어머니까지 모조리 욕을 해댔다. 그리고 하늘에 맹세했다. '언젠가는 내가 이 사찰 앞에 있는 작약을 모조리 다 뽑아버리고 똥간으로 만들어버리고야 말 테다!' 사찰 안에서 중들이 쫓아나오자,

그제야 걸음아 날 살려라 줄행랑을 쳤다.

여러 해 전에 있었던 일이라 벌써 잊고 있었는데, 양주로 돌아와 새로운 행원을 찾을 생각을 하다가 문득 선지사가 떠오른 것이다. 그는 곧 회양도를 책임지고 있는 도대道臺를 불러 자신의 뜻을 전했다. 선지사로 가서 화풀이를 하려는 속셈도 없지 않았다.

도대는 일단 속으로 궁리를 해보았다.

'선지사는 천년고찰로 불문성지인데 흠차대신 일행이 입주하면 주연도 벌일 테고, 곧 엉망진창이 될 거야.'

그는 넌지시 말했다.

"대인, 선지사의 경관이 빼어난 건 사실입니다. 대인은 역시 식견이 넓군요. 감탄했습니다. 하오나 사찰에서 음주가무에 연회를 하게 되면 여러모로 불편할 겁니다."

위소보가 생뚱맞게 말했다.

"뭐가 불편하다는 거요? 절에 있는 불상과 보살을 다 옮겨버리면 되잖아요?"

도대는 불상을 옮긴다는 말에 기겁을 했다. 만약 그랬다가는 양주 백성들의 원성을 사게 될 텐데, 그 공분公憤을 무슨 수로 무마할 수 있단 말인가? 그는 곧 멋쩍게 웃으며 말했다.

"대인, 양주의 여인이 아름답다는 것은 천하가 다 아는 사실입니다. 대인은 양주까지 오시느라 노고가 많았을 테니 회포도 풀 겸 저희들이 알아서 정성껏 모시겠습니다. 이미 가무에 능한 미인들을 뽑아놨으니 대인께서 감상해주십시오. 화상들이 사는 절은 침상이나 걸상이 다 딱딱해 편하지 않을 겁니다."

위소보가 생각해보니 일리가 있는 말이었다. 그래서 웃으며 물었다.

"그럼 행원을 어디로 정하는 게 좋겠소?"

도대가 대답했다.

"양주 염상鹽商 중에 하何가가 있는데 그의 집을 하원何園이라 합니다. 양주 제일명원第一名園이라고도 하죠. 그는 대인을 모시고 싶어서 벌써 만반의 준비를 갖춰놨습니다. 단지 지위가 너무 낮아서 차마 말씀을 드리지 못했을 뿐인데, 대인께서 괜찮다면 그곳으로 옮겨가는 것이 어떻겠습니까?"

그 하씨 성을 가진 염상은 억만장자로, 위소보는 어릴 적에 그 집의 높은 담장 밖을 자주 지나다니곤 했다. 담장 안에서는 가끔 풍악 소리가 은은히 새어나와 얼마나 부러웠는지 모른다. 그러나 그때는 들어가볼 재간이 없었다. 지금 도대의 말을 듣자 바로 응했다.

"좋아요, 그리 가서 며칠 묵도록 하죠. 만약 마음에 안 들면 다른 곳으로 옮기면 되니까요. 양주에는 염상들이 많으니 번갈아가며 가서 먹어도 아마 평생 다 먹지 못할 겁니다."

하원은 역시 번쩍번쩍 으리으리했다. 자연풍광이 매우 아름답고 누각들이 즐비하게 이어져 있으며, 모든 시설물이 조화롭게 배치돼 아름다움의 극치를 이뤘다. 이 집을 꾸미기 위해 많은 황금보화가 들어갔다는 것을 첫눈에 알 수 있었다.

위소보는 칭찬을 아끼지 않으며 친위병들을 다 집 안에 입주시켰다. 그리고 장용 등 장수 네 명과 관병들은 인근 관사와 민가에 묵도록 조치했다.

당시 양주는 천하에서 가장 번화한 고장으로 알려져 있었다. 물론 당나라 때부터 '십리주렴十里珠簾, 이십사교풍월二十四橋風月'이란 말이 있었다. 주렴을 주렁주렁 걸어놓은 주루와 기루가 10리 밖까지 이어지고, 스물네 개의 구름다리가 있는 아름다운 풍광을 자랑하는 고장이었다. 청나라 초에 이르러서는 대운하의 수로 요충지이면서 돈과 직결되는 소금의 집산지로서 더욱 번성했다.

명나라의 역사 기록에 의하면, 양주부에는 남정男丁(16세 이상의 남자)이 375,000여 명 있었다고 한다. 그런데 명말청초에 양주는 청병들의 대살육을 겪어, 순치 3년에는 남정이 9,320명밖에 남지 않았다. 강희 6년에 와서야 남정이 다시 397,900여 명으로 늘어났다. 원기를 완전히 회복했을 뿐 아니라 지난날에 누렸던 영화를 능가했다.

다음 날 아침, 양주성의 대소 관원들이 줄지어 흠차대신을 참견參見하러 왔다. 위소보는 그들을 접견한 후에 성지를 선독했다. 그는 강희가 적어준 글을 알아보지 못하기 때문에 사야師爺를 불러 한 자 한 자 다 외웠다. 그나마 기억력이 좋아 잘못 읽은 데가 없어서 다행이었다. 허겁지겁 성지를 꺼내는 바람에 거꾸로 들었는데, 아무도 그것을 알아차리지 못했다.

관원들은 황제가 3년간 양주부 각 현의 세금을 면제하고, 개국 당시 병란으로 인해 고아와 과부가 된 사람들에게 위로금을 지급하고, 사가법 등 충렬들을 기리는 사당을 짓겠다고 약속한 칙령에, 모두 소리 높여 만세를 외치며 가없는 황은에 거듭 감사를 올렸다.

위소보는 성지를 다 선독하고 나서 진지하게 말했다.

"여러분, 제가 경성을 떠날 때 황상께옵서 따로 분부를 내린 바가 있습니다. 강소성은 본디 풍요의 고장인데, 근자에 관치官治가 해이해지고 병비兵備도 정돈이 잘 안 된 듯하니 저더러 잘 좀 살펴보라고 했습니다. 주지하다시피 황상께서는 백성들을 위하는 마음이 지대한 만큼 우리 관리들도 진력하여 황은에 보답해야 마땅할 겁니다."

문무백관들은 일제히 고개를 끄덕이며 옳은 말씀, 지당한 말씀이라고 소리를 높였다. 그러면서도 속으론 은근히 걱정이 됐다.

사실 위소보가 방금 한 말은 색액도가 가르쳐준 것이었다. 뇌물을 많이 받아내려면 두 가지 원칙을 지켜야 한다. 우선 상대방에게 티가 나지 않게 요구해야 하며, 두 번째로는 상대방에게 은근히 겁을 줘야만 한다. 그러니 강소성 관원들에게 슬쩍 압력을 가하는 것은 어쩔 수 없는 일이었다. 물론 그런 말이 노골적이어서는 안 되고 너무 무겁거나 가볍게 말해서도 안 된다. 문구 선택도 좀 품위 있고 유식해 보이면서 적절한 수위를 유지해야 한다. 그렇게 하려면 색액도의 가르침을 받을 수밖에 없었다.

관에서 추진하는 일은 일사천리로 진행되었다. 당연히 지방 관원들은 충렬사를 지을 땅을 물색하고, 원조를 받을 사람들의 명단을 작성하기 시작했으며, 3년간 면세를 하겠다는 칙령을 널리 알리는 데 힘썼다. 그런 일들이 물론 하루이틀 사이에 이뤄지는 것은 아니었다.

위소보는 그동안 금방석 같은 양주에서 마음껏 호강을 누렸다. 날마다 총독을 비롯해 순무 등이 주연을 베풀고 포정사와 안찰사 등도 서로 앞다퉈 위소보를 모시려고 난리였다. 산해진미와 온갖 사치를 다 누리는 것은 당연한 일이었다.

위소보는 여춘원에 들러 어머니를 만나보고 싶은 생각이 굴뚝같았으나 연이은 초대에 응하느라 좀처럼 짬이 나지 않았다. 흠차대신의 생모가 양주에서 기녀로 있다는 사실을 절대 누설해서는 안 되었다. 창피한 것은 둘째 치고, 조정의 체통을 무너뜨리면 안 되기 때문이다. 더군다나 위소보는 경성에서 높은 벼슬에 오른 지 오래인데, 어머니를 모셔다 호강시켜드리지 않고 계속 모진 풍파 속에 방치했다는 사실이 알려지면, 그건 여지없이 크나큰 불효로 손가락질을 받을 일이었다. 만약 어사御使가 그 사실을 위에다 상서하면, 아마 황제도 그를 감싸주지 못할 것이었다.

위소보는 일단 기다리기로 했다. 적당한 시기에 변장을 하고 여춘원에 가본 다음, 친위병을 시켜 어머니를 경성으로 모셔갈 생각이었다. 물론 귀신도 모르게 은밀히 진행해야 할 일이었다.

위소보는 전에는 걸핏하면 돈을 챙겨 도망칠 궁리만 했다. 분위기가 심상치 않고 상황이 자기한테 불리하게 돌아가면 바로 삼십육계 줄행랑을 칠 준비를 해온 게 사실이다. 그런데 지금은 생각이 달라졌다. 벼슬이 올라갈수록 더 의기양양해져서 이젠 어머니까지 경성으로 모셔갈 생각을 하니, 이미 쟁취한 벼슬을 계속 이어가야 할 것 같았다.

며칠 후 어느 날, 양주 지부 오지영吳之榮이 흠차대신을 위해 주연을 마련하기로 했다. 오지영은 회양도 도대에게 흠차대신이 선지사에 행원을 차릴 의사를 비쳤다는 말을 전해들었다. 선지사의 볼거리는 작약꽃밭밖에 없는데, 흠차대신은 아마 꽃을 좋아하나 보다 하고 생각했다. 그래서 며칠 전부터 작약꽃밭에다 꽃천막을 설치했다. 솜씨 좋은 장인들을 시켜 소나무들을 그대로 옮겨와 천막 주위에 심게 하고, 천막 안에 탁자와 의자도 천연 나무와 돌로 배치했다. 그리고 온갖 화초를 곳곳에 옮겨심고, 대나무를 이용해 물을 끌어다 천막 주위에 물이 졸졸 흐르게 만들었다. 그야말로 지극정성을 들였다. 이렇게 확 트인 장소에서 주연을 베풀면 여느 갑부의 호화주택 대청에서 술을 마시는 것보다 더 흥취가 날 터였다.

그런데 위소보는 워낙 속물이라 고상한 것과는 거리가 멀었다. 그는 꽃천막에 오자마자 물었다.

"이게 무슨 천막이오? 아, 그렇군. 중들이 불사를 하기 위해 이렇게 요상하게 꾸며놓았군. 이게 다 시줏돈을 뜯어내려는 속셈일 거요."

오지영은 위소보의 환심을 사려고 이 꽃천막을 꾸미느라 무던히도 애를 썼는데 아무 소용이 없게 되자 머쓱해졌다. 그는 흠차대신이 일부러 비꼬는 줄 알고 덩달아 어색하게 웃으며 말했다.

"대인의 마음에 들게끔 꾸몄어야 하는데, 비직은 워낙 견식이 미천해서… 죄송합니다."

위소보는 많은 손님들이 공손하게 서서 기다리는 것을 보고, 가볍게 인사를 하며 자리에 앉았다. 양강총독은 며칠 동안 위소보를 모시고 나서 이미 근무지인 강녕으로 돌아갔다. 강소성의 순무와 포정사 등은 근무지가 가까운 소주라 아직 양주에 남아 있었는데, 그들도 이번 연회에 참석했다. 나머지 사람들은 지방 유지들 아니면 부를 제법 축적한 염상들이었다.

양주의 연회는 매우 풍성했다. 술을 마시기 전에 올라오는 다식만 하더라도 수십 종류나 되었다. 위소보는 비록 양주 출신이지만 먹어보지 못한 게 많았다.

다식을 먹는 사이에 해가 뉘엿뉘엿 서산으로 기울었다. 낙조가 꽃천막 안에 심겨진 화초와 천막 밖 작약꽃밭을 더욱 눈부시도록 아름다운 노을빛으로 물들였다. 위소보는 찬란한 작약꽃밭을 보자 괜히 심술이 났다. 지난날 중들에게 얻어맞았던 기억이 다시 살아난 것이다. 당장이라도 작약을 모조리 뽑아서 불태워버려야 속이 후련할 것 같았다. 그러자면 뭔가 구실 삼아 트집을 잡아야만 했다.

그걸 한창 궁리하는 중인데 순무 마우가 웃으며 말했다.

"위 대인, 대인의 말투를 들어보니 회양 일대에서 살아보신 것 같아요. 회양은 산수가 좋아서 인재도 많이 배출되고 꽃도 아주 아름답습니다."

관원들은 다들 그가 정황기 도통이니 만주 사람일 거라고 생각했다. 그런데 마우는 며칠 동안 그와 함께 있으면서 이야기를 나누다 보니 양주 말투가 섞여 있는 것 같아 슬쩍 따리를 붙여본 것이다.

위소보는 선지사 승려들을 혼내줄 생각에 골똘하고 있던 차에 그 말을 듣자 바로 되받아쳤다.

"다 좋은데 화상은 나빠요!"

그의 속내를 알지 못하는 마우는 얼토당토않은 말에 멍해질 수밖에 없었다. 포정사 모천안慕天顔은 학문이 깊고 눈치가 빠른 사람이었다. 그가 바로 위소보의 말을 받았다.

"네, 위 대인의 말이 옳습니다. 양주의 화상들은 시류에 편승해 자고로 관아에는 아첨을 일삼고, 가난한 백성을 업신여기는 걸로 정평이 나 있습니다."

위소보는 기분이 좋아 깔깔 웃으며 말했다.

"맞아요. 모 대인은 역시 책을 많이 읽고 학문이 뛰어나 모르는 게 없군요."

모천안이 바로 말했다.

"당 왕조 때 왕파王播의 벽사롱碧紗籠 고사가 바로 양주에서 있었던 일 아닙니까?"

위소보는 옛날이야기를 워낙 좋아했다. 그래서 얼른 물었다.

"그 '왕파 벽사롱'이 무슨 고사죠?"

모천안이 이야기를 시작했다.

"그 이야기는 양주 석탑사石塔寺에서 시작됩니다. 당나라 건원乾元 연간에 석탑사를 목란원木蘭院이라 했습니다. 시인 왕파는 젊었을 때 집이 가난해서…."

위소보는 속으로 아차 했다.

'난 또 무슨 파인가 했더니, 그 왕파는 사람 이름이었군.'

모천안의 이야기가 이어졌다.

"목란원에 기거했습니다. 절의 화상들은 종을 쳐서 밥 먹는 시간을 알렸고, 왕파도 종소리를 들으면 식당으로 달려가 밥을 먹었지요. 한데 화상들은 그를 좋아하지 않아, 한번은 밥을 다 먹고 나서야 종을 쳤습니다. 왕파가 종소리를 듣고 식당으로 달려갔을 때는 중들이 밥을 다 먹고 떠난 후라 밥이고 반찬이고 남은 게 없었어요…."

위소보는 냅다 탁자를 탁 내리쳤다. 그리고 화를 내며 소리쳤다.

"이런 빌어먹을, 고약한 중들이군!"

모천안이 그의 말을 받았다.

"그러게 말입니다. 밥 한 끼 먹는 게 얼마나 되겠습니까? 당시 왕파는 그 수모를 당한 후 벽에다 시를 한 수 남겼습니다. '식당에 가보니 다들 뿔뿔이 가버렸고上堂已了各東西, 식후에 종을 친 도려가 야속하구나慚愧闍黎飯後鐘.'"

위소보가 물었다.

"그 도려闍黎가 어떤 녀석입니까?"

관원들은 그동안 위소보와 함께 어울리면서 이 흠차대신이 학식을 쌓은 선비가 아니라는 것을 알았다. 당시 팔기의 후손들은 학식을 바탕으로 출세하고 부귀를 누린 게 아니므로 별로 이상하게 생각하지 않았다. 모천안이 대답했다.

"도려는 바로 화상입니다."

위소보는 고개를 끄덕였다.

"이제 보니 땡추였군. 그래서 어떻게 됐죠?"

모천안이 다시 말을 이었다.

"나중에 왕파는 큰 벼슬에 올랐고 조정에선 그를 양주 지부로 보냈습니다. 그래서 그는 다시 목란원에 들렀지요. 화상들은 당연히 그를 깍듯이 맞이했습니다. 왕파는 지난날 자기가 쓴 시가 아직도 남아 있는지 가서 확인해봤더니, 그 자리에 아주 값나가는 벽사碧紗, 그러니까 짙은 푸른색 비단을 붙여놓았더랍니다. 그의 글을 손상시키지 않고 그대로 보존하려는 조치였죠. 왕파는 감격해서 그 뒤에다 다시 '30년 전에 흙먼지 투성이三十年前塵土面, 오늘에서야 벽사에 가려짐을 얻누나如今始得碧紗籠'라는 두 구절을 적어놓았습니다."

위소보가 말했다.

"그는 틀림없이 중들을 끌어다가 호되게 곤장질을 했겠군요?"

모천안이 대답했다.

"왕파는 점잖은 신비라서 그저 시로 그들을 풍자하는 것으로 끝냈습니다."

위소보는 속으로 생각했다.

'만약 나였다면 그렇게 쉽게 끝낼 리가 있겠어? 어쨌든 나는 시를 짓는 데는 재주가 없어. 똥을 싸라면 몰라도!'

왕파는 나중에 당 왕조에서 재상에까지 오른다. 그는 잘 알려진 탐관이라, 그 점에 있어서는 위소보와 닮은 데가 있었다고 할 수 있다.

위소보는 옛날이야기를 듣다가 차를 치우라고 하고 술을 청했다. 그리고 주위를 두리번거려보니 옆 좌석에서 왕진보가 연신 목을 꺾으며 술을 맛나게 들이켰다. 순간 뇌리에 스치는 생각이 있었다.

"왕 장군, 전마戰馬가 작약을 먹으면 아주 건장해진다고 했는데, 그 말이 사실이오?"

말을 하면서 눈짓을 보냈지만, 왕진보는 그의 속내를 몰라 제대로 대답을 하지 못했다.

"그건… 저…."

위소보가 얼른 다시 말했다.

"황상께서 좋은 말을 많이 구하라고 했잖아요. 그 무슨 몽골 말, 서역 말, 천마, 전마… 황상께서 잘 키우라고 하시지 않았소?"

강희가 좋은 말을 구하라고 지시한 것을 왕진보도 알고 있었다. 그래서 고개를 끄덕였다.

"네, 대인의 말이 맞습니다."

위소보가 말했다.

"왕 장군은 말에 대해 잘 아니까… 북경에 있을 때 전마에게 작약을 먹이면 달리는 속도가 배나 빨라진다고 했잖아요. 황상께서 그렇듯 말을 아끼시니 우린 신하로서 그 뜻에 부응하는 게 당연하죠. 그러니 이곳에 있는 작약을 몽땅 뽑아서 경성으로 가져다가 병부 차가사에 줘서 말을 먹이게 한다면, 황상께선 틀림없이 용안대열龍顔大悅, 크게 기뻐하실 겁니다.”

그의 말에 주위 사람들은 모두 표정이 이상하게 변했다. 작약이 말을 건장하게 만든다는 얘기는 자고로 들어본 적이 없었다. 왕진보의 표정을 살펴보니 역시 석연치 않은 것 같았다. 그렇다고 어느 누구 하나 나서서 위소보의 말을 반박할 수는 없었다. 말끝마다 황상을 들먹이는데, 누가 감히 나서서 이의를 제기할 수 있겠는가?

자칫 잘못하다가는 선지사에 있는 수천 그루의 작약이 작살날 판이었다. 그럼 양주의 명물이 하나 없어지는 것이다. 이 ‘위 대인’께서 무슨 연유로 이렇듯 작약을 증오하는지 영문을 알 수 없어 서로 마주 보며 아무 말도 하지 못했다.

양주 지부 오지영이 나섰다.

“위 대인은 정말 견식이 광범위하시군요. 존경해 마지않습니다. 작약의 뿌리는 적작赤芍이라 하며 《본초강목本草綱目》에도 적혀 있듯이, 어혈瘀血을 없애고 활혈活血을 하는 데 탁월한 효능이 있습니다. 활혈이 잘돼 혈맥에 막힘이 없으면 말이 당연히 잘 달리겠죠. 대인이 경성으로 돌아갈 때 제가 사람들을 시켜 이곳의 작약을 다 캐서 드릴 테니 가져가십시오.”

그 말에 관원들은 다 속으로 욕을 했다.

‘이 후안무치한 오지영 놈! 상관에게 아첨하기 위해 양주의 명물 미경美景을 없애겠다는 거냐?’

위소보는 손뼉을 치며 좋아했다.

"오 대인은 역시 황상의 뜻을 헤아려 일을 처리함에 막힘이 없군요. 좋습니다, 좋아요!"

오지영은 무한한 영광으로 느끼며 몸을 숙였다.

"과찬이옵니다."

그러자 포정사 모천안이 밖으로 나가 작약꽃밭에서 사발만 한 작약 한 송이를 꺾어가지고 돌아와서 두 손으로 위소보에게 바쳤다.

"대인, 그 꽃을 모자에 꽂아보십시오. 비직이 들려드릴 고사가 있습니다."

위소보는 또 옛날이야기를 해준다는 말에 '얼씨구나' 하며 작약꽃을 받았다. 꽃잎은 심홍색이고 꽃술 한가운데 노란 줄무늬가 있어 아주 화사했다. 그는 모천안이 시키는 대로 그 꽃을 모자에 꽂았다. 그러자 모천안이 말했다.

"대인께 경하드립니다. 그 작약은 또한 '금대위金帶圍'라는 이름이 있습니다. 아주 보기 드문 희귀한 품종이지요. 옛날 책에도 기록이 돼 있는데, 그 금대위를 머리에 두르는 사람은 재상이 될 수 있다고 했습니다."

위소보가 웃으며 그의 말을 받았다.

"설마 정말로 그렇게 되려고요?"

모천안이 다시 말했다.

"그 고사는 북송 연간에 생겨난 겁니다. 당시 한위공韓魏公 한기韓琦가 양주를 다스리고 있었습니다. 그때도 이곳 선지사에는 작약이 많았는데 그중 한 그루에 커다란 꽃이 네 송이 핀 것을 보았다고 합니다.

꽃잎은 심홍색이고 꽃술 한가운데 노란 줄무늬가 있었다고 하니, 바로 그 금대위입니다. 전에는 본 적이 없던 진귀한 것이라, 아랫사람이 그 사실을 한기에게 알렸습니다. 한위공은 직접 선지사로 와서 그 꽃을 보고 매우 좋아했습니다. 그리고 꽃이 네 송이라 세 사람을 더 불러 함께 감상하기로 했지요."

위소보가 모자에 꽂힌 꽃을 뽑아서 보니 홍색과 황색이 서로 어우러져 눈이 부시도록 찬연했다. 역시 전에 본 적이 없는 귀한 꽃이었다.

모천안이 말을 이었다.

"당시 양주에 아주 유명한 두 사람이 있었습니다. 한 명은 왕규王珪고, 또 한 명은 왕안석王安石인데, 모두 학식과 견식이 뛰어난 분들이었죠. 한위공은 꽃은 네 송이인데 세 사람밖에 없어 아쉬워하면서 한 사람을 더 청하려 했는데, 명망에 어울리는 사람이 선뜻 떠오르지 않았습니다. 그래서 고민하고 있는데 마침 한 사람이 찾아왔습니다. 그도 역시 유명한 명사로 진승지陳升之였습니다. 한위공은 몹시 기뻐하며 작약꽃밭에서 주연을 베풀었고, 그 네 송이의 금대위를 꺾어 각자 머리에 한 송이씩 꽂게 했습니다. 그 고사가 '사상잠화연四相簪花宴'입니다. 나중에 그 네 사람은 모두 재상이 되었죠."

위소보가 웃으며 말했다.

"정말 재미있네요. 그 네 사람은 모두 학식이 뛰어나 시문詩文을 잘 지었을 텐데 저는 도저히 따라갈 수가 없습니다."

모천안이 말했다.

"그렇지 않습니다. 북송 연간에는 학식이 뛰어난 사람이 재상이 됐지만 우리 대청은 말 위에서 천하를 얻었습니다. 황상께서 가장 높이 평가하는 인물은 용기와 지혜를 갖춘 영웅호한이지요."

위소보는 '용기와 지혜를 갖춘 영웅호한'이라는 말에 기분이 좋아져 연신 고개를 끄덕였다.

모천안이 다시 말했다.

"한위공이 위국공魏國公에 봉해진 것은 물론이고 왕안석은 형국공荊國公, 왕규는 기국공岐國公, 그리고 진승지는 수국공秀國公에 봉해졌습니다. 네 명의 명신名臣은 비단 재상이 됐을 뿐 아니라 또한 국공에 봉해진 겁니다. 모두 부귀영화와 장수를 누렸지요. 위 대인은 젊은 나이에 이미 백작에 봉해졌으니 조금만 있으면 후작이 될 터이고, 다시 승진하면 공작이 될 겁니다. 군왕, 친왕에 봉해질 날도 머지않았겠지요."

위소보는 기분이 좋아서 하하 웃었다.

"모 대인의 금구 덕분에 여기 계신 모든 분이 승진하고 영화를 누렸으면 좋겠습니다."

모든 관원들이 자리에서 일어나 술잔을 높이 들었다.

"위 대인의 가관진작, 공후만대公侯萬代를 기원합니다!"

위소보도 자리에서 일어나 다 함께 건배를 했다. 그리고 속으로 생각했다.

'이 사람은 학문도 있고 말솜씨도 뛰어난 데다 고사를 많이 아니까 맘에 쏙 들어. 북경으로 데려가서 가끔 옛날이야기를 들으면 설화 선생보다도 나을 거야. 그리고 아마 알랑방귀는 타고난 것 같아. 이름도 하늘을 흠모한다는 뜻의 모천안이잖아. 하늘이 누구야? 바로 황제잖아. 아, 안 되겠다! 잘못하다가는 내가 황상한테 받고 있는 총애도 빼앗길지 몰라!'

모천안이 또 말했다.

"한위공은 나중에 군사를 이끌고 서강西疆을 지켰습니다. 서하西夏 사람들은 그만 보면 벌벌 떨어, 감히 변경을 침범할 엄두를 내지 못했습니다. 서하 사람들이 송나라 대신들 중에서 가장 겁내는 두 사람이 있었는데, 한 사람이 바로 한위공이고 또 한 사람은 범문공范文公 범중엄范仲淹이었습니다. 그래서 당시 항간에는 두 마디가 나돌았지요."

군중에 한위공 한 사람만 있으면 서하 오랑캐는 간담이 서늘해진다.
軍中有一韓, 西賊聞之心膽寒.

군중에 범중엄 한 사람만 있으면 서하 오랑캐는 놀라 간담이 찢어진다.
軍中有一范, 西賊聞之驚破膽.

모천안이 다시 말을 이었다.

"만약 위 대인이 군사를 이끌고 서강을 지킨다면 항간에 아마 이런 말이 떠돌 겁니다."

군중에 위소보 한 사람 있으니, 서쪽 오랑캐가 보면 얼른 무릎을 꿇는다.
軍中有一韋, 西賊見之忙下跪.

위소보는 입이 귀에 걸렸다.

"그 '서적西賊'이란 말은 아주 묘하네요. 평서왕 그 서…."

그는 얼른 생각을 달리했다.

'오삼계는 아직 출병해서 모반을 실행하지 않았으니 공개적으로 '서적'이라고 욕할 순 없지.'

그래서 바꿔 말했다.

"평서왕이 그 서강을 지키고 있는데 아무 일도 없어요. 그것도 그의 공로죠."

오지영이 웃으며 나섰다.

"평서왕은 지혜와 용기를 겸비했고 공이 지대해 친왕에 봉해졌으며 세자는 부마가 됐습니다. 나중에 위 대인도 대귀대복大貴大福, 만수무강 하시면 평서왕처럼 될 겁니다."

그 말에 위소보는 속으로 욕을 했다.

'네 어미 뿡이다! 어떻게 날 오삼계 같은 매국노랑 비교를 하냐? 그 늙은 거북이놈은 머지않아 모가지가 달아나 꼴까닥할 텐데, 나더러 그 놈처럼 되라고? 이런 제기랄!'

모천안은 늘 야욕을 품고 조정의 동태를 유심히 살펴왔다. 최근에 황제가 번왕을 폐지하겠다는 칙령을 내린 것도 알고 있었다. 오삼계는 곧 나락으로 곤두박질칠 게 불을 보듯 뻔했다. 그리고 지금 위소보의 안색이 약간 변하는 것까지 놓치지 않고 간파했다. 그가 보기에는 모든 상황이 확연했다. 그래서 얼른 나섰다.

"위 대인은 황상께서 직접 이끌어주는 대신으로 성상의 최측근이자 국정의 초석이며 이 나라의 동량입니다. 평서왕은 비록 관작이 높지만 위 대인하고는 비교가 되지 않습니다. 오 지부의 비유는 아무래도 좀 적절하지 않은 것 같습니다. 위 대인의 선조는 당 왕조 때 충무왕忠武王 위고韋皐입니다. 당시 토번吐藩을 징벌해 48만 대군을 격파해서 서강에 위명을 떨쳤지요. 그리고 당시 주차朱泚가 모반을 꾀하면서 충무왕 위고더러 함께 출병을 하자고 제의했는데, 오로지 조정에 충성해온 충무왕이 그런 대역무도한 짓을 할 리가 있겠습니까? 바로 역도를 처단하고, 또한 조정을 도와 역적들을 토벌해 큰 공을 세웠습니다. 위 대인은 용모가 당당하고 복기福氣가 가득하니 틀림없이 충무왕이 내려주신 복택福澤이라 생각됩니다."

위소보는 미소를 지으며 고개를 끄덕였다. 사실 그는 자신의 진짜 성이 무엇인지도 잘 모른다. 그저 어머니가 위춘방韋春芳이라 그 성을 따랐을 뿐이다. 그런데 위씨 집안에 그렇게 위대한 선조가 있을 줄이야, 전혀 몰랐다. 그러니 포정사 모천안이 자기 조상을 찬양하는 것을 듣고 기분이 좋을 수밖에 없었다. 게다가 모천안의 말투를 들어보면 오삼계가 모반을 꾀하고 있다는 것도 어렴풋이 예측하고 있는 것 같았다. 역시 재지才智를 갖춘 사람이라고 짐작했다.

오지영은 모천안이 대놓고 무안을 주자 내심 화가 났지만 공공연히 상사한테 반박할 수 없었다. 그래서 한마디 툭 던졌다.

"듣자니 위 대인은 정황기 사람이라던데요?"

아무렇지 않게 묻는 것 같았으나 언중유골, 다른 뜻이 담겨 있었다.

'넌 만주 사람인데, 당나라 때 위고하고 무슨 상관이 있다는 거야?'

모천안이 바로 그의 말을 받았다.

"오 지부는 하나만 알고 둘은 모르는군요. 황상께서 즉위한 이래 천하 만민을 일시동인一視同仁, 똑같이 대하고, 만한일가滿漢一家, 만주 사람과 한인은 한 식구라고 하셨는데, 어찌 차별을 두려고 하는 거요?"

그의 말은 좀 억지스러운 면이 없지 않았지만 오지영은 감히 더 이상 반박할 수 없었다. 함부로 더 입을 놀렸다가는 흠차대신의 기분을 상하게 할 뿐 아니라, 황상의 대민정책에도 위배될 수 있기 때문이었다. 그는 연신 고개를 끄덕이며 그냥 비위를 맞췄다.

모천안이 다시 말했다.

"평서왕은 우리 양주부 고우高郵 사람인데, 오 지부는 평서왕과 한 집안입니까?"

오지영은 양주 고우 사람이 아니다. 그러니 오삼계와는 한집안도 아니고 혈연적으로 아무런 관계가 없다. 그러나 당시는 오삼계의 권세가 하늘을 찌를 때라, 조금이라도 세도에 빌붙기 위해 오삼계와 같은 오씨임을 자랑으로 여겼다.

"족보로 따지면 비직은 평서왕보다 한 배분 아래입니다. 왕야가 저의 숙부뻘이 되는 셈이죠."

모천안은 고개를 끄덕이더니 더 이상 그를 상대하지 않고 위소보에게 말했다.

"위 대인, 그 금대위 작약은 비록 송 왕조 때처럼 희귀하지는 않지만 지금처럼 이렇게 만개한 것은 역시 보기 드뭅니다. 오늘 위 대인을 맞이해 이렇듯 만개한 것도 결코 우연만은 아닐 겁니다. 틀림없이 하늘의 뜻이라 생각합니다. 그래서 한 가지 소청이 있는데, 대인께서 들어주셨으면 합니다."

위소보가 점잖게 말했다.

"뭔지 몰라도 가르침을 주십시오."

모천안이 그의 말을 받았다.

"가르침이라뇨? 당치 않습니다. 그 작약의 뿌리는 약재상에 가면 얼마든지 있습니다. 대인께서 말 사료로 쓰시겠다면 약재상에서 이미 제련製煉한 것을 이용하면 더욱 효과가 있을 겁니다. 비직이 사람을 시켜 대량으로 구입해 경성으로 옮겨가도록 조치하겠습니다. 그러니 이곳에 있는 작약은 나중에 대인께서 대성할 희보喜報를 기다릴 수 있게끔 남겨두시는 게 어떻겠습니까? 훗날 위 대인께서 역적을 토벌하고 왕에 봉해진다면 지난날 한위공처럼 다시 이곳을 찾아와 꽃을 감상하십시오. 그때도 금대위는 활짝 피어 귀인의 방문을 환영할 겁니다. 그럼 얼마나 뜻 깊고 보람 있는 일이겠습니까? 제 생각에 그 상황은 어쩌면 창극으로도 만들어질 것 같습니다."

위소보는 신이 났다.

"제 얘기가 창극으로 만들어진다고요?"

모천안이 말했다.

"그럼요! 당연히 아주 영준하게 생긴 젊은이가 위 대인 역을 맡아야겠죠. 그리고 흰 수염, 검은 수염, 얼굴에 분칠을 한 광대 등 오늘 여기 모인 관원들의 역할도 있겠죠."

그 말에 주위 사람들이 모두 하하 웃었다.

위소보도 웃으며 말했다.

"그럼 그 창극을 뭐라고 하죠?"

모천안은 순무 마우에게 고개를 돌렸다.

"그 창극의 제목을 순무 대인에게 부탁을 드려볼까요."

그는 순무가 줄곧 아무 말도 없이 조용히 앉아 있기에 일부러 끌어들인 것이다. 마우가 웃으며 말했다.

"위 대인이 나중에 왕에 봉해진다면 그 창극은 〈위왕잠화韋王簪花〉라

하는 게 어떻겠습니까?"

관원들은 모두 박수를 치며 찬동했다.

위소보는 그야말로 입이 귀에 걸릴 만큼 기분이 좋았다. 선지사에 더 이상 앙갚음을 하지 않기로 마음먹으면서 속으로 생각했다.

'난 재상은 할 수 없을 거고, 나중에 평서왕을 대파해 정말 왕야가 된다면 다시 이곳에 와서 지난 일을 회상할 수는 있겠지. 한데 작약을 몽땅 다 뽑아버리면 재수가 옴 붙을 수도 있어.'

그는 꽃천막 밖을 바라보았다. 모천안이 말한 그 '금대위'가 어림잡아도 수백 송이는 됐다.

'빌어먹을, 저기 저 많은 재상 꽃이 있으니, 너희들은 다 재상이 되겠다는 거냐? 순무와 도대는 그런대로 가망이 좀 있겠지만, 오지영 녀석은 어느 모로 보나 글렀어. 재상은 고사하고, 나중에 창극으로 만들어지면 광대나 시켜야겠군.'

포정사 모천안이 장황하게 많은 이야기를 늘어놓은 것은 다름 아닌 선지사의 아름다운 작약을 지키는 데 주목적이 있었다. 위소보도 결국 그의 의도를 알게 되었다. 관변에서 잘 버텨낼 수 있으려면 서로 아웅다웅하지 말고 배려를 하는 것이 아주 중요하다. 그것을 가리켜 화화교자인대인花花轎子人擡人이라 한다. '꽃가마는 사람이 사람을 멘다'는 뜻으로, 서로 상부상조해야 된다는 의미다. 네가 날 치켜세워주면, 나도 무조건 외골수가 돼서는 안 되고 한발 물러나야 한다. 양주 관원들의 체면도 고려해줘야 하니 더 이상 작약을 뽑아버리겠다는 이야기는 꺼내지 않았다.

위소보가 웃으며 말했다.

"나중에 우리 일이 어떤 창극으로 만들어질지는 두고 봐야 하고, 지금은 일단 맛깔나는 노래라도 들어봅시다."

관원들은 일제히 박수를 치며 함성을 질렀다. 오지영은 이미 준비를 해놓았기 때문에 바로 분부를 내렸다. 그러자 천막 밖에서 풍악 소리가 들리며 은은한 유향幽香이 바람결에 실려왔다. 위소보는 정신이 번쩍 났다.

'우아, 미인이 등장하겠군!'

아니나 다를까, 한 여인이 사뿐사뿐 꽃천막 안으로 걸어들어왔다. 그녀는 우선 위소보에게 몸을 숙여 정중히 인사를 하고 간드러진 목소리로 말했다.

"흠차 대인과 여러 어른들께 인사 올립니다. 소녀가 한 곡 모시겠사옵니다."

여인의 나이는 서른 안팎, 화려하게 차려입었는데 자색은 그저 평범했다. 악사가 피리를 불자 여인은 노래를 부르기 시작했다. 그녀가 부른 곡은 두목杜牧이 지은 양주에 관한 시 두 편이었다.

청산은 아련하고 물줄기 졸졸 흘러,
가을은 저물었건만 강남의 초목은 아직 시들지 않았네.
스물네 곳 다리에 달 밝은 밤,
고운 님 어디에서 피리를 불고 있나?
青山隱隱水迢迢, 秋盡江南草未凋.
二十四橋明月夜, 玉人何處敎吹簫?

넋이 나가 술을 싣고 강남 가네,

가느다란 허리[8] 가냘픈 몸매, 손바닥에 올려놓을 수 있을 만큼 가볍다.

꿈결 같은 양주에 빠져 10년 만에 깨어나보니,

얻은 것은 고작 청루의 탕아라는 이름뿐.

落魄江南載酒行, 楚腰纖細掌中輕.

十年一覺楊州夢, 贏得靑樓薄倖名.

피리 소리가 은은하게 울려퍼지는 가운데 노랫가락이 어우러져 아주 듣기가 좋았다. 그런데 위소보는 괜히 이 가희歌姬가 짜증나고 보기 싫었다.

그 여인에 이어 또 한 명의 가희가 들어왔다. 나이는 30대 중반으로 행동거지가 얌전하고 나름대로 품위가 있어 보였다. 게다가 노래솜씨가 아주 숙련돼 간드러지게 꺾는 대목에서도 부드럽게 잘 넘어갔다. 높낮이의 조화도 나무랄 데가 없었다. 그녀가 부른 노래는 진관秦觀의 〈망해조望海潮〉 중 한 구절이었다.

별은 우성牛星과 두성斗星으로 나뉘고,

땅은 회해淮海로 이어진다.

양주는 만정제봉萬井提封, 수향水鄕이로다.

꽃이 만발하여 가는 곳마다 그 향기 그윽하고,

꾀꼬리 울음에 잠에서 깨어나,

주렴이 걸린 거리 10리로 이어지니 훈풍이 분다.

영걸들의 준수한 모습, 준기俊氣가 무지개 같구나.

낙조의 황금물결 처마 위에 걸리고,

골목으로 들어서면 반기는 수양버들,

구름다리 이쪽저쪽

여인네들의 웃음소리 넘실대누나.

누가 들어도 열창이고 잘 부르는 노래였다. 그러나 위소보는 별로 흥이 나지 않아 입을 크게 벌리고 하품을 했다. 그런데 가희는 이 〈망해조〉를 아직 절반밖에 부르지 않았다.

오지영은 눈치가 빨랐다. 그는 흠차대신이 별로 흥이 나지 않는 것을 알고 손을 휘휘 흔들어 보였다. 가희는 그만 노래를 중단하고 절을 올린 후 물러갔다. 오지영이 간사하게 웃으며 말했다.

"위 대인, 방금 노래를 부른 두 사람은 모두 우리 양주에서 유명한 가희입니다. 둘 다 양주의 영화榮華에 대해 노래했는데, 대인께선 어떻게 들으셨습니까?"

위소보가 노래를 듣는 조건은 딱 세 가지였다. 일단 노래를 하는 여자가 젊고 아름다워야 한다. 두 번째로 경쾌하고 풍류가 넘치는 노래여야 한다. 그리고 세 번째는 가사에 음탕한 내용이 들어가야 한다. 지난날 진원원은 경국지색이었고, 노래를 하면서 그 내용을 세세히 설명해줬기 때문에 〈원원곡〉을 끝까지 들을 수 있었다. 그런데 지금 이 가희들은 자색이 평범한 데다 노랫말의 내용도 잘 이해하지 못해 짜증이 날 수밖에 없었다. 도중에 중단시키지 않고 그냥 하품을 한 것만도 다행이었다.

위소보는 오지영의 질문에 그냥 건성으로 대답했다.

"좋아요, 좋아! 한데 너무 고루하고 지루한 것 같아요. 그런 케케묵은 가락은 별로 흥이 나지 않네요."

오지영이 그의 비위를 맞췄다.

"아, 네! 네… 두목은 당나라 때 사람이고, 진관은 송나라 때 시인이니 너무 진부하고 낡았죠. 새로 나온 시가 있는데 요즘 신진 시인이 지은 겁니다. 시인의 이름은 사신행査愼行이라 하고, 이름이 알려진 지 얼마 되지 않았어요. 양주 농가 여인의 아름다운 모습을 묘사한 건데, 아주 신선합니다. 새로운 맛이 있어요."

그의 손짓에 따라 아랫사람이 곧 나가서 또 한 명의 가희를 데려왔다. 위소보는 그에게 가희가 너무 고루하고 지루하다고 했는데, 오지영은 노랫말을 지은 시인이 오래전 사람이라 너무 진부하고 낡았다고한 줄 알았다. 사실, 위소보는 그가 말한 그 무슨 두목이니 진관 같은 사람이 누군지 전혀 알지 못하고 관심도 없었다. 그가 알아들은 것은 '양주 농가 여인의 아름다운 모습을 묘사한 건데, 아주 신선하고 새로운 맛이 있다' 그 말밖에 없었다. 그래서 나름대로 생각했다.

'신선하고 새로운 맛이 나는 양주의 농가 계집이라면 한번 구경을 해봐야겠군.'

위소보가 잔뜩 기대를 하고 있는데, 새로운 가희가 꽃천막 안으로 들어왔다. 그녀를 안 봤다면 몰라도, 보는 순간 위소보는 화가 머리끝까지 치밀었다. 어찌나 화가 나는지 당장 눈을 까뒤집고 소리를 지를 판이었다.

새로 들어온 가희는 나이가 쉰 줄은 안 되더라도 마흔은 훨씬 넘어 보였다. 귀밑머리까지 희끗희끗했다. 게다가 이마에 주름이 진하게 파이고, 불룩한 눈은 가늘게 쫙 찢어졌으며, 까뒤집어진 입술은 무척 두 꺼웠다. 게다가 진원원처럼 비파를 안고 있는 그 가희를 보자 위소보 는 더욱 울화통이 터져 속으로 투덜댔다.

'네깟 것이 진원원을 흉내 내겠다는 것이냐?'

그녀는 곧 비파를 뜯기 시작했다. 옥구슬이 굴러가듯, 제비가 지저 귀듯 제법 듣기가 좋았다. 그리고 노랫가락이 이어졌다.

> 양주의 산봉우리 구름 위에 떠 있고,
> 일렁이며 흐르는 물줄기 푸르기만 하구나.
> 누각의 물 그림자 어른거리고
> 그윽한 꽃향기 바람결에 실려온다.
> 으리으리한 고대누각高臺樓閣
> 저 멀리 초가삼간 있다는 걸 누가 알리오.
> 엷은 화장의 그 여인,
> 청색 긴 치마 휘날리누나.

노랫가락이 청아하고 한 구절 한 구절 비파의 음률과 어우러져 때 로는 졸졸 흐르는 물인 양, 때로는 은방울이 굴러가는 것 같았다. 마지 막으로 '청색 긴 치마 휘날리누나'에 이르러 비파 소리는 들릴 듯 말 듯 주위를 맴돌았다. 관원들은 그 소리에 넋을 빼앗겨 눈을 감고 심취 해 있는 사람이 있는가 하면, 어떤 이는 천천히 고개를 까딱거리며 노 래에 빨려들어갔다. 비파 소리가 멎자 일제히 박수갈채를 보냈다.

모천안도 한마디 했다.

"좋은 시요. 노래도 좋고 비파 소리도 너무 듣기 좋았소. 엷은 화장에 청색 치마 휘날리니 그 어느 천향국색天香國色에도 못지않구려. 시구든 노래든 단아함과 자연을 담아야 일품이죠. 그야말로 최고의 솜씨입니다."

위소보는 흥 하고 코웃음을 날리며 뜬금없이 그 가희에게 물었다.

"혹시 〈십팔모+八摸〉를 부를 줄 압니까? 한 곡 듣고 싶은데…"

그 말에 관원들은 모두 아연실색했다. 그 나이 든 가희는 더더욱 안색이 크게 변해 갑자기 주르르 눈물을 흘리더니 두 손으로 얼굴을 감싼 채 밖으로 뛰쳐나갔다. 그 바람에 안고 있던 비파가 팍 하고 땅바닥에 떨어졌다. 가희는 그것을 주울 생각도 않고 도망치듯 뛰어갔다.

위소보는 깔깔 웃었다.

"부를 줄 모른다고 벌을 줄 것도 아닌데, 왜 그리 겁을 먹고 달아나는 거지?"

그 〈십팔모〉라는 노래는 저질스럽고 음란한 노래로 유명했다. '십팔모'에서 '모摸' 자는 만지고 더듬는다는 뜻으로, '십팔모'는 즉 몸의 열여덟 군데를 더듬는다는 의미다. 한 군데를 더듬을 때마다 그 표현이 아주 노골적이고 천박하기 이를 데 없다. 물론 이곳에 모여 있는 관원들도 다 그 노래를 들어보았다. 그러나 오늘은 흠차대신을 모시는 점잖은 자리다. 이런 성찬아좌盛饌雅座에서 어떻게 그따위 노래를 부를 수 있단 말인가? 그건 관방의 체통을 더럽히는 짓이었다.

그 나이 든 가희는 양주에서 꽤나 이름이 알려져 있었다. 노래를 잘 부를 뿐 아니라, 시서詩書에도 재주가 뛰어나 관원과 유지들이 선호했다. 양주의 돈 많은 염상 갑부들은 그녀를 청하고 싶어도 잘 응해주지 않았다. 그러니 위소보가 한 말은 그녀로선 크나큰 치욕이었다.

모천안이 얼른 나직이 말했다.

"위 대인, 그런 소곡小曲을 듣고 싶으시면 나중에 기회를 봐서 모시고 갈 테니 함께 즐겨봅시다."

하지만 위소보는 막무가내였다.

"그 〈십팔모〉도 부를 줄 모르다니, 정말 형편없는 기녀로구먼! 좋아요, 나중에 내가 모실게요. 명옥방鳴玉坊 골목 여춘원에 가면 그런 주물럭 소곡을 부를 줄 아는 기녀가 얼마든지 있어요."

이 말을 내뱉고 나서 그는 속으로 아차 했다.

'어떤 일이 있어도 여춘원에 데려갈 수는 없어. 다행히 양주에는 기루가 아주 많아. 구대명원九大名院, 구소명원 다 재미있으니 하나 골라 잡으면 돼.'

그는 술잔을 들어올리고 웃으며 말했다.

"자, 마셔요, 마셔!"

관원들은 그의 천박한 말투에 모두 멋쩍어서, 그냥 술을 마시며 못 들은 척했다. 그러나 일부 무장들은 안색이 환해졌다. 이 흠차대신이 자기네들과 의기투합, 마음이 잘 맞는다고 생각했다.

바로 이때 시중꾼 하나가 고개를 푹 숙인 채 천막 밖으로 나가는 게 보였다. 위소보는 그의 뒷모습이 왠지 낯익었다.

'어디서 본 듯한데… 누구지?'

그는 다시 돌아오지 않았기 때문에 위소보는 그만 잊고 말았다.

다시 술이 몇 순배 돌았다. 위소보는 이 문관들과 술을 마시는 게 무미건조하다고 느껴졌다. 진한 농담도 하지 않고 노름판도 벌이지 않으니 재미가 없었다. 속으로는 그저 그 〈십팔모〉만 생각했다.

'한 번 만지고 또 주무르면 누나의 살쩍머리….'

더는 견딜 수 없어 자리에서 일어났다.

"실컷 먹고 마셨으니 이제 작별을 고할까 합니다."

그는 오지영을 비롯해 순무, 포정사, 안찰사 등과 인사를 나누고 밖으로 나갔다. 관원들은 일제히 꽃천막 밖으로 나와 그를 구름다리가 있는 곳까지 전송해주었다.

행원으로 돌아온 위소보는 피곤해서 쉬어야 하니 누가 찾아와도 부르지 말라고 친위병들에게 분부하고 방으로 들어가 누추한 헌 옷으로 갈아입었다. 이 옷은 며칠 전에 쌍아를 시켜 저잣거리에서 사온 것이었다. 헌 옷이라고 해도 그런대로 입을 만했는데, 일부러 땅바닥에 놓고 비벼밟고 여기저기에다 등유를 발라 완전히 거지 옷으로 만들었다. 모자와 신발, 심지어 변발에 묶는 머리끈까지 낡은 것으로 준비했다. 그리고 난로에서 숯가루를 집어 물에 섞어서 얼굴과 손에다 문질렀다. 거울에 자신의 모습을 비쳐보니, 영락없이 지난날 여춘원에서 잡심부름을 하던 그 모습이었다.

쌍아는 그의 변장을 도와주고는 웃으며 말했다.

"상공, 경극에서 흠차대신 포룡도包龍圖(바로 '판관 포청천包靑天'으로, 송나라 때의 문신이자 유명한 정치가)가 변장을 하고 사찰을 할 때 바로 이런 모습이었나요?"

위소보가 말했다.

"그래, 거의 비슷하지. 하지만 포 공은 원래 시커먼 얼굴을 타고났으니 나처럼 이렇게 얼굴에다 숯칠을 할 필요가 없었겠지."

쌍아가 말했다.

"저도 함께 따라갈까요? 포 공은 곁에 늘 전소, 왕조, 마한 같은 호위무사들이 있었는데, 상공은 혼자 다니다가 무슨 일을 당하면 도와줄 사람이 없잖아요."

위소보가 웃으며 말했다.

"내가 가는 데는 미모의 낭자가 들어갈 수 없는 곳이야."

그러면서 노랫가락을 흥얼거렸다.

"한 번 만지고 또 주무르니 우리 쌍아의 얼굴을 만지고…."

그가 손을 내밀어 쌍아의 얼굴을 만지려 하자, 쌍아는 웃으며 얼른 몸을 피했다.

위소보는 은표 한 다발을 품 안에 쑤셔넣고, 다시 은자 쪼가리를 챙겼다. 그리고 기습적으로 쌍아를 끌어안아 쪽 하고 입을 맞췄다.

그가 뒷문으로 빠져나가자 문을 지키고 있는 친위병이 다그쳤다.

"누구냐?"

위소보가 말했다.

"난 하씨 집안 유모의 아들 조카의 사촌오빠 누이동생의 매부인데, 웬 참견이야?"

이곳 임시 행원인 하원은 하씨네 집이다. 그 친위병은 일순 멍해졌다. 얽히고설킨 친척관계를 정리하기도 전에 위소보는 문을 빠져나가 저 멀리 가고 있었다.

다른 데라면 몰라도 양주는 큰길이나 작은 골목, 그가 모르는 데가 없었다. 그냥 눈을 감고도 다 찾아갈 수 있었다. 얼마 뒤에 수서호반

瘦西湖畔의 명옥방 골목에 이르렀다. 골목 안쪽 집집마다 피리와 장구 등 풍악 소리와 시권猜拳(가위바위보와 비슷한 놀이로, 주로 술자리에서 한다)'의 고함 소리로 아주 시끌벅적 떠들썩했다.

위소보에게 그런 소리들은 하늘의 선악仙樂보다 더 듣기가 좋았다. 묵은 체증이 쑥 내려가고 마음이 아주 개운했다. 그는 여춘원 문밖에서 일단 슬그머니 안을 들여다보았다. 자신이 집을 떠났던 지난날과 전혀 달라진 게 없었다. 그는 조심조심 담장을 끼고 돌아 쪽문을 열고 안으로 들어갔다.

까치발로 살금살금 어머니의 방 앞으로 가서 창문을 통해 안을 살펴보니 아무도 없었다. 어머니는 아마 손님의 시중을 들고 있는 모양이었다. 그는 속으로 시부렁댔다.

'빌어먹을, 또 어떤 놈팡이가 엄마를 찾아와서 내 수양아버지가 되려고 수작을 부리고 있는 거지?'

어머니 방 안으로 들어가보니 예전과 마찬가지로 침상에 이불이 깔려 있었다. 단지 그 이불이 전에 비해 많이 낡았다. 그래서 속으로 생각했다.

'엄마는 요즘 손님이 별로 많지 않나 봐. 그럼 수양아버지도 많지 않겠구먼!'

고개를 슬쩍 돌려보니 자기가 자던 작은 침상이 그 자리에 그대로 있었다. 그리고 그 침상 앞쪽에는 자신이 전에 신던 낡은 신발이 놓여 있었다. 이불만은 아주 깨끗하게 빨아서 깔아놓았다. 침상 가까이 다가가보니, 자신이 입던 청죽장삼青竹長衫이 곱게 개인 채 침상 밑에 놓여 있었다. 그것을 보자 미안한 생각이 들었다.

'엄마는 아직도 내가 돌아오길 기다리고 있구나. 제기랄, 난 북경에서 호의호식하면서도 사람을 시켜 엄마한테 돈을 보내준 적도 없으니, 내가 생각해도 정말 몹쓸 녀석이야!'

그는 침상에 가로누워 어머니가 돌아오길 기다렸다.

기루의 규칙에 따르면, 손님이 유숙할 경우에는 따로 깨끗하게 정돈된 큰 방이 마련돼 있지만, 기녀들은 좁고 누추한 작은 방에서 기거한다. 물론 젊고 예쁘고 인기가 많은 기녀가 기거하는 방은 좀 낫다. 위소보의 어머니 위춘방은 이제 나이도 적지 않고 찾는 손님도 많지 않아 주인여편네가 잘 대해줄 리가 만무했다. 그러니 사는 방도 예전 그대로 누추했다.

위소보가 잠깐 누워 있는 사이, 옆방에서 갑자기 욕지거리를 하는 소리가 들려왔다. 지금도 귀에 생생한 주인여편네의 우악스러운 목소리였다.

"이런 얼빠진 년을 봤나! 너를 사오느라고 돈을 얼마나 많이 들였는데, 이 핑계 저 핑계를 대면서 손님을 받지 않겠다고? 흥! 널 관음보살처럼 고이 모시려고 사온 줄 아냐? 너 같은 건 혼이 나봐야 돼! 호되게 내리쳐라!"

그러자 채찍이 살가죽을 때리는 소리가 철썩철썩 들리며 비명과 울음, 호통, 욕지거리가 뒤섞여 들려왔다.

위소보가 어려서부터 들어온 익숙한 소리였다. 주인여편네가 젊은 색시를 사와서 억지로 손님방에 들여보내는 과정에서 욕지거리와 채찍질을 하는 것은 다반사였다. 그래도 색시가 말을 듣지 않으면 기도를 시켜 바늘로 손톱 밑을 찌르고 인두로 몸을 지지는 혹형도 주저하지 않는다. 어릴 때 늘 겪었던 상황이고, 가끔 들었던 소리라, 위소보는 고향으로 돌아온 포근한 느낌에 그 어린 낭자가 불쌍하다는 생각도 별로 들지 않았다.

어린 낭자가 울부짖었다.

"차라리 날 죽여요! 죽어도 손님을 받을 순 없어요! 벽에 머릴 처박고 죽어버릴 거예요!"

주인여편네가 기도한테 다시 채찍질을 하라고 소리를 질렀다. 철썩철썩 채찍 소리가 계속 들리는데 어린 낭자가 끝내 굴하지 않자, 기도가 말했다.

"오늘은 그만 때리고 내일 다시 타일러보죠."

주인여편네가 말했다.

"우선 밖으로 끌어내!"

기도는 낭자를 밖으로 끌어내더니 좀 이따 다시 들어왔다. 그러자 주인여편네가 다시 말했다.

"그 계집은 때려서도 말을 듣지 않으니 어쩔 수 없어, 미춘주迷春酒를 먹일 수밖에!"

기도가 다시 말했다.

"도무지 마시려 하지 않아요."

주인여편네가 소리를 질렀다.

"이런 멍청한 녀석! 음식에다 섞어 먹이면 되잖아!"

기도가 대답했다.

"아, 네! 네… 알았어요."

옆방하고는 판자로 칸막이가 돼 있었다. 위소보가 그 칸막이 틈새로 들여다보니, 주인여편네가 벽장에서 술병 하나를 꺼내 한 잔을 따라 기도에게 건네주면서 말했다.

"춘방을 불러서 술시중을 들라고 한 그 두 공자는 척 봐도 돈푼깨나 있는 것 같아. 기다릴 친구가 있어서 오늘 밤은 여기서 묵는다고 했어. 젊은 영계들 눈에 춘방이 찰 리가 없으니 그 잡것을 잘 구슬려 들여보내야 해. 제대로 걸리면 300~400냥쯤 버는 건 문제도 아니야."

기도가 웃으며 말했다.

"또 한밑천 잡겠네요. 덕분에 저도 노름빚을 좀 갚았으면 좋겠습니다요."

주인여편네가 욕을 퍼부었다.

"이런 육시할 놈! 똥구멍을 핥아서 번 돈을 노름으로 다 날려? 이번 일을 제대로 해내지 못하면 거시기를 잘라버릴 테니까 그런 줄 알아!"

위소보는 그 '미춘주'가 일종의 몽환주로, 마시면 인사불성이 돼서 누가 무슨 짓을 해도 모른다는 걸 알고 있었다. 여러 기루에서 그 미춘주를 써 신출내기 기녀들을 손님에게 상납하곤 한다. 전에는 그 술이 아주 신기했는데, 이젠 그냥 술에다 몽한약을 탄 거라는 사실을 잘 알았다. 자기도 몽한약을 써먹지 않았던가! 그는 속으로 생각했다.

'오늘 나의 수양아버지는 젊은 두 공자라고? 어떤 놈인지 한번 가봐야지.'

살그머니 어머니 방에서 나와 주로 고급 손님을 받는 감로청(甘露廳)으로 갔다. 그는 전에 늘 하던 대로 둥근 초석 위에 올라서서 안을 훔쳐보았다. 이곳은 틈새가 넓어 안을 한눈에 들여다볼 수 있었다. 손님은 측면에 앉아 있고 창문에 그림자도 비치지 않는다. 어릴 적에 수백 번

엿봤지만 한 번도 들킨 적이 없었다.

방 안에는 붉은 촛불이 밝혀져 있고 어머니는 짙은 화장에 분홍색 옷, 머리에 빨간 꽃을 꽂고 두 젊은 손님의 술시중을 들고 있었다. 위소보는 어머니의 얼굴을 유심히 살폈다.

'아, 엄마도 이제 많이 늙었구나. 이 생활도 오래 못 할 거야. 엄마를 부른 것으로 봐서 저 두 놈팡이는 아마 눈이 좀 멀었나 봐. 엄마는 솔직히 노래도 잘 못 불러. 만약 내가 여기 놀러 왔다면 거꾸로 천 냥을 준다고 해도 엄마를 부르지 않을 거야.'

이때 어머니의 음성이 들려왔다.

"두 분 공자는 어서 이 술을 마시세요. 제가 〈상사오경조相思五更調〉를 한 곡 뽑을게요."

위소보는 내심 한숨이 나왔다.

'엄마는 아직까지도 그 구닥다리 〈상사오경조〉가 십팔번이군. 그게 아니면 〈일근자죽직묘묘一根紫竹直苗苗〉든가, 아니면 〈일파선자칠촌장 一把扇子七寸長, 일인선풍이인량一人搧風二人涼〉 그게 전부겠지.[10] 기녀를 하더라도 좀 열심히 해서 다른 곡조도 배웠으면!'

생각이 여기에 미치자 하마터면 웃음이 터져나올 뻔했다.

'나도 무공을 열심히 배우지 못하는데, 그 게으른 근성이 이제 보니 엄마한테 물려받은 거구면!'

위소보가 속으로 낄낄거리고 있는데 방 안에서 갑자기 간드러진 음성이 들려왔다.

"관둬요!"

그 세 글자가 위소보의 귀를 파고들자 갑자기 감전이 된 듯 온몸에 진동이 일었다. 하마터면 초석 위에서 떨어질 뻔했다. 정신을 가다듬고 다시 그 창문 틈으로 들여다보니 먼저 술잔을 쥐고 있는 섬섬옥수가 눈에 들어오고, 그 손을 따라 훑어올라가니 예쁘장한 얼굴이 드러났다. 놀랍게도 바로 아가가 아니고 누구겠는가!

위소보의 놀라움은 이만저만이 아니었다. 그리고 기쁨도 그에 못지않았다.

'아가가 왜 양주에 와 있지? 왜 여춘원까지 와서, 그것도 우리 엄마를 불러 술을 마시는 거지? 남장을 하고 이곳에 와서 다른 사람도 아니고 하필이면 엄마를 지명한 것은 틀림없이 나 때문일 거야! 이제 보니 조 계집애, 그래도 양심은 있구먼. 천지신령께 함께 절을 올리고 부부가 된 이 낭군님을 잊지 않은 거야. 하하… 정말 신통방통하네. 어찌 이런 일이…! 모처럼 부부가 해후를 했으니 오늘 밤 화촉동방을 밝혀야겠군! 너의 그 섬섬옥수를 잡고 품 안으로 집어넣어서…'

그때 그의 상상을 깨는 남자의 음성이 들려왔다.

"술은 나중에 마시지. 좀 있으면 몽골 친구가 오기로 돼 있어…."

그 음성에 위소보는 귀가 멍해졌다.

'아차! 이거 큰일 났구먼!'

머리가 아찔하고 눈이 빙빙 돌아 일순 아무것도 보이지 않았다. 그래서 잠시 눈을 감고 정신을 가다듬었다. 다시 눈을 떠서 확인해보니, 아가 옆에 앉아 있는 젊은 공자는 생각했던 대로 바로 그 대만 연평왕부의 둘째아들 정극상이었다.

위소보의 어머니 위춘방은 생긋이 웃으며 말했다.

"작은 상공이 마시지 않겠다면 큰 상공께서 한잔 마시세요."

그녀는 정극상에게 술을 한 잔 따라주고는 거침없이 그의 품으로 엉덩이를 들이밀었다.

아가가 소리쳤다.

"이봐요! 그냥 얌전히 앉아 있어요!"

위춘방이 다시 웃으며 말했다.

"어머나, 작은 상공은 몹시 쑥스러움을 타나 봐. 지금은 좀 어색하지만 매일 이곳에 놀러 오면 저절로 끌어안을 거예요. 작은 상공, 내가 젊은 색시를 불러와 모시라고 할게요. 그게 좋겠죠?"

당황한 아가가 얼른 말했다.

"아… 아녜요, 됐어요! 그냥 옆에 앉아 있어요."

위춘방은 까르르 웃었다.

"어머, 내가 큰 상공하고만 다정하니까 질투를 하나 봐."

그러고는 몸을 일으키기 무섭게 바로 아가의 품 안으로 쓰러졌다.

그것을 보면서 위소보는 화가 나기도 하고 우습기도 했다.

'아니… 세상에 별 희한한 일이 다 있군! 내 마누라가 우리 엄마랑 놀아나려고 찾아오다니!'

아가는 황급히 위춘방을 밀어냈다. 위춘방은 힘없이 한쪽으로 쓰러졌다. 그것을 본 위소보는 화가 치밀었다.

'이런 못된 화냥년 같으니라고! 어떻게 감히 시어머니를 밀칠 수가 있어? 정말 버르장머리가 없구먼!'

위춘방은 화를 내지 않고 생글생글 웃으며 일어났다.

"작은 상공은 정말 부끄러움이 많나 봐. 그럼 이리 와서 내 품에 안기는 게 어때요?"

아가는 기겁을 했다.

"싫어요!"

이어 정극상에게 말했다.

"난 갈래요. 만날 장소가 많을 텐데 왜 하필이면 이런 데서 만나기로 한 거죠?"

정극상이 말했다.

"어쨌든 여기서 만나기로 약속이 돼 있어. 나도 이렇게 지저분한 곳인 줄은 몰랐어. 이봐요! 좀 얌전히 앉아 있어요!"

마지막 말은 위춘방에게 한 것이었다.

위소보는 생각할수록 화가 치밀었다.

'저런 엿 같은 놈을 봤나! 그날 광서 유강 강변에서 목숨만 살려달라고 애걸복걸해서 살려줬는데… 대신 앞으로 내 마누라하고는 한 마디도 하지 않겠다고 굳게 맹세했는데… 한데 오늘 둘이 함께 우리 엄마랑 놀아나려고 찾아오다니! 그건 그렇다손 치고, 내 마누라랑 벌써 몇 마디를 한 거야? 아마 수천 마디, 수만 마디도 더 한 것 같은데! 그날 네놈의 혓바닥을 잘라버리지 않은 게 내 큰 실수다!'

위춘방이 다시 정극상의 목을 끌어안으려 하자 정극상은 휙 그녀의 손을 뿌리쳤다.

"됐으니 좀 나가 있어요. 우리 형제끼리 할 말이 있으니 나중에 부르면 그때 다시 들어와요."

위춘방은 어쩔 수 없이 밖으로 나왔다. 그러자 정극상이 나직이 말했다.

"아가, 흥분해서 괜히 일을 그르치면 안 돼."

아가가 말했다.

"그 몽골의 갈이단 왕자는 좋은 사람 같지 않던데, 왜 여기서 만나기로 한 거죠?"

위소보는 '갈이단 왕자'라는 말을 듣자 이내 생각을 굴렸다.

'그 몽골 녀석도 왔구먼. 좋아, 잘됐다! 틀림없이 모반에 대해 상의하려는 모양인데, 병사들을 데려와서 네놈들을 일망타진하고 말겠다!'

정극상이 말했다.

"요 며칠 동안 양주성은 검문검색이 얼마나 심한지 몰라. 객잔에 투숙하는 손님을 잘 아는 단골이 아니면 관병과 포졸들이 들이닥쳐 꼬치꼬치 캐묻는 모양이야. 만약 우리 신분이 노출되면 이로울 게 없어. 기루에는 관병이나 포졸이 와서 귀찮게 굴 리가 없으니까 이곳에 묵으면 훨씬 안전할 거야. 그리고 우리 둘이라면 몰라도 그 몽골 갈이단 왕자 일행은 겉모습만 봐도 바로 눈에 띄잖아."

여기까지 말하고 나서 의미심장하게 웃었다.

"그리고 아가처럼 아름다운 선녀가 객잔에 묵는다면 양주 사람들이 모두 몰려와서 야단법석을 떨 텐데, 그럼 산통이 깨지잖아."

아가는 빙긋이 웃었다.

"그렇게 사탕발림할 필요 없어요."

정극상은 자연스레 그녀의 어깨를 감싸안으며 입가에 쪽 입맞춤을 했다. 그러고는 웃으며 말했다.

"사탕발림이 아니라 사실이라고! 만약 선녀가 아가처럼 예쁘다면 그 무슨 여순양呂純陽이나 철괴리鐵拐李(중국의 도교나 신화에 등장하는 팔선八仙 중 두 사람) 같은 신선도 하늘에서 속세로 내려오지 않았을 거야.

259

다들 하늘나라에 남아서 매일 아가를 보는 재미로 살았겠지!"

위소보는 울화통이 터져 머리 뚜껑이 열릴 지경이었다. 그는 비수를 뽑아들고 당장 방 안으로 뛰어들어가 사생결단을 내고 싶었다. 그러나 생각일 뿐 행동으로 옮길 수는 없었다.

'저 엿 같은 새끼는 나보다 무공이 뛰어나. 게다가 아가란 년은 놈을 도울 게 뻔해. 간부음부奸夫淫婦를 죽이려다가 오히려 친부親夫가 죽고 말겠지. 세상천지 다른 사람은 다 돼도 상관없지만, 절대 무대랑武大郎(《수호지》에서 호랑이를 맨손으로 때려잡은 무송의 형. 그의 아내 반금련은 희대의 바람둥이 서문경과 짜고 남편을 독살했다)이 돼서는 안 돼!'

위소보는 속이 부글부글 끓었지만 두 사람이 다정하게 노닥거리는 꼴을 애써 못 본 체했다.

정극상이 넌지시 말했다.

"걱정 마. 그놈은 겉으로 드러나 있는 반면, 우린 노출돼 있지 않으니 처치하기가 훨씬 수월해. 이번에는 틀림없이 놈의 몸에다 구멍을 여러 개 내줄 거야!"

아가가 말했다.

"그 녀석은 얼마나 뻔뻔한지 몰라요. 이 원수를 갚지 못하면 평생 한이 될 거예요. 알다시피 난 원래 그 사람을 아버지로 인정하지 않으려고 했어요. 한데 날 위해 복수를 해주겠다고 약속하고 여덟 명의 무공 고수를 내게 붙여줬기 때문에 비로소 아버지로 인정한 거예요."

위소보는 속으로 구시렁거렸다.

'누가 너한테 그렇게 원한을 샀지? 복수를 하고 싶거든 나한테 말하면 되지. 내가 못하는 일이 어딨어? 왜 오삼계 그 매국노를 아버지로

인정해?'

정극상이 말했다.

"그놈을 죽이는 것은 사실 그리 어려운 일도 아니야. 주위에 오랑캐 병사들이 잔뜩 지키고 있으니까, 죽이고 나서 무사히 벗어날 수 있을지 그게 문제지. 그러니 만반의 대책을 세운 후에 행동으로 옮기는 게 좋아. 요 며칠 동안 놈의 동태를 유심히 살폈는데, 경호가 삼엄하더라고. 가까이 접근하는 게 쉽지 않아. 그래서 가만히 생각해봤는데… 놈은 여색을 좋아하니까, 만약 누가 가희나 기녀로 위장해서 접근하면 목적을 달성할 수 있을 거야."

위소보는 속으로 생각했다.

'양주에서 여색을 좋아하는 놈이면 순무를 말하는 건가? 아니면 포정사…?'

아가가 그의 말을 받았다.

"나하고 사저가 위장을 하면 좋겠지만 난 그런 천박한 모습은 잘 흉내를 내지 못해요."

정극상이 다시 말했다.

"그럼 주방의 요리사를 매수해서 음식에 독을 탈까?"

아가는 이를 갈았다.

"그냥 그렇게 쉽게 죽어버리면 마음속에 맺힌 한이 풀리지 않아요! 우선 두 팔을 자르고, 다시 그 헛소리만 지껄이는 혀를 잘라버려야 해요! 그 생쥐 같은 녀석은 정말… 죽이고 싶도록 미워요!"

위소보는 '생쥐 같은 녀석'이란 말을 듣자 둔기로 뒤통수를 얻어맞은 듯 골이 땅했다. 그는 이내 깨달았다.

'그래, 연놈이 짜고 날 죽이려는 거구나….'

그는 아가가 자신을 미워한다는 것은 알았지만, 이 정도로 뼛속 깊이 증오하리라곤 생각하지 못했다. 내심 억울했다.

'내가 대체 너한테 뭐 그렇게 큰 잘못을 했다는 거지…?'

그 의문은 이내 풀렸다. 정극상이 그녀에게 다정하게 말했다.

"아가, 그 녀석은 아가한테 반해서 감히 허튼짓을 하지 못한다는 것을 나도 잘 알아. 아가가 그를 증오하고 죽이려는 것은 따지고 보면 날 위한 거야. 내가 왜 그걸 모르겠어. 아가의 그런 마음을… 내가… 어떻게 보답해야 좋을까?"

아가가 부드럽게 말했다.

"그놈이 당신을 괴롭히면 나 자신을 괴롭히는 것보다 더 가슴이 아프고 증오심이 생겨요. 그가 날 욕하고 심지어 때려도 사부님을 봐서라도 참을 수 있는데, 당신한테 그렇게… 거듭해서 무례하게 구는 것은 도저히 용서할 수 없어요. 생각만 해도 당장 달려들어 난도질을 해주고 싶어요!"

위소보는 분노, 질투, 패배감… 여러 가지 감정이 한꺼번에 밀려와 억장이 무너지며 제정신이 아니었다. 그 와중에 난데없이 누군가 뒤에서 그의 변발을 잡아끌었다. 소스라치게 놀라서 꼼짝도 못하고 서 있는데, 곧이어 그의 귀를 잡아 비틀었다. 그가 막 비명을 지르려는데 귓전에 익숙한 음성이 들려왔다.

"이런 망할 녀석! 따라와!"

그 '망할 녀석'이란 욕을 여태껏 수없이 들어왔지만, 이번에는 그 느낌이 달랐다. 그는 아무런 반항도 하지 않고 순순히 상대를 따라갔다.

그의 변발을 끌어당기고 귀를 잡아 비트는 그 솜씨는 아주 매끄러웠다. 전에 그 솜씨에 수백 번을 당했고, 오랜만에 그 맛을 보게 된 것이다. 상대는 다름 아닌 바로 그의 어머니 위춘방이었다.

방 안으로 들어서자 위춘방은 뒷발질로 문을 닫고 그의 변발과 귀를 잡았던 손을 놓았다. 위소보가 소리를 질렀다.

"엄마! 나 돌아왔어!"

위춘방은 그를 한참 동안 그저 멍하니 쳐다보다가 와락 끌어안고 흐느끼기 시작했다. 그러나 위소보는 웃었다.

"엄마, 이렇게 엄마를 보러 왔잖아. 왜 우는 거야?"

위춘방은 흐느끼며 말했다.

"이놈아, 어디 가서 뒈져 있다가 이제야 나타난 거야? 널 찾느라고 양주성을 발칵 다 뒤집었는데도 찾지 못했어. 매일 부처님께 빌며 절을 얼마나 올렸는지 아니? 어이구, 내 새끼! 드디어 이 어미 곁으로 돌아왔구나…."

위소보는 생뚱맞게 말했다.

"내가 무슨 어린애도 아닌데 밖에 나가 놀다가 늦게 돌아올 수도 있지, 뭘 그렇게 걱정을 해?"

위춘방은 눈물을 흘리면서도 아들이 키도 크고 아주 건강하게 자란 것을 보고는 기쁨을 금치 못했다. 그녀는 다시 흐느끼며 욕을 했다.

"이 빌어먹을 놈아! 밖에 나가서 놀 거면 나한테 말을 하고 나가야지, 이렇게 오래 놀다 오면 어떡해? 망할 녀석! 이번엔 죽간육竹竿肉의 맛을 단단히 보여주마! 그래야 이 어미가 무서운 줄 알지!"

그녀가 말한 '죽간육'이란 먹는 고기가 아니라, 대나무로 만든 회초리로 엉덩이를 때린다는 뜻이다. 위소보는 이 '죽간육'을 먹은 지 오래돼서 절로 웃음이 나왔다. 위춘방도 덩달아 웃으며 수건을 꺼내 그의 얼굴에 묻어 있는 흙먼지를 닦아주었다.

잠시 닦아주고 나서 고개를 숙여보니 자신이 입고 있는 새 옷에 어느새 얼룩이 많이 져 있는 게 아닌가. 눈물 콧물에다 아들의 얼굴에 묻어 있던 흙먼지와 기름기까지 다 범벅이 돼 있었다. 절로 짜증이 나서 철썩 하고 아들의 뺨을 후려치며 욕을 했다.

"이 망할 녀석아! 어미는 새 옷이라곤 이것 한 벌밖에 없어. 작년에 새로 사가지고 몇 번 입지도 않았다고! 이런 썩을 놈! 집으로 돌아오자마자 개 버릇 남 못 준다고, 어미의 옷을 이 지경으로 만들어놓은 것이냐? 내일 어떻게 손님을 받으라는 거야?"

위소보는 어머니가 옷 한 벌을 가지고 이렇게 얼굴을 붉히며 화를 내자 어처구니가 없어 웃었다.

"엄마, 걱정 말아요. 내일 내가 새 옷을 백 벌 해줄게. 그것보다 열 배는 더 좋은 걸로 말이야!"

위춘방은 눈에 쌍심지를 켰다.

"이런 망할 놈을 봤나! 그 뻥을 까는 버릇은 여전하구먼! 네놈이 무슨 수로 어미에게 새 옷을 사줘? 네 꼬락서니를 봐라. 어디서 빌어먹다 온 주제에 무슨 수로 돈을 벌었겠느냐?"

위소보가 말했다.

"돈을 벌 재주는 없지만 노름은 할 줄 알잖아요. 운이 좋아서 돈을 많이 땄어요."

위춘방은 다른 건 몰라도 아들이 속임수 노름은 잘한다는 것을 어느 정도 알고 있었다. 그래서 손을 쭉 내밀었다.

"돈이 있으면 내놔봐! 넌 돈을 갖고 있어봤자 소용없어! 금방 가서 또 홀라당 다 써버릴 텐데 뭐!"

위소보가 웃으며 말했다.

"이번에는 너무 많이 따가지고 아마 평생 써도 다 못 쓸걸!"

위춘방은 냅다 그의 뺨을 향해 손을 날렸다.

"또 뻥을…."

위소보는 잽싸게 고개를 숙여 피하면서 속으로 구시렁댔다.

'보자마자 바로 손찌검이군. 북쪽에는 공주, 남쪽에는 엄마야!'

북쪽은 북경, 남쪽은 양주다. 위소보가 품 안으로 손을 넣어 막 은표를 꺼내려는데 밖에서 기도 녀석이 소리쳤다.

"춘방, 손님이 찾아. 어서 가봐!"

위춘방이 대답했다.

"그래, 알았어!"

그녀는 탁자에 놓여 있는 손거울을 집어 고개를 삐딱하니 비춰보며 화장을 대충 고치고 말했다.

"너 여기 얌전히 누워 있어. 어미가 돌아와서 단단히 문책을 할 테니까. 절대… 또 달아나면 안 돼!"

위소보는 어머니의 눈빛에 걱정이 묻어 있는 걸 알 수 있었다. 행여 아들이 또 말없이 가출을 할까 봐 걱정하고 있는 것이다. 그래서 웃으며 안심시켰다.

"가지 않을 테니 걱정 말아요."

위춘방은 '망할 녀석!' 하고 욕을 하면서도 얼굴에 환한 미소가 번졌다. 그녀는 매무새를 한번 가다듬더니 밖으로 나갔다.

위소보는 침상에 누워 이불을 끌어당겨 덮었다. 그런데 잠시 후 위춘방이 다시 돌아왔다. 그녀의 손에는 빈 술주전자가 들려 있었다. 아들이 얌전히 누워 있는 것을 확인하고 안심이 되는지 나직이 한숨을 내쉬고는 다시 나가려 했다. 위소보는 그녀가 정극상이 더 시킨 술을 가지러 온 것을 알고 얼른 불러세웠다.

"엄마, 손님이 술을 시켜서 가지러 온 모양이지?"

위춘방이 말했다.

"그래, 거기 얌전히 누워 있어. 나중에 와서 맛있는 것 만들어줄게."

위소보가 말했다.

"술을 가지러 왔으니 나도 한 모금만 갖다줘."

위춘방이 욕을 했다.

"이런 썩을 놈, 조그만 게 무슨 술이야?"

그러면서 술주전자를 들고 나가버렸다.

위소보는 얼른 일어나 칸막이 사이로 옆방을 살펴보았다. 아무도 없었다. 그는 잽싸게 옆방으로 들어가 벽장에서 그 미춘주를 꺼내 자기 방으로 돌아와서는 이불 속에다 감췄다. 그리고 병마개를 열고 속으로 구시렁거렸다.

'정극상 이 후레자식, 내 음식에다 독을 타겠다고? 흥! 그래, 네놈이 먼저 당해봐라!'

잠시 기다리자 위춘방이 주전자에 술을 가득 따라 들고 들어왔다.

"자, 빨리 한 모금만 마셔."

위소보는 침상에 누운 채로 주전자를 받아 몸을 일으켜서 꿀꺽 한 모금 마셨다. 위춘방은 아들이 손님의 술을 몰래 마시는 꼴을 보면서 측은하기도 하고 안쓰러워 혀를 끌끌 찼다.

그때 위소보가 말했다.

"엄마, 얼굴에 숯가루가 묻은 것 같은데…."

위춘방은 얼른 주전자를 내려놓고 거울을 보러 뒤돌아섰다. 그 순간 위소보는 주전자를 집어 술을 절반가량 쏟아내고 그 미춘주로 채워넣었다.

위춘방은 얼굴에 아무것도 묻지 않은 것을 확인하고는 몸을 돌려 주전자를 확 낚아채며 욕을 했다.

"이런 썩을 놈! 내 배 아파 낳은 놈인데 네놈의 속셈을 내가 모를 줄 아느냐? 흥, 전에는 술을 안 마셨는데, 그동안 어디서 빌어먹으며 주정뱅이가 된 것이냐?"

위소보가 말했다.

"한 모금밖에 더 안 마셨어. 엄마, 한데 그 작은 상공 말이야. 성질이 아주 더러운 것 같던데, 무슨 수를 써서라도 술을 많이 먹여봐. 그를 취하게 만들어야 그 큰 공자의 은자를 긁어내기가 쉽지!"

위춘방은 눈을 흘겼다.

"이놈아, 이 어미가 반평생 동안 해온 일이야. 다 알아서 할 텐데 네놈이 어미를 가르치겠다는 것이냐? 썩을 놈!"

그래도 아들이랍시고 기특했다.

'이 육시할 놈이 돌아왔으니 천만다행이야. 오늘 밤 그 좀팽이가 자자고 하지 않으면 아들이랑 함께 자야지!'

그녀는 주전자를 들고 나갔다.

위소보는 침상에 누워 아가와 정극상을 생각하면서 한편으론 울화통이 터지고 한편으론 의기양양했다.

'그래, 난 역시 운을 타고났든가 아니면 복을 타고났나 봐. 정극상 녀석이 어쩌다가 하고많은 사람들 중에서 하필이면 내 수양아버지가 되려고 여기로 기어들어왔을까? 오늘은 기어코 비수로 찌르고 나서 화시분化屍粉을 뿌려줄 테니 두고 봐라!'

정극상이 비수를 맞고 화시분에 의해 몸뚱어리가 차츰 누런 물로 변하는 광경을 상상해보았다. 그럼 아가가 미춘주에서 깨어나 사랑하는 사람이 감쪽같이 사라진 것을 알고 어리둥절해하겠지. 자기가 한 짓이라곤 아마 꿈에도 생각지 못할 것이다.

위소보는 생각할수록 기분이 좋아져 침상에서 일어나 다시 그 감로청 밖으로 가서 안을 엿보았다.

정극상이 술을 한 잔 들이켰다. 아가는 술잔을 들어올려 그냥 살짝 입만 적셨다. 위소보는 속으로 쾌재를 불렀다. 어머니가 다시 정극상에게 술을 권했다. 그러자 그는 손을 내두르며 짜증을 냈다.

"나가요, 나가! 시중을 안 들어도 돼요!"

위춘방은 곧 대답을 하고 술주전자를 내려놓으면서 닭다리가 담겨 있는 접시를 소매로 슬쩍 가렸다. 그것을 본 위소보의 입가에 미소가 피어올랐다.

'닭다리를 먹게 생겼군.'

그는 얼른 방으로 돌아왔다.

얼마 후에 위춘방은 정말 닭다리 한 접시를 들고 들어와서는 웃으며 말했다.

"이 염병할 놈! 객지를 쏘다니면서 이렇게 맛난 건 못 먹어봤지?"

그녀는 싱글벙글 침상 맡에 앉아 아들이 맛있게 먹는 모습을 보면서 자기가 먹는 것보다 더 기분 좋아했다. 위소보가 물었다.

"엄마, 오늘은 술 안 마셨어?"

위춘방이 대답했다.

"이놈아, 벌써 여러 잔 마셨어. 더 마시면 취해. 왜? 또 달아나려는 거냐?"

위소보는 속으로 생각했다.

'가서 일을 하려면 엄마를 빨리 잠들게 만들어야 하는데….'

그는 웃으며 말했다.

"이젠 도망 안 갈 테니까 걱정 마. 엄마랑 같이 안 잔 지 오래됐는데 오늘은 딴 놈하고 자지 말고 나랑 함께 자자."

위춘방은 좋아했다. 객지를 떠돌아다니면서 고생을 많이 했는지 결국 엄마 품으로 돌아왔구나, 그렇게 생각하니 가슴이 아렸다. 그녀는 활짝 웃으며 말했다.

"그래, 오늘은 우리 소보랑 함께 자야지."

위소보가 말했다.

"엄마, 난 그동안 떠돌아다니면서도 엄마를 잊은 적이 없어. 자, 내가 옷을 벗겨줄게."

알랑방귀를 뀌는 건 그의 특기였다. 상대가 황상이든, 교주든, 공주든, 사부든 안 먹히는 사람이 없었다. 지금 엄마한테 따리를 붙이니 역시 먹혀들었다.

위춘방은 많은 손님을 상대해왔기 때문에 남자의 손길이 닿아도 그냥 나무토막으로 느껴졌다. 그런데 아들이 옷을 벗겨준다면서 단추를 풀자, 왠지 온몸이 간질간질해 키득키득 웃었다.

위소보가 겉옷을 벗기고 나서 바지를 벗겨주려고 허리띠를 풀자, 위춘방은 '쳇!' 하며 그의 손을 탁 쳤다. 그녀가 웃으며 말했다.

"내가 벗을게."

갑자기 부끄러워졌는지 이불 속으로 쏙 들어가 바지를 벗더니 이불 밖으로 내놨다.

위소보는 은자 두 꾸러미를 꺼냈다. 30냥쯤 될 것이다. 그것을 어머니 손에 쥐여주며 말했다.

"엄마, 우선 이걸 받아둬."

위춘방은 눈이 휘둥그레지더니 눈물을 글썽였다.

"난… 그냥 네가 갖고 있어. 나중에… 몇 년 있으면 너도 장가가서 색시를 얻어야지."

위소보는 속으로 중얼거렸다.

'지금 바로 색시를 얻으러 가는 거야.'

그는 등잔불을 끄고 말했다.

"엄마가 먼저 자. 난 엄마가 잠든 다음에 잘게."

위춘방은 웃으며 욕을 했다.

"지랄하네. 그래, 알았어."

그러면서 눈을 감았다. 그녀는 온종일 여기저기 뛰어다니고 술도 몇 잔 마신 데다가 아들까지 돌아와 기분이 너무 좋았다. 눈을 감자 곧 스르르 잠들었다.

위소보는 그녀가 가볍게 코를 고는 것을 확인하고 까치발로 살금살금 문 쪽으로 갔다. 막 나가려다가 문득 스치는 생각이 있어 다시 돌아와서 이불 위에 있는 엄마의 바지를 침상 밑에다 쑤셔넣었다.

'나중에 깨어나더라도 바지가 없으니 날 잡으러 오지 못하겠지!'

그는 잽싸게 감로청으로 달려갔다. 창문 틈으로 보니, 정극상은 의자에 앉은 채 널브러져 있고, 아가는 탁자에 얼굴을 묻고 엎어져 있었다. 둘 다 움직이지 않았다. 위소보는 내심 쾌재를 부르며 잠시 더 기다렸다가 대청 안으로 들어갔다. 그리고 문을 닫으려다가 생각을 달리했다.

'문 닫는 건 서두를 필요가 없어. 만약 놈이 자는 척하고 있다가 갑자기 깨어나면 바로 달아나야 하니까….'

그는 비수를 뽑아들고 가까이 다가가 오른손으로 정극상을 살짝 밀어보았다. 정말 정신을 잃었는지 움직이지 않았다. 이번엔 아가를 흔들어보았다. 그녀는 '음…' 하고 나직한 소리만 낼 뿐 역시 정신을 차리지 못했다. 위소보는 나직이 속삭이듯 말했다.

"그래, 착하지. 한 잔 더 마셔."

술을 한 잔 따라 왼손으로 그녀의 작은 입을 벌리고 천천히 부어넣었다. 아가는 혼미한 상태에서 그 미춘주를 다 삼켜버렸다.

위소보는 속으로 중얼거렸다.

'난 너랑 정식으로 혼례까지 올린 신랑이야. 화촉동방을 밝히지 않고, 이곳 여춘원에 와서 기녀가 돼가지고 나더러 난봉꾼이 되어 함께 자자는 거야?'

아가는 그렇지 않아도 매우 아름답게 생겼는데, 술을 마시자 촛불에 비친 얼굴이 발그스름하니 너무나 요염했다. 위소보는 뜨거운 감정이 끓어올랐다. 정극상이 죽든 말든 신경 쓸 겨를도 없이 일단 아가를 안아 일으켜 감로청 옆에 붙은 큰 방으로 옮겼다.

이 큰 방은 손님이 유숙할 때를 위해 준비해놓은 것으로, 제법 넓고 깨끗했다. 침상에 깔려 있는 이부자리도 비단 금침에 가구도 화려했다. 위소보는 아가를 살짝 침상에 내려놓고 대청으로 가서 촛불을 가져다 머리맡에 놓았다. 다시 아가의 모습을 유심히 살펴보니 가슴이 두근두근, 심장이 입 밖으로 튀어나올 것만 같았다. 그는 숨을 몰아쉬며 떨리는 손으로 아가의 겉옷을 벗겼다. 연녹색 속옷이 드러났다.

위소보가 서둘러 속옷의 단추를 풀려는데, 갑자기 등 뒤에서 다급한 발걸음 소리와 함께 한 사람이 뛰어들어왔다. 놀란 위소보가 고개를 돌리려는 순간, 변발이 당겨지며 귀가 따끔했다. 보나마나 또 위춘방에게 붙잡히고 만 것이다.

위소보는 황급히 소리쳤다.

"엄마! 손 놔!"

위춘방이 욕을 했다.

"이 썩을 놈아! 아무리 가난해도 지킬 건 지켜야지! 양주 구대명원 중에 손님의 돈을 훔치는 집이 어디 있냐? 빨리 나와!"

위소보가 다시 소리쳤다.

"돈을 훔치지 않았어!"

위춘방은 그의 말에 아랑곳하지 않고 무조건 변발을 잡아끌어 자기 방으로 데리고 돌아왔다. 그리고 다시 욕을 했다.

"손님의 돈을 훔치지 않았다면 왜 옷을 벗겼니? 나한테 준 그 몇십 냥도 어디서 훔쳐온 거지? 고생고생해서 네놈을 젖 먹여 키워놨더니 기껏 한다는 게 도둑질이냐, 이 썩을 놈아!"

서러움이 북받치는지 눈물을 흘리며 은자를 바닥에다 팽개쳤다.

위소보는 뭐라고 설명해야 좋을지 몰랐다. 만약 그 손님이 남장을 한 여자이며 사실은 자기 마누라라고 말한다면, 이야기가 너무 길어질 것 같았다. 그리고 아무리 얘기해도 어머니는 믿으려 하지 않을 것이다. 그래서 간단하게 말했다.

"내가 왜 남의 돈을 훔쳐? 보라고! 난 이렇게 돈이 많은데!"

그는 품 안에서 은표 다발을 꺼냈다.

"엄마, 이걸 다 엄마 주려고 가져온 거야. 너무 놀랄까 봐 천천히 주려고 했어."

수백 냥짜리 은표가 수십 장이나 되니, 어림잡아도 수천 냥이 넘었다. 위춘방은 그것을 보자 너무 놀라서 눈이 휘둥그레졌다.

"이… 이런… 이런 육시할 놈! 너… 너 그 두 공자한테서 훔친 거지? 네놈은 열두 번 죽었다 깨어나도 그 많은 은자를 벌 수 없어. 어서 임자한테 갖다드려! 우리처럼 이런 장사를 하는 사람들은 재주만 있으면 손님들한테서 만 냥이고 10만 냥이고 뜯어낼 수가 있어. 그건 그놈들이 기분 좋아서 주는 거니까 상관없지. 하지만 남의 돈을 훔치는 건 절대 안 돼! 단 한 푼이라도 훔치면 죽어서도 이랑신二郞神[11]이 절대 용서하지 않을 거야! 저승에 가서도 이 지랄을 해서 먹고살아야 돼. 소보야, 이게 다 널 위한 거야."

마지막에 말투가 좀 부드러워졌다.

"그 공자들이 내일 깨어나서 돈이 없어진 것을 알면 가만히 있겠냐? 관아에 고할 거고, 포졸들이 와서 널 잡아가 엉덩이가 터지도록 두들겨팰 거야. 소보야, 착하지. 남의 돈에 손대면 안 돼.”

그녀는 한사코 돈을 돌려주라고 성화였다.

위소보는 속으로 생각했다.

‘여기서 지금 아무리 실랑이를 벌여봤자 소용이 없어. 주인여편네 랑 기도까지 끼어들면 아주 복잡해져.’

그때 좋은 생각이 떠올랐다.

“그래, 알았어. 엄마가 시키는 대로 할게.”

그는 어머니의 손을 잡고 감로청으로 가서 은표를 모두 정극상의 품속에다 쑤셔넣었다. 그러고는 자신의 품을 풀어헤치며 말했다.

“자, 보라고! 한 푼도 없잖아. 이젠 마음이 놓이지?”

위춘방은 한숨을 내쉬었다.

“그래, 그렇게 해야지.”

위소보는 어머니 방으로 돌아왔다. 그리고 어머니가 헌 바지를 입 은 것을 보고 절로 낄낄 웃었다. 위춘방은 그의 이마에 꿀밤을 한 대 먹이고 나서 욕을 했다.

“내가 소피를 보려고 일어났더니 바지가 보이지 않더라. 그래서 네 놈이 또 무슨 나쁜 짓을 하러 갔다는 것을 알았지.”

그러면서 자신도 웃고 말았다.

위소보가 갑자기 소리쳤다.

“어이구, 똥 마려!”

그는 배를 움켜쥐고 무조건 밖으로 뛰어나갔다. 위춘방은 행여 그 가 또 감로청으로 갈까 봐 밖을 내다봤는데, 정말 측간 쪽으로 가는 것을 확인하고 마음이 놓였다.

'고약한 녀석, 네놈이 무슨 짓을 하든 절대 내 눈은 못 속여!'

위소보는 밖으로 나가 곧장 하원으로 달려갔다. 문지기 친위병이 그를 가로막았다.

"누구냐?"

위소보가 대꾸했다.

"흠차대신이다! 왜, 날 몰라보겠어?"

친위병은 깜짝 놀라 자세히 보니 정말 흠차대신이라 황급히 몸을 숙였다.

"아, 네… 대인께서….'

위소보는 그의 말을 다 듣지도 않고 성큼성큼 자기 방으로 갔다.

"쌍아, 빨리 서둘러! 날 다시 흠차대신으로 만들어줘."

그러면서 옷을 벗어던졌다. 쌍아는 얼른 그의 얼굴을 씻기고 옷을 갈아입혔다. 그러고는 웃으며 말했다.

"흠차대신께서 사찰을 나가 뭘 좀 알아내셨습니까?"

위소보가 말했다.

"알아냈어. 어서 사람을 잡으러 가야 해. 너도 친위병의 옷으로 갈아입고, 친위병을 여덟 명 더 데려가자!"

쌍아가 물었다.

"서 어른 일행도 함께 갈 건가요?"

위소보는 생각을 굴렸다.

'정극상은 인사불성이니 손쉽게 처치할 수 있어. 서천천 등을 데려가면 또 그 정가 녀석을 죽이지 말라고 할 게 뻔해. 그냥 친위병만 데려가서 엄마랑 주인여편네, 기도 녀석들을 놀라게 해줘야지!'

그는 고개를 흔들었다.

"필요 없어!"

쌍아는 친위병 옷으로 갈아입고 나서 말했다.

"그 증 낭자도 함께 가는 게 어때요?"

친위병들 중 자신과 증유만이 남장을 한 여자다. 두 소녀는 요 며칠 함께 지내면서 서로 친해졌다.

위소보는 또 생각을 굴렸다.

'아가를 안고 오려면 쌍아 혼자서는 버거울 테니 두 사람이 가야겠지. 흠차대신이 다른 사람들이 보는 앞에서 그녀를 안을 수도 없고, 친위병들이 그 더러운 손으로 내 마누라를 건드려서도 안 되지!'

그는 흔쾌히 승낙했다.

"좋아, 증 낭자랑 함께 가자. 왕옥파 다른 사람들은 부르지 마."

증유는 원래 친위병 차림이었기 때문에 따로 준비할 필요가 없었다. 위소보는 두 여자와 친위병 여덟 명을 데리고 여춘원으로 갔다.

두 명의 친위병이 문을 두드리며 소리쳤다.

"참장參將 대인께서 행차했다. 어서 문을 열고 맞이해라!"

친위병들은 이미 위소보의 분부를 받았기 때문에 흠차대신이 아니라 참장이라고 했다. 주인여편네와 기도 녀석들을 겁주기엔 참장만으로도 충분했다.

잠시 후 문이 활짝 열리더니 기도 한 사람이 마중을 나와 소리쳤다.

"손님이요!"

위소보는 그가 자신을 알아볼까 봐 일부러 고개를 돌렸다. 친위병 하나가 호통을 쳤다.

"참장 어르신께서 납셨으니 주인더러 잘 대접하라고 일러라!"

위소보가 대청으로 들어가자 주인여편네가 직접 맞이했다. 그녀는 위소보를 제대로 쳐다보지 않고 고개를 숙인 채 말했다.

"어서 화청으로 가시죠."

위소보는 속으로 중얼거렸다.

'그래, 날 보지 않는 게 좋아. 날 알아보면 안 되니까. 엄마도 만날 필요가 없고. 그냥 아가랑 정극상만 데려가면 돼.'

그런데 이상하게도, 주인여편네는 늘 손님에게 아주 친절하고 특히 관아 쪽 손님이라면 더욱 깍듯이 대했는데, 오늘은 왠지 좀 쌀쌀맞았다. 위소보는 절로 눈살이 찌푸려졌다.

그가 감로청으로 들어가보니, 정극상은 아직 의자에 축 늘어져 있었다. 위소보가 막 친위병들을 시켜 그를 끌고 가라고 분부하려는데, 화려하게 차려입은 한 사람이 불쑥 방 안으로 들어왔다.

"위 대인, 오랜만이오."

위소보는 깜짝 놀랐다.

'아니, 날 아는 사람인가?'

속으로 이상하게 생각하며 상대방의 모습을 확인하는 순간, 화들짝 놀라 반사적으로 허리를 숙여 비수를 뽑으려 했다. 그러나 등 뒤에서 누군가 그의 손목을 낚아잡고는 냉랭하게 말했다.

"그냥 얌전히 앉아 있어, 허튼짓 하지 말고!"

그는 왼손으로 위소보의 뒷덜미를 잡아 의자에 억지로 앉혔다. 위소보의 안색이 새파래졌다. 곧 쌍아의 기합 소리가 들렸다. 그녀는 이미 그 사람과 맞붙었고, 증유도 함께 협공을 했다. 그러자 비단옷을 입은 공자가 증유를 공격했다.

위소보가 자세히 보니, 그 금의錦衣 공자는 남장을 한 여인인데, 다름 아닌 아가의 사저 아기阿琪였다. 그리고 쌍아와 맞붙은 사람은 키가 크고 우람한 체구인데, 바로 청해의 라마 상결桑結이었다. 지금은 승복이 아닌 그냥 편복에 모자를 쓰고 뒤에 가짜 변발을 달았다. 처음 나타난 그 화려하게 차려입은 사람은 몽골의 왕자 갈이단이었다.

위소보는 후회막급이었다.

'내가 왜 이렇게 멍청하지? 정극상이 분명히 여기서 갈이단과 만나기로 했다고 말했잖아. 그에 대한 대비를 했어야지! 아가를 보더니 넋이 빠져가지고 성이 뭔지도 까먹었어. 제기랄! 진짜 성이 뭔지 모르니까먹든 말든 상관이 없긴 하지만….'

쌍아의 나직한 비명이 들렸다.

"으아!"

그녀는 상결에게 허리께 혈도를 찍혀 바로 쓰러졌다. 증유는 아기와 계속 치열한 공방전을 벌이고 있었다. 아기는 초식이 정교하지만 내공이 약해 증유를 당해내지 못했다. 그러자 상결이 다시 싸움에 가세해 삽시간에 증유의 혈도를 찍어 쓰러뜨렸다.

여덟 명의 친위병들도 상결에게 혈도를 찍혀 쓰러지거나 갈이단의 공격에 목숨을 잃고 마당에 내동댕이쳐졌다.

상결이 흐흐 징그럽게 웃으며 자리에 앉았다.

"위 대인, 사부는 왜 안 보이지?"

그러면서 두 손을 앞으로 내밀었다. 열 손가락의 앞마디가 다 잘려 있었다. 원래 손가락은 세 마디인데, 각각 두 마디밖에 남지 않았다. 보기만 해도 몹시 징그러웠다. 위소보는 내심 이젠 죽었구나 싶었다.

'그날 독이 묻은 경전을 뒤적이다가 손에 독이 묻었는데, 독하게 마음먹고 자신의 손가락 앞마디를 다 잘라버린 모양이야! 오늘 저놈 손에 걸렸으니 이에는 이, 눈에는 눈이라고, 내 열 손가락의 앞마디를 다 잘라버릴 수도 있어. 아니, 모가지를 자를지도 모르지!'

상결은 그가 놀라 안색이 새파래진 것을 보자 기분이 좋은지 다시 징그럽게 흐흐 웃으며 말했다.

"위 대인, 지난날 봤을 때는 그저 철부지 어린애라 생각했는데, 이제 보니 조정의 아주 귀하신 몸이더라고. 미처 몰라봬서 미안하구먼."

위소보가 그의 말을 받았다.

"원, 별말씀을… 지난날 만났을 때는 그저 평범한 라마승인 줄 알았는데, 알고 보니 아주 대단한 대영웅이시더라고요. 미처 몰라봬서 정말 죄송합니다."

상결은 코웃음을 쳤다.

"흥! 왜 나더러 영웅이라고 하는 거지?"

위소보가 말했다.

"누가 나의 사부님을 해코지하려고 경전에다 독을 묻혔는데, 사부님은 그것을 알아차리고 만지지 않았어요. 한데 당신이 한사코 그 경전을 보겠다기에 사부님은 어쩔 수 없이 건네줬죠. 대라마, 손가락에 독이 묻자 바로 손가락을 잘라버렸죠? 정말이지 대단합니다. 스스로 목을 베서 자결하는 건 쉬워도, 자고로 자신의 손가락을 베어버린 대영웅은 없었던 것 같아요. 왕년에 관운장이 독을 치료하기 위해 뼈를 깎으면서도 눈 하나 깜박하지 않았는데, 그건 다른 사람이 뼈를 깎아 줬기 때문이죠. 만약 자신의 손가락을 자르라고 한다면 절대 하지 못했을 거예요. 대라마는 관운장보다 더 훌륭해요. 그러니 자고로 천하 제일의 대영웅이 아니고 뭐겠어요?"

상결은 그가 목숨을 구걸하기 위해 자신에게 아부하고 있다는 것을 모르지 않았다. 하지만 들어보니 기분이 나쁘진 않았다. 지난날 자신은 정말 마음을 독하게 먹고 손가락을 자른 덕분에 목숨을 부지했다. 비록 손가락이 불구가 되어 무공을 펼치는 데 지장이 있지만, 절체절명의 순간에 용단을 내린 자신이, 스스로 생각해도 대견했다.

그는 열두 명의 사제들을 대동해 《사십이장경》을 빼앗으러 중원에 왔는데, 그 열두 명 모두 목숨을 잃었다. 그리고 자신도 열 손가락이 불구가 되었다. 그런 재수 없는 일을 그 누구한테도 언급한 적이 없다. 그리고 누가 감히 묻지도 못했다. 오늘 위소보의 입을 통해 처음 듣는 이야기였다. 대라마 상결의 음침한 얼굴에 미소가 한 가닥 번졌다.

"위 대인, 우린 위 대인이 양주에 왔다는 소식을 듣고 만나보려고 달려왔소. 듣자니 자꾸 평서왕과 맞서 그의 일을 그르치고, 부마가 고향에 내려가는 것까지 막았다는데, 사실이오?"

위소보가 말했다.

"우아, 여러분의 소식통은 정말 빠르군요. 대단합니다. 그럼 이번에 경성을 떠나면서 황상이 내게 무슨 분부를 내렸는지도 알고 있소?"

상결이 차갑게 말했다.

"글쎄, 가르침을 주시구려."

위소보가 다시 말했다.

"가르침이라니요? 원, 별말씀을… 황상께선 이렇게 말씀하셨습니다. '위소보, 이번에 양주에 가서 일을 해야 하는데, 오삼계가 사람을 시켜 널 암살할지도 모르니 심히 우려가 되는구나. 다행히 그의 아들 오응웅이 내 손에 있으니 만약 너에게 무슨 일이 생기면 짐은 오응웅을 똑같이 만들겠다. 오삼계가 사람을 시켜 너의 손가락 하나를 자르면, 나도 오응웅의 손가락 하나를 자를 것이다. 그러니 오삼계가 사람을 시켜 널 죽이면 그건 자신의 아들을 죽이는 것과 다를 바가 없어.' 그래서 내가 말했어요. '황상, 다른 사람의 아들은 될 수 있겠는데, 오삼계의 아들은 절대 할 수 없습니다.' 그러자 황상은 껄껄 웃더군요. 그래서 내가 양주에 오게 된 겁니다."

상결과 갈이단은 서로 마주 보았는데 모두 안색이 약간 변했다. 상결이 말했다.

"나랑 왕자 전하는 황상이 양주에 흠차대신을 보냈다는 소식을 듣고 어떤 대단한 사람이 올 거라 생각했는데, 멀리서 보니 바로 잘 아는 사람이더라고. 심지어 저 아기 낭자도 확인하고 나서 놀라던데!"

위소보가 웃으며 말했다.

"우린 서로 좋아하는 사이예요."

아기는 젓가락 하나를 집어 그의 이마를 쿡 찌르며 쏘아붙였다.

"누가 너랑 좋아하는 사이야?"

상결이 다시 말했다.

"우린 대만의 정 공자와 여기서 만나 널 어떻게 처치할지 상의하려 했는데, 마침 너 스스로 찾아온 거야. 호박이 제 발로 넝굴째 굴러들어온 셈이지."

위소보가 말했다.

"아, 그렇군요. 황상께선 왕자님의 부하인 그 털보 한첩마를 사흘 동안이나 심문해서 모든 걸 다 알아냈어요."

상결과 갈이단은 그의 입에서 '한첩마'라는 이름이 나오자 모두 크게 놀라며 동시에 벌떡 일어났다.

"뭐라고?"

위소보가 다시 말했다.

"뭐, 별거 아니에요. 황상은 그 한첩마하고 몽골말로 찌쿼찌쿼쓰바 한참 얘기를 했는데, 난 한 마디도 알아들을 수 없었어요. 나중에 황상은 그에게 많은 은자를 내리고 병부상서 명주 밑으로 가서 일하라고 했죠. 그리고 사흘 뒤에 나더러 한첩마를 찾아가 지도를 그려오라고 했어요. 난 행군이나 전투에 대해선 전혀 아는 게 없어요. 그래서 황상에게 말했죠. '황상, 듣자니 몽골과 서장은 너무 춥대요. 그곳까지 출병해서 싸울 거면 저는 가고 싶지 않아요. 그냥 양주에 가서 얼마 동안 놀다 올게요.' 그래서 양주까지 오게 된 거예요."

갈이단의 안색이 심각하게 변했다. 그가 물었다.

"소황제가 출병해서 몽골과 서장을 치겠다고 했다는 거냐?"

위소보는 고개를 내둘렀다.

"그건 잘 몰라요. 황상은 그저 '우린 그 늙은이만 상대하면 돼. 몽골과 서장이 우리 편에 선다면 우린 그들을 친구로 맞아들일 거고, 그렇지 않고 그 늙은이를 돕는다면 선수를 칠 수밖에 없지' 하고 말했어요."

상결과 갈이단은 서로 눈빛을 교환하더니 다소 마음이 놓이는지 다시 자리에 앉았다. 갈이단이 한첩마에 관해 묻자, 위소보는 그의 생김 새부터 행동거지까지 아주 생동감 있게 말해주었다. 갈이단은 믿지 않을 수가 없었다.

위소보는 그들 두 사람이 눈살을 찌푸리며 표정이 심각해진 것을 보고 대충 짐작이 갔다. 한첩마가 청조에 항복을 했으니 몽골과 서장이 오삼계와 결탁한 사실을 소황제가 모를 리 없고, 그래서 강희가 선수를 칠까 봐 걱정을 하고 있는 것이다.

위소보가 주위를 둘러보니, 쌍아와 증유는 혈도를 찍혀 쓰러져 있고, 여덟 명의 친위병은 태반이 목숨을 잃었다. 이번에 여춘원에 오면서 행여 출신의 비밀이 들통날까 봐 서천천과 장용, 조제현 등을 데려오지 않았다. 그러니 오늘 이곳 여춘원에서 난도질을 당해 죽을 게 뻔했다. 난도질해 그 고기를 다져서 만두를 만들든, 완자를 튀기든, 홍소紅燒 고기를 만들든, 아무도 자기를 구하러 오지 않을 것이다. 이렇게 된 이상 그냥 죽음을 기다리느니 허풍을 치든 거짓말을 하든, 무슨 짓을 해서라도 이 위기를 잘 넘겨야만 했다. 다른 수가 없었다. 그래서 넌지시 말했다.

"황상이 그러는데, 갈이단 왕자님은 절세의 무공을 지닌 무적영웅이라, 진심으로 탄복한다고 했어요."

갈이단이 빙긋이 웃으며 말했다.

"황상도 무공에 대해 알고 있나? 내가 무공이 높다는 걸 어떻게 알았지?"

위소보가 말했다.

"황상께선 당연히 무공을 알죠. 실력도 괜찮아요. 왕자 전하는 그날 소림사에서 방장을 보기 좋게 꺾었잖아요. 달마당, 나한당, 반야당의 수좌들도 쩔쩔맸어요. 그날 있었던 일을 내가 황상께 다 말해줬죠."

사실 그날 갈이단은 소림사에서 망신을 당하고 떠났다. 그런데 위소보가 상결 앞에서 그를 위해 허풍을 떨어주니 기분이 나쁘진 않았다.

위소보가 다시 말했다.

"소림 방장 회총 대사의 무공은 무림에서 둘째가라면 서러울 텐데, 왕자 전하가 소매를 살짝 떨치니까 바로 몸의 중심을 잃고 비칠거리더니 주저앉았잖아요. 바닥에 두꺼운 방석이 깔려 있어서 다행이었지, 아니면 아마 늙은 뼈다귀가…."

그날 사실은 회총 대사가 소매를 떨치는 바람에 갈이단이 의자에 주저앉아 다신 일어나지 못했다. 위소보는 그것을 반대로 얘기한 것이다. 그는 이렇게 말하면서 속으로 중얼거렸다.

'회총 사형이 나한테 잘해준 것을 알아요. 하지만 오늘 이 사제가 절체절명의 위기를 맞아서 어쩌면 바로 원적圓寂을 하게 될지도 모르니 어쩔 수 없이 색즉시공 공즉시색, 사형은 승즉시패勝卽是敗 패즉시승敗卽是勝이 돼줘야겠어요. 죄송해요….'

그는 제멋대로 지껄여대면서 눈알을 이리저리 굴리다가, 아기가 웃는 듯 마는 듯 정이 듬뿍 담긴, 샛별처럼 반짝이는 눈동자로 갈이단 왕자를 쳐다보고 있는 것을 발견하고는 또 생각을 굴렸다.

'저 고약한 계집이 몽골의 왕비가 되고 싶은 모양이지?'

그래서 얼른 입을 열었다.

"갈이단 왕자님은 무공이 아주 고강할 뿐 아니라 젊고 영준해서 왕비를 얻더라도 절세미모는 물론이고 무공이 뛰어나고 아주 참한 낭자를 골라야겠네요."

그러면서 슬쩍 아기를 쳐다보니, 얼굴이 빨개져 자기가 하는 말에 귀를 기울이는 것 같았다. 그래서 바로 이어 말했다.

"진원원은 비록 천하제일 미녀라 하지만 나이가 좀 많은데, 갈이단 왕자님은 왜 꼭 그녀를 아내로 맞이하려 하죠?"

아기는 가만히 있을 수 없어 한마디 했다.

"무슨 헛소리지? 누가 진원원을 아내로 맞이한다고 했는데?"

갈이단도 고개를 내둘렀다.

"난 그렇게 말한 적 없어."

위소보가 말했다.

"아, 황상이 그렇게 말했는데… 잘 몰랐던 모양이에요. 그렇지 않아도 난 황상에게 갈이단 왕자는 좋아하는 낭자가 있다고 했어요. 이름이 아기라고…."

아기는 입을 삐쭉거리며 '흥!' 하고 가볍게 코웃음을 날렸다. 그래도 표정에는 기쁨이 묻어 있었다. 갈이단 왕자도 그녀를 쳐다보며 빙긋이 웃어주었다.

위소보가 다시 말했다.

"아기 낭자는 무공으로도 천하에서 세 번째라고 했어요. 첫째는 상결 대라마, 두 번째는 갈이단 왕자고, 황상에 비해 아기 낭자가 아마 조금, 조금 더 위일 거라고요. 황상은 약간 기분이 나쁜 것 같았는데, 사실이 그러니 어쩌겠습니까?"

상결은 원래 그가 자질구레하게 이야기를 늘어놓는 통에 은근히 짜증이 났다. 그런데 황제에게 자신의 무공이 천하제일이라고 말했다는 이야기를 듣자, 물론 이 녀석이 하는 말은 거의 다 과장됐거나 허풍이라 믿을 수 없다는 것을 알면서도 괜히 우쭐해졌다. 물론 겉으로는 가볍게 코웃음을 날리며 아무렇지 않은 척했다.

위소보가 말을 이었다.

"황상은 제 말을 믿으려고 하지 않았어요. 젊은 낭자가 아무리 무공이 고강해도 사부를 능가할 리 있겠냐고 하더군요. 그래서 제가 말했죠. '황상께선 잘 모르시는 모양인데, 그 흰옷을 입은 여승이 바로 아기 낭자의 사부로 원래는 무공이 천하에서 세 번째였어요. 그런데 상결 대라마와 겨루다가 그만 전신의 내공이 다 흩어져서 제자가 세 번째가 된 거예요.' 그렇게 사실대로 말해줬어요."

아기는 그가 자신의 사부에 대해 잘 알고 있자 내심 놀라움을 금치 못했다.

'저놈이 내 사부님을 어떻게 알지?'

상결은 구난과 겨뤄보았다. 그 과정에서 사제 열두 명을 다 잃었다. 여태껏 그런 수모를 당해본 적이 없다. 행여 위소보가 그 일을 까발려 자신에게 망신을 줄까 봐 걱정했는데, 오히려 구난이 자신에게 당해 내공을 잃었다고 하니, 일단 안심이 됐다. 그는 아기를 힐끗 쳐다보며 속으로 생각했다.

'저 젊은 낭자가 바로 백의 여승의 제자였군. 어떻게 갈이단 왕자와 서로 얽히게 된 거지? 이상한데….'

아기가 물었다.

"아까 진원원 이야기를 왜 꺼냈지?"

위소보가 말했다.

"난 곤명에서 그 진원원을 직접 봤어요. 솔직히 말해서 나이는 나보다 약간 많은 것 같은데, '천하제일 미인'이란 말대로 정말이지 명불허전이더군요. 처음 그녀를 보는 순간, 넋이 빠져나가고 손발이 차가워지면서 온몸이 부들부들 떨렸어요. 세상에 어떻게 이런 아름다운 여인이 있을 수 있을까, 절로 감탄이 나왔죠. 아기 낭자, 사매인 아가 낭자도 절세미인이라 할 수 있죠? 하지만 진원원에 비하면 용모며 자색이 도저히 상대가 안 돼요."

아기는 아가의 미모가 자기보다 뛰어나다는 것을 알고 있었다. 그리고 위소보가 아가에게 반해 계속 치근덕거린다는 것도 잘 알았다. 그런데도 진원원을 그렇게 표현하니 믿지 않을 수가 없었다. 그래도 약간 배알이 꼴렸다.

"어린것이 뭘 안다고, 얼이 빠져가지고 그렇게 호들갑이지? 진원원은 아무리 젊게 보인다고 해도 나이가 마흔 줄은 넘었을 거야. 전에는 아름다웠을지 몰라도 지금은 아니겠지!"

위소보는 연신 고개를 내둘렀다.

"아녜요, 아니에요. 정말 아름다워요. 아기 낭자도 지금 젊고 아름답잖아요. 30년 후에도 아마 여전히 선녀처럼 아름다울 거예요. 믿지 못하겠다면 나랑 내기를 해도 좋아요. 만약 30년 후에 아름답지 않으면 내 목을 내놓을게요!"

아기는 까르르 웃었다. 자기의 미모를 칭찬하는데 좋아하지 않을 여인이 있겠는가. 더구나 자신이 좋아하는 남자 앞에서 칭찬을 받으니 더욱 기뻤다. 그리고 자신의 미모에 대해 자부심을 갖고 있는 터라, 정말 30년 후에도 똑같이 예쁠 거라고 생각했다.

위소보는 그녀가 자신과 내기를 해주길 바랐다. 그럼 갈이단은 좋아하는 여자를 봐서라도 자기를 30년은 더 살려줄지 모르니까. 그런데 상결이 바로 코웃음을 날렸다.

"애석하게도 넌 오늘 밤을 넘기지 못할 거야. 그러니 아기 낭자의 30년 후 모습을 볼 기회는 없겠지!"

위소보는 여유 있게 웃었다.

"그래도 상관없어요. 아무튼 대라마와 왕자 전하가 내 말을 기억해뒀다가 30년 후에 '위소보는 역시 선견지명이 있었구나' 하고 확인만 해주면 돼요."

상결과 갈이단, 그리고 아기는 그의 말에 결국 웃음을 터뜨리고 말았다. 위소보도 덩달아 하하 웃었다. 그러고는 다시 말했다.

"내가 곤명에 간 건 작년 일이에요. 그때 건녕 공주와 오삼계의 아들 오응웅의 혼례 때문에 곤명에 간 걸 세 사람도 다 알고 있을 거예요. 원래는 경사가 있어 성안으로 들어섰는데, 뜻밖에도 가는 곳마다 곡소리가 들리더라고요. 몇 집 긴너면 바로 초상집이고 아낙들과 어린 애들이 상복을 입고 땅이 꺼져라 통곡을 해댔어요."

밑도 끝도 없는 그의 생뚱맞은 이야기에 갈이단과 아기가 고개를 갸웃거리며 물었다.

"어떻게 된 거지?"

위소보가 말했다.

"나도 처음엔 너무 이상했어요. 그래서 운남 관원들에게 물어봤더니 다들 우물쭈물하면서 대답을 잘 안 해주더라고요. 나중에 내 친위병들을 시켜 겨우 그 이유를 알아냈어요. 그날 아침 진원원은 공주가 온다는 얘기를 듣고 직접 마중을 나왔대요. 그런데 그녀가 가마 안에서 나오자마자 곤명성 안 10만여 명의 남자들이 그녀의 모습을 보기 위해 미쳐 날뛰기 시작했고, 서로 밀고 밀치는 바람에 밟혀죽은 사람만 수백 명이나 된대요. 평서왕부의 관병들은 처음엔 군중들을 진압하느라 애를 썼는데, 진원원을 본 후에는 창칼을 떨어뜨리고 헤벌쭉 입을 벌린 채 침만 질질 흘렸다고 하더군요."

상결과 갈이단, 아기 세 사람은 서로 쳐다보며 비슷한 생각을 했다.

'이놈은 틀림없이 뻥을 치고 있는데… 그래도 진원원이 천하일색임에는 틀림이 없겠군. 언제 한번 직접 봤으면 좋겠다….'

위소보는 세 사람이 갈수록 자신의 말을 믿는 것 같아, 다시 말했다.

"왕자 전하, 평서왕부 휘하에 마보馬寶라는 총병이 있는데 혹시 이름을 들어봤습니까?"

갈이단과 아기가 고개를 끄덕였다. 그들 두 사람은 마보와 함께 소림사에 갔었는데 모를 리가 있겠는가. 갈이단이 말했다.

"그날 소림사에서 아마 보았을 텐데…."

위소보가 손뼉을 치며 말했다.

"아, 그 사람인가요? 난 깜박했어요. 그날 난 단지 왕자님이 신공을 전개해 소림 고승들을 쓰러뜨린 것에 정신이 팔려 다른 사람은 주의 깊게 보지 못했어요. 간혹 여유가 생기면 아기 낭자의 화용월모花容月貌를 훔쳐봤죠."

아기는 '흥!' 하고 눈을 흘기면서도 내심 좋아했다.

갈이단이 물었다.

"그 총병이 어떻게 됐다는 거지?"

위소보가 한숨을 내쉬더니 말했다.

"마 총병도 바로 그날 일이 터졌어요. 그는 평서왕의 명을 받고 진원원을 호위하러 왔는데, 그녀를 보자마자 그만 넋이 나가서 자신도 모르게 그녀의 백옥 같은 손을 만진 모양이에요. 나중에 평서왕이 그 사실을 알고 곤장 40대를 쳤답니다. 그러자 그 마 총병은 몰래 남한테 이렇게 말했대요. '진원원의 손을 만지면 내 손모가지를 잘라버릴 줄 알았는데, 곤장만 40대 맞았어. 그렇다면 계속 만지고 곤장을 100대 맞을 걸 그랬나 봐.' 평서왕 휘하에 총병이 모두 열 명인데, 나머지 아홉 명은 그의 말을 듣고 무척 부러워했어요. 그 말이 결국 평서왕 귀에 들어갔고, 화가 난 평서왕은 누구든 진원원의 손을 만지면 손모가지를 다 잘라버린다고 했다네요. 평서왕의 사위 하국상도 총병인데 그는 사람을 시켜 가짜 손을 만들어놨다더군요. 만약 선녀처럼 아름다운 장모님을 보는 순간 자신도 모르게 손을 만지면 손목이 잘리게 되니 미리 가짜 손을 준비해둔 거죠. 그게 뭐… 유비무환이라나요."

그의 말에 갈이단은 입이 딱 벌어져 얼이 빠지고 말았다. 상결은 연신 고개를 내둘렀다.

"말도 안 돼, 황당해!"

10대 총병이 황당하다는 건지, 위소보의 말이 황당하다는 건지 알 수 없었다. 아기가 위소보에게 물었다.

"너도 진원원을 봤다면서 왜 손을 만지지 않았지?"

위소보가 대답했다.

"그야 당연히 그럴 만한 이유가 있었죠. 내가 진원원을 만나러 가기 진에 오응웅이 먼저 날 찾아왔더군요. 그는 내가 공주를 자기한테 짝

지워주기 위해 불원천리 모시고 와줘서 고맙다면서, 품 안에서 뭔가 한 가지를 꺼내주더라고요. 금빛 광채가 나고 비취, 홍보석, 호안석 등 온갖 보석이 박혀 있는 황금수갑이었어요."

아기가 다시 물었다.

"무슨 수갑을 그렇게 진귀하게 만들었지?"

위소보가 다시 대답했다.

"글쎄 말예요. 난 그게 뭐냐고 묻고 싶었지만 그냥 선물이려니 생각하고 받으려고 했는데, 찰칵 하고 그 수갑으로 내 두 손을 묶어버렸어요. 난 깜짝 놀라서 물었죠. '이게 뭐 하는 겁니까? 내가 무슨 죄라도 졌다는 거요?' 하자, 오응웅이 말하더군요. '흠차 대인, 내 뜻을 오해하지 마시오. 이건 다 흠차 대인을 위한 거요. 진원원을 만나러 가려면 이 수갑을 차지 않으면 안 돼요. 자신도 모르게 그녀의 손을 만질 수 있으니까요. 만약 한 번만 만지면 부왕께서도 흠차 대인의 체면을 봐서 그냥 참겠지만, 한 번 만지고 또 만지고 자꾸 만지게 되면 부왕께서 아마 흠차대신을 죽인 죄명을 쓰게 될 겁니다. 대인도 물론 불안하겠지만 우리 집안을 위해 어쩔 수 없이 수갑을 채운 겁니다.' 그래서 난 할 수 없이 수갑을 찬 채로 진원원을 만나러 갔어요."

아기는 들을수록 웃음이 나왔다.

"난 도저히 못 믿겠어!"

위소보가 말했다.

"그럼 나중에 북경에 가서 오응웅을 만나면 그 황금수갑을 보여달라고 하세요. 그럼 내 말을 믿게 될 겁니다. 그는 그 황금수갑을 늘 갖고 다녀요. 진원원을 보자마자 바로 수갑을 차야 하니까요. 조금이라도 늦으면 정말 큰일 납니다."

상결이 코웃음을 쳤다.

"진원원은 그의 서모야. 그런데도 그렇게 무례한 짓을 할 수 있단 말인가?"

위소보는 끝까지 우겼다.

"물론 감히 무례한 짓을 할 수 없죠. 그러니까 수갑을 갖고 다니는 거예요!"

아기가 따져물었다.

"북경에 가면서는 왜 그 수갑을 가져갔지?"

위소보는 잠시 멍해졌으나 잽싸게 생각을 굴렸다.

'빌어먹을, 뺑이 들통나겠는데…….'

그는 바로 둘러댔다.

"오응웅은 원래 북경에 오래 머물지 않고 바로 곤명으로 돌아가려고 했어요. 지금은 어쩔 수 없이 북경에 남게 된 거죠."

상결이 그를 노려봤다.

"그럼 은혜를 원수로 갚은 셈이군. 그는 의리를 생각해서 수갑을 빌려줬는데, 왜 그가 운남으로 돌아가지 못하게 막았지?"

위소보는 고개를 내둘렀다.

"오응웅이 은혜를 베풀었다고요? 그는 불구대천의 원수예요."

상결은 이해가 가지 않아 물었다.

"그가 너한테 뭘 잘못했는데?"

위소보가 대답했다.

"잘못했어도 크게 잘못했죠. 그가 빌려준 수갑을 차고 있는 건 따지고 보면 날 죽이는 것보다 더 고통스러웠어요. 그 수갑만 아니었다면 난 진원원의 손뿐만 아니라 얼굴도 만졌을 겁니다. 어휴… 대라마, 왕자 전하! 진원원의 얼굴만 만질 수 있다면 오삼계가 내 손모가지를 잘라버린다 한들 무슨 상관이 있겠습니까? 내 다리몽둥이를 다 잘라서 운남화퇴雲南火腿(운남에서 유명한 족발 요리)를 만든다고 해도 그게 무슨 대수겠어요?"

세 사람은 진원원이 얼마나 아름답기에 다들 그렇게 극성을 떠는지, 상상의 나래를 펴느라 위소보의 말에 웃지도 않았다. 위소보는 일부러 음성을 낮춰 아주 은밀한 이야기를 하는 척하며 말했다.

"이건 아주 어마어마한 비밀이니 내 말을 듣고 나서 절대 다른 사람들에게 말하면 안 돼요. 정말이지 이 기밀을 누설하면 절대 안 되는데, 세 분은 나랑 서로 통하는 데가 있는 것 같아서 말해주는 거예요."

갈이단이 얼른 물었다.

"무슨 기밀인데?"

위소보가 속삭이듯 나직이 말했다.

"황상이 곧 출병해 오삼계를 칠 겁니다."

상결 등 세 사람은 그의 말을 듣고는 대수롭지 않게 생각하는지 서로 마주 보며 피식 웃었다.

'그게 무슨 기밀이야? 황제가 오삼계를 치지 않아도 오삼계가 바로 출병해 황제를 칠 거야, 이 멍청한 녀석아!'

위소보가 다시 말했다.

"황상이 왜 운남을 겨냥해 출병하려고 하는지 아세요? 그건 아마 모를걸요."

아기가 반문했다.

"그럼 역시 그 진원원 때문이라는 거야?"

위소보는 탁자를 탁 치며 몹시 놀라는 듯한 표정을 지었다.

"아니… 그걸 어떻게 알았지?"

아기가 담담하게 말했다.

"난 그냥 해본 소리야."

위소보가 엄지를 척 들어올리며 그녀를 치켜세웠다.

"낭자는 정말 여자 제갈량처럼 귀신같이 잘 아는군요. 황제는 자신이 원하는 걸 뭐든지 다 얻을 수 있는데… 단지 하나! '천하제일 미녀'가 없어요. 저번에 왜 덕망 있고 공을 많이 세운 고관을 운남으로 보내지 않고 나 같은 풋내기를 보냈는지 알아요? 바로 나더러 직접 진원원의 미모가 어느 정도며 정말 남자들이 목숨을 걸고 탐낼 만큼 아름다운지 확인해보라고 했어요. 그리고 오삼계가 그녀를 궁으로 들여보낼 의사가 있는지도 타진해보라고 했죠. 그런 일로 수염이 허연 대신을 보내면 아무래도 좀 쑥스럽잖아요. 한데… 내가 슬쩍 떠보기만 했는데도 오삼계는 탁자를 내리치며 노발대발했어요. 그리고 뭐라고 했는지 아세요? '공주 하나를 보내고 감히 살아 있는 내 관음보살을 바꿔가겠다는 거냐? 흥! 어림 반 푼어치도 없지! 공주를 100명 보내준다고 해도 절대 바꾸지 않을 거야!' 그러면서 핏대를 올리더라고요."

상결과 갈이단은 서로 마주 보며 표정이 이상하게 변했다. 다들 오삼계한테 속았다는 생각이 드는 모양이었다. '알고 보니, 진원원이란 절세미인이 중간에 얽혀 있어서 출병을 결심하게 된 거군'이라며 실망하는 눈치였다. 오삼계는 지난날에도 '충관일노위홍안衝冠一怒爲紅顔

(노여움으로 머리털이 관을 찌르는 것은 오로지 미인 때문)'이라 하여, 바로 진원원 때문에 대명 강산을 만청에 바치지 않았던가! 그건 천하가 다 아는 엄연한 사실이었다. 소황제는 비록 나이는 어리지만 풍류를 즐긴다면 그런 일도 충분히 있을 수 있었다.

위소보는 속으로 중얼거렸다.

'소현자야, 넌 요순어탕이니 절대 그 늙은 개뼈다귀의 마누라를 탐할 리가 없어. 난 지금 벼랑 끝에 서 있기 때문에 어쩔 수 없이 널 못된 황제로 만든 것이니, 화내지 말고 이해를 좀 해줬으면 좋겠어.'

그는 상결과 갈이단의 표정이 변한 것을 보고 넌지시 말했다.

"오삼계가 노발대발하는 것을 보고 더 이상 아무 말도 하지 못했어요. 난 그때 운남에 있었고, 군사를 몇천 명밖에 거느리지 않았는데, 어떻게 오삼계의 천군만마를 당해내겠어요? 그냥 입을 꾹 다물고 있을 수밖에요, 안 그래요?"

갈이단이 고개를 끄덕였다. 위소보가 다시 말했다.

"하루는 그 털보 한첩마가 날 찾아왔어요. 왕자 전하가 자기를 운남으로 보내 오삼계와 대사를 상의하라고 했는데, 가만히 지켜보니 상황이 이상하게 돌아가고 있다는 거예요. 몽골 사람들은 '대한大汗'의 자손으로 다들 영웅호한인데, 왜 오삼계가 좋아하는 미인 하나를 위해 목숨을 바쳐야 하냐고 푸념을 늘어놨어요. 그러면서 자기를 몰래 북경으로 데려가 황제를 만나게 해달라고 부탁하더군요. 진원원이 어떤 여자인지 황제에게 직접 다 말하겠다고요. 그리고 몽골 왕자와 청해 대라마와는 아무 상관이 없다고… 몽골의 왕자는 이미 좋아하는 아기 낭자가 있기 때문에 진원원한텐 관심이 없고, 청해 대라마도 역시…

아름다운 청해 낭자가 많기 때문에…."

상결이 소리쳤다.

"닥쳐! 우리 황교 라마들은 계율이 엄격해서 절대로 여색을 탐하지 않아!"

위소보가 얼른 말했다.

"아, 네, 네. 그건 한첩마가 한 말이지 내가 한 말이 아닙니다. 대라마, 한첩마는 황제의 환심을 사기 위해 대라마가 진원원을 빼앗아가지 않을 거란 뜻으로, 일부러 그렇게 말했을지도 모르죠."

상결은 코웃음을 쳤다.

"다음에 한첩마를 만나면 확실하게 물어봐야지! 둘 중 누가 거짓말을 해서 내 명예를 훼손한 건지!"

그 말을 듣자 위소보는 내심 좋아했다.

'그래, 나중에 한첩마를 만나 누구 말이 사실인지 알아보려면 지금은 날 죽이지 않겠군.'

그래서 얼른 말했다.

"네, 나중에 한첩마를 만나거든 삼자대면을 해서 확인해보자고요. 오삼계를 도와 모반을 꾀해봤자 아무런 득도 없어요. 설령 모반이 성공한다고 해도 두 사람 다 수갑을 차고 마음을 졸여야 하니…."

상결이 성난 표정을 짓자 얼른 말을 바꿨다.

"대라마는 '색즉시공, 공즉시색'이라 진원원을 봐도 마음이 흔들리지 않을 겁니다. 하지만… 하지만… 저…."

상결이 다그쳤다.

"하지만 뭐야?"

위소보가 다시 말했다.

"지난번 내가 공주를 모시고 곤명에 갔을 때 진원원이 마중 나오는 바람에 수백 명이 밟혀서 깔려죽었잖아요? 그 죽은 사람들의 가족이 불사佛事를 하려는데, 화상이고 도사고 좀처럼 찾을 수가 없댔어요."

아기가 물었다.

"왜 화상과 도사들을 찾을 수 없었지?"

위소보가 대답했다.

"많은 사람들이 진원원을 보기 위해 난리법석을 떠는 바람에 곤명의 많은 화상들이 환속을 해버렸대요. 갑자기 수백 명의 화상이 환속을 했으니 불사를 치를 사람이 당연히 부족했겠죠."

갈이단 등 세 사람은 반신반의했다. 아무리 생각해도 좀 황당무계한 말이 아닐 수 없었다. 그래도 어쨌든 진원원이 천하일색이라는 것만큼은 믿어 의심치 않았다.

아기는 갈이단을 힐끗 쳐다보더니 나직이 말했다.

"곤명이라는 데는 정말 좀 이상한 것 같아요. 오삼계를 돕고 싶으면 혼자 가세요. 난 가지 않을래요."

갈이단이 얼른 말했다.

"누가 곤명에 간다고 했소? 그리고 난 진원원을 보고 싶은 생각도 없소이다. 우리 아기 낭자도 아마 진원원에 비해 손색이 없을 거요."

아기는 안색이 변해 쏘아붙였다.

"손색이 없다는 것은 내가 그녀만 못하다는 거 아닌가요? 그녀를 만나고 싶으면 가서 만나봐요!"

그러면서 몸을 일으켰다.

"난 갈게요!"

갈이단은 멋쩍어하며 다급하게 말했다.

"아녜요, 아니라니까! 하늘에 맹세코 내 살아 있는 동안 절대 진원원에게 단 한 번도 눈길을 주지 않을 거요."

아기는 곱게 눈을 흘기며 다시 자리에 앉았다.

그러자 위소보가 말했다.

"한 번도 눈길을 주지 말아야 해요. 단 한 번만 눈길을 주면 열 번, 백 번… 계속 봐야 하니까요."

갈이단은 이를 갈았다.

"왜 또 그런 쓸데없는 말을 하는 거지? 영원히 진원원을 보지 않겠다고 맹세를 했잖아. 만약 본다면 눈이 멀고 말 거야!"

아기는 좋아하며 그에게 정겨운 눈빛을 주었다.

위소보가 다시 말했다.

"소황제는 두 분이 왜 오삼계를 도우려 하는지 그 이유를 모르겠데요. 만약 진원원을 탐낸다면 그야 어쩔 수 없지만… 진원원은 오직 하나밖에 없어요. 소황제한테도 없어요. 만약 미녀가 아니라면 오삼계가 갖고 있는 게 뭐가 있죠? 소황제는 그보다 뭐든지 다 수십 배는 더 나을 거예요. 만약 두 분이 소황제를 돕는다면 금은보화와 부귀영화를 얼마든지 누릴 수 있어요."

상결이 차갑게 말했다.

"청해와 몽골은 비록 빈곤하지만 금은보화 따위는 탐하지 않아!"

위소보는 잽싸게 생각을 굴렸다.

'너희들은 금은보화도 싫고 미녀도 관심이 없다면 대체 뭘 원하는

거지?'

이내 생각이 다른 쪽으로 돌아갔다.

'그래, 소장부는 돈이 최고고, 대장부는 권력을 원한다고 했어. 난 소장부고, 너희 둘은 대장부다!'

그래서 넌지시 말했다.

"소황제의 말로는 갈이단은 아직 왕자지만 자신을 도와 오삼계를 치면 몽골 국왕에 봉하겠다고 했어요."

그 말에 갈이단은 눈이 빛나며 떨리는 목소리로 물었다.

"그게… 그게 사실인가? 황상께서 정말 그렇게 말했다고?"

위소보가 대답했다.

"그렇다니까요. 내가 왜 거짓말을 하겠어요?"

상결이 나섰다.

"세상에 몽골 국왕이란 건 없어. 황제가 만약 갈이단 전하를 중가르 칸準噶爾汗에 봉한다면 아마 만족할 거야."

위소보가 말했다.

"아, 네, 네. 틀림없이 그 '준가리한'에 봉할 겁니다."

속으로는 구시렁댔다.

'젠장, 그 무슨 '준가리한'이든 '온가리한'이든 시켜주면 되잖아.'

상결은 그의 표정에서 잘 모르고 있다는 것을 알아차리고 대충 설명해주었다.

"몽골은 여러 부족으로 나뉘어 있어. '중가르'는 그중에서 가장 큰 부족이지. 몽골의 왕은 국왕이라 하지 않고 '칸'이라 해. 왕자 전하는 아직 칸이 되지 못했어."

위소보가 말했다.

"그렇군요. 왕자 전하가 황상만 도와준다면 몽골 전체의 칸이 되는 것도 뭐 쉬운 일이 아니겠어요? 황제가 성지를 내리고 수만 병마를 보내면 누가 감히 반대하겠어요?"

갈이단은 좋아했다.

"황상께서 그렇게만 해준다면야 어려울 게 없지."

위소보는 가슴을 치며 말했다.

"그건 걱정할 필요 없어요. 내가 다 알아서 할게요. 황제는 오로지 오삼계만 증오해요. 그리고 아기 낭자도 아주 아름답지만 황제 눈에 띄지 않게만 하면 욕심내지 않을 겁니다. 상결 대라마도 그래요. 황제를 도와주기만 하면 서장 전체를 다스리는 큰 벼슬을 내려줄 겁니다."

그는 서장의 큰 벼슬이 뭔지 알지 못해 함부로 말을 하지 못했다.

상결이 말했다.

"나는 청해의 라마야. 전 서장의 라마는 달라이達賴 활불活佛이 다스리고 있으니 황제가 봉한다고 되는 게 아니야."

위소보가 물었다.

"청해의 라마라면 왜 서장에 가서 활불을 하지 않죠? 서장에는 몇 명의 활불이 있는데요?"

상결이 대답했다.

"또 한 명의 판첸班禪 활불이 있지. 모두 두 분이네." [12]

위소보가 말했다.

"그렇군요. 한데 삼세번이라는 게 있고, 삼위일체라고도 하잖아요. 상결 라마도 활불에 봉하면 돼요. 상결 대활불이 그 무슨 달라이니…

또 판… 뭐라고 하는 두 활불을 다스리면 되잖아요."

상결은 마음이 동요되었다.

'녀석이 멋대로 지껄이는 것 같은데, 그래도 일리가 없는 건 아니야.'

그의 초췌한 얼굴에 엷은 미소가 스쳤다.

위소보는 오로지 이 위기에서 벗어날 생각밖에 없었다. 상대방이 뭘 요구해오든 무조건 들어줄 수 있었다. 더구나 중가르칸이니 서장 대활불에 봉하는 것은 밑천 한 푼도 들일 필요가 없었다. 그는 자신 있게 말했다.

"이건 내가 허풍을 떠는 게 아니라 황상께 진언만 하면 뭐든 십중팔구는 다 들어줍니다. 더구나 두 분이 황상을 도와 오삼계를 친다고 하면 봉상封賞은 물론이고 저도 덩달아 공을 세우는 셈이니 승관발재升官發財할 겁니다. 옛말에도 있잖아요. 연줄만 있으면 모든 게 수월하다고요. 앞으로 저는 조정에서 대관 노릇을 하고, 두 분은 몽골과 서장에서 대관을 하십시오. 차라리 이번 기회에 결의형제를 맺어 공생공사, 운명을 함께합시다! 천하는 넓지만 황제를 제외하고는 바로 우리 세 사람의 세상입니다. 어때요, 제 생각이?"

이렇게 말하면서도 속으로 생각했다.

'운명을 함께한다는 말은 아주 중요한 거야. 우리 셋이 영원히 운명을 함께해야 하는데, 만약 날 죽인다면 그건 너희가 자살하는 것과 다를 바 없잖아.'

상결과 갈이단은 양주로 오기 전에 이미 철저하게 알아봤다. 이번에 황제의 흠차대신으로 양주에 오는 소년은 어전에서 가장 총애를 받는 측근으로 현재 아주 높은 벼슬에 올라 있다는 사실을 이미 파악했다. 그런데 그 소년이 바로 전에 면식이 있던 위소보일 줄이야! 갈이단은 본디 위소보와 아무런 원한이 없었다. 상결은 그로 인해 사제 열두 명을 잃고 자신도 손가락을 잘라 불구가 돼서 뼈에 사무치도록 증오했는데, 지금 그의 말을 듣자 생각이 좀 달라졌다.

이미 죽은 사제들은 되살릴 수가 없다. 잘린 손가락도 다시 붙일 수 없을 것이다. 만약 위소보를 일장에 때려죽인다면 마음속의 응어리가 풀릴 수는 있지만 그 이상은 아무것도 없다. 오삼계를 도와줘도 역시 자신에게 돌아올 이득이 별로 없다. 그러나 만약 위소보와 결의를 맺어 친해진다면 앞으로 여러모로 도움이 되고 혜택도 많을 것이다. 이해타산을 해보지 않을 수 없었다.

갈이단과 상결은 서로 마주 보며 잠시 생각을 굴리다가 모두 고개를 끄덕였다.

위소보는 기사회생했으니 뛸 듯이 기뻤다. 자기가 멋대로 지껄인 말이 그들의 마음을 움직였다는 사실이 잘 믿기지 않았다. 그는 행여 둘 중 하나라도 마음을 바꿀까 봐 얼른 말했다.

"대형, 이형, 그리고 둘째형수님! 지금 바로 결의를 합시다. 둘째형수님은 직접 결의를 안 해도 됩니다. 이형과 부부의 연을 맺으면 한 몸이 되는 것이니, 결의를 맺은 거나 다름없지요."

그때 상결이 갑자기 팍 하고 탁자를 내리치자 모서리가 떨어져나갔다. 위소보는 흠칫 놀라며 속으로 시부렁댔다.

'지금 또 뭐 하는 짓이야?'

상결이 싸늘하게 말했다.

"위소보, 오늘 네가 한 말을 일단 다 믿겠다. 그러나 만약 나중에 약속을 어기면 그땐 이 상 모서리가 바로 본보기가 될 것이다!"

위소보는 웃으며 말했다.

"대형, 그게 무슨 말이에요? 이제 우리 세 사람은 한마음 한뜻으로 뭉쳐야 해요. 공동의 이익을 위해 매진해야죠. 제가 만약 형님들을 기만하여, 형님들이 결국 몽골과 서장에서 출병해 황제와 맞선다면, 황제는 화가 나서 저를 가장 먼저 죽일 겁니다. 그런데 제가 감히 두 분에게 그릇된 짓을 할 수 있겠어요?"

상결은 고개를 끄덕였다.

"음… 그건 그렇지."

세 사람은 곧 대청에 붉은 촛불을 밝히고 무릎을 꿇어 절을 올림으로써 결의형제로 맺어졌다. 상결이 맏이고, 갈이단이 둘째, 그리고 위소보가 막내 삼제三弟가 됐다. 그는 대형과 이형에게 다시 절을 올린 후 아기에게도 절을 하면서 연신 '둘째형수님'이라고 부르며 따리를 붙였다. 물론 나름대로 꼼수가 있었다.

'내가 널 둘째형수님이라 부르니, 나중에 아가한테 수작을 부려도 전처럼 무조건 나서서 간섭하진 못하겠지?'

아기는 술을 네 잔 따르고 웃으며 말했다.

"오늘 세 사람이 결의를 맺었으니 앞으로 초심을 잃지 말고 시종일관 변함없이 큰일을 이루길 바라겠어요. 그런 의미에서 제가 한 잔씩 올리겠습니다."

상결이 웃으며 말했다.

"이 술은 당연히 마셔야지."

그러면서 술잔을 들었다.

위소보가 얼른 말했다.

"잠깐만요! 이건 마시다 남은 술이니 깨끗하지 못해요. 새 술을 가져오라고 하죠."

바로 큰 소리로 외쳤다.

"여기요! 술을 갖다줘요!"

그는 속으로 이상하게 생각했다.

'여춘원이 어떻게 된 거야? 왜 이렇게 한참 지나도 시중드는 사람이 안 나타나지?'

바로 또 달리 생각해봤다.

'그래, 주인여편네랑 기도 녀석들은 여기서 싸움이 벌어져 관병들이 죽은 것을 보고 겁이 나서 다 달아난 모양이군.'

바로 그때 심부름꾼 하나가 들어와 고개를 푹 숙인 채 싸가지 없는 말투로 물었다.

"뭔 일이요?"

위소보는 절로 눈살이 찌푸려졌다.

'여춘원에서 일하는 사람은 내가 거의 다 아는데 이 녀석은 새로 왔나? 왜 이렇게 무뚝뚝하고 불친절하지? 겁을 먹어서 제정신이 아닌가 보군.'

그는 바로 호통을 쳤다.

"술 가져와!"

그 심부름꾼은 간단하게 대꾸했다.

"네!"

그러고는 바로 몸을 돌려서 나갔다.

위소보는 그의 뒷모습을 보는 순간, 가슴이 철렁했다.

'아니… 저게 누구야? 낮에 선지사 밖에서 작약을 감상할 때 똑같은 뒷모습을 봤는데… 어떻게 여기서 일하지? 뭔가 수상한데….'

자세히 생각을 해보니 문득 떠오르는 게 있었다.

"앗!"

그는 자신도 모르게 비명을 지르며 펄쩍 뛰었다. 등에 식은땀이 배었다. 상결, 갈이단, 아기는 그의 비명에 놀라 일제히 물었다.

"왜 그래?"

위소보가 나직이 말했다.

"아까 그놈은 오삼계의 부하 고수가 위장한 거요. 우리가 한 말을 다 엿들었을 겁니다."

상결과 갈이단은 깜짝 놀랐다.

"그럼 살려둘 수 없지!"

바로 밖으로 뛰쳐나가려는데 위소보가 말렸다.

"잠깐만요, 서두를 필요가 없어요. 일단 모른 척하고 놈들이 모두 몇 명인지 파악해보고… 무슨 꿍꿍이속인지 알아봅시다."

그렇게 말하는 그의 음성이 좀 떨렸다. 그 심부름꾼이 정말 오삼계의 부하라면 이렇게 떨며 당황할 필요가 없을 것이다. 그자는 바로 신룡교의 육고헌이었다.

육고헌은 신룡도에서 그를 따라 북경으로 가 한동안 함께 지냈다. 그래서 변장을 그럴싸하게 해서 얼굴은 알아보지 못해도 뒷모습은 아주 눈에 익었다. 낮에 선지사에서 그의 뒷모습을 봤을 때는 그냥 눈에 익다는 생각만 들었는데 지금 여춘원에서 다시 보자 아무래도 뭔가 수상해서 자세히 생각을 굴려 결국 알아차린 것이다.

육고헌이 단지 혼자 이곳에 나타났다면 별로 두려울 게 없었다. 하지만 위소보는 선지사에서 무심코 여춘원에 가서 통속적인 노래를 듣고 싶다는 이야기를 했고, 육고헌이 기도로 변장해 이곳에 나타난 것으로 미루어, 틀림없이 반 두타와 수 두타도 함께 왔을 것이었다. 뿐만 아니라 어쩌면 홍 교주가 직접 출동했을지도 모른다. 위소보는 생각할수록 두려움이 밀려와 이마에 땀방울이 맺혔다.

곧이어 육고헌이 쟁반에 술주전자 두 개를 받쳐들고 들어왔다. 그는 여전히 고개를 숙인 채 주전자를 탁자에 내려놓았다. 위소보는 계속 속으로 생각을 굴렸다.

'제기랄, 내가 알아볼까 봐 고개를 숙이고 있군. 흥! 대체 몇 사람이 온 거야?'

그는 일부러 언성을 높였다.

"이 기루에서 일하는 이가 당신 한 사람뿐이오? 다들 들어와서 시중을 들어야지!"

육고헌은 대충 '음…' 하며 얼버무리더니 얼른 밖으로 나갔다.

위소보가 나직이 말했다.

"대형, 이형, 형수님! 좀 이따 제가 눈을 까뒤집어 천장을 쳐다보면 즉시 출수해서 놈들을 죽이십시오. 다들 무공이 고강하니 조심해야 합니다."

상결 등은 고개를 끄덕이면서 생각했다.

'오삼계의 부하라면 무공이 제아무리 고강해봤자 얼마나 세겠어?

그런데 이 녀석은 왜 이렇게 긴장을 하지?'

잠시 후 육고헌이 네 명의 기녀를 데리고 들어왔다. 기녀들은 제각기 네 사람 곁에 자리를 잡고 앉았다. 위소보가 살펴보니 다들 모르는 얼굴이었다. 원래 여춘원에 있는 기녀가 아니었다. 네 명은 한결같이 못생긴 편이었다. 입이 비뚤어지거나 피부가 가무잡잡하고 안색도 누리끼리했다.

위소보가 웃으며 말했다.

"여춘원의 아가씨들은 정말 아름답기 짝이 없구먼!"

그러자 상결 곁에 앉은, 얼굴에 덕지덕지 부스럼이 난 낭자가 그에게 눈을 깜박이며 뭔가 암시하는 듯한 눈짓을 보냈다.

위소보는 그녀의 얼굴은 부스럼투성이지만 눈동자가 아주 맑은 것을 보고 짐작했다.

'이 네 명은 모두 신룡교 사람인데, 얼굴에 이상한 것을 발라 위장을 했군. 한데 나한테 눈짓으로 무엇을 암시한 걸까?'

그는 정극상이 마시다 남긴 미춘주를 그 기녀들에게 한 잔씩 따라주었다.

"자, 다들 한 잔씩 마시지!"

기루에서 손님이 기녀에게 술을 따라주는 법은 없다. 손님이 술을 마시기 위해 주전자를 집으려고 하면 기녀가 얼른 눈치를 채고 먼저 술을 따라주기 마련이다. 그런데 지금 이곳에 앉아 있는 기녀 네 명은 고개를 숙인 채 위소보가 술을 따라줘도 아무 말도 하지 않았다.

위소보는 속으로 웃었다.

'기녀로 가장했다면 기본 주법은 익혔어야지!'

그는 시치미를 떼고 말했다.

"손님 시중을 들러 왔으면 먼저 한 잔 마시는 게 예의지. 자, 어서들 마셔요."

그러고는 다시 한 잔 따라서 육고헌에게 주었다.

"보아하니 새로 온 사람 같은데, 교육을 받지 않았나 보지? 손님을 위해 먼저 한 잔 마셔야 손님이 기분 좋아서 용돈도 두둑이 주지."

기녀들과 육고헌은 정말 기루의 규칙이 그런 줄 알고 모두 '네!' 하고 대답을 하면서 자신의 술잔을 비웠다.

위소보가 웃으며 말했다.

"그래, 그래야지. 깔치랑 자라 녀석들은 다 어디 간 거야? 모조리 다 불러오라고! 이렇게 큰 여춘원에 왜 다섯 명밖에 안 보여? 정말 이상하네…."

얼굴이 누리끼리한 기녀가 육고헌에게 몰래 눈짓을 보냈다. 그러자 육고헌은 몸을 돌려 밖으로 나가더니 기도 두 명을 데려와 모래를 씹은 듯한 쉰 목소리로 말했다.

"깔치는 더 없고, 자라는 두 마리가 더 있습니다."

위소보는 속으로 다시 웃었다.

'깔치나 자라 녀석이란 말은 다른 사람들이 등 뒤에서 너희들을 비하할 때 쓰는 말인데, 너 스스로 깔치니 자라라고 하다니, 정말 웃기는 군! 내가 슬쩍 떠보니까 바로 들통이 나버렸잖아. 흥! 홍 교주가 아무리 신기묘산이라 해도 이 위소보가 바로 여춘원 출신이라는 건 꿈에도 생각지 못했을걸! 헤헤….'

이번에 심부름꾼이라고 들어온 두 사람은 모두 키가 컸다. 그중 하나는 척 봐도 알 수 있었다. 바로 반 두타가 변장한 게 분명했다. 그리고 또 한 사람은 수 두타일 텐데, 왜 갑자기 키가 커졌는지 알 수 없었다. 위소보는 잠깐 생각을 굴리더니 이내 그 이유를 알아차렸다. 그는 발밑에 목발을 밟고 있을 것이었다. 만약 미리 짐작을 하고 보지 않았다면, 땅딸보에서 꺽다리로 변신한 그를 알아보지 못할 뻔했다.

위소보는 다시 술을 두 잔 따라 그들에게 주면서 말했다.

"손님이 자라한테 술을 하사하니, 자라새끼는 어서 마셔라!"

반 두타는 아무 말 없이 술을 받아 마셨다. 그러나 수 두타는 워낙 성질이 불같아 바로 욕을 했다.

"이런 빌어먹을, 자라새끼는 바로…."

반 두타가 얼른 그의 소맷자락을 끌어당기며 소리쳤다.

"어서 마셔! 손님한테 이게 무슨 무례야?"

수 두타는 이번에 가짜 자라로 변장하면서 홍 교주로부터 호된 질책을 받았는지, 흠칫 놀라며 얼른 술을 받아 마셨다.

위소보는 그들이 미춘주를 다 마신 것을 확인하고 느긋하게 물었다.

"이제 다 들어온 거요? 다른 사람은 더 없나?"

육고헌이 대답했다.

"없소."

그러자 위소보는 작심하고 말했다.

"홍 교주는 자라로 변장하지 않았나?"

그러면서 눈을 까뒤집어 천장을 봤다. 육고헌 등 일곱 명은 그 말을 듣자 화들짝 놀랐다. 네 명의 기녀가 일제히 몸을 일으켰다.

상결은 진기를 잔뜩 모아 대기하고 있던 터라, 잽싸게 출수해 수 두타와 육고헌, 두 사람의 허리께 혈도를 정확하게 찍었다.

불의의 기습을 당해 혈도를 찍힌 육고헌은 바로 그 자리에 쓰러졌는데, 수 두타는 단지 신음만 내뱉고는 상결의 머리를 향해 장풍을 떨쳐냈다.

상결은 놀라지 않을 수 없었다. 자신이 방금 전개한 양지선兩指禪 무공은 가히 천하무쌍이라 자부해왔다. 열 손가락의 첫마디가 잘려 손가락이 짧아져서 예전처럼 출수가 민첩하지 못한 건 사실이었다. 그러나 손가락이 짧아졌기 때문에 적의 혈도를 찍으면 그 힘이 오히려 전보다 3할 정도는 더 강해졌다. 지금 틀림없이 상대의 허리 혈도를 정확하게 찍었는데, 왜 별 타격을 입지 않은 것일까? 혹시 그도 위소보처럼 금강호체신공金剛護體神功을 터득했단 말인가? 이해가 가지 않았다.

사실 이 두 사람은 누구도 금강호체신공을 터득하지 못했다. 위소보가 창칼을 두려워하지 않았던 것은 호신보의護身寶衣를 입었기 때문이었다. 그리고 수 두타는 목발을 딛고 있어 몸이 공중으로 한 자가량 떠 있는 상태였다. 상결은 그가 원래 키가 큰 줄 알고 허리 혈도를 찍는다는 게 다리 바깥쪽을 찍고 말았다. 수 두타는 그저 따끔한 느낌만 들었을 뿐 혈도를 찍힌 게 아니었다.

이때 반 두타는 이미 갈이단과 서로 엉켜 치고받고 있었다. 그리고 얼굴에 부스럼이 많이 난 기녀는 아기와 붙었다. 또 한 명의 기녀는 위소보를 향해 덮쳐왔다. 위소보는 웃으며 말했다.

"색정이 발작했나, 날 잡아먹으려는 거야?"

그 기녀는 손가락을 갈퀴처럼 구부려 덮쳐오는 기세가 만만치 않았다. 위소보는 놀라며 황급히 탁사 밑으로 쏙 들어가 그 기녀의 다리를 확 잡아챘다. 기녀는 미춘주의 약효가 발작하는지 눈이 빙글빙글 돌며 정신이 혼미해졌다. 그런데 위소보가 다리를 잡아채자 몸의 균형을 잃고 비칠비칠하더니 폭삭 바닥에 주저앉아 다시는 일어날 생각을 하지 않았다. 나머지 기녀 셋도 차례로 정신을 잃고 쓰러졌다.

수 두타는 상결과 몇 초식을 겨루더니 목발이 불편한지 양 다리에 힘을 가해 우지끈 목발을 부러뜨렸다.

상결은 그의 원래 모습을 확인하고는 욕을 했다.

"이제 보니 난쟁이 똥자루잖아!"

수 두타가 성난 고함을 질렀다.

"이놈아, 예전엔 너보다 더 컸어! 땅딸이가 되고 싶어 됐는데 네가 웬 참견이냐?"

상결은 깔깔 웃었다. 두 사람은 말을 주고받으면서도 공격을 멈추지 않았다. 두 사람 모두 무공 고수라 몇 초식 교환해보더니, 내심 상대에 대해 서로 감탄을 금치 못했다. 상결은 이해가 가지 않았다.

'오삼계의 부하 중에 이렇게 무공이 고강한 땅딸보 위사가 있었나?'

수 두타는 다른 생각을 했다.

'무공이 제법 고강한데 위소보의 앞잡이 노릇을 하는 걸 보면 제대로 된 인물은 아니구먼!'

한쪽에서 반 두타와 맞붙은 갈이단은 그의 적수가 되지 못했다. 그러나 반 두타는 미춘주를 한 잔 마셨기 때문에 아무래도 몸놀림이 좀 느렸다. 그 덕에 갈이단은 지금껏 버틸 수 있었다.

한편 아기는 자신을 공격한 기녀가 초식이 아주 민첩한데 몇 초식을 전개하지 못하고 스스로 쓰러진 것을 보고 내심 의아해했다. 고개를 돌려보니 갈이단이 계속 뒤로 밀려나 얼른 가서 도와줬다.

반 두타는 슬슬 약효가 올라와 눈앞이 캄캄해지며 몸이 비틀거렸다. 그 순간 적이 자신의 가슴에 일장을 가한 것을 느꼈다. 그러나 별로 내공이 실려 있지 않은 일장이었다. 반 두타는 눈을 감은 채 반사적으로 양팔을 좌우로 갈라 상대의 손을 뿌리치며 옆구리께 혈도를 찍었다.

반 두타의 가슴을 공격한 사람은 아기였고, 그녀는 옆구리 혈도를 찍혀 몸이 솜처럼 풀리며 천천히 주저앉았다. 그녀는 공교롭게도 먼저 쓰러져 있던 육고헌의 등 위에 쓰러졌다. 아기가 놀라 막 소리를 지르려는데 반 두타의 몸이 앞으로 쓰러져왔다.

갈이단은 아기가 쓰러지는 것을 보고 다급히 소리쳤다.

"아기! 아기! 왜 그래?"

그 순간, 쓰러지는 반 두타의 몸이 용수철처럼 튕겨지면서 냅다 갈이단의 가슴을 향해 주먹을 뻗어냈다. 퍽 하는 소리와 함께 주먹을 맞은 갈이단은 1장 밖으로 날아가 담벽에 부딪히며 쓰러졌다.

반 두타와 수 두타는 미춘주를 마셨지만 워낙 내공이 심후해 좀 더 버틸 수 있었다. 게다가 여춘원에서 만든 미춘주는 약성이 독하지 않아, 두 사람은 비록 몽롱해졌지만 정신을 완전히 잃지는 않았다.

이때 수 두타는 눈앞이 뿌옇게 변해 사물을 잘 분간할 수 없었는데, 한 사람이 어른거리는 것 같았다. 그는 다름 아닌 상결이었다. 수 두타는 보이든 말든 무조건 쌍장을 휘둘러 공격을 전개했고 상결은 그것을 가볍게 피했다. 반면 수 두타는 왼쪽 어깨와 오른쪽 턱에 연거푸 주먹을 맞았다. 세아무리 맷집이 좋은 수 두타라 해도 상결의 주먹을 맞고는 버텨내기 힘들었다. 그는 고래고래 소리를 지르며 무턱대고 밖을 향해 도망쳤다.

육고헌도 비칠거리면서 일어났다. 상반신의 혈도가 아직 풀리지도 않았는데, 그 역시 사력을 다해 밖으로 달아났다.

한편, 갈이단은 담벽에 세게 부딪혀 등골이 으스러지는 듯한 고통을 느꼈다. 억지로 정신을 차려보니, 자신을 공격했던 반 두타가 왼손으로 탁자를 짚은 채 두 눈을 감고 오른손으로 계속 가슴 앞을 휘젓고 있었다. 앞이 보이지 않는데 누가 기습을 할까 봐 그러는 것 같았다.

갈이단은 이 기회를 놓칠세라 안간힘을 써서 몸을 일으켜 냅다 반 두타의 엉덩이를 걷어찼다. 반 두타는 비명을 지르며 왼손을 돌려 갈이단의 멱살을 낚아채서 번쩍 들어올렸다. 그 모습을 본 상결이 얼른 달려가 갈이단을 도와주려 했다. 그러자 반 두타는 감았던 눈을 번쩍 뜨더니 갈이단을 들어올린 채 감로청을 빠져나가 앞뜰 담장을 뛰어넘었다.

상결이 소리쳤다.

"사람을 내려놔!"

그러면서 뒤를 쫓아 지붕 위로 올라갔으나 두 사람은 이미 멀리 벗어나 있었다.

위소보는 탁자 밑에서 기어나왔다. 주위에 여기저기 많은 사람들이 널브러져 있었다. 쌍아와 증유는 대청 구석에 쓰러져 있고, 네 명의 가짜 기녀는 정신을 잃고 곳곳에 쓰러져 있었다. 그리고 정극상은 원래 의자에 앉아 있었는데 싸우는 통에 의자가 뒤집어져 역시 바닥에 엎어져 있었다. 혈도를 찍힌 사람이 있는가 하면, 나머지는 미춘주에 정신을 잃어 모두 움직이지 않았다.

위소보는 쌍아가 가장 염려돼 얼른 달려가서 살펴보니, 눈은 감고 있지만 호흡이 정상이라 안심이 됐다. 그는 혈도 푸는 방법을 몰라 그냥 쌍아와 증유, 아기 세 여인을 부축해 의자에 앉혔다.

그리고 어머니가 걱정돼 얼른 방으로 달려가보니, 위춘방은 침상에 쓰러져 있었다. 위소보는 깜짝 놀랐으나 살펴보니 몸이 부드럽고 호흡도 정상이었다. 아마 신룡교 사람들에게 혈도를 찍혀 쓰러진 것 같았다. 그렇다면 여춘원의 기녀, 기도, 나머지 사람들도 상황이 비슷할 것 같았다. 혈도를 찍혔을 뿐이니 몇 시진 후면 자연히 풀릴 것이라 크게 걱정을 하지 않아도 되는 상황이었다.

다시 감로청으로 돌아온 위소보는 잠시 기다려봤으나 사라진 반 두타와 수 두타, 상결, 갈이단은 돌아오지 않았다.

위소보는 자신에게 눈짓을 보냈던 가짜 기녀가 생각났다.

'얼굴에 부스럼투성이인 그 기녀는 나더러 조심하라는 뜻에서 눈짓을 보낸 것 같은데, 제법 양심이 있는 여잔가 봐. 대체 누구지?'

그는 가까이 걸어가 그 여자의 얼굴을 슬슬 문질렀다. 그러자 얼굴에 덧발랐던 흙먼지가 지워지면서 야들야들한 피부에 하얀 얼굴이 드러났다. 위소보는 바로 환호성을 질렀다. 그녀는 다름 아닌 소군주 목검병이었다. 그는 고개를 숙여 일단 그녀의 얼굴에다 입을 맞췄다.

"분명히 오라버니를 따라갔는데 왜 다시 신룡교에 붙잡혀간 거지? 어쨌든 나에 대한 정분이 남아 있었군. 강압에 못 이겨 어쩔 수 없이 날 속였을 거야."

갑자기 가슴이 두근거렸다.

'아직 세 여자가 더 있는데, 누구지? 방이 낭자도 있을까? 그 계집은 계속해서 날 속여왔으니 당연히 이번 일에도 가담했겠지.'

방이를 생각하자 달콤한 감정과 슬픔이 교차됐다. 얼굴이 누리끼리한 여인은 몸매가 아주 늘씬했다. 틀림없이 방이일 거라고 생각해 얼굴의 두꺼운 화장을 지워보았다. 그러자 아주 요염하게 생긴 얼굴이 드러났다. 나이는 방이보다 대여섯 살쯤 위로 보이고, 용모는 더욱 아름다웠다. 바로 홍 교주의 부인이었다. 그녀는 술에 취해 얼굴이 발그스름하니 복사꽃을 연상케 했고, 하얀 피부는 금방이라도 물이 스며나올 듯이 투명했다.

예전에 위소보는 홍 부인을 대하면서 그 빼어난 미모에 마음이 설레었지만 감히 엉뚱한 짓을 하지 못했다. 그런데 지금은 취해서 인사불성이니 드디어 기회가 왔다고 생각했다. 그는 손으로 그녀의 얼굴을 살짝 꼬집어보았다. 그녀는 여전히 눈을 감은 채 아무런 반응도 보이지 않았다. 가슴이 두근두근 뛰기 시작했다. 다시 볼을 살짝 만지며 앵두 같은 입술에다 입을 맞췄다.

그러고는 몸을 돌려 나머지 두 여자를 살펴보았다. 두 사람 다 몸집이 뚱뚱했다. 절대 방이는 아닐 터였다. 그중 한 사람은 무서운 기세로 자기한테 덮쳐왔었다. 위소보는 술주전자를 들어 그녀의 얼굴에다 술을 약간 붓고, 그녀의 옷깃으로 살살 문질렀다. 그랬더니 원래 얼굴이 드러났다. 놀랍게도 가짜 태후였다.

위소보는 내심 쾌재를 불렀다.

'우아! 이번에 아주 큰 공을 세우게 됐네. 황상과 태후마마는 나더러 이 화냥년을 잡아 복수하게 해달라고 했어. 그래서 그동안 온갖 수를 다 써서 수소문했어도 찾아내지 못했는데, 스스로 여춘원에 들어와 화냥년 노릇을 하고 있었군! 내가 줄곧 화냥년이라고 불렀는데, 그게 바로 신기묘산이고 선견지명이었던 거야.'

이어 네 번째 여인의 화장을 지워 진면목을 드러내고 보니, 다름 아닌 방이였다. 위소보는 깜짝 놀랐다.

'왜 이렇게 몸매가 망가졌지? 배가 불룩하니… 혹시 어떤 놈과 놀아나서 애를 밴 게 아닐까? 늙은 화냥년이 진짜 화냥년이 됐는데, 이 계집도 화냥년이 됐단 말인가?'

그러면서 방이의 속옷 안으로 손을 집어넣어 더듬어보니, 뭔가 잡히는 게 있었다. 끄집어내보니 베개였다.

위소보는 깔깔 웃었다.

"넌 정말 양심이 없어. 소군주는 얼마나 착하냐? 혹시나 내가 당할까 봐 눈짓을 줬는데, 넌 행여나 내가 알아볼까 봐 아이 밴 여편네로 변장을 해? 하하… 넌 화냥년이 되어 여춘원에서 애를 뱄는데, 내가 낙태를 해준 거야. 수리수리 마수리, 베개를 낳고 말았구나!"

그는 감로청 밖으로 나가 살펴보았다. 친위병들이 여기저기 죽어 있고 마당은 캄캄하니 아무 소리도 들리지 않았다. 그는 속으로 생각했다.

'반 두타와 수 두타는 모두 미춘주를 마셨으니 나의 두 결의형제를 당해내지 못할 거야. 하지만 만약 홍 교주가 어디선가 합세한다면 문제는 달라지지. 두 분 형님이여, 만약 오늘 재수가 없어 저승으로 가신다면, 미안하지만 난 공생공사의 맹세를 이행할 수 없으니, 그 점 널리

양해해주길 바랍니다.'

다시 감로청 안으로 들어오자 홍 부인을 비롯해서 방이, 목검병, 쌍아, 증유, 아기 여섯 명의 미녀가 기절해 있거나 움직일 수 없는 상태로 누워 있었다. 하나같이 다 아름답고, 귀엽고, 요염하기 짝이 없었다. 그는 절로 마음이 흔들렸다.

'안쪽 침실에 들어가면 또 한 명의 예쁜 낭자가 있어. 너희보다 더 아름다워. 나하고는 이미 혼례를 올렸는데 아직 화촉동방을 밝히지 못한 첫 번째 마누라야. 오늘 모처럼 낭군님 품 안으로 찾아들었는데, 모른 척한다면 너무 매정하다고 욕하겠지?'

그가 안쪽 침실로 막 들어가려다가, 증유의 시선을 의식하고 고개를 돌렸다. 증유는 얼굴을 붉힌 채 수줍어하며 자기를 쳐다보고 있었다. 위소보는 속으로 생각을 굴렸다.

'왕옥산에서 양주까지 오는 동안, 도중에 내가 접근을 시도해도 자꾸 피하더니… 좋아! 오늘은 가만두지 않겠어!'

그는 증유를 안고 안쪽 침실로 들어가면서 일단 입을 맞췄다. 그리고 아가 곁에 내려놓았다. 아가는 아직 깊은 잠에 빠져 있었다. 긴 속눈썹이 파르르 떨리는 듯하고, 입가에는 미소가 얼룩져 있는 것 같았다. 위소보는 마음을 군혔다.

'좋아! 오늘 내친김에 늙은 화냥년, 가짜 기녀, 착한 낭자, 못돼먹은 낭자… 모조리 다 이리 옮겨와야지! 여긴 여춘원이야. 이곳에 온 여자가 해야 될 일이 뭔지 알지? 분명히 너희들 스스로 이곳을 찾아온 거야. 나중에 깨어나서 괜히 날 원망하지 마.'

그는 어릴 때 무슨 큰 포부가 없었다. 그저 돈을 많이 벌어 양주에다 큰 기루를 차리고, 여춘원에 와서 모든 기녀들을 다 불러내 신나게 한 판 놀아보는 게 소원이었다. 지금의 상황은 비록 그때 품었던 포부와 는 부합되지 않지만, 그런대로 소원했던 것이 어느 정도는 구색이 맞 춰진 것 같기도 했다.

그는 곧 쌍아와 아기, 홍 부인, 방이, 목검병도 일일이 다 안쪽 침실 로 안아 옮겼다. 맨 마지막에 그 가짜 황태후도 안고 왔다. 여덟 명의 여자를 커다란 침상에 나란히 눕히고 나니 갑자기 생각나는 것이 있 었다.

'아차! 다른 건 몰라도 친구의 아내는 절대 넘봐선 안 돼! 아기는 둘 째형수야. 우리 같은 영웅호한은 의리를 지켜야 해!'

그는 아기를 다시 대청으로 안고 가 의자에 앉혔다. 아기는 옆구리 께 혈도를 찍혀 움직일 수 없을 뿐 정신은 멀쩡했다. 그녀는 위소보가 자신을 다시 안고 나오자 고마워하는 듯한 눈빛이었다.

위소보는 그녀가 숨을 새근새근 몰아쉴 때마다 가슴이 출렁이는 것 을 보고, 갑자기 후회가 됐다.

'난 대라마와 몽골 왕자랑 결의를 맺었지만, 그건 그들 손에 죽지 않 기 위해서 생각해낸 잔꾀일 뿐이지 진심이 아니야. 그 무슨 얼어죽을 대형이고, 이형이고… 다 개나발이야. 아기처럼 이렇게 아리따운 미녀 를 형수라 부르기엔 너무 애석해. 그냥 내 마누라로 삼는 게 낫지! 설 화 선생한테 들은 얘기 중에 〈삼소인연구미도三笑姻緣九美圖〉라는 게 있 어. 거기 나오는 당백호唐伯虎는 마누라가 아홉 명이나 돼. 난 아기까지 끼워넣어도 고작 여덟 미녀뿐이야. 풰, 풰, 아니지! 늙은 화냥년은 사 납고 독살스러운데 어떻게 미인이라고 할 수 있겠어?'

'구미도'를 완성한 당백호와 비교해서 '일미一美'가 부족하다면 그런 대로 넘어가겠지만 '이미'가 부족하니 영 김이 새는 것 같았다. 그래서 아기를 안고 다시 안쪽 침실로 향했다. 그러나 몇 발짝 옮기지 않아 생각이 바뀌었다.

'관운장은 천 리 길을 마다하지 않고 형수님을 호위하면서 한 번도 형수를 넘본 적이 없어. 이 위소보도 최소한의 의리는 지켜야 해. 이미가 모자라면 모자란 대로 만족해야지. 혹시 나중에 또 채워질지도 모르잖아!'

그래서 다시 몸을 돌려 아기를 의자에 앉혔다. 아기는 그가 자신을 안고 이리 왔다 저리 갔다 하며 무슨 수작을 부리는 것인지 알 수 없어 그저 어안이 벙벙할 뿐이었다.

위소보는 내실로 돌아가 빙긋이 웃으며 말했다.

"방 낭자, 소군주, 홍 부인 세 사람은 스스로 여춘원을 찾아와서 기녀가 된 거야. 그리고 쌍아와 증유 낭자는 자발적으로 날 따라 여춘원에 온 거고. 물론 처음 이곳에 왔을 때는 뭐 하는 덴지 몰랐겠지만 낭자의 몸으로 이왕 이곳까지 온 이상 내 시중을 들지 않을 수가 없어."

이어 아가를 향해 중얼거렸다.

"아가, 넌 내 마누라야. 여기 와서 내 어머니와 놀아나려 했으니 나도 남편으로서 너랑 놀아날 수밖에 없어."

그는 가짜 태후를 멀리 침상 구석으로 밀어냈다. 그리고 큰 이불로 여섯 여자를 덮고는 신발을 내차다시피 벗어던졌다.

"우아, 신난다!"

환호성을 지르며 이불 속으로 쑥 기어들어갔다.

천지가 뒤집어지고, 운우雲雨가 물결쳤다.

시간이 얼마나 흘렀을까, 탁자 위 촛불이 다 타버리고 방 안은 어둠에 잠겼다.

다시 얼마간의 시간이 흘렀다. 위소보는 흥에 겨워 〈십팔모〉를 나직이 흥얼거렸다.

"백일곱 번을 만지니 누나들의 고운 손… 백여덟 번을 만지니 누나들의 예쁜 발…."

그가 두서없이 막 흥얼거리고 있는데 갑자기 코맹맹이 소리가 들려왔다.

"아… 안 돼… 정… 정 공자… 정 공자인가요?"

바로 아가의 음성이었다. 그녀는 가장 먼저 미춘주를 마셨기 때문에 오래 혼수상태에 있다가 약효가 차츰 사라지자 천천히 깨어나기 시작한 것이다.

위소보는 그녀의 음성을 듣자 화가 치밀었다.

'꿈에서도 정가 녀석을 생각하고 있군. 그래, 그놈이 네 침상 속으로 들어오니까 황홀하냐?'

그는 음성을 낮춰 속삭이듯 말했다.

"응, 나야."

아가가 다시 뜨거운 숨을 토해냈다.

"아… 안 돼… 제발…."

살짝 몸부림을 쳤다.

이때 대청 쪽에서 정극상의 외침이 들려왔다.

"아가! 아가! 어디 있어?"

이어 우지끈, 와장창 하는 소리가 들렸다. 모름지기 의자와 탁자가 엎어져 접시며 술잔, 그릇이 바닥에 떨어진 것 같았다.

아가는 그 소리가 대청 쪽에서 들려오자, 지금 자기를 안고 있는 사람이 정극상이 아니라는 것을 알아차렸다. 소스라치게 놀라 정신이 약간 더 돌아왔다. 그녀가 떨리는 음성으로 말했다.

"누… 누구지? 왜… 난…."

위소보가 웃으며 말했다.

"너의 신랑도 몰라보겠어?"

아가는 기절초풍하며 안간힘을 다해 그의 품에서 벗어나려고 했다. 그러나 온몸이 솜처럼 풀려 힘을 쓸 수 없었다. 그저 소리를 지를 뿐이었다.

"정 공자! 정 공자!"

정극상은 비칠비칠 침실 안으로 뛰어들어왔다. 그러나 방 안이 캄캄해서 아무것도 보이지 않아 쿵 하고 문설주에 이마를 박았다. 그는 다시 소리쳤다.

"아가! 어디 있어?"

아가가 외쳤다.

"여기 있어요! 어서 손을 놔! 못된 녀석! 뭐… 뭐 하는 거야?"

정극상이 놀라 다시 소리를 질렀다.

"뭐라고?"

그는 위소보가 이곳에 있으리라곤 꿈에도 생각지 못했다. 당연히 아가가 뒤에 한 말이 위소보에게 한 것이라는 걸 알 리가 없었다.

위소보는 한창 열이 올라 있는데 순순히 그녀를 놓아줄 리가 만무했다. 아가는 결국 애원을 했다.

"사제, 제발 부탁이야. 어서 날 놔줘."

위소보가 말했다.

"난 한번 안 놔준다고 하면 절대 안 놔줘! 남아일언중천금, 죽은 말도 못 따라잡아!"

정극상은 그제야 사태를 파악하고 놀라움과 분노로 인해 피가 끓어올랐다. 그가 악을 쓰듯 다그쳤다.

"위소보! 네가 왜 여기 있느냐?"

위소보는 의기양양했다.

"난 마누라를 안고 침실에서 화촉동방을 밝히는 중이다. 그러는 너는 뭐 하러 왔느냐? 신방을 구경하겠다는 거냐?"

정극상의 입에서 욕이 터져나왔다.

"이런 개 불알 같은 놈! 무슨 우라질 놈의 신방이냐?"

위소보는 여유 있게 웃었다.

"그렇게 흥분하지 마. 신방에서 소란을 피우는 건 예의가 아니지!"

정극상은 다시 성난 호통을 쳤다.

"무슨 헛소리야?"

그는 위소보를 잡기 위해 다짜고짜 침상을 향해 성난 야수처럼 덮쳐갔다. 그리고 어둠 속에서 팔 하나를 낚아잡고는 물었다.

"아가, 아가의 손이야?"

아가가 어둠 속에서 대답했다.

"아네요."

정극상은 아가의 손이 아니라니 그럼 위소보의 손이라 생각하고 세게 비틀었다.

그런데 그 손은 공교롭게도 침상 구석에 누워 있는 가짜 태후 모동주의 손이었다. 그녀는 미춘주를 마신 탓에 정신이 몽롱한 상태인데 누군가 손목을 비틀자 반사적으로 손을 젖혀 냅다 일장을 후려쳤다. 마침 정극상의 머리에 일격을 가한 것이다. 그녀는 비록 공력의 태반을 잃었지만 이 일장의 힘은 과소평가할 수 없었다. 정극상은 소스라치게 놀라서 벌렁 나자빠졌는데 머리가 침상 맡에 부딪혀 다시 까무러치고 말았다.

아가가 놀라 소리쳤다.

"정 공자! 괜찮아요?"

그러나 아무런 대답도 들리지 않았다. 위소보가 말했다.

"신방을 구경하러 침상 밑으로 기어들어갔나 봐."

아가는 울먹였다.

"아니야, 어서 날 놔줘!"

위소보가 천연덕스럽게 말했다.

"괜찮아, 움직이지 마!"

아가는 팔꿈치로 그의 목젖을 밀어냈다. 위소보는 아파서 목을 뒤로 젖혔다. 그러자 아가는 그의 팔에서 벗어나 황급히 침상에서 내려가려 했다.

그런데 몸을 움직이면서 마침 모동주의 가슴을 짓누르고 말았다. 모동주는 아파서 신음을 토하며 그녀의 발을 끌어당겼다. 아가는 어둠 속에서 누가 자기를 끌어당기는지 알 수 없었다. 극도의 공포로 더욱 힘을 쓸 수 없었다. 그 순간, 누군가 또 오른쪽 발을 눌렀다. 그녀는 혼비백산해 온몸에 식은땀이 흘렀다.

'으악! 침상에 남자들이 많이 있나 봐!'

위소보는 어둠 속에서 아가가 보이지 않자 소리쳤다.

"아가! 어디 있어? 말을 해봐!"

아가는 속으로 다짐했다.

'날 죽인다고 해도 소리를 내지 않을 거야!'

위소보가 다시 소리쳤다.

"좋아! 말을 안 하면 차례차례 더듬어나갈 거야."

그는 다시 그 〈십팔모〉를 흥얼거리기 시작했다.

"한 번 만지고 더듬으니 미인이 잡히고, 그 얼굴 갸름하니 어여뻐라. 두 번 만져보니… 이게 누구야?"

흥얼거리면서 계속 더듬어나갔다.

이때 골목 쪽에서 갑자기 왁자지껄한 소리가 들려왔다. 큰 소리로 호령을 하는 것으로 미루어 많은 병마가 기루를 에워싼 것 같았다. 곧이어 발걸음 소리가 요란하더니 여럿이 여춘원 안으로 들어왔다. 위소보는 그들이 자신의 부하가 아니면 양주의 관원들일 거라고 생각하며 내심 좋아했다.

그가 막 이불 속에서 일어나려는데, 앞장선 사람은 행동이 어찌나 빠른지 이미 횃불을 들고 감로청 안으로 들어왔다. 곧바로 현정 도인의 음성이 들렸다.

"위 대인! 여기 있는 거요?"

음성에 다급함이 묻어 있었다.

위소보는 절로 소리쳤다.

"나 여기 있어요!"

천지회의 군호들은 위소보가 보이지 않자 행여 무슨 일을 당했을까 봐 찾아나섰다. 그가 친위병 몇 명을 데리고 명옥방 골목 쪽으로 갔다는 얘기를 듣고 달려왔더니 여춘원에서 한바탕 싸움이 벌어졌다는 것이었다. 들어와서 보니, 아니나 다를까 관병들이 죽어 있었다. 군호들은 대경실색했고, 위소보의 대답 소리를 듣고서야 가슴을 쓸어내렸다.

위소보는 많은 사람들이 웅성거리며 이쪽으로 달려오자 얼른 침상의 휘장을 젖히고 일어나 나왔다. 발로 누구의 몸을 밟았는지 신경을 쓸 겨를이 없었다.

젖혔던 휘장을 막 내리자마자 현정 도인 등이 횃불을 들고 방 안으로 들어왔다. 그들은 우선 정극상이 침상 앞에 쓰러져 있는 것을 보고 의아해했다. 다른 사람들의 외침이 다시 들려왔다.

"위 대인! 위 대인!"

위소보가 소리쳤다.

"나 여기 있어요! 휘장을 젖히지 말아요!"

그의 음성을 듣자 군호들은 모두 환호성을 내질렀다. 그리고 서로 마주 보며 입가에 절로 의미심장한 미소를 지었다. 그들의 생각은 다 비슷했다.

'우린 혀 빠지게 찾으러 다녔는데… 여기서 으쌰으쌰 재미를 보고 있었군.'

위소보는 불빛을 빌려 옷을 제대로 챙겨입고 모자를 찾아 단정하게 썼다. 그리고 신발을 신으며 말했다.

"내가 절묘한 수를 써서 여러 명의 중죄인을 잡았는데 다들 침상에 있어요. 이번에 모두들 큰 공을 세우게 됐어요."

군호들은 이상한 생각이 들었지만 위 향주하는 일은 워낙 신출귀몰, 알쏭달쏭하기 때문에 더 이상 꼬치꼬치 캐묻지 않았다.

위소보는 일단 정극상을 결박하도록 분부하고, 가마를 이용해 아기를 행원으로 보내라고 했다. 그리고 휘장으로 침상을 덮어 모서리를 이불 밑으로 단단히 쑤셔넣어 완전히 포장을 해버렸다. 이어 10여 명의 친위병을 불러다 그 커다란 침상을 통째로 행원으로 옮겨가라고 명했다. 친위대장은 난색을 표했다.

"대인, 문이 너무 좁아서 밖으로 내갈 수 없을 것 같은데요."

위소보가 대뜸 호통을 쳤다.

"이런 미련한 것들! 문과 벽을 뜯어버리면 되잖아요!"

친위대장은 그의 뜻을 알아차리고 연신 대답을 하더니 명을 전달했다. 친위병들은 곧 일제히 힘을 합쳐 여춘원 세 곳의 벽을 헐었다. 그리고 가마를 들 때 쓰는 멜대를 예닐곱 개 가져와 침상 밑에다 대고 고정시켰다. 모든 준비가 갖춰지자 10어 명의 친위병이 커다란 침상을 메고 밖으로 나갔다.

날은 이미 훤히 밝아왔다. 친위병들은 커다란 침상을 어깨에 둘러메고 양주 큰길 한가운데를 가로질러 호호탕탕하게 전진했다. 맨 앞쪽에는 여느 대관들의 행차 때처럼 '정숙靜肅'과 '회피廻避'라고 적힌 팻말을 높이 들고, 징을 치며 앞뒤에서 '물러서라! 물러서라!' 외쳐댔다. 그러니 양주 백성들은 이 광경을 지켜보면서도 영문을 몰라 모두 희한한 일이라고 생각했다.

커다란 침상은 드디어 하원에 이르렀다. 곧장 문을 통해 들어가기엔 역시 문이 좁았다. 이번에는 흠차대신의 분부가 떨어지기도 전에 친위병들이 충성스럽게도 담장을 헐고 침상을 화청으로 들고 가 한가운데 내려놓았다.

위소보는 침상에 중죄인들이 있는데 도주할 우려가 있다면서, 많은 병사들로 하여금 화청 주위를 단단히 포위하도록 명했다. 병사들은 창칼과 활로 완전무장을 하고 초긴장 상태로 경계에 돌입했다. 위소보는 또한 수 두타 등 신룡교 패거리들이 쳐들어올지 몰라, 서천천 등에게 집 주위를 단단히 경비하라고 일렀다.

그러니 화청 주위에는 경비 인원이 많지만 화청 안에는 커다란 침상 외에는 위소보 한 사람뿐이었다. 위소보는 또 엉뚱한 생각을 했다.

'아까 여춘원에서 아주 절호의 기회였는데, 여섯 미녀 중 절반밖에 재미를 보지 못했어. 그리고 너무 어두워서 누가 누군지도 잘 몰랐으니 소원을 풀었다고는 할 수 없지. 다시 하나서부터 〈십팔모〉를 시작해야겠어.'

그는 곧 〈십팔모〉의 가락을 흥얼거렸다.

"한 번 만지고 주무르니 누나의 고운 손…."

침상을 덮었던 휘장을 젖히고 바로 뛰어올라갔다.

그 순간, 갑자기 뒷골이 당겨지며 목이 따끔했다. 누군가 변발을 잡아당겨 목을 조른 것이다. 바로 홍 부인이었다. 시간이 경과되었기 때문에 미춘주를 마신 홍 부인과 모동주, 방이, 목검병 네 사람은 차츰 제정신을 되찾았다. 혈도를 찍혔던 쌍아와 증유도 시간이 지남에 따라 스스로 혈도가 풀어졌다. 양주 큰길에서는 많은 백성들이 연도에서 지켜보고 병사들도 많았기 때문에 아무도 소리를 내지 않고 움직이지 않았을 뿐이었다. 그런데 위소보가 다시 〈십팔모〉를 흥얼거리면서 침상 위로 뛰어오르자 홍 부인이 그를 낚아채버렸다.

홍 부인은 입가에 야릇한 미소를 띠고 나직이 호통을 쳤다.

"요 고약한 녀석! 나까지 희롱하려 하다니, 정말 겁이 없구나!"

위소보는 혼비백산해서 배시시 웃으며 말했다.

"영부인, 난… 희롱이 아니라 실은… 실은….."

홍 부인이 다그쳤다.

"방금 뭐라고 흥얼거렸느냐?"

위소보는 웃으며 얼버무렸다.

"그냥 기루에서 들은 가락이니 너무 나무라지 마세요."

홍 부인이 다시 호통을 쳤다.

"살고 싶으냐, 죽고 싶으냐? 그것만 말해봐!"

위소보는 여전히 웃음을 잃지 않았다.

"헤헤… 속하 백룡사는 영부인과 교주님의 홍복영락, 천수만세를 기원합니다. 영부인의 명령에 무조건 따를 겁니다."

홍 부인은 그가 이렇게 말하면서도 얼굴엔 장난기 어린 웃음을 띠고 있는 것을 보자, 어이가 없었다. 그래서 코웃음을 날리며 힘주어 말했다.

"우선 주위의 관병들을 다 철수시켜라!"

위소보가 대답했다.

"네, 그거야 뭐 어려울 것 없죠. 날 놔주면 바로 나가서 명을 내리겠습니다."

홍 부인은 호락호락하지 않았다.

"잔말 말고 여기서 명을 내려라!"

위소보는 어쩔 수 없이 목청을 높여 외쳤다.

"대청 밖에 있는 총독, 순무, 병부상서, 호부상서들은 모두 들어라! 병사들을 지금 즉시 다 철수시켜라!"

홍 부인은 대뜸 그의 변발을 세게 잡아당기며 호통을 쳤다.

"무슨 병부상서니 호부상서 같은 헛소릴 하는 거냐?"

위소보는 비명을 질렀다.

"아야! 아파 죽겠어요!"

밖에 있는 병사들은 그가 총독, 병부상서 등을 언급하자 이미 이상하다는 생각이 들었다. 그런데 다시 비명 소리가 들리자 이내 수십 명의 병사들이 창칼을 들고 대청 안으로 뛰어들어왔다.

"흠차 대인! 무슨 일입니까?"

위소보가 소리쳤다.

"아… 아무것도 아니야. 아야! 어이구, 엄마…."

병사들은 서로 마주 보며 어찌할 바를 몰라 했다.

홍 부인은 화가 나서 냅다 위소보의 뺨을 후려쳤다. 그러자 위소보가 다시 소리를 질렀다.

"아야! 엄마, 아들을 때리지 마!"

홍 부인은 그가 '엄마'라고 부르는 게 바로 '화냥년'과 같은 욕이라는 것을 알 턱이 없었다. 그녀는 위소보가 괘씸해서 다시 뺨을 후려치려고 했는데, 갑자기 어깨 뒤쪽 천종혈과 신당혈이 따끔하더니 오른팔이 축 늘어졌다.

홍 부인은 깜짝 놀라 누가 자신의 혈도를 찍었는지 확인하려고 고개를 돌렸다. 그의 등 뒤에 가장 가까이 있는 사람은 방이였다. 그래서 냉소를 날리며 한마디 했다.

"방 낭자, 무공이 대단하구먼!"

그러면서 왼손으로 잽싸게 방이의 눈을 찔러갔다. 방이가 소리쳤다.

"내가 아녜요!"

그녀는 얼른 고개를 돌려 피했다. 홍 부인이 다시 공격을 하려는데 홀연 뒤에서 누군가 두 손으로 팔을 붙잡았다. 바로 목검병이었다. 그녀가 말했다.

"부인, 나의 사저가 한 게 아녜요!"

그녀는 쌍아가 홍 부인의 혈도를 찍는 걸 똑똑히 보았던 것이다.

그때 모동주가 난데없이 목검병에게 일장을 날렸다. 다행히 그녀는 내공을 잃어 목검병은 부상을 입지 않았다. 모동주가 다시 공격을 전개하자 방이가 막았다.

네 명의 여자가 서로 뒤엉켜 싸우자, 아가는 얼른 침상에서 내려오려고 했다. 그러나 이불 속에서 오른발을 내밀자마자 비명을 질렀다.

"앗!"

그리고 이내 발을 다시 이불 속으로 집어넣었다.

위소보가 이미 그녀의 발목을 낚아잡고 소리쳤다.

"가지 마!"

아가는 힘껏 발을 뿌리치며 외쳤다.

"어서 놔줘!"

위소보는 배시시 웃었다.

"알아맞혀봐. 내가 손을 놓을까, 안 놓을까?"

아가는 다급해졌다. 그녀는 몸을 돌리며 주먹을 뻗어냈다. 위소보가 잽싸게 피하자 퍽 하는 소리와 함께 주먹이 증유의 왼쪽 뺨을 때렸다.

증유가 소리쳤다.

"왜 날 때리는 거야?"

아가는 당황했다.

"아… 미안해. 아야…!"

방이가 그녀에게 일장을 가한 것이다. 순식간에 침상 위는 난장판으로 변했다. 일곱 명의 여자가 뒤엉켜 서로 치고받았다.

그 모습을 지켜보면서 위소보는 신이 났다.

'우아! 이게 바로 천하대란이군! 군웅들이… 아니지, 군녀대혼전群女大混戰이다!'

이 북새통에도 은근슬쩍 재미를 좀 보려는데, 갑자기 우지끈 하는 소리가 들리면서 커다란 침상이 폭삭 주저앉았다. 그러자 '네가 내 손을 누르고, 내가 네 다리를 누르는' 상황에서 서로 비명을 질러대며 아수라장이 되었다. 위소보도 그 틈에 끼어 있었다.

관병들은 이 광경을 지켜보며 눈이 휘둥그레지고 입이 딱 벌어졌다. 위소보는 하하 웃으며 여인들 틈바구니에서 빠져나오려는데 누가 왼쪽 다리를 잡고 늘어지는지 몸을 제대로 움직일 수 없었다. 그래서 소리쳤다.

"다들 손을 놔! 자, 다 들어라! 나의 크고 작은 마누라들을 모두 체포해라!"

관병들은 침상을 빙 둘러 에워싸고 있지만 감히 손을 쓰지 못했다.

위소보가 모동주를 가리키며 다시 소리쳤다.

"저 여자는 국사범이다! 절대 놓쳐선 안 된다!"

관병들은 어리둥절했다.

'어떡해서 이 여자들이 다 자기의 큰마누라고 작은마누라는 거지? 게다가 한 명은 국사범이라 하고, 또 두 명은 친위병 복장을 하고 있잖아?'

어쨌든 흠차대신의 명에 따라야 하니, 곧 몇 사람이 창칼로 모동주를 제압하고 다른 몇 명은 그녀에게 수갑을 채웠다.

위소보는 이번엔 홍 부인을 가리키며 말했다.

"이 부인은 나의 상사다. 그래도 수갑을 채워줘라!"

관병들은 더욱 이상하게 생각하면서도 시키는 대로 홍 부인에게 수갑을 채웠다. 홍 부인은 무공이 뛰어나지만 쌍아에게 혈도 두 군데를 찍혀 저항할 수가 없었다.

쌍아와 증유는 비로소 여자들 틈바구니에서 겨우 빠져나왔다. 간밤에 겪은 일들을 생각하니 얼굴이 붉어지고 우습기도 했다.

위소보가 다시 방이를 가리켰다.

"나의 큰 작은마누라야."

그러고는 목검병을 가리켰다.

"이쪽은 나의 작은 작은마누라다. 큰 작은마누라는 수갑을 채우고, 작은 작은마누라는 그럴 필요가 없다."

병사들은 방이에게 수갑을 채웠다. 흠차대신의 이상야릇한 말투는 워낙 무궁무진했기 때문에, 늘 들어오던 관병들은 별로 대수롭지 않게 생각했다.

이제 바닥에 앉아 있는 사람은 아가뿐이었다. 그녀는 머리카락이 마구 헝클어지고, 매무새도 엉망인 데다가 남자 옷을 입고 있었다. 그래도 타고난 미모를 숨길 수는 없었다. 그녀는 장포자락을 잡아당겨 백옥같이 흰 맨다리를 가리고 고개를 숙였는데, 양 볼이 발그스름했다. 병사들의 생각은 거의 다 비슷했다.

'흠차 대인의 크고 작은 마누라들 중에서 저 마누라가 가장 예쁘네.'

위소보가 아가를 가리키며 말했다.

"이쪽은 나랑 정식으로 혼례를 올린 조강지처라 내가 직접 부축해 일으키겠다."

그러면서 앞으로 두 걸음 나섰다.

"부인, 일어나시오."

그는 손을 뻗어 아가를 부축하려 했다. 그 순간, 철썩 하는 소리와 함께 아가가 그의 뺨을 호되게 후려쳤다. 그러고는 고개를 숙인 채 울먹였다.

"나를 이렇게 괴롭힐 바엔 차라리 죽여줘! 난… 난… 죽어도 너한테 시집가지 않을 거야!"

관병들은 서로 마주 보며 놀라움을 금치 못해 입이 딱 벌어졌다. 사람들이 지켜보는 앞에서 흠차대신이 뺨을 얻어맞았으니, 관병들로선 직책소홀죄를 범한 셈이다. 그런데 흠차대신을 때린 장본인이 정실부인이라 하니, 나서서 막을 수도 없고, 뭐라고 호통을 칠 수도 없어 난감했다. 다들 엉거주춤할 뿐이었다.

위소보는 뺨을 어루만지며 웃었다.

"내가 왜 마누라를 죽이겠어? 그렇게 역정 내지 마. 지금 당장 정 공자를 죽이라고 명할게."

이어 큰 소리로 관병들에게 물었다.

"여춘원에서 잡아온 그 남자는 지금 어디 있소?"

친위대 좌령이 대답했다.

"네, 도통 대인! 그놈을 사슬로 묶어 잘 감시하고 있습니다."

위소보가 말했다.

"잘했어. 만약 달아나려 하면 우선 왼쪽 다리를 자르고, 다시 오른쪽 다리를 자르고…."

아가가 기겁을 해 소리쳤다.

"아… 안 돼! 다리를 자르지 마… 달아나지 않을 거야."

위소보가 생뚱맞게 말했다.

"그럼 네가 달아나면 정 공자의 두 팔을 자를 거야!"

이어 방이와 목검병 등을 힐끗 쳐다보고 나서 말했다.

"저 나의 큰 작은마누라와 작은 작은마누라가 만약 달아나면 정 공자의 귀와 코를 베어버려야지!"

순진한 아가는 더욱 다급해졌다.

"아… 안 돼! 저 여자들과 정 공자가 무슨 상관이 있다는 거야? 왜 그랑 결부시키는 거지?"

위소보가 웃으며 말했다.

"당연히 상관이 있지. 나의 저 여인들은 모두 선녀처럼 아름다운데 정 공자는 색골이라 그녀들을 보면 엉뚱한 수작을 부릴 게 뻔해!"

아가는 속으로 투덜댔다.

'순억지야! 그게 어떻게 상관이 있다는 거야?'

그러나 위소보가 워낙 무경우인 데다가 막무가내라는 것을 잘 알기 때문에 뭐라고 더 말할 수가 없었다. 그저 다급해져서 다시 울음을 터뜨렸다.

위소보가 관병들에게 말했다.

"수갑을 채운 여자들은 밖으로 끌어내 발에도 다시 사슬을 채워라! 그리고 주방에 알려 술상을 차려오라고 해라. 수갑을 차지 않은 낭자들과 신나게 한잔 해야겠다!"

증유는 아무 말 없이 고개를 숙인 채 밖으로 걸어나갔다. 그러자 위소보가 소리쳤다.

"아니, 어딜 가는 거지?"

증유가 고개를 돌려 그를 노려보았다.

"저… 정말 뻔뻔해! 다신 보지 않을 거예요!"

위소보는 멍해져서 물었다.

"이유가 뭔데?"

증유가 대답했다.

"이유를 몰라서 묻는 거예요? 시집오지 않겠다는 사람을 왜 강요하죠? 높은 벼슬에 있다고 그렇게 함부로 백성을 핍박해도 되는 건가요? 전에는 그래도 당신이… 영웅인 줄 알았는데… 이제 보니…."

위소보가 다시 물었다.

"이제 보니 뭐가 어때서요?"

증유는 갑자기 울음을 터뜨리며 손으로 얼굴을 가렸다.

"몰라요! 아무튼… 나쁜 사람이에요! 아주 못돼먹었어요!"

소리를 지르며 대청 밖으로 나갔다. 그러자 두 명의 관병이 그녀를 가로막았다.

"흠차 대인을 모독하고 그냥 떠나려고? 돌아가서 대인의 분부에 따르도록 하시오!"

위소보는 원래 신바람이 나 있었는데, 증유의 질책을 받자 가슴이 철렁했다. 그녀의 말은 하나도 틀린 데가 없었다. 자신은 높은 벼슬에 있으면서 무고한 백성들을 못살게 군 게 사실이었다. 그건 설화 선생이 말한 간신악당들과 전혀 다를 바가 없었다. 생각을 달리할 수밖에 없었다.

'영웅호한이 될 수 없을망정 간신악당이 돼선 안 되겠지!'

그는 길게 한숨을 내쉬었다.

"증 낭자, 할 말이 있으니 이리 돌아오시오."

증유는 고개를 돌려 비장한 표정으로 말했다.

"내가 대인을 모독했다면 당장 목을 치세요!"

쌍아는 그동안 그녀와 친해져서 얼른 말렸다.

"증 언니, 화내지 마세요. 상공은 언니를 죽이지 않을 거예요."

위소보가 울적하게 말했다.

"증 낭자의 말이 맞소. 내가 만약 억지로 그녀들을 마누라로 삼는다면 그건 간신악당이 무고한 여인을 욕보이는 것과 다를 바가 없소. 마치 〈삼소인연〉에 나오는 왕노호王老虎가 여염집 여인을 보쌈하는 것과도 같죠!"

그는 아가를 가리키며 친위대 좌령에게 말했다.

"저 낭자를 데려가시오. 그리고 그 정가라는 남자도 석방해서 둘이 부부가 되게 해요!"

그렇게 말하면서도 가슴이 찢어지는 듯 아팠다.

그는 다시 방이를 가리켰다.

"수갑을 풀어 역시 보내주시오. 가서 좋아하는 유 사형을 찾아가라고 해요. 휴… 나의 정실부인은 기둥서방이 있고, 큰 작은마누라도 눈맞은 놈이 있으니… 빌어먹을! 내가 무슨 놈의 흠차대신이며 도통 대인이야? 쌍코피 터지는 자라 대인에 불과하지…."

그가 알 듯 모를 듯 화를 내며 푸념을 늘어놓자, 좌령은 겁을 먹어 고개를 숙인 채 아무 말도 하지 못했다.

위소보가 다시 말했다.

"어서 저 두 여인을 내보내시오!"

좌령은 그제야 대답을 하고 아가와 방이를 데리고 나갔다. 위소보는 두 여인의 뒷모습을 바라보며 아쉬움을 금치 못했다. 아가와 방이는 고개도 돌리지 않고, 고맙다는 말 한 마디도 하지 않았다.

증유가 앞으로 두어 걸음 다가와 나직이 말했다.

"좋은 사람이군요. 내가… 오해를 했나 봐요. 벌을 달게 받겠어요."

말투도 부드러워졌고 얼굴에 미안한 표정이 드러나 있었다. 위소보는 모든 것을 훌훌 털어버리고 금방 싱글벙글 웃으며 말했다.

"그래, 그래, 벌을 내려야지! 쌍아, 소군주, 증 낭자 셋은 다 착한 낭자이니 이리 와서 이야기나 나눕시다!"

그는 세 여인을 데리고 안채로 들어가 다정한 시간을 보낼 생각이었는데, 군관 한 사람이 들어와 보고했다.

"도통 대인께 아룁니다. 밖에 누가 찾아왔습니다. 홍 교주의 명을 받들고 대인을 뵈러 왔답니다."

위소보는 화들짝 놀랐다.

"무슨 놈의 홍 교주, 녹 교주겠지? 안 만나! 안 만날 테니 당장 쫓아버려요!"

그 군관이 몸을 숙이며 대답했다.

"네!"

그러고는 바로 밖으로 나가려다가 다시 말했다.

"그 사람은 자기네들이 남자 둘을 붙잡고 있으니 여자 둘이랑 교환하자고 하던데요."

위소보가 반문했다.

"여자 둘이라고…?"

그는 홍 부인과 모동주의 얼굴을 훑어보고는 고개를 내둘렀다.

"누군지는 몰라도 형편없는 놈이네! 저런 진귀한 보물을 뭐하고 바꾸자는 거지? 말도 안 돼!"

그 군관이 대답했다.

"네, 당장 가서 쫓아버리겠습니다!"

위소보는 그래도 궁금해서 물었다.

"교환하자는 남자 둘이 누구요? 제기랄! 남자가 무슨 값어치가 있다고 여자랑 맞바꾸자는 거지? 정신이 어떻게 된 놈이 아니오?"

군관이 말했다.

"글쎄요, 헛소리를 하더군요. 한 사람은 대라마고 또 한 사람은 무슨 왕자라는데, 둘 다 대인과는 결의형제라고 하던데요."

위소보의 입에서 놀란 외침이 터졌다.

"아!"

그는 속으로 생각했다.

'이제 보니 상결 대라마와 갈이단 왕자가 다 홍 교주한테 붙잡힌 모양이군….'

겉으로는 단호하게 말했다.

"무슨 놈의 라마와 왕자가 나한테 무슨 필요가 있어? 가서 그놈에게 전하시오! 이 두 여인은 남정네 만 명을 데려와도 절대 바꾸지 않겠다고 분명히 말하시오!"

군관은 다시 대답을 하고 나가려 했다.

그 순간 위소보의 시선이 증유에게 쏠렸다.

'처음엔 나더러 나쁜 사람이라고 했는데, 내가 마누라들을 놔줘 자기네 기둥서방을 찾아가도록 하니까 다시 좋은 사람이라고 했어. 흥! 그래, 좋은 사람이 되려면 밑천이 엄청 들어가네. 상결과 갈이단은 어쨌든 나랑 결의형제를 맺은 게 사실이야. 내가 외면하면 홍 교주 손에 죽을 게 뻔해. 내가 홍 부인을 잡고 있어봤자 무슨 소용이 있겠어? 비록 미모는 뛰어나지만 나랑 홍복영락을 하지도 않을 거고, 천수만세를 함께 누리지도 않을 거잖아! 여자에 환장해 친구를 외면하는 중색경우重色輕友는 영웅호한이 할 짓이 못 돼!'

그는 군관을 불러세웠다.

"잠깐!"

군관은 바로 대답을 하고 몸을 돌렸다.

"네!"

그러고는 몸을 숙여 분부를 기다렸다.

위소보가 말했다.

"가서 그자에게 전하시오. 홍 교주는 두 여인을 원하는데, 난 한 여자만 내줄 거요. 이분 홍 부인은 화용월모에 서시나 양귀비보다 더 아름답고, 측천무후를 능가하는 지혜를 지녔으니, 그야말로 세상에 둘도 없는 보물 중 보물이오. 원래는 내 목이 달아나는 한이 있어도 절대 놓아주지 않으려 했소. 그 두 남자야 나랑 별 상관이 없으니까. 그리고 또 한 여자는 생김새야 좀 뒤처지지만 보내줄 수가 없다고 하시오!"

군관이 대답을 하고 밖으로 나갔다.

홍 부인은 계속 인상을 찡그리고 있다가 이제야 웃음을 띠었다.

"흠차 대인께서 그렇게 과찬을 해주시니 몸 둘 바를 모르겠네요."

위소보가 그녀의 말을 받았다.

"부인의 아름다움은 초선貂嬋과 왕소군王昭君을 능가하는 게 사실인데 왜 그리 겸손하십니까? 저도 이왕 선심을 쓸 거면 확실하게 써야죠. 이젠 보물을 내주고 그 대가를 받는 순서만 남았습니다. 여봐라! 어서 내 상사의 수갑을 풀어주어라!"

그는 열쇠를 받아 직접 홍 부인의 수갑을 풀어주고 밖으로 모시고 나갔다. 대청에 이르자 그 군관이 육고헌과 이야기를 나누고 있었다.

위소보가 말했다.

"육 선생, 영부인을 잘 모시고 가시오. 부인, 교주님과 더불어 홍복영락하시고 천수만세를 누리시길 기원합니다."

홍 부인은 까르르 웃었다.

"나도 대인이 승관발재, 교처미첩嬌妻美妾, 공후만대하길 바랄게요."

위소보는 고개를 내두르며 한숨을 쉬었다.

"승진하고 횡재하는 승관발재는 쉬워도, 사랑스러운 아내 아름다운 작은마누라를 얻는 교처미첩은 어려울 것 같습니다."

이어 큰 소리로 분부했다.

"풍악을 울려라! 귀한 손님을 모실 가마를 대령해라!"

풍악이 울려퍼지는 가운데 직접 대문 밖까지 전송을 하며, 홍 부인이 가마에 올라타는 것을 보고 아쉬워했다.

오지영이 다시 대답했다.

"네, 전혀… 대신… 그 사가의 몸에서 서신 한 통을 찾아냈습니다. 아주 중요한 것
이니 대인께서 직접 읽어보십시오."

그리고는 가져온 작은 보따리를 뒤져 서신 한 통을 찾아내 두 손으로 바쳤다.

위소보는 그것을 받지 않고 물었다.

"또 무슨 시를 쓴 거요? 아니면 무슨 장문이오?"

홍 부인이 탄 가마가 떠나고 위소보가 막 몸을 돌려 안으로 들어가려는데, 대문에서 기다리는 자가 있었다. 기분이 좋지 않던 차에 그를 보자 퉁명스럽게 물었다.

"무슨 일로 왔소?"

지부 오지영이 몸을 숙여 인사부터 하고 정중히 말했다.

"아주 중요한 군정軍情 기밀을 올릴 게 있습니다."

위소보는 '군정 기밀'이란 말을 듣자 비로소 그를 안으로 데리고 들어갔다. 속으로는 시부렁댔다.

'만약 정말 중요한 기밀이 아니면 곤장을 칠 테니 그리 알아라!'

서재로 들어간 위소보는 그에게 자리도 권하지 않고 자기만 의자에 앉았다.

"무슨 군정 기밀이오?"

오지영이 말했다.

"주위 사람들을 물리시지요."

위소보는 손을 휘둘러 친위병들을 내보냈다. 그러자 오지영이 가까이 다가와 나직이 말했다.

"흠차 대인, 이건 정말 예삿일이 아닙니다. 위에다 보고를 올리면 틀림없이 큰 공을 세우게 될 겁니다. 저에게도 혜택이 돌아올 기고요.

그러니 일단은 순무나 포정사에겐 알리지 않는 게 좋겠습니다.”

위소보는 가볍게 눈살을 찌푸렸다.

“대체 무슨 큰일이기에 그렇게 긴장하는 거요?”

오지영이 다시 말했다.

“황상의 홍복과 대인의 대복을 입어 제가 이 엄청난 기밀을 알아낼 수 있었습니다.”

위소보는 가볍게 코웃음을 쳤다.

“흥! 오 대인의 복도 만만치 않은 것 같소이다.”

오지영이 굽실거렸다.

“아니옵니다. 비직은 황상의 성은을 입고 대인께서 이끌어주셔서 오늘날에 이른 겁니다. 그래서 늘 밤이고 낮이고 대인의 은덕에 보답하고자 노심초사해왔습니다. 어제도 선지사에서 대인의 풍채를 뵙고 나서 내심 흠모와 경탄을 금치 못했습니다. 날마다 대인 곁에서 심부름을 하며 가르침을 받고 싶은 생각뿐입니다.”

그 말에 위소보가 생뚱맞게 말했다.

“그래요? 그럼 잘됐군요. 지부 자리도 차제에 내놓으세요. 총명하고 유능하니 차라리… 음… 차제에….”

오지영은 얼굴이 환해지며 얼른 몸을 숙였다.

“대인의 은혜에 깊이 감사드립니다.”

위소보가 미소를 지으며 말했다.

“그렇게도 늘 내 곁에 있고 싶다면 차제에 문을 지키는 수문장이나 가마를 들어주는 가마꾼이 되는 게 어떻겠소? 그럼 내가 집에 있든 출타를 하든 늘 가까이서 볼 수 있을 테니까요. 하하… 하하….”

오지영은 화가 나서 안색이 약간 변했으나 이내 비굴하게 웃었다.

"그러면 좋죠. 대인을 위해 문을 지키고 가마를 든다면 양주 지부보다야 낫지 않겠어요?"

이어 정색을 하고 말했다.

"저는 평상시에도 사람들을 시켜 시정 곳곳에서 혹시 황상을 비방하거나 대신들을 능멸하고 혹세무민하는 역도들이 있으면 바로 알리도록 했습니다. 그렇게 민심을 어지럽히는 역도들을 항상 엄히 다스려왔지요."

위소보는 그저 고개를 끄덕였다.

"음…."

그는 이자가 문지기와 가마꾼에 관해서는 한 마디로 슬쩍 비켜가는 것을 보고, 벼슬아치의 처신술과 요령이 대단하다고 생각했다.

오지영이 말을 이었다.

"만약 유언비어를 퍼뜨리는 자가 시정잡배나 일반 어리석은 백성들이라면 혼쭐을 내서 간단하게 해결할 수도 있지만, 가장 경계해야 하는 것은 먹물깨나 든 선비들입니다. 그런 사람들은 왕왕 시나 문장을 통해 지난 고사故事를 빙자해 조정을 풍자하고 비난하곤 합니다. 일반 사람들은 시서詩書로 위장한 그들의 악의적인 선동을 쉽게 알아차리지 못합니다."

그러더니 소매에서 직접 손으로 쓴 수초본手抄本을 꺼내 두 손으로 바쳤다.

"대인, 이것 좀 보십시오. 제가 어제 손에 넣은 시집입니다."

그가 만약 소매에서 은표를 한 다발 꺼내 바쳤다면, 위소보는 즉시

환한 표정으로 받아들였을 것이다. 그런데 책이라고 하자 실망을 금치 못했다. 더구나 시집이라니 하품이 나왔다. 그는 받을 생각도 하지 않고 턱을 들어올려 아예 거들떠보지도 않았다.

오지영은 겸연쩍어하며 두 손으로 바쳤던 시집을 도로 천천히 거둬들였다.

"어제 주연에서 어느 가희가 양주 시골 여자를 묘사한 새로운 시를 노래로 부르자, 대인께서 언짢아하시는 것을 보고, 사람을 시켜 그 시집을 구해오게 했습니다. 아니나 다를까, 그 시집에는 대역무도한 글귀가 아주 많았습니다."

위소보는 마지못해 고개를 끄덕였다.

"아, 그래요?"

오지영은 시집을 몇 장 넘기면서 말했다.

"대인, 보십시오. 이 시의 제목은 '홍무동포가洪武銅砲歌'라고 합니다. 사신행이 쓴 건데, '동포'는 명 왕조 주원장이 사용했던 동銅으로 만든 대포지요."

여기까지 들은 위소보는 약간 흥미를 느꼈다.

"주원장도 대포를 쐈나 보죠?"

오지영이 고개를 끄덕였다.

"네, 네, 그렇습니다. 지금은 우리 대청 천하인데 그 사가는 시를 지어 주원장의 동포를 찬양하니, 백성들에게 전 왕조를 상기시키려는 의도가 아니고 뭐겠습니까? 시에서 주원장의 위풍을 찬양하는 것도 큰 죄인데, 마지막 구절은 더욱 대역무도합니다. '가시밭길을 걸으며, 이 강산과 더불어 슬퍼하노라. 주체할 수 없는 눈물, 누가 있어 이 마음을 알아주랴.' 그의 속내가 무엇인지 금방 알 수 있는 시구입니다. 우리 대청은 하늘의 뜻을 받들어 주씨 일가를 몰아냈으니 만백성이 고무鼓舞해도 부족한데, 주원장의 대포를 찬양하면서 왜 강산과 더불어 슬퍼해야 합니까? 왜 눈물을 흘려야 하죠?"•

위소보는 자신의 관심사만 물었다.

"그 대포는 지금 어디 있죠? 가서 보고 싶은데요. 아직도 쏠 수 있나요? 황상은 대포에 관심이 많아요."

오지영이 대답했다.

"시구에 의하면, 그 대포는 형주荊州에 있습니다."

위소보는 인상을 찌푸렸다.

"양주에도 없는데 왜 그리 호들갑을 떠는 거죠? 오 대인은 지금 형주 지부가 아니고 양주의 지부잖아요. 나중에 형주 지부가 되면 그때 다시 그 대포에 대해 고증을 해보세요."

오지영은 매우 놀랐다. 형주는 멀리 호북 서쪽에서 양자강을 따라 사천으로 들어가는 악서鄂西 지방에 있고, 양주에 비해 아주 작은 지역이다. 그로서는 그곳의 지부가 되는 건 좌천이었다. 그는 아무래도 이 일을 더 이상 거론하지 않는 게 좋겠다고 생각해, 얼른 시집을 소매에 갈무리하고 다시 다른 책을 두 권 꺼냈다.

"흠차 대인, 그 사신행의 시는 부적절한 데가 많지만 대인께서 은전을 베풀어 굳이 문책을 하지 않겠다니, 그로서는 다행입니다. 하지만 이 두 권의 책은 그냥 보아넘겨서는 절대 안 됩니다."

위소보는 눈살을 찌푸리며 물었다.

"이건 또 어떤 녀석들이죠?"

오지영이 대답했다.

"한 부는 사이황查伊璜이 지은《국수록國壽錄》인데, 전부 다 반청 역도들을 찬양하는 내용입니다. 그리고 또 한 부는 고염무顧炎武의 시집인데, 정말이지 군주도 없고 무법무천의 극치라 할 수 있는 내용으로 일관돼 있습니다!"

그 말에 위소보는 내심 놀랐다.

'고염무 선생님과 나의 사부님은 모두 오삼계를 제거하기 위해 결성된 동맹의 총군사인데, 그의 책이 왜 이 새끼 손에 들어갔지? 혹시 우리 천지회에 대해서도 거론한 게 아닐까?'

그는 바로 물었다.

"책의 내용이 뭔데요? 자세히 말해보세요."

오지영은 위소보가 좀 전과는 달리 관심을 보이자 좋아하면서《국수록》을 펼쳤다.

"대인, 이 책에서는 반청의 역도들을 충신의사로 묘사하고 있습니다. 이〈병부주사증감찰어사사자전兵部主事贈監察御史查子傳〉편에서는 그의 당형제인 사미계查美繼가 우리 대청에 항거한 대역무도한 짓을 서술했습니다."

그는 오른손 식지로 글자를 짚어가면서 읽어 내려갔다.

"'4월 17일, 청병은 원화집袁花集을 공격하다가 통원通袁으로 퇴각했다. 하여 나 미계는 능凌, 양揚, 주周, 왕王 등 여러 의사들을 규합해 전선 500척과 군사 5천여 명을 이끌고 모두 머리에 흰 띠를 두르고 적을 추격해, 적의 수급 100여 개를 베어 큰 승리를 거두었다. 그러자 적은 겁을 먹고 상륙해 도주했다.' 대인, 보십시오. 그는 반역도들을

'의사'라 칭하고, 우리 대청의 군사를 '적'이라 칭했으니, 이게 바로 대역무도가 아니고 뭐겠습니까?"

위소보가 물었다.

"그럼 고염무의 책에는 뭐라고 적혀 있습니까?"

오지영은 《국수록》을 내려놓고 고염무의 시집을 집더니 고개를 흔들었다.

"이자의 시는 어느 한 구절도 역모를 꾀하지 않은 내용이 없습니다. 이 시만 해도 제목이 '강호羌胡'인데, 우리 대청을 공공연히 비방하고 있습니다."

그는 다시 손가락으로 짚어가며 읽어 내려갔다.

"'우리나라는 본디 무결無缺한데 오랑캐들이 난을 일으켰다. 하여 건주建州에서 징병을 해 군비와 군량을 건주에 집중시켰다. 오랑캐는 중원으로 쳐들어와 할복절장割腹折腸하고 절경접이折頸摺頤하여 그 시체가 강을 이루었다. 그 망국의 한을 어찌 잊으리. 피가 흘러 산천을 물들이고 부녀자들은 꽃잎처럼 떨어져나갔다. 오호통재라, 오랑캐의 잔혹함이 하늘을 찌르니…'"

위소보는 손사래를 치며 그의 말을 중단시켰다.

"그만 읽어요. 무슨 말인지 잘 모르겠어요."

오지영이 말했다.

"이 시는 우리 만주 사람이 '오랑캐'고, 명 왕조가 건주에서 만주 사람들과 싸우기 위해 징병과 함께 군량을 조달하느라고 천하대란이 일어났다고 했습니다. 그리고 우리 만주 사람들이 성안 사람들을 마구 죽이는 등 살인을 일삼아 배를 가르고 창자를 꺼내는 만행을 저질렀으며, 많은 부녀자들을 겁탈했다는 겁니다."

위소보가 말했다.

"그렇군요. 여자들을 겁탈한 것은 사실이죠. 청병이 양주를 공략하면서 많은 백성을 죽였잖아요? 그 사건이 아니라면 황상께서 왜 양주 백성들에게 3년간 세금을 걷지 말고 충렬사를 지으라 했겠어요. 음… 그 고염무는 시를 아주 솔직하게 썼네요."

오지영은 내심 크게 놀랐다.

'나이가 어린 탓인지 사태의 심각성을 잘 모르는군. 그 말을 네가 했으니 망정이지 만약 다른 사람의 입에서 나왔다면, 내가 조정에 고하자마자 바로 감옥행이었을 거야.'

그러나 오지영은 위소보가 황상의 총애를 받는 최측근이라는 것을 잘 알고 있기 때문에 감히 그에게 맞서지 못했다. 그저 연신 '네, 네' 하면서 비위를 맞추는 데 급급했다.

"대인은 역시 식견이 깊습니다. 저도 이번에 많은 것을 새롭게 깨달았습니다. 여기 또 〈정중심사가井中心史歌〉라는 시가 있는데, 대인께서 가르침을 주셨으면 합니다. 시 중 한 연은 정말 황당무계하기 이를 데가 없습니다."

그는 책을 들고 고개를 흔들며 읽기 시작했다. 그리고 이번에는 위소보가 어려운 문구를 알아듣지 못한다는 것을 알고 자세히 해석을 해주었다.

오지영이 일단 읽어 내려갔다.

숭정십일년동崇禎十一年冬,

소주부성중승천사이구한준정蘇州府城中承天寺以久旱浚井,

득일함得一函,

기외왈其外日 '대송철함경大宋鐵函經',

고지재중錮之再重.

여기까지 읽고는 그 뜻을 간단하게 설명했다.

"숭정 11년 겨울, 소주성 승천사에 오랫동안 말라 있던 우물에서 철함을 하나 발견해, 그것을 가리켜 '대송철함경'이라 했습니다."

위소보가 바로 물었다.

"그 쇠상자 속에 금은보화가 있었습니까?"

오지영은 고개를 내둘렀다.

"아닙니다. 거기에 《심사心史》라는 책이 있었는데, '대송고신정사초백배봉大宋孤臣鄭思肖百拜封'이라고 적혀 있었답니다. 송나라 유신 정사초가 100배를 올리고 밀봉했다는 뜻입니다. 그중 일부 문장은 다음과 같습니다."

사초思肖, 호소남號所南, 송지유민宋之遺民, 유문어지승자有聞於志乘者.

기장서지일위덕우구년其藏書之日爲德祐九年.

송이망의宋已亡矣,

이유일야망진승상而猶日夜望陳丞相, 장소보통해외지병張少保統海外之兵,

이복대송삼백년지토우以復大宋三百年之土宇.

오지영의 해석이 이어졌다.

"대인, 글에는 송나라로 돼 있지만 실은 우리 대청을 빗댄 겁니다. 고염무는 해외, 즉 대만의 정씨 역도들이 군사를 일으켜 명 왕조의 땅을 다시 되찾아주길 바라고 쓴 글입니다."

위소보가 아무 말도 하지 않자 다시 읽어 내려갔다.

이구호원어막북而驅胡元於漠北,

지어통곡유체至於痛哭流涕,

이도지천지而禱之天地,

맹지대신盟之大神,

위기화전이謂氣化轉移,

필유일일변이위하자必有一日變夷爲夏者.

오지영이 다시 설명했다.

"대인, 그는 우리 만청 사람들을 오랑캐라고 욕하고, 우리를 중원에서 내쫓자는 겁니다."

위소보가 물었다.

"오 대인은 만주 사람인가요?"

오지영은 잠시 머뭇거리더니 말을 더듬었다.

"저… 그건… 실은… 비직은 대청 황제를 섬기고, 만주 위 대인의 속하이니, 오로지 만주를 위해 충성할 따름입니다."

그러고는 다시 읽어 내려갔다.

군중지인견자무불계수경타郡中之人見者無不稽首驚詫,

이순무도원장공국유각지이전而巡撫都院張公國維刻之以傳,

우위소남립사당又爲所南立祠堂,

장기함사중藏其函祠中.

미기이조국난未幾而遭國難,

일여덕우말년지사一如德祐末年之事,

오호嗚呼, 비의悲矣!

오지영이 덧붙였다.

"사람들은 그것을 보고 모두 놀라지 않은 자가 없었고, 순무도원 장국유가 그 사실을 글로 새겨 후세에 남겼으며, 정사초가 다시 사당을 세워 그 함을 사당에 숨겼다고 합니다. 그리고 얼마 후에 국난을 당했으니, 덕우 말년의 일이라, 비통하고 슬프다는 글입니다. 대인, 그 고염무는 대청이 중원으로 들어와 백성들을 다스린 것을 국난이라 하고, 비통하고 슬픈 일이라고 했습니다. 그가 무슨 속셈을 품고 있는지 뻔하지 않습니까?"

기서전지북방자소其書傳至北方者少,

이변고지후而變故之後,

우다휘이불출又多諱而不出,

불견차서자삼십여년不見此書者三十餘年,

이금복도지어부평주씨而今復睹之於富平朱氏.

석차서초출昔此書初出,

태창수전군숙부시이장太倉守錢君肅賦詩二章,

곤산귀생장와지팔장崑山歸生莊和之八章,

급절동지함及浙東之陷,

장공주귀동양張公走歸東陽,

부지중사赴池中死.

전군둔지해외錢君遯之海外,

졸어낭기산卒於瑯琦山.

귀생경명조명歸生更名祚明,

위인우강개격렬爲人尤慷慨激烈,

역종궁아이몰亦終窮餓以沒.

다시 설명이 이어졌다.

"그 책은 북방에는 별로 많이 알려지지 않았고, 변란이 생긴 후로는 더 보기가 힘들어졌습니다. 결국 그 책은 30여 년 후에 부평 주씨 집안에서 발견됐습니다. 그 책이 다시 세상에 나오자 태창의 전군이 시 두 편, 곤산의 귀생이 여덟 편을 소장했습니다. 그리고 장공도 있었는데, 그는 연못에 빠져죽고, 전군은 해외로 나가 낭기산에서 죽었습니다. 귀생은 조명이라 이름을 바꾸고 살았는데, 사람됨이 호탕했지만 역시 가난으로 인해 굶어죽었습니다. 대인, 그 세 사람은 모두 역도들입니다. 우리 대청에 굴복하지 않은 죄인입니다. 일찍 죽어서 다행이지, 아니면 모두 멸문을 당했을 겁니다."

위소보는 잠자코 듣기만 했다.

오지영은 계속 읽어나갔다.

독여부재獨余不才,

부침어세浮沈於世,

비년원지일왕悲年遠之日往,

치금망지유밀值禁網之愈密.

"대인, 그는 조정에서 역모에 관한 글에 대한 단속이 갈수록 심해졌다면서도 간땡이가 부었는지 겁을 내지 않았습니다."

그러고는 다음 글을 읽었다.

이견현사제而見賢思齊,

독립불구獨立不懼,

장발휘기사將發揮其事,

이시위인신처변지칙언以示爲人臣處變之則焉,

고작차가故作此歌.

"선비로서 그 어떤 것에도 굴하지 않고 이 일을 널리 알리고자 하며, 명의 유신이 변고에 대처하는 원칙을 삼도록 이 노래를 지었다고 했습니다."

위소보는 고리타분한 말을 계속 듣고 있자니 연신 하품을 할 수밖에 없었다. 그래도 혹시 천지회에 관한 얘기가 있나 해서 지루함을 견디며 잠자코 들었다. 그는 이젠 드디어 끝났구나, 생각하며 물었다.

"다 끝났습니까?"

오지영이 대답했다.

"시가 더 남아 있어요."

위소보가 말했다.

"별로 중요한 게 없으면 그만 읽으세요."

오지영이 다시 말했다.

"아닙니다. 아주 중요해요. 중요한 게 남아 있습니다."

그러더니 계속 읽어 내려갔다.

유송유신정사초有宋遺臣鄭思肖,

통곡호원이구묘痛哭胡元移九廟,

독력난장한정부獨力難將漢鼎扶,

고충욕향상루조孤忠欲向湘累弔.

저서일권칭심사著書一卷稱心史,

만고자심심차리萬古此心心此理.

천심유정치철함千尋幽井置鐵函,

백배단심금미사百拜丹心今未死.

호로종래무백년胡虜從來無百年,

득봉성조대개천得逢聖祖再開天.

오지영은 다소 격앙된 음성으로 설명했다.

"'송나라의 유신 정사초가 있어, 오랑캐가 구묘九廟를 옮긴 것을 통곡하노라. 혼자의 힘으로는 강산을 일으킬 수 없으니 충심으로 조의를 표한다. 하여 《심사》라는 책을 한 권 저술하니, 이는 만고의 마음이며 또한 이치이니라. 방방곡곡을 찾아헤매 우물에다 철함을 안치하여

100배를 올리고 일편단심이 살아 있음을 전하노라. 자고로 오랑캐는 100년을 넘기지 못하는 법, 성조聖祖가 나타나 다시 천지를 열지어다.' 대인, '자고로 오랑캐는 100년을 넘기지 못한다'는 말은 정말 백번 죽어 마땅할 대역입니다. 그는 우리 대청이 100년을 넘기지 못할 거라고 저주했습니다. 그리고 한인은 그 무슨 성조가 나타나 다시 천지를 열 거라고 한 것은 우리 대청을 무너뜨리겠다는 뜻입니다!"

위소보가 말했다.

"황상께서는 대청이 백성에게 선정을 베풀면 이 강산을 온전히 유지할 수 있다고 했소. 그렇지 않고 말로만 떠벌려대면 아무 소용이 없다고 했어요. 탕약망이라는 외국인이 있는데, 흠천감의 감정이에요. 혹시 그 사실을 알고 있나요?"

오지영이 대답했다.

"네, 저도 들은 바가 있습니다."

위소보가 다시 말했다.

"그가 쓴 역서曆書는 200년밖에 추산을 하지 않았대요. 그래서 누가 그를 고발했나 봐요. 대청은 천년만년 이어갈 건데 왜 200년밖에 추산하지 않았냐고 따진 모양이에요. 당시 오배가 패권을 움켜쥐고 국정을 농단하고 있었는데, 그의 죄를 물어 처형하려고 했대요. 다행히 황상께서 영명해 오배를 꾸짖고 오히려 탕약망을 고발한 자의 목을 쳐서 멸문을 시켰다고 하더군요. 황상은 남을 모함하는 사람을 가장 싫어해요. 그 무슨 대청이 100년 천하니, 200년 천하니, 트집을 잡아서 떠들어대는 것은 다 남을 모함하려는 개소리예요. 황상께서 분명히 말했듯이, 좋은 관리는 백성을 아끼고 조정에 충성을 다하는 사람이에요. 그리고 남을 모함하고 비방이나 하면서 무슨 시서 같은 데서 흠집을 찾아내는 것은, 뭐라더라… 달걀 속에서 뼈다귀를 찾아내려는 것과 같이 순억지를 부리는 거라고 했어요. 경극에서도 그런 사람은 얼굴을 울긋불긋 칠한 간신이죠. 황상께서는 그런 놈을 보거든 바로 결박해서 목을 치라고 했어요.”

위소보는 그저 고염무를 감싸줄 마음에 멋대로 시부렁댄 거였다. 오지영이 자신에게 고자질을 해서 통하지 않으면 다른 관아에 고발할까 봐, 그러지 못하게 일부러 겁을 주며 호되게 꾸짖은 것이다. 위소보는 물론 그가 양주 지부까지 오르게 된 경위를 모르고 있었다.

사실 오지영은 절강 호주湖州의 장정롱莊廷鑨이 편찬한 《명서집략明書輯略》에 명 왕조의 연호를 쓰고, 대청 조정에 불경한 문장을 쓴 것을 찾아내 고발함으로써 출세를 한 사람이었다. 문자옥文字獄, 사화士禍를 일으켜 부귀영화를 누리는 것이 바로 그의 주특기였다.

이번에도 오지영은 고염무와 사이황 등의 시문에서 꼬투리를 찾아냈다. 다시 승진할 수 있는, 하늘이 내려준 복이라 생각하며 매우 좋아했다. 그런데 기대했던 흠차대신의 입에서 엉뚱한 말이 나오자, 식은 땀이 흐르며 어찌할 바를 몰라 했다. 그는 속으로 생각했다.

‘내가 위에다 고발한 《명서집략》 사건은 오배 대인이 직접 처리한 거야. 나중에 오배 대인은 황상에게 밉보여 파관면직이 되고 중벌을 받았지. 보아하니 황제의 성격은 오배 대인과 완전히 다른 것 같군. 이번에는 잘못하면 내가 당하겠어.’

강희가 오배를 제압한 경위는 그리 떳떳하지 못해서, 대신들에게 자세히 언급하지 않았다. 그러니 지방 관리인 오지영은 더욱 알 턱이 없었다. 만약 자신을 잘 알아주던 오배 대인이 바로 지금 눈앞에 있는 흠차대신의 손에 죽은 것을 안다면 더더욱 혼비백산했을 것이다.

위소보는 그의 안색이 잿빛으로 변하고 몸을 가볍게 떠는 것을 보고는 내심 기뻐하며 물었다.

"이젠 다 읽은 거요?"

오지영이 대답했다.

"이 시는 아직… 아직… 절반이 남았습니다."

위소보가 다시 물었다.

"뭐라고 적혀 있는데요?"

오지영이 전전긍긍하며 읽었다.

황하는 이미 맑아졌으나 사람을 기다려주지 않고, 黃河已淸人不待

깊고 깊은 수부에 무지갯빛 남기니, 沈沈水府留光彩

홀연히 기서가 다시 세상에 나타나고, 忽見奇書出世間

오랑캐 군사가 강산을 짓밟아 다시 놀라다. 又驚胡騎滿江山

세상만사 반복됨을 하늘이 아니, 天知世道將反覆

하여 이 책으로 유신들에게 계시하노라. 故出此書示臣鵠

30여 년 만에 다시 빛을 보게 되니, 三十餘年再見之

한마음 한목소리로 또한 때를 같이하자. 同心同調復同時

육 공은 이미 애문에 가서 죽고, 陸公已向厓門死

신국은 몸 바쳐 연시로 간다. 信國捐軀赴燕市

지난날 시를 읊조려 옛사람 조문하니, 昔日吟詩弔古人

깊고 고요한 죽림, 낙목에 산귀도 슬퍼한다. 幽篁落木愁山鬼

아, 슬프도다. 嗚呼

포황 같은 부류, 왜 그리 많은가! 蒲黃之輩何其多

정사초가 이를 보면 어떻게 하리? 所南見此當如何•

오지영은 숨을 헐떡거리며 간신히 다 읽었다. 이마에서 흘러 떨어진 땀이 책을 적셨다.

위소보가 웃으며 말했다.

"시를 다 들어봐도 뭐 별거 아니네요. 그 무슨 산귀山鬼는 산귀신이고, 포황蒲黃은 무슨 안색이 누리끼리한 할망구인가 보죠? 그건 좀 재미가 있네요."

오지영이 말했다.

"대인, 시에서 말하는 '포황'은 송나라 때 원나라에 투항해서 벼슬에 오른 포수경蒲壽庚과 황만석黃萬石을 말하는 겁니다. 그러니까 대청의 관리가 된 한인을 비꼬아 말한 거죠."

위소보는 갑자기 인상을 팍 쓰며 언성을 높였다.

"내 생각엔 안색이 누렇게 뜬 할망구예요! 왜 자꾸 그렇게 토를 달아요? 마누라의 얼굴이 누리끼리한가요? 누가 시를 지어서 포황을 비웃으니까 배알이 꼴리나 보죠?"

오지영은 그가 갑자기 역정을 내자 화들짝 놀라 뒤로 한 걸음 물러났다. 그 바람에 손에 들고 있던 책이 바닥에 떨어졌다. 그는 무조건 굽실거렸다.

"아, 네! 네… 제가 죽을죄를 지었습니다."

위소보는 그가 책을 떨어뜨린 것을 트집 잡아 호통을 쳤다.

"지금 책을 팽개친 거요? 정말 무엄하군요! 난 황상의 성지를 전해 계도하려고 했더니, 겁도 없이 물건을 내동댕이치며 성질을 부리는 거요? 황상의 성지가 아니꼽다는 겁니까? 그건 모반을 하겠다는 뜻이잖아요!"

쿵 하는 소리와 함께 오지영이 바로 그 자리에 무릎을 꿇었다. 그리고 연신 큰절을 올리며 떨리는 음성으로 애원했다.

"제발… 제발… 살려주십시오. 저… 소인이… 어리석었습니다."

위소보는 냉소를 날렸다.

"나한테 성질을 부리고 물건을 내팽개치는 것은 그래도 약과예요. 기껏해봤자 흠차대신을 능멸한 죄명으로 처형되거나 변방으로 유배 가기밖에 더하겠어요? 별것 아니죠…."

오지영은 처형되고 유배 가는 것이 별것 아니라는 말에 방아를 찧듯 연신 절을 올리며 애원했다.

"대인께서 너그럽게 용서해주십시오. 소인은… 소인이… 죽을죄를 지었습니다."

위소보가 소리쳤다.

"한데 황상의 성지를 무시하는 것은 예삿일이 아니에요! 집에 누가 있어요? 마누라, 작은마누라, 아들, 딸, 장인, 장모, 고모, 하녀, 하인, 좋아하는 계집까지도 모조리 잡혀가 목이 달아날 수 있어요!"

오지영은 부들부들 떨었다. 아래윗니가 서로 다다다 부딪쳐 말을 제대로 할 수 없었다.

위소보는 그가 완전히 겁을 먹은 것을 확인하고 다그쳤다.

"그 고염무는 지금 어디 있죠?"

오지영이 떨리는 음성으로 대답했다.

"네, 대인, 저… 그는… 지금…."

혀를 깨물었는지 말이 잘 나오지 않았다. 한참 있다가 겨우 말을 이었다.

"그 고염무와 사가… 그리고 또… 여呂씨 성을 가진 사람을 모두… 관아에 가둬놨습니다."

위소보가 물었다.

"고문을 했을 터인데, 뭘 좀 알아냈나요?"

오지영이 대답했다.

"그냥 간단하게 몇 마디 심문을 했는데 셋 다 아무것도 실토하지 않았습니다."

위소보가 다시 다그쳤다.

"정말 세 사람 다 아무 말도 하지 않았단 말인가요?"

오지영이 다시 대답했다.

"네, 전혀… 대신… 그 사가의 몸에서 서신 한 통을 찾아냈습니다. 아주 중요한 것이니 대인께서 직접 읽어보십시오."

그러고는 가져온 작은 보따리를 뒤져 서신 한 통을 찾아내 두 손으로 바쳤다. 위소보는 그것을 받지 않고 물었다.

"또 무슨 시를 쓴 거요? 아니면 무슨 장문이오?"

오지영이 또 대답했다.

"아… 아닙니다. 광동 제독 오… 오육기가 쓴 서신입니다."

위소보는 '광동 제독 오육기'라는 말에 흠칫 놀라 얼른 물었다.

"오육기요? 그도 시를 쓸 줄 아나요?"

오지영이 갑자기 눈을 반짝이며 말했다.

"아닙니다. 오육기는 암암리에 모반을 계획하고 있었습니다. 이 서신이 바로 확실한 증거입니다. 절대 발뺌하지 못할 겁니다. 제가 앞서 큰 공을 세울 수 있는 군정 기밀이라고 한 게 바로 이 일입니다."

위소보는 당황한 기색을 보이지 않기 위해 고개를 끄덕였다. 속으로는 '아차! 큰일이 났구나' 하고 생각했다.

오지영이 다시 말했다.

"대인, 먹물을 먹은 선비들은 시나 글을 쓰면서 역모에 관한 문구를 알게 모르게 집어넣는 경우가 있는데, 그들은 힘이 없어서 행동으로 옮기기는 어렵습니다. 그러나 오육기는 광동성의 병권을 쥐고 있는 제독입니다. 그가 만약 병란을 일으키면 그 파장이 엄청날 겁니다."

오육기의 역모에 관한 이야기를 시작하자 떠듬거리지 않고 말이 술술 나왔다. 그는 위소보의 표정이 심각하게 변한 것을 보고, '다행히 이 일에는 관심이 많구나' 하고 생각했다. 그래서 천천히 일어서려 하는데, 위소보가 '흥!' 하고 냉소를 날리며 눈을 부라리자 깜짝 놀라 다시 꿇어앉았다.

위소보가 물었다.

"서신에 뭐라고 썼는데요?"

오지영이 대답했다.

"네, 대인! 서신의 문구는 좀 애매모호합니다. 그의 말을 빌리면, 서남에 곧 큰일이 생기니, 이는 공을 세울 절호의 기회라는 겁니다. 그래서 그 사가를 광동으로 모셔 가르침을 청한다고 했습니다. 글을 그대로 읽어보면, '욕도중산欲圖中山, 개평시위거開平之偉擧, 비청전선생운주

불위공非靑田先生運籌不爲功'이라 했습니다. 중산과 개평의 위업을 달성하려면 청전 선생의 계략과 조언이 없어서는 안 된다는 뜻입니다. 이게 바로 모반을 획책하고 있다는 확실한 증거입니다."

위소보가 말했다.

"또 엉뚱한 말을 하는군요. 서남쪽에 곧 큰일이 있다고 했는데, 그게 무슨 큰일인지 어떻게 압니까? 서남쪽에 관한 일은 황상과 조정의 기밀 사항인데 오 대인이 그것을 알고 있단 말이오?"

오지영이 말했다.

"아, 네… 하지만 서신의 내용으로 봐서 역모에 관한 암시가 분명합니다. 그냥 가볍게 넘겨서는 안 됩니다."

위소보는 서신을 받아 펼쳐보았다. 그러나 먹물이 좀 진하고 획이 좀 굵다는 느낌만 들 뿐, 한 자도 알아볼 수 없었다. 그래도 아는 척하면서 말했다.

"서신에는 역모를 꾀하겠다고 적혀 있지 않은데요!"

오지영이 얼른 말했다.

"모반에 관한 글을 노골적으로 쓸 수는 없습니다. 그 오육기가 중산왕中山王과 개평왕開平王이 되려 하고, 사가더러 청전 선생이 돼달라고 한 것이 바로 모반의 증거입니다."

위소보는 고개를 내둘렀다.

"당치 않아요! 관리로서 누군들 왕이나 공작이 되고 싶지 않겠어요? 오 대인은 싫습니까? 그 오육기 장군은 이미 공을 많이 세웠으니, 다시 조정을 위해 공을 세워 황상이 왕에 봉해주길 바라는 게 당연하잖아요. 오히려 충심이 엿보이는데요."

오지영의 표정이 어색하게 변했다. 속으로는 구시렁거렸다.

'아따, 무식한 너하고 얘길 하자니 정말 답답하구나. 오늘 너한테 밉보였으니 뭔가 만회를 하지 않으면 앞날을 보장받기 어렵겠군.'

그는 짜증을 꾹 눌러참고, 비굴하게 웃으며 말했다.

"대인, 명 왕조 때 두 명의 대장군이 있었는데, 한 명은 서달이고, 또 한 사람은 상우춘이었습니다."

위소보는 어려서부터 설화 선생에게 《대명영렬전》의 이야기를 숱하게 들어왔다. 그래서 명나라 개국 당시의 고사를 달달 외울 정도로 잘 알고 있었다. 지금 서달과 상우춘의 이름을 듣자 정신이 번쩍 들었다. 좀 전에 시문을 들을 때는 마냥 졸렸는데, 지금은 눈빛이 초롱초롱해졌다. 그가 웃으며 말했다.

"그 두 장군은 정말 위풍당당하고 아주 대단했죠. 혹시 그 서달이 무슨 무기를 썼는지 아나요? 상우춘은 어떤 무기를 썼죠?"

이번에는 위소보가 오지영을 시험할 차례가 된 것이다. 오지영은 《명서집략》 사건으로 출세를 거듭한 데서도 알 수 있듯이 역사적인 사실에 대해서는 박학하지만, 서달과 상우춘이 무슨 무기를 사용했는지는 관심이 없었다. 위소보의 물음에 당연히 선뜻 대답을 하지 못했다. 그저 배시시 웃으며 말했다.

"저는 배움이 미천해서 잘 모르겠습니다. 대인께서 가르쳐주십시오."

위소보는 의기양양해서 빙긋이 웃으며 말했다.

"책깨나 읽었다는 사람이 그것도 모릅니까? 잘 들어요. 서달 장군은 송나라 악비 장군이 환생한 거라, 혼철점강창渾鐵點鋼槍을 무기로 사용하고, 허리에는 열여덟 개의 낭아전狼牙箭을 차고 있었어요. 그 화살을 쏘면 100보 밖에 있는 버들잎도 맞힐 정도로 백발백중이었죠. 그리고 상우춘 장군은 삼국시대 장익덕張翼德 즉 장비 장군이 환생한 거라, 장팔사모丈八蛇矛, 긴 창을 무기로 사용해 그야말로 일기당천一騎當千, 당해 낼 사람이 없었어요.”

이어 서달과 상우춘이 원나라 병사들을 대파한 사적事跡에 대해 장황하게 늘어놓았다. 물론 그런 얘기들은 전부 다 설화 선생에게서 들은 것이라 역사적인 사실보다는 황당무계한 허구가 더 많았다.

오지영은 무릎을 꿇은 채 그의 이야기를 듣다 보니 무릎이 저리고 아팠다. 그래도 위소보의 비위를 맞추느라 연신 감탄을 하며 흥미진진한 척했다. 간신히 한 단락이 끝나자 비로소 입을 열었다.

“대인의 견문은 정말 광범위하군요. 감탄했습니다. 그 서달과 상우춘은 지대한 공을 세워 사후에 주원장이 둘 다 왕에 봉했습니다. 한 사람은 중산왕, 또 한 사람은 개평왕입니다. 그리고 주원장에게 아주 유명한 참모가 있었는데….”

위소보가 얼른 그의 말을 받았다.

“네, 알아요! 그 군사軍師가 바로 유백온劉伯溫이에요. 천문지리에 능통해 3천 년 전과 천 년 후의 일까지 다 알고 있었죠.”

이어 자신이 알고 있는 것을 줄줄이 다 늘어놓았다. 유백온이 천지신통하고 신출귀몰해 전쟁터에 나가면 무슨무슨 전술을 써서, 거시기 거시기했다고 계속 떠벌렸다.

오지영은 이제 다리가 마비될 지경이라 더는 견딜 수 없어서 벌렁 엉덩방아를 찧으며 주저앉았다. 그래도 입가엔 미소를 잃지 않았다.

“대인께서 하는 이야기는 너무 재밌어서 듣다가 넋이 나갔네요. 대인께서 은전을 베풀어주시면 일어나서 듣고 싶은데 괜찮겠습니까?"

위소보가 웃으며 말했다.

"좋아요, 일어나세요."

오지영은 의자를 짚고 간신히 일어났다.

"대인, 오육기가 서신에서 언급한 청전 선생이 바로 그 유백온입니다. 유백온이 원래 절강성 청전 사람이거든요. 그러니까 오육기는 자신이 서달과 상우춘이 되고, 그 사가더러 청전이 되라는 뜻입니다."

위소보가 말했다.

"서달과 상우춘이 되면 얼마나 좋겠어요. 한데 그 사가가 유백온이 되겠다고요? 흥! 그럴 만한 실력이 없을걸요! 유백온이 되기가 그렇게 쉽다고 생각해요? 유백온이 〈소병가燒餅歌〉에서 이렇게 말했어요. '손에 아흔아홉 자루의 칼을 들고 오랑캐를 모조리 죽여야만 손을 거둔다.' 우아! 정말 대단하죠? 대단해요!"

오지영이 말했다.

"대인께선 정말 모르는 게 없군요. 맞습니다. 그 서달, 상우춘, 유백온은 모두 주원장을 도와 원나라 군사와 맞서싸워서 오랑캐를 몰아냈습니다. 그러니 오육기의 서신은 병란을 일으켜 우리 만주 사람들을 다 죽이자는 것과 다름이 없습니다."

위소보는 내심 흠칫 놀랐다.

'야, 이놈아! 오 대형의 뜻을 내가 왜 모르겠냐? 군이 네놈이 그렇게 말해줘야겠냐? 이 서신이 아주 중요한 빌미가 될 게 틀림없군. 나한테 먼저 보여줘서 천만다행이야.'

속으로 생각하며 연신 고개를 끄덕였다. 그리고 오지영의 어깨를 툭툭 치며 말했다.

"좋아요, 잘했어요! 아주 운이 좋았군요. 만약 날 찾아와 이 일을 이야기해주지 않았다면 정말 큰일이 날 뻔했네요. 황상께선 나더러 복장이라고 했는데, 황상의 금구金ロ는 틀린 적이 없어요."

오지영은 위소보가 어깨를 토닥거려주자 온몸의 뼈마디가 사르르 녹아내리는 기분이었다. 어머니 배 속에서 태어난 이래 이렇듯 큰 영광은 처음 맛보는 것 같았다. 너무 감격한 나머지 콧등이 시큰해지며 목이 메었다.

"대인께서 이렇듯 저를 알아주시니 이 은덕은 분골쇄신해도 다 보답하지 못할 겁니다. 대인께서는 복장이시니, 저는 그 밑에서 복병복졸福兵福卒, 복견복마福犬福馬가 되더라도 가문의 영광일 겁니다."

위소보는 하하 웃으며 손을 들어올려 그의 머리를 쓰다듬었다.

"좋아요, 좋아!"

오지영은 허우대가 큰 편이었다. 위소보가 자신의 머리를 쓰다듬기가 불편한 것 같아 얼른 고개를 숙여 마음대로 쓰다듬도록 했다. 앞서 위소보가 성질을 내는 바람에 무릎을 꿇었고, 그때 이미 모자가 벗겨졌다. 지금 위소보는 그의 매끄러운 대머리를 쓰다듬으며 손이 차츰 뒤쪽으로 가더니 변발을 어루만졌다. 그건 마치 불쌍한 개의 꼬리를 쓰다듬는 것과 같았다. 위소보는 이어 그의 뒷덜미를 쓰다듬으며 속으로 구시렁댔다.

'이놈아, 분골쇄신은 필요 없어. 여기를 칼로 그냥 댕강 내리쳐버리고 싶을 뿐!'

겉으로는 넌지시 물었다.

"이 일을 오 대인 말고 또 누구 아는 사람이 있나요?"

오지영이 대답했다.

"없습니다, 없어요. 워낙 중차대한 사안이라 절대 어느 누구한테도 누설하지 않았습니다. 만약 오육기 그 역도가 눈치를 채고 바로 병란을 일으키면 대인과 저는 아무 공로도 없게 되잖아요."

위소보가 고개를 끄덕였다.

"맞아요. 역시 주도면밀하군요. 우린 각별히 조심해야 해요. 순무나 포정사, 그들이 알게 해서는 안 돼요. 알면 틀림없이 먼저 조정에 상서할 테니, 그럼 오 대인의 공을 빼앗기게 되잖아요."

오지영은 감격해하며 연신 몸을 숙였다.

"네, 네! 소인을 잘 좀 이끌어주십시오."

위소보는 오육기의 서신을 자연스럽게 자기 품속에 집어넣었다.

"저 시집은 당분간 여기 놔두세요. 그리고 가서 고염무 등을 다 데려와요. 내가 직접 심문을 한 연후에 오 대인이 병마를 이끌고 북경으로 압송하세요. 내가 직접 상소문을 작성해 황상께 올리도록 조치할게요. 이번에 아주 큰 공을 세우게 됐는데, 오 대인이 첫 번째 공로자고, 난 오 대인 덕택에 두 번째 공로자가 되겠네요."

오지영은 다시 감격을 금치 못하며 머리를 조아렸다.

"아… 아닙니다. 대인이 첫 번째 공로자고, 저는 그다음이죠."

위소보는 다시 하하 웃었다.

"황상을 알현할 때 어떻게 진언을 해야 되는지, 내가 나중에 세세히 말해줄게요. 황상께서 좋아하신다면 순무고 포정사고, 떼놓은 당상입니다. 내가 다 책임질게요."

오지영은 너무 좋아서 기절할 지경이었다. 그는 시집을 탁자에 올려놓고 이마를 바닥에 쿵쿵 찧으며 연신 절을 하고 나서야 물러갔다.

위소보는 혹여나 도중에 무슨 변고가 생길까 봐, 효기영의 좌령을 시켜 일부 군사를 이끌고 오지영과 함께 가서 죄수들을 데려오라고 분부했다.

다시 내실로 돌아온 위소보는 이번 일을 상의하기 위해 사람을 시켜서 이역세 등을 불러오라고 했다. 이윽고 주위에 아무도 없게 되자 쌍아가 그에게 가까이 다가와 갑자기 무릎을 꿇고 오열했다.

"상공, 한 가지 청이 있어요."

위소보는 이상하게 생각해 얼른 그녀의 손을 잡아 일으켰다. 그리고 손을 잡은 채 물었다.

"예쁜 쌍아, 내 생명의 은인인데, 무슨 청인지 몰라도 무조건 들어줄게."

쌍아의 눈에선 계속 눈물이 흘러내렸다. 위소보는 소맷자락으로 그녀의 눈물을 닦아주었다. 쌍아가 말했다.

"상공, 어려운 부탁인 줄 알지만… 청을 안 드릴 수가 없어요."

위소보가 왼팔로 그녀의 허리를 끌어안으며 말했다.

"어려운 부탁을 들어줘야만 내가 쌍아를 얼마나 생각하는지 증명할 수 있잖아. 무슨 일인데? 어서 말해봐."

쌍아의 창백한 얼굴에 홍조가 스쳤다. 그녀가 나직이 말했다.

"상공, 화내지 마세요. 아까 그 못된 벼슬아치를 죽이고 싶어요."

위소보는 속으로 중얼거렸다.

'그러지 않아도 없애버리려 했는데, 쌍아가 나한테 그것을 부탁하니 마침 잘됐구먼!'

그는 시치미를 떼고 물었다.

"그가 너한테 무슨 잘못이라도 저질렀니?"

쌍아는 훌쩍이며 말했다.

"나한테 잘못한 게 아니라… 오지영은 우리 집안의 불구대천의 원수예요. 장씨 문중 어르신들과 도련님들이 다 그놈 때문에 죽었어요."

위소보는 이내 깨달았다. 그날 밤 귀곡산장鬼哭山莊에는 모두 과부들뿐이었고, 방 안에 많은 위패가 모셔져 있었던 것이 아직도 기억에 생생했다. 그 원흉이 바로 오지영이란 말인가? 그러고 보니 그날 장씨 문중의 셋째 마님이 오지영의 이름을 거론했던 것도 같았다. 그래도 다시 확인하려고 물었다.

"혹시 사람을 잘못 본 게 아닐까?"

쌍아는 다시 주르르 눈물을 흘렸다.

"아… 아니에요. 잘못 봤을 리가 없어요. 그날 그는… 관병들을 데려와 장씨 문중의 사람들을 다 잡아갔어요. 저는 당시 나이가 어렸지만, 그의 흉악한 모습을 절대 잊을 수가 없어요."

위소보는 또 잔꾀를 부렸다.

'그래도 내가 곤란한 척을 해야 더 고마워하겠지….'

그는 일부러 눈살을 찌푸리며 잠시 깊은 생각에 잠기는 듯하더니 이윽고 입을 열었다.

"그는 조정에서 임명한 관리고, 양주의 지부야. 그리고 난 황상의 명을 받고 공부차 양주에 왔는데, 만약 그를 죽인다면 내 자리도 위태로워질 것 같아. 그리고 아까 그는 나한테 아주 중대한 일을 알려줬어. 한데 죽여버린다면 아무래도… 좀….”

그가 뜸을 들이자 쌍아는 다급해져서 다시 눈물을 주르르 흘렸다.

“저… 상공의 입장이 난처하다는 건 잘 알아요. 하지만… 장씨 문중의 노마님과 셋째 마님… 그들은 매일… 영위 앞에 무릎을 꿇고 그 오가를 죽여 원수를 갚게 해달라고 빌고 또 빌었어요.”

위소보는 무릎을 탁 쳤다.

“좋아! 나의 예쁜 쌍아가 부탁하는 건데 내가 어떻게 안 들어줄 수 있겠어? 설령 나더러 황상을 죽이고 자결하라고 해도 들어줄 판인데, 하물며 그깟 코딱지만 한 지부쯤이야! 대신 입맞춤을 해줘야 해.”

쌍아는 얼굴이 빨개졌다. 기쁘고도 수줍어 얼른 얼굴을 돌리며 모기 소리만 한 작은 소리로 말했다.

“상공이 저에게 이렇게 잘해주시니… 저는… 이미 상공의 사람이잖아요. 저… 저….”

그러면서 고개를 푹 숙였다. 위소보는 그녀의 부드럽고 순한 모습에 측은한 마음이 들어 차마 경박한 짓을 할 수 없었다. 그저 웃으며 말했다.

“좋아, 일이 다 성사되면 그땐 쪽, 한 방 날릴 거야! 그때는 달아나면 안 돼!”

쌍아는 얼굴을 붉힌 채 천천히 고개를 끄덕였다.

위소보가 다시 말했다.

“만약 지금 그를 죽인다면 통쾌하게 복수하는 게 아니야. 내가 그를 장씨 문중으로 데려가서 모든 영위 앞에 무릎을 꿇게 한 다음, 셋째 마님이 직접 죽이게 할 거야. 그게 더 낫잖아?"

쌍아로서는 물론 그렇게 한다면 더 이상 바랄 것이 없겠지만, 과연 그럴 수 있을지 잘 믿어지지 않아 위소보를 말똥말똥 쳐다보았다.

"상공, 나한테 거짓말하는 건 아니죠?"

위소보가 단호한 표정으로 말했다.

"내가 왜 쌍아한테 거짓말을 하겠어? 그 오가 녀석이 쌍아의 원수라면 내 원수나 다름없어! 그는 나한테 공을 세울 수 있는 정보를 가져다줬지만, 그런 건 다 필요 없어! 내가 원하는 건 오직 쌍아의 정성 어린 마음이야. 세상에서 그보다 더 좋은 건 없어!"

그 말에 쌍아는 감격해서 품 안으로 뛰어들어 얼굴을 묻고 흐느껴 울었다. 위소보는 그녀의 가는 허리를 끌어안았다. 기분이 좋았다.

'이게 바로 떡 본 김에 제사 지내고, 돈 한 푼 안 들이고 선심을 쓰는 거야. 이런 일이라면 하루에 열두 번도 할 수 있어. 오지영 그 녀석이 왜 아가의 아버지를 죽이지 않았지? 그럼 아가가 나한테 복수를 부탁할 거고, 자연스럽게 끌어안을 수 있으니 얼마나 좋겠어?'

그러나 그 단꿈은 바로 깨지고 말았다. 아가의 아버지라면 이자성이 아닌가! 설령 오삼계라 하더라도 결코 오지영이 죽일 수 있는 상대는 아니었다. 이때 밖에서 발걸음 소리가 들려왔다. 이역세 등이 왔다는 것을 알고 위소보가 말했다.

"쌍아, 그 일은 걱정하지 마. 지금 다른 사람들하고 상의할 일이 좀 있으니 아무도 못 들어오게 문밖에서 좀 지켜줘. 다른 사람이 우리 얘기를 엿듣지 못하게 해야 해."

쌍아가 대답했다.

"네, 저도 상공이 하는 말을 엿들은 적이 없어요."

그녀는 갑자기 위소보의 오른손을 잡더니 몸을 숙여 입맞춤을 하고 얼른 밖으로 뛰어나갔다.

이역세 등이 안으로 들어와 자리를 잡고 앉자 위소보가 능청스레 입을 열었다.

"여러분, 어젯밤에 제가 한 가지 중대한 소식을 접했습니다. 화급을 다투는 일이라 여러분과 상의할 겨를이 없어 일단 여춘원으로 달려간 겁니다. 다행히 운이 좋아서, 비록 한바탕 소란을 피웠지만 고염무 선생과 오육기 대형의 목숨을 구할 수 있게 됐습니다."

군호들은 의아해했다. 위 향주가 간밤에 벌인 일은 너무 황당했던 게 사실이다. 기루에 간 것은 그렇다 치고, 기루에 있는 커다란 침상을 통째로 들고 나온 것은 도저히 납득이 가지 않았다. 게다가 침상에는 일곱 명의 여인이 있었는데, 그 침상을 메고 시가지를 횡단하는 웃지 못할 어이없는 촌극까지 벌이지 않았던가! 그런데 그게 다 고염무와 오육기를 구하기 위한 일이었다니, 죽었다 다시 깨어나도 상상 못할 일이었다. 그래서 앞을 다투어 자초지종을 물었다.

위소보가 웃으며 말했다.

"우리가 곤명에 있을 때 여러분은 오삼계의 부하 위사로 변장해 기루에 가서 한바탕 소란을 피우지 않았습니까? 저는 그 계책이 아주 절묘했다고 생각돼 어젯밤에 똑같이 한번 해봤습니다."

군호들은 모두 고개를 끄덕였다.

'아, 그랬군….'

위소보는 더 이상 이야기를 했다가는 거짓말이 들통날 것 같아 일단 적당히 얼버무렸다.

"거기에 얽힌 자세한 이야기는 나중에 다시 하기로 하고…."

그러고는 품속에 손을 집어넣어 오육기의 서신을 꺼냈다.

전노본이 그것을 받아 상 위에 펼쳐놓고 다 함께 읽었다. 서신 겉봉에는 '이황인형선생도감伊璜仁兄先生道鑒'이라 적혀 있고, 뒤에는 '설중철개雪中鐵丐'라고 서명이 돼 있었다. 군호들은 '설중철개'가 바로 오육기의 별호라는 것을 다 알고 있었다. 그러나 '이황 선생'이 누군지는 잘 몰랐다.

천지회의 군호들은 먹물이 많이 들지 않아 학식이 깊지 못했다. 서신에 언급한 '서남쪽에 곧 큰일이 있다'는 것은 오삼계의 모반을 뜻한다는 것을 짐작할 수 있는데, 그 무슨 '욕도중산, 개평지위거'니 '비청전선생운주불위공'이니 하는, 고전에 얽힌 은어 같은 말은 무슨 뜻인지 전혀 알지 못했다. 그들은 서로 얼굴을 마주 보며 위소보가 설명해주길 기다렸다. 위소보가 웃으며 말했다.

"저의 배 속에는 양주의 탕포湯包와 장어면長魚麵이 빵빵하게 차 있을 뿐 먹물이라곤 눈을 씻고 찾아봐도 없습니다. 여러분도 아마 먹물보다는 술이 더 많을 겁니다. 좀 있으면 고염무 선생이 오실 테니 다들 그 어르신한테 직접 들어봅시다."

말을 하는 사이에 친위병이 와서 손님이 찾아왔다고 전했다. 한 사람은 대라마고, 또 한 사람은 몽골 왕자라고 했다. 위소보는 천지회의 군호들에게 그냥 친위병 행세를 하라고 당부했다. 아니면 그 '결의형제'들이 안면을 바꿀 우려가 있기 때문이었다. 그러고는 사람을 시켜 아기를 불러왔다.

상결과 갈이단은 만나자마자 엄청 반가워하며 위소보의 의리를 극구 치켜세웠다. 그리고 아기가 모습을 드러내자 갈이단의 입이 귀에 걸렸다. 아기는 벌써 수갑을 벗어던졌고, 새롭게 화장을 해서 얼굴이 달덩어리처럼 훤했다. 위소보가 웃으며 말했다.

"두 분 대형께서 절세무공을 발휘해 요상한 사람들을 퇴치해서 얼마나 다행인지 모릅니다. 난 하마터면 목숨을 잃을 뻔했어요. 그 요상한 사람들은 수적으로도 많지만 무공 또한 대단하더군요. 두 분 대형께서 그것들을 다 상대하느라 정말 수고가 많았습니다. 놈들은 혼쭐이 나서 꼬랑지를 감추고 달아나더군요. 두 분 대형의 위진천하威震天下, 대승개선大勝凱旋을 축하하는 의미에서 제가 한턱내겠습니다."

상결과 갈이단은 신룡교에 붙잡혀갔는데, 위소보가 홍 부인을 놓아주는 조건으로 풀려난 것이다. 그러나 위소보는 그들이 강적을 물리친 것처럼 이야기했다. 상결은 약간 겸연쩍은 표정을 지으면서도 속으론 고마워했다. 그리고 갈이단은 자기 여자 앞이라 아주 의기양양했다.

흠차대신의 명이 떨어지자 대청에 금세 푸짐한 술상이 차려졌다.

위소보는 두 의형제와 함께 술잔을 기울이며 듣기 좋은 말을 많이 늘어놓았다. 술이 삼순배 돌자 상결도 붙잡혔던 치욕을 다 잊은 듯했다. 위소보가 다시 그의 무공이 천하제일이라고 칭찬하자 연신 손사래를 쳤다. 그는 홍 교주에 비해 자신의 실력이 좀 부족하다는 것을 잘 알고 있었다. 술이 어느 정도 들어가자 상결과 갈이단은 몸을 일으켜 작별을 고했다. 위소보가 말했다.

"두 분 대형이 직접 상서를 써주셔서 제가 황상께 올리는 게 어떨

까요? 나중에 대형이 서장 활불이 되고, 이형이 몽골을 몽땅 먹으려면 제가 미리 황상께 변죽을 울려두는 게 좋을 성싶습니다."

여기까지 말하고 나서 음성을 낮췄다.

"나중에 오삼계가 모반을 꾀하면 두 분이 황제를 도와 그놈을 처부수세요. 그럼 우리 뜻대로 안 될 리가 없잖아요?"

두 사람은 좋아하며 고개를 끄덕였다.

위소보는 두 사람을 서재로 데려갔다. 갈이단이 말했다.

"난 문장이 신통치 않으니 위 형제가 대신 써줬으면 좋겠는데…."

그러자 위소보가 웃으며 말했다.

"어이구, 저는 제 이름도 그냥 '소小' 자만 제대로 쓸 줄 알고, '위韋' 자는 알쏭달쏭 헷갈려요. 그리고 '보寶' 자는 여러 번 써보긴 했지만 획수가 많아서 아직도 낯설어요. 그냥 사야를 불러서 쓰라고 할까요?"

상결이 그의 말을 받았다.

"이건 기밀을 요하는 일이라 누가 알게 해선 안 되지. 나도 문장이 신통치 않지만 대충이라도 직접 쓰겠네. 장원에 응시하는 문장도 아닌데 황제께서 설마 나무라겠는가? 그냥 우리의 성의를 표하고 황상께서 알아보실 수 있으면 되겠지."

그는 손가락 첫마디가 다 잘렸는데도 글을 쓰는 데는 별로 큰 지장이 없었다. 자신의 상서를 쓰고 나서 갈이단의 것도 대필해주었다. 거기에 갈이단이 직접 손도장을 찍고 서명을 했다. 세 사람은 부귀영화를 함께하며 상부상조하고 공생공사하기로 새롭게 다짐했다. 위소보는 두 의형과 아기에게 각각 은자를 넉넉히 나눠주고, 말과 가마를 준비해서 문밖까지 직접 진송했다.

대청으로 돌아오자 친위병이 오 지부가 죄인들을 데려왔다고 전했다. 위소보는 오지영더러 동쪽 대청에서 기다리라고 하고, 고염무 등 세 사람을 내실로 안내했다. 그리고 사슬을 풀어준 후 친위병들을 물러가게 했다. 천지회 군호들만 남자 문을 잘 닫고 몸을 숙여 인사부터 했다.

"천지회 청목당의 향주 위소보가 형제들과 함께 고 군사와 사 선생, 여 선생께 인사 올립니다."

그날 사이황은 오육기의 밀서를 받고 몹시 기뻐하며 여유량呂留良을 양주로 불러 함께 고염무를 찾아가 앞일을 상의했다. 그런데 공교롭게도 오지영이 고염무의 시집을 찾아내 관병들을 이끌고 들이닥쳐서 사이황과 여유량까지 다 잡아들였다. 그리고 사이황의 몸을 뒤져 오육기의 밀서를 찾아낸 것이다. 세 사람은 죽고 싶을 정도로 후회막급이었다. 자신들이 목숨을 잃는 것은 고사하고, 오육기의 밀서가 유출되면 사건이 커지기 때문이었다.

그런데 기적이 일어난 것이다. 흠차대신이 바로 천지회의 향주일 줄이야! 다들 놀라움과 기쁨이 교집돼 마치 꿈을 꾸고 있는 것 같았다.

지난날 살계대회에서 위소보는 모습을 드러내지 않았지만 이역세, 서천천, 현정 도인, 전노본 등은 모두 고염무와 상면을 했었다. 그리고 고염무와 여유량은 왕년에 운하에서 배를 타고 가다가 위기에 처했을 때, 천지회 총타주 진근남이 나타나 구해준 일도 있었다. 지금 눈앞에 있는 소년 흠차대신이 바로 진근남의 제자라는 것을 알고는 매우 기뻐하며 허심탄회하게 이야기보따리를 풀어놓았다.

사이황이 오육기의 서신에 언급된 '중상, 개평, 청전 선생'의 고사에 대해 설명을 해주자, 천지회 군호들은 비로소 그 뜻을 깨닫고 가슴을 쓸어내렸다.

여유량이 한숨을 내쉬며 위소보에게 말했다.

"왕년에 나랑 고 형, 그리고 황이주 형은 영사이신 진 총타주에게 도움을 받아 목숨을 부지했는데, 오늘 이 절체절명의 위기에서 다시 위 형제의 도움으로 살아나게 되었소. 휴… 백무일용百無一用, 쓸모없는 게 서생이라더니, 현賢 사도師徒의 이 대은대덕을 어떻게 보답해드려야 좋을지 모르겠소."

위소보가 점잖게 말했다.

"별말씀을 다 하십니다. 우린 한 식구나 다름없습니다. 당연히 서로 도와야죠."

사이황이 말했다.

"양주 관아에서 느닷없이 들이닥치는 바람에 난 상황이 심상치 않다는 걸 깨닫고 바로 오 형의 밀서를 찢어버리려 했는데, 관병이 뒤에서 팔을 비틀어 어쩔 수가 없었소. 이제 큰 화를 당하겠구나, 걱정이 태산 같아 그들이 끝까지 고문을 하면 그 '설중철개'가 바로 오삼계라고 우길 생각이었소. 나야 죽어도 상관없지만 오육기 형만은 해를 입지 않게 할 각오였소."

군호들은 하하 웃었다. 다들 그게 묘책이라고들 했다. 그러나 사이황은 고개를 내둘렀다.

"그건 최후의 수일 뿐, '설중철개'란 별호는 이미 천하에 다 알려져 있어요. 오삼계한테 끌어다붙여도 잘 먹히지 않았을 거요. 게다가 관아에서 오 형을 불러 필체를 대조하면 바로 진상이 드러나겠죠."

고염무가 말했다.

"우린 두 번이나 오육기 형의 기밀을 누설했는데 두 번 다 위기를 넘긴 것으로 미루어, 아마 오랑캐가 곧 멸하고, 오 형이 의도한 대로 된다는 하늘의 뜻인 것 같소. 운이 연달아 세 번 찾아올 수는 없으니, 앞으로 이 일을 더 누설하는 일이 없어야 할 거요."

군호들은 모두 고개를 끄덕이며 수긍했다.

고염무가 위소보에게 물었다.

"위 향주, 이 일을 어떻게 처리할 생각이오?"

위소보가 대답했다.

"이렇게 세 분을 함께 뵙는 것도 쉬운 일이 아닌데, 양주에 며칠 더 머물면서 다 함께 술이나 즐기시지요. 그리고 오지영 그놈을 불러와 옆에서 시중을 들게 하면 아마 놀라 기절하든지, 아니면 숨이 막혀 죽을지도 모르죠. 죽지 않으면 단칼에 목을 쳐버려도 좋습니다."

고염무가 웃으며 말했다.

"그럼 물론 속이 후련하겠지만 나중에 그 사실이 알려지면 위 향주는 책임을 면치 못할 겁니다."

위소보는 잠시 생각을 굴리더니 말했다.

"그럼 이렇게 하지요. 사 선생께서 오삼계가 그놈한테 주는 가짜 편지를 써주십시오. 그놈은 워낙 허풍이 세서 자신이 오삼계와 한집안 식구고 배분으로 따지면 숙부와 조카뻘이 된다고 했습니다. 가짜 편지를 쓰는 게 귀찮다면 오육기 대형의 서신을 그대로 베껴서 이름만 슬쩍 바꾸십시오. 누구든 오삼계와 결탁한 증거가 있으면 내가 목을 쳐도 소황제는 문책하지 않을 겁니다."

군호들은 다들 좋은 방법이라고 입을 모았다. 고염무가 웃으며 말했다.

"위 향주는 역시 재기才氣가 뛰어나군요. 그거야말로 이화접목, 일전 쌍조의 절묘한 수요. 우린 이에는 이, 눈에는 눈… 그가 써먹었던 수법으로 그 자신을 처단하는 겁니다."

그러고는 사이황에게 고개를 돌렸다.

"이황 형, 신필을 한번 발휘해주십시오."

사이황이 웃으며 말했다.

"오래 살다 보니 오삼계를 위해 대필을 하는 일도 생기는군요."

위소보는 글이라면 골치가 지근지근해서 가짜 서신을 쓰는 것도 까다로울 거라고 생각했다. 그래서 그냥 오육기의 서신을 대충 베끼라고 한 것이다. 그러나 고염무, 사이황, 여유량은 당대의 명필로 알려져 있었다. 서신을 쓰는 일쯤은 마치 위소보가 주사위를 던져 노름을 하는 것처럼, 누워서 식은 죽 먹기로 쉬운 일이었다.

사이황은 붓을 들고 막 쓰려다가 위소보에게 물었다.

"그 오지영의 호가 뭔지 혹시 압니까? 오삼계가 서찰에다 그의 호를 적어야 더 친숙한 느낌을 줄 겁니다."

위소보는 바로 고언초에게 말했다.

"고 대형이 가서 슬쩍 알아보십시오."

고언초가 나갔다가 바로 돌아와 웃으며 말했다.

"그놈의 호는 '현양顯揚'이라는군요. 호를 왜 묻느냐고 하기에, 흠차대신께서 경성 이부와 형부의 상서에게 편지를 써서 그의 공로를 알리고자 하는데 호가 필요하다고 했죠. 그랬더니 좋아서 입이 귀에 걸려서는 저한테 은자 열 냥을 내줬습니다."

그러면서 손에 쥐고 있는 은자를 흔들어 보였다. 군호들은 다 깔깔 웃었다.

사이황은 일필휘지, 가짜 서신을 금세 써서 고염무에게 내주었다.

"정림亭林 형, 한번 검토해보겠소?"

고염무는 그 서신을 받아 여유량과 함께 쓱 훑어보고 나서 이구동성으로 말했다.

"아주 잘 썼군요."

여유량이 덧붙였다.

"이 대목이 아주 압권이에요."

개지아태조고황제수칭오국凱知我太祖高皇帝首稱吳國,

경응삼백년후아숙질지성씨竟應三百年後我叔姪之姓氏.

그의 말이 이어졌다.

"이 '오吳' 자가 영락없는 족쇄지요. 도저히 발뺌할 수 없을 거요."

고염무도 웃으며 말했다.

"이 몇 구절도 아주 절묘합니다."

욕참백사이부대풍欲斬白蛇而賦大風,

고오질납이하지리顧吾姪納圯下之履,

사분호상이도응천思奮濠上而都應天,

기현완취성의지작期賢阮取誠意之爵.

그가 말을 이었다.

"이 구절은 오육기 형이 쓴 '욕도중산, 개평지위거, 비청전선생운주 불위공'에서 빌려온 것 같소."

사이황도 웃으며 말했다.

"아주 그럴싸하게 차용을 한 거죠."

천지회의 군호들은 서로 마주 보았다. 이들 세 사람이 무슨 말을 하는지 감을 잡을 수 없었다. 혹시 무슨 방파의 암호인지, 강호 사람들의 은어인지, 알쏭달쏭하기만 했다.

고염무가 눈치 빠르게 설명을 해주었다. 명 태조 주원장이 처음 개국할 때 스스로를 '오국공吳國公'이라 칭하고 나중에 '오왕吳王'으로 바꿨다. 마침 오삼계, 오지영의 성과 같은 '오吳' 자였다. 서신에 태조 황제가 300년 후에 우리 숙질이 개국을 할 것을 미리 예측하고 '오국'이라 했다고 적은 것이다.

백사를 벤다는 '참백사斬白蛇'와 큰바람을 일으킨다는 '부대풍賦大風'은 한 고조 유방의 이야기이고, '납이하지리納坦下之履'는 장량張良의 이야기다. 또 명 태조 주원장은 호상濠上에서 들고일어나 응천應天에 수도를 정했다. 그리고 작위를 내린 성의백誠意伯이 바로 유백온이다. 현완賢阮은 '나의 조카'라는 뜻으로, 서진西晉 때 완적阮籍과 완함阮咸 숙질의 고사다.

위소보는 손뼉을 치며 좋아했다.

"이 편지는 오육기 대형이 쓴 것보다 더 멋있네요. 오삼계는 원래 황제가 되고 싶어 했어요. 하지만 한 고조나 명 태조에 비견하는 것은 너무 과대평가한 거죠."

여유량이 웃으며 말했다.

"그건 사 선생이 그를 치켜세운 게 아니라, 오삼계가 스스로 자화자찬한 겁니다."

위소보가 웃으며 말했다.

"맞아요, 맞아! 내가 깜박했는데, 저건 정말 오삼계가 쓴 거죠?"

사이황이 물었다.

"뒤에는 뭐라고 서명할까요?"

고염무가 대답했다.

"그 서신은 누가 봐도 오삼계가 쓴 것이니 그냥 대충 서명해도 상관없을 겁니다. '숙서수찰叔西手札(숙부가 서쪽 운남에서 보낸 편지)'이라고 쓰죠."

사이황은 서명을 하지 않고 주위를 둘러보더니 전노본에게 말했다.

"전 형, 이 네 글자 서명은 전 형이 쓰는 게 어때요? 우리 같은 사람들은 글에도 꽁생원 냄새가 나서… 무인들하고는 좀 달라요."

전노본은 붓을 받아들고 전전긍긍 네 글자를 쓰고 나서 멋쩍어하며 말했다.

"이 네 글자는 비뚤비뚤, 정말 볼품이 없네요."

고염무가 말했다.

"오삼계는 무인입니다. 서신은 당연히 아랫사람을 시켜 쓸 거고, 서명만 자신이 하겠죠. 서명을 한 이 네 글자는 아주 훌륭해요. 전혀 기교를 부리지 않았고 힘이 있는 게 영락없는 무인의 필체입니다."

사이황은 겉봉에다 '친정양주부가지부노야친탁親呈揚州府家知府老爺親拆(직접 양주부의 지부 어른께 전해 뜯어보게 하라)'이라고 적은 뒤 봉투에 넣어 위소보에게 건네주었다. 그러고는 멋쩍게 웃으며 말했다.

"서신을 위조하는 것은 도덕에 어긋나는 일이고 성인군자가 할 짓이 못 되는데, 대업을 이루기 위해선 이 정도야 개의치 말아야겠죠."

위소보는 속으로 구시렁거렸다.

'아따, 오삼계 같은 개뼈다귀를 궁지로 몰아넣기 위해 가짜 편지를 쓸 수도 있는 거지, 뭘 그런 걸 갖고 성인군자니 도덕을 운운하지? 선비들이란 정말로 못 말려….'

그는 편지를 잘 갈무리하고 말했다.

"이번 일이 잘 마무리되면 진하게 한잔합시다. 제가 세 분을 모시겠습니다!"

고염무가 그의 말을 받았다.

"위 형제와 오육기 형은 일문일무一文一武로서 명 왕조 부흥의 단단한 주춧돌입니다. 등고밀鄧高密, 곽분양郭汾陽도 두 분을 능가하지 못할 겁니다. 만약 오삼계를 무너뜨리게 된다면 오랑캐를 몰아내는 일이 한결 수월해지겠죠. 일이 성사되면 위 형제의 술은 그때 마시기로 하고, 오늘은 이만 작별을 고할까 합니다. 우리가 여기서 오래 지체하면 일을 그르칠 수도 있으니까요."

위소보는 비록 고염무를 존중하지만, 세 사람이 걸핏하면 옛날 고전을 끄집어내서 무슨 등고밀이니 곽분양에 비유해 이야기하면 알아듣지 못해서 골치가 지근지근했다. 그런데 떠나겠다고 하니 얼씨구나 했다.

'그래, 세 분한테 만약 함께 가서 도박을 하자고 하면 싫어할 거고, 기루에 가서 예쁜 각시들과 놀자고 하면 기절초풍할 거야. 그리고 내

가 빌어먹을, 제기랄 하고 욕을 하면 눈을 부라리고 나무랄 게 뻔해. 어서 가는 게 좋지!'

그는 곧 은표 한 다발을 꺼내 노잣돈으로 3천 냥씩 나눠주고, 서천 천과 고언초에게 뒷문으로 빠져나가 성 밖까지 호위하도록 일렀다.

고염무, 사이황, 여유량 세 사람이 떠나가자 위소보는 무거운 짐을 내려놓은 듯 개운했다. 그는 속으로 생각했다.

'조정의 대관들도 글공부를 많이 한 선비들인데 그래도 재미가 있어. 강소성의 대관들만 해도 그래. 그 마 순무, 모 포정사… 다들 고 선생 일행보다야 화통하지! 만약 단순히 친구로만 사귄다면 그 오지영도 세 분 어르신보다 나을 거야.'

그는 순무와 포정사를 생각하고 있었는데, 마침 친위병이 들어와 순무와 포정사가 찾아왔다고 전했다.

위소보는 가슴이 철렁했다.

'뭐야? 벌써 기밀이 누설된 건가?'

그는 허겁지겁 일어났다.

위소보가 대청으로 나가보니, 두 사람의 표정이 아주 심각했다. 뭔가 예사롭지 않은 일이라는 예감이 들었다. 주빈은 서로 인사를 나누고 자리에 앉았다. 그러자 순무 마우가 소매에서 공문을 하나 꺼내더니 일어나 두 손으로 바치며 말했다.

"흠차 대인, 큰일이 났습니다."

위소보는 공문을 받아 포정사 모천안에게 넘겨주었다.

"저는 글을 잘 모르니 노형이 읽어주시죠."

모천안이 대답했다.

"네."

그는 공문을 펼쳤지만 이미 그 내용을 다 알고 있기 때문에 바로 말했다.

"대인, 경성 병부에서 600리 길을 달려온 긴급 문서인데, 오삼계 그 역도가 모반을 꾀해 출병을 했다고, 대인께 전하랍니다!"

그 말을 듣자 위소보는 크게 기뻐하며 벌떡 일어나 소리쳤다.

"우아! 빌어먹을, 드디어 발악을 하기 시작했군!"

마우와 모천안은 서로 마주 보며 눈이 휘둥그레졌다. 흠차 대인이 오삼계의 모반 소식을 듣고 이렇게 뛸 듯이 기뻐하다니, 그 영문을 몰라 어리둥절할 수밖에 없었다.

위소보가 웃으며 말했다.

"황상께선 신기묘산이라 이 일을 벌써 예측하고 있었어요. 두 분은 당황할 필요 없어요. 황상께선 병마와 군량, 대포, 화기, 화약… 전부 다 준비해놨어요. 오삼계가 까불지 않으면 몰라도 일단 움직이면 우린 진원원을 반드시 잡아야 해요!"

마우와 모천안은 그의 횡설수설에 다시 어리둥절했지만, 황상이 이미 다 준비를 해놓았다는 말에 다소 안심이 되었다. 오삼계가 용병술과 전술에 능하고 휘하에 훈련 잘된 군사들이 많다는 것을 다들 알고 있었다. 그가 병란을 일으켰다는 말을 들은 관원들은 모두 소스라치게 놀랄 수밖에 없었다. 잘못하면 자신들이 누려왔던 자리를 잃게 될지도 모르는 일이었다.

위소보가 갑자기 고개를 갸웃거리며 말했다.

"한데 한 가지 이상한 일이 있어요."

두 사람이 일제히 물었다.

"그게 뭐죠?"

위소보가 반문했다.

"두 분은 그 소식을 방금 접했습니까?"

마우가 대답했다.

"네! 제가 병부의 긴급 문서를 받자마자 바로 포정사께 알려 함께 이곳으로 달려온 겁니다."

위소보가 다시 물었다.

"혹시 문서 내용이 누설되지 않았나요?"

두 사람이 동시에 대답했다.

"이런 국정 대사를 일단 흠차 대인께 보고를 드려야 하는데, 어떻게 먼저 누설할 수가 있겠습니까?"

위소보가 퉁명스럽게 말했다.

"그런데 양주 지부가 이미 알고 있으니 이상한 일이 아니겠어요?"

마우와 모천안은 서로 마주 보며 의아해했다. 마우가 말했다.

"오 지부가 뭐라고 했는데요?"

위소보가 말했다.

"좀 전에 몰래 날 찾아와 서남쪽에서 곧 큰일이 터질 텐데, 누군 주원장이 될 것이고 자기는 유백온이 될 거라고 하더군요. 그리고 나더러 현실을 직시하고 빨리 두 분을 체포하라고 했어요. 난 주원장이 뭐며 유백온이 누군지 몰라서, 무슨 헛소리를 하냐고 막 혼을 내주려던 참에 두 분이 오신 거예요."

두 사람은 모두 놀라 안색이 크게 변했다. 마우는 그저 당황해서 어찌할 바를 모르고, 모천안은 그래도 머리가 빨리 돌아가는 편이라 나직이 말했다.

"오 지부가 그렇게 말했다면 흠차 대인도 모반에 가담하라는 뜻인데, 정말 황당하기 짝이 없군요."

위소보가 다시 말했다.

"그래서 난 무슨 뜻인지 잘 모르겠으니 좀 구체적으로 말해보라고 했어요. 그랬더니 그는 무슨… 유식한 말로 선발先發… 후발後發… 뭐라고 하더군요. 난 이 나이에 이 정도의 벼슬에 올랐으면 선발달先發達이 아닌가요?"

마우와 모천안은 그의 말이 무슨 뜻인지 잘 알고 있었다.

'오 지부는 선발제인先發制人 후발제어인後發制於人(선수를 쳐서 먼저 움직이면 남을 제압하지만, 나중에 움직이면 남에게 제압당한다)이라고 말한 모양이군. 흠차 대인은 학문이 짧아서 선발달 후발달로 알고 있어.'

두 사람은 노련해서 흠차의 무식함을 까발리지 않고 그냥 잠자코 있었다. 그런데 위소보는 이 고사성어를 어려서부터 설화 선생을 통해 수없이 들어왔기 때문에 그 뜻을 너무나 잘 알고 있었다. 이번만큼은 학식이 부족한 게 아니라 일부러 어벙한 척을 한 것이다.

마우가 말했다.

"그 오 지부는 정말 무엄하기 짝이 없군요. 이미 떠났습니까?"

위소보가 대답했다.

"아직 여기서 기다리고 있어요. 뭐, 나하고 상의할 국가 대사가 있다고 하더군요. 흥! 그깟 지부 따위가 무슨 국가 대사를 상의하겠다는 거죠? 오삼계를 상대할 대계大計라면 저야 당연히 두 분과 상의를 해야지, 그런 코딱지만 한 지부랑 상의를 하겠습니까?"

마우가 맞장구를 쳤다.

"아, 네! 네… 맞습니다. 저희가 오 지부에게 직접 몇 마디 물어보고 싶은데, 혹시 불러올 수 있을까요?"

위소보는 기꺼이 승낙했다.

"네, 그렇게 하시죠."

그는 고개를 돌려 친위병에게 분부했다.

"가서 오 지부를 모셔와라."

잠시 후 오지영이 대청으로 들어왔는데, 순무와 포정사도 자리에 앉아 있는 것을 보고 내심 기뻐하면서도 한편으로 걱정이 됐다. 흠차대신이 자신의 밀보密報를 아주 중요시해서 순무랑 포정사를 불러온 거라고 생각하니 기뻤고, 그 두 사람이 행여 자신의 공을 가로챌까 봐 걱정을 한 것이다. 그는 두 사람에게 정중히 인사를 하고 한쪽에 뻣뻣이 섰다. 위소보가 빙긋이 웃으며 말했다.

"오 지부, 앉으세요."

오지영이 얼른 고개를 숙였다.

"아, 네… 감사합니다."

그러고는 가까이 있는 의자에 엉덩이를 살짝 걸쳤다.

위소보가 단도직입적으로 말했다.

"오 지부, 나랑 아주 중차대한 국정 대사를 상의할 게 있다면서 순무와 포정사에게는 말하지 말라고 했죠? 하지만 워낙 중대한 일이라 두 분을 부르지 않을 수가 없었어요. 이 점 널리 양해해주길 바랍니다."

오지영은 무척 겸연쩍어하며 표정이 어색하게 변했다. 그는 얼른 자리에서 일어나 위소보와 순무, 포정사에게 절을 꾸벅꾸벅 하고 나서 비굴한 웃음을 지으며 말했다.

"송구스럽습니다. 비직이 무엄하게도 저… 저…."

그는 뭐라고 변명을 좀 하고 싶은데 위소보가 그냥 대놓고 까발렸기 때문에 달리 할 말이 없었다. 순무와 포정사의 표정은 일그러질 대로 일그러져 있었다. 위소보가 다시 빙긋이 웃으며 말했다.

"오 지부는 정말 소식이 빠르더군요. 서남쪽에서 병권을 쥐고 있는 무장이 곧 변란을 일으킬 거라고 정확하게 예측을 했어요. 그가 출병을 하면 천하가 요동칠 거고, 황상의 용좌도 위태로워질 것이며, 우리도 어쩌면 목이 달아날지 모른다고 했어요, 그렇죠?"

오지영이 말했다.

"네, 하지만 세 분 대인께서는 워낙 홍복을 타고났기 때문에 그 어떤 변고가 생겨도 슬기롭게 다 이겨내시고 전화위복이 될 테니 심려하지 마십시오."

위소보가 말했다.

"그렇게 된다면 그거야 다 오 지부의 덕이죠. 오 대인, 그 무장과는 종씨라 했는데, 성이 오씨가 맞죠?"

오삼계나 오육기는 다 오씨다. 오지영이 얼른 대답했다.

"네, 저와는 종씨로서 성이 오가…."

위소보가 그의 말을 잘랐다.

"네, 네… 그 무장이 쓴 편지를 갖고 있는데, 그가 직접 쓴 서신이 분명한가요? 혹시 가짜는 아니겠죠?"

오지영이 고개를 끄덕였다.

"네, 틀림없습니다. 확실합니다."

위소보도 고개를 끄덕였다.

"그 서신에는 비록 출병을 하겠다고 직접 언급하진 않았지만 그 무슨 주원장이니 유백온에 비유해서 암시를 했죠? 난 좀 무식해서 그 뜻을 잘 몰랐는데 오 지부가 세세히 설명을 해줬어요. 그 무슨 선발이니 후발이니 하면서 100년에 한 번 있을까 말까 한 기회고, 무슨 왕에 봉해질 거며, 오 대인도 백작인가 뭔가에 봉해질 거라고요. 내 말이 맞죠?"

오지영이 대답했다.

"그건 저의 소견이고, 대인께서 워낙 영명하시니 명확한 판단을 내리실 겁니다. 어쨌든 서신에는 그런 뜻으로 적혀 있었습니다."

위소보는 오른쪽 소매에서 오육기가 쓴 서신을 꺼내 오지영 앞으로 다가가서 몸을 살짝 틀어 그 서신을 가리키며 말했다.

"바로 이 서신이 맞죠? 잘 확인해보세요. 사안이 중요하니만큼 추호의 착오도 있어서는 안 돼요."

오지영은 다시 고개를 끄덕였다.

"네, 네! 이 서신이 틀림없습니다. 확실합니다."

위소보가 말했다.

"좋아요."

서신을 다시 오른쪽 소매에 넣고 자신의 의자로 돌아와 앉았다.

"오 지부, 잠시 좀 물러가 계세요. 난 순무와 포정사랑 상의할 일이 있어요. 보아하니 우리 세 사람의 공명부귀는 다 오 지부의 손에 달린

393

것 같습니다. 하하…"

오지영은 하늘을 나는 기분이었다. 한껏 의기양양해서, 그 감정을 감추려고 애썼지만 잘 되지 않았다. 일단 세 사람에게 다시 꾸벅 절을 올렸다.

"다 세 분께서 이끌어주신 덕분입니다."

그러고는 천천히 물러났다.

그가 문 가까이 갔을 때 위소보가 갑자기 물었다.

"오 지부, 혹시 별호가 뭡니까?"

오지영은 봄을 돌려 대답했다.

"별호라고까지 할 것은 없지만, 그냥 현양이라 합니다."

위소보는 고개를 끄덕였다.

"그렇군요."

마우와 모천안은 위소보가 오지영에게 질문을 할 때, 속에서 울화가 부글부글 끓어올랐다. 당장 나서서 오지영을 호되게 혼내주고 싶은 마음이 굴뚝같았다. 그러나 관방에선 상관이 말할 때 아랫사람이 함부로 나서면 안 되게끔 돼 있었다. 마우는 원래 성질이 급한 사람이라 위소보의 말이 끝나기를 기다렸다가 바로 혼쭐을 내주려 했는데, 위소보가 오지영더러 물러가라고 하는 바람에 기회를 놓치고 말았다. 그는 화가 나서 빨갛게 상기된 얼굴로 이를 갈았다. 위소보는 아랑곳하지 않고 왼쪽 소매에서 사이황이 쓴 그 가짜 편지를 꺼냈다.

"두 분 대인께서도 이 서신을 직접 읽어보십시오. 오지영은 아주 대단한 편지라고 하는데, 저는 글을 몰라서 그의 말이 사실인지 아닌지 잘 모르겠습니다."

마우가 편지를 받았다. 겉봉에는 분명히 '친정양주부가지부노야친탁'이라고 적혀 있었다. 편지를 꺼내서 모천안과 함께 읽었다. 그리고 현양오질, '내 조카 현양'이란 글을 보자, 분노가 끓어올랐다. 마우는 편지를 끝까지 다 읽기도 전에 탁자를 내리치며 언성을 높였다.

"이런 개만도 못한 놈이 있나! 내 당장 가서 놈을 단칼에 죽여버리겠소!"

모천안은 비교적 침착하고 논리정연했다. 오지영이 이렇듯 공공연히 모반을 꾀했다는 것이 이치에 맞지 않는 것 같지만, 좀 전에 위소보와의 일문일답을 통해 오지영의 한마디 한마디를 직접 들었으니, 어떻게 안 믿을 수가 있단 말인가? 어제 선지사에서도 오지영은 오삼계와는 숙질지간이라고 밝힌 바가 있다. 오지영은 아무래도 오삼계의 모반이 성공할 거라 굳게 믿고, 너무 설쳐대고 있는 것 같았다.

위소보가 물었다.

"그 서신은 정말 오삼계가 쓴 겁니까?"

마우가 대답했다.

"그 개 같은 놈이 틀림없다고 말하지 않았습니까!"

위소보는 시치미를 떼고 말했다.

"편지의 내용이 꽤 긴 것 같은데, 뭐라고 썼는지 자세히 좀 말해줄 수 있습니까?"

모천안이 한마디 한마디 해석을 해주었다. '참백사이부대풍'이니 '납이하지리', '분호상이도응천', '취성의지작' 같은 고전을 자세히 설명해주었다. 마우가 덧붙였다.

"다른 문구는 고사하고 '아태조고황제수칭오국我太祖高皇帝首稱吳國',

이 한 마디만으로도 멸족을 당해 마땅합니다!"

모천안이 고개를 끄덕였다.

"오삼계 그 역도는 듣자니 그 무슨 주삼태자朱三太子를 내세워 명 왕실을 회복하겠다는 명분을 내걸고 모반을 꾀하는 것 같습니다."

그들이 한창 이야기를 나누고 있는데, 어전 시위가 갑자기 성지를 가져왔다. 위소보와 마우, 모천안은 얼른 무릎을 꿇고 성지를 받았다. 위소보더러 양주 충렬사 짓는 일을 강소성 포정사에게 맡기고 속히 경성으로 돌아오라는 내용이었다.

위소보는 속으로 좋아했다.

'소황제가 오삼계를 치면서 날 대원수에 봉하면 내가 얼마나 위풍당당할까?'

마우와 모천안은 위소보가 곧 상경하게 될 것을 알고 아쉬워하면서, 앞으로도 욱일승천하길 바란다며 좋은 말을 많이 해주었다.

위소보가 말했다.

"제가 내일 상경해서 황상을 알현하면 두 대인이 훌륭한 관리라고 칭찬을 아끼지 않겠습니다. 한데 부끄러운 얘기지만 두 분의 공적에 대해 잘 모르니 간단하게 말씀을 좀 해주시겠습니까?"

마우와 모천안은 좋아하며 연신 고맙다는 인사를 했다. 그러고는 모천안이 먼저 순무의 공적을 늘어놓기 시작했다. 강희의 기호에 맞게끔 마우가 근정애민勤政愛民하고 덕화德化를 많이 베풀었다며 여러 가지 사례를 열거했다. 물론 그중 절반 이상은 다 모천안이 임의로 지어낸 가짜였다. 마우는 그의 말에 좋아서 입이 귀에 걸려 내려올 줄 몰랐다. 모천안은 이어서 자신의 공적에 대해서도 자랑을 늘어놓았다.

위소보가 다 듣고 나서 말했다.

"방금 하신 말씀을 다 기억해놓았습니다. 그 외에 한 가지 공로를 더 추가해야죠. 황상은 오삼계를 늘 증오하고 경계해왔습니다. 이번에 오삼계가 모반을 꾀하는 과정에서 조카 오지영을 내세워 강소성의 문무대관들을 다 포섭하려 했는데, 우리 셋이 그 음모를 밝혀낸 겁니다. 이 사실을 상서하면 분명히 봉상이 있을 겁니다. 저는 내일 상경할 테니 두 분께서 그 상소문을 써주십시오."

두 사람은 모두 겸손을 떨었다.

"아닙니다, 그건 다 위 대인의 공입니다. 저희는 그저 위 대인의 뜻에 따랐을 뿐입니다."

위소보가 다시 말했다.

"그렇게 겸손할 것 없어요. 그럼 우리 세 사람의 공으로 합시다."

모천안이 한마디 덧붙였다.

"마麻 총독은 근무지 강녕으로 돌아갔지만, 가능하면 황상께 그의 노고도 진언해주셨으면 감사하겠습니다."

위소보는 흔쾌히 승낙했다.

"좋습니다. 진언에 돈이 들어가는 것도 아닌데 당연히 해야죠."

마우와 모천안은 거듭 고맙다는 인사를 하고 물러갔다.

위소보는 서천천 등을 시켜 오지영을 붙잡아서 결박하고 말을 못하게끔 입에 재갈을 물리라고 분부했다. 오지영은 난데없이 당하는 변이라 너무 놀라고 당황했지만 말을 할 수 없으니 죽을 지경이었다.

다음 날 아침 일찍, 양주성의 모든 문무대관이 대청에 줄을 서서 흠차대신의 접견을 기다렸다. 다들 손에 후한 예물이 들려 있었다. 양주의 벼슬자리는 천하에서 축재를 하기 제일 편한 노른자위다. 그러니 다들 승진을 하는 것보다 흠차대신이 상경해 자신들의 노른자위를 계속 유지하게끔 힘을 써준다면 더 이상 바랄 게 없었다.

양강총독도 간밤에 소식을 듣고 밤을 새워 달려왔다. 그와 순무의 예물은 당연히 더 후했다. 양주는 3년 동안 세금을 면제받았으니, 그것 하나만으로도 관원들은 긁어모을 수 있는 구멍이 더 많아졌다. 포정사는 벌써 위소보의 몫을 다 챙겨놨기 때문에 그대로 갖다 바쳤다. 위소보를 따라온 무관과 측근들에게도 풍성한 예물이 돌아갔다.

마우는 이미 상소문을 다 작성해놓았다. 위소보가 어떻게 위험을 무릅쓰고 노심초사해서 오삼계의 역모를 파헤쳤고, 총독과 순무, 포정사 등이 적극 협조했다는 내용으로 채워져 있었다.

모천안이 말했다.

"저는 용병술에 대해 잘 모르는 문관이라 직접 오삼계에 맞서싸우지 못하니, 총독 대인과 순무 대인의 뜻에 따라 열흘 이내에 호남으로 군량을 보내 조정을 돕도록 하겠습니다."

위소보는 좋아했다.

"대군이 출군하기 전에 군량이 미리 도착해 있다면 황상께선 분명히 흐뭇해할 겁니다."

그러고는 문무대관들과 작별의 인사를 나눴다.

대관들이 다 떠나자 위소보는 편복으로 갈아입었다. 그는 친위병을 거느리고 어머니를 만나기 위해 여춘원으로 향했다.

위춘방은 아들이 대관이 됐다는 사실을 모르고 그냥 사기노름을 해서 돈을 많이 모은 거라고 생각했다. 그녀는 아들이 자신을 북경으로 모셔가 호강시켜주겠다는 말에 고개를 절레절레 흔들었다.

"그렇게 따온 돈은 다시 그렇게 나가기 마련이야. 북경에 가서 네가 돈을 다 날려버리고 날 다시 기루에 팔아넘기면 어떡해? 기루에서 일할 바엔 북경보다 양주가 훨씬 낫다. 북경 사람들은 혀를 말면서 꼬부랑말을 하는데, 난 잘 알아듣지도 못해!"

위소보가 웃으며 말했다.

"엄마, 걱정 붙들어매요. 북경에 가면 하녀들이 줄줄이 서서 시중을 들 테니 아무 일 안 해도 돼요. 그리고 평생 쓰고도 남을 돈이 있어요."

위춘방은 연신 고개를 내둘렀다.

"이 썩을 놈아, 아무 일도 않고 가만히 있으라니, 이 어미더러 갑갑해 죽으라는 거냐? 하녀들이 줄줄이 서서 시중을 든다고? 내가 무슨 팔자에 그런 호강을 누리겠냐? 아마 사흘도 못 가서 꼴까닥할 거다."

위소보는 어머니의 성격을 잘 알았다. 아무 일도 하지 않고 넓은 집에 그냥 있으라면 정말 답답해 못 견딜 것이다. 그는 은표 다발을 꺼냈다. 어림잡아도 5만 냥은 족히 될 터였다. 그것을 어머니 손에 쥐여주며 말했다.

"엄마, 그럼 이 은자를 갖고 여춘원을 사서 혼자 주인을 해봐. 이 돈이면 세 채는 더 살 수 있을 거야. 여춘원에다 여하원, 여추원, 여동원까지 춘하추동, 1년 내내 돈을 긁어모아."

위춘방은 큰 욕심이 없었다. 그녀는 웃으며 말했다.

"이놈아, 우선 사람을 시켜 이 은표가 진짠지부터 확인을 해봐야겠어. 진짜라면 그냥 작은 기루를 열어서 심심풀이로 소일이나 해야지.

큰 기루는 나중에 네가 어른이 되거든 그때 직접 주인을 해라!"

그러고 나서 음성을 낮춰 물었다.

"소보야, 이 많은 돈을 어디서 훔쳐온 건 아니겠지?"

위소보는 품속에서 주사위 네 개를 꺼내 흔들면서 소리쳤다.

"만당홍滿堂紅!"

그러고는 주사위를 탁자 위에 데구루루 던졌다. 놀랍게도 주사위 네 개가 다 4점 향천向天이 나왔다. 최고의 점수 '만당홍'이었다. 위춘방은 어린애처럼 좋아했다. 그제야 안심이 되는지 웃으며 말했다.

"이 빌어먹을 녀석이 어디서 이런 기술을 배워왔지? 야, 이놈아! 굶어죽지는 않겠구나!"

위소보는 어머니가 좋아하며 행복해하는 모습을 보자 입가에 미소가 번졌다.

〈9권에서 계속〉

▶ **모든 주석은 옮긴이 주이다.**

1 광동성 사람들은 주로 광동어廣東語(지금의 홍콩 사람들이 구사)를 사용하며, 복건성
사람들은 민남어閩南語(지금의 대만 본토 사람들이 구사)를 쓰는데, 서로 거의 한 마디
도 알아듣기 어렵다.

2 중국 삼국시대 촉한의 장수 관우의 영을 모시는 사당. 어느 지방에 가든 관우를
모시는 사당이 있는데, 민간인들은 그를 재물을 가져다주는 재신財神으로 모시기
때문이다.

3 쥐손이풀목 대극과에 속한 상록 교목. 열대 아시아가 원산지로 중국 남부, 대만
이남 등지에 분포한다. 씨가 약재로 활용되는데 강한 독성이 있다.

4 고력사는 당 현종 때의 환관이다. 측천무후 때 궁중에 들어가 환관 고연복高延福의
양자가 되었다. 그는 현종이 즉위하기 전부터 그 밑에서 일하며 위씨韋氏의 난을
진압하는 데 활약했고, 나중에 현종의 총애를 등에 업고 국정을 농단해 부를 축적
했으며, 무소불위의 호사스러운 생활을 누렸다. 문고리 환관에 의한 국정개입은
바로 그로부터 시작되었다고 볼 수 있다. 위충현은 명나라 말기의 환관이다. 동
창東廠이라는 사정 조직을 만들어 백성들을 가혹하게 착취하고 관료계급을 공포
에 떨게 했다. 그는 국정농단의 대명사로, 중국 역사가들은 그를 중국 역사상 가

장 많은 권력을 잔혹무도하게 휘두른 환관으로 평가한다.

5 1449년 명나라 주력군이 토목보에서 몽골군과 싸워 수십만 대군이 거의 전멸하다시피 참패했다. 이때 환관 왕진의 말만 믿고 직접 출정했던 영종 황제가 포로로 잡혀가면서 명나라는 심각한 위기에 빠졌다. 역사에서는 이것을 '토목지변土木之變'이라 한다.

6 삼국시대에는 양주凉州라 불렸고, 송나라 초기에 양주를 서량부西凉府로 삼았다. 그 성터는 지금의 감숙성 무위武威에 있다.

7 금옥이라는 여인이 야박한 남편을 몽둥이로 때린다는 뜻으로, 창극 중 남희南戲에 속하는 이야기다. 중국 고전 고사 중 명나라 말기 풍몽룡馮夢龍이 지은 〈화본삼언話本三言〉의 한 줄거리로, 남편의 배신으로 인해 파경을 맞은 아내가 결국 남편을 용서함으로써 대단원을 이루는 흥미로운 작품이다.

8 초요楚腰는 미인의 가느다란 허리를 뜻한다. 중국 초楚나라 영왕靈王이 허리가 가는 미인을 좋아했다는 데서 유래했다.

9 두 사람이 동시에 손가락을 펼쳐 보이면서 각자 한 가지 숫자를 이야기해 상대방이 내민 손가락의 숫자를 알아맞히는 쪽이 이긴다. 진 쪽은 벌주를 마셔야 한다.

10 '일근자죽직묘묘'는 '대나무 하나 빳빳하게 섰구나'라는 뜻이고, '일파선자칠촌장, 일인선풍이인량'은 '부채 하나 그 길이가 일곱 치, 한 사람이 흔들어대니 둘이 시원하구나'라는 뜻이다.

11 매와 개를 거느리고 다니며, 72가지 변화술變化術을 부려 요괴를 퇴치한다는, 눈이 셋 달린 전설상의 신이다.

12 판첸 라마는 윤회설에 의해 달라이 라마의 뒤를 이을 라마를 가리킨다.

작가 주

36장(81쪽)   러시아 화창대가 반란을 일으켜 이반과 표트르가 대·소 사황이 되고, 소피아가 섭정여왕이 된 것은 역사에 기록돼 있는 엄연한 사실이다. 그러나 위소보가 그 일에 관여해 큰 역할을 한 것은 러시아 입장에서 볼 때는 자존심이 상하고 국체에 손상이 가는 일이라 언급이 돼 있지 않았다. 중국 측 사관들도 잘 알지 못하는 일이고, 그저 이역異域에서 벌어진 일화로, 민간에 전해내려오는 기담奇談이라, 중국의 정사에도 수록되지 않았다. 만약 소설 《녹정기》가 아니라면 그러한 일들은 매몰되었을 것이다.

40장(348쪽)   사신행의 초기 시 작품은 명 왕조를 그리워하는 내용이 없지 않았으나, 나중에 강희의 문학시종文學侍從에 오르자 시풍詩風이 많이 바뀌었다.

40장(361쪽)   고염무가 지은 시에는 원래 은어가 많다. 예를 들어 '호胡' 자를 '우虞'로 대신하고, '이夷' 자를 '지支'로 써서 당시 서슬 같은 검색을 피했기 때문에 후세 사람들은 이해하기가 어려웠다. 본인의 친구인 반중규潘重規 선생이 지은《정림시고색亭林詩考索》에 그런 내용이 상세히 수록돼 있다. 본문도 그의 고증을 인용했다.

鹿鼎記